ハヤカワ文庫 FT
〈FT599〉

ウィッチャーIII
炎の洗礼

アンドレイ・サプコフスキ
川野靖子訳

早川書房
8188

CHRZEST OGNIA
by
Andrzej Sapkowski
Copyright © 1996 by
Andrzej Sapkowski
Translated by
Yasuko Kawano
First published 2018 in Japan by
HAYAKAWA PUBLISHING, INC.
This book is published in Japan by
arrangement with
ANDRZEJ SAPKOWSKI
c/o PATRICIA PASQUALINI LITERARY AGENCY
through JAPAN UNI AGENCY, INC., TOKYO.

ウィッチャーIII

炎の洗礼

〈そのほかの主な国〉

コヴィリ

ライリア＆リヴィア（メーヴ女王）

シダリス

ブルッゲ

スケリッジ諸島

ヴェルデン

（現ニルフガード帝国保護領）

■ニルフガード帝国■

皇帝エムヒル・ヴァル・エムレイス

〈ウィッチャー〉の世界

■北方諸国■

〈四王国〉

ケイドウェン　北東に位置し、山に囲まれた国。ヘンセルト王が統べる。首都：アルド・カレイ。東のはずれにケィア・モルヘンがある。

レダニア　海に面した北側の国。ヴィジミル王（死去）が統べていた。首都：トレトゴール。南境のポンター川沿いに学術都市オクセンフルトが、海沿いにノヴィグラドがある。

テメリア　海に面した南側の国。フォルテスト王が統べる。首都：ヴィジマ。東のエランダー公国にはメリテレ寺院がある。

エイダーン　南東に位置する内陸の国。デマウェンド王が統べる。首都：ヴェンガーバーグ。

シントラ　二年前に陥落して以来、ニルフガードの属州となっている。ブルッゲの対岸にあたるヤルーガ川沿いにはニルフガード軍が駐留している。

登場人物

リヴィアのゲラルト　〈白狼〉の名で知られる魔法剣士《ウィッチャー》
シリ（シリラ）　シントラの故キャランセ女王の孫娘
ダンディリオン　吟遊詩人
ミルヴァ　本名マリア・バリング。弓の名手。ブロキロンの木の精の協力者
カヒル・マー・ディフリン　黒い羽根つき兜の騎士。ニルフガード皇帝の執事長の息子
エミール・レジス　理髪外科医
ゾルタン・シヴェイ　ドワーフ
マンロ・ブルイス　ドワーフ
ヤーゾン・ヴァルダ　ドワーフ
キャレブ・ストラットン　ドワーフ

フィギス・マーラッゾ　ドワーフ
パーシヴァル・シャタンバック　ゾルタンの仲間のノーム
ウィンドバッグ陸軍元帥　ゾルタンのオウム

イースネ　ブロキロンの森を統べる木の精
アグレイ　ブロキロンの治療師長
〈リス団〉（スコイア＝テル）　エルフの奇襲団

シギスムンド・ディクストラ　レダニア国の諜報部長
レネプ　ディクストラの部下
オリ・リューベン　ディクストラの秘書

エムヒル・ヴァル・エムレイス　ニルフガード帝国の皇帝
ヴァティエル・ド・リドー　ニルフガード帝国の軍諜報部長
ステファン・スケレン　別名モリフクロウ。ニルフガード帝国特任管財官

ボンハート　雇われ殺し屋
ヴィセゲルド元帥　シントラ軍の司令官
ダニエル・エチェヴェリ　ギャラモン伯爵。テメリア軍の連絡将校
イェネファー　女魔法使い。ゲラルトの恋人
フィリパ・エイルハート　女魔法使い
トリス・メリゴールド　女魔法使い
キーラ・メッツ　女魔法使い
サブリナ・グレヴィシグ　女魔法使い
シーラ・ド・タンカーヴィレ　女魔法使い
マルガリータ・ラウクス＝アンティレ　女魔法使い。魔法学校の校長
フランチェスカ・フィンダベア（エニッド・アン・グレアナ）
　エルフの女魔法使い。〈花の谷〉の女王
アイダ・エミアン　エルフの女魔法使い

アシーレ・ヴァル・アナヒッド　ニルフガード帝国の女魔法使い
フリンギラ・ヴィゴ　ニルフガード帝国の女魔法使い

ギゼルハー　〈ネズミ〉のメンバー
ケイレイ　〈ネズミ〉のメンバー
イスクラ＝アエネウェディン　〈ネズミ〉のメンバー
ミスル　〈ネズミ〉のメンバー
リーフ　〈ネズミ〉のメンバー
アッセ　〈ネズミ〉のメンバー
ファルカ　シリの〈ネズミ〉での名前

※ニルフガード帝国の執事長シラクと軍諜報部長ヴァティエル・ド・リドーの名を本書で修正しました。

1

そして予言者は魔法剣士《ウィッチャー》に言った。「こうするがよい――底に鋲釘を打ったブーツをはき、鉄杖を持て。鋲釘を打ったブーツで地の果てまで歩き、目の前の道を鉄杖で叩き、涙を流せ。炎と水のなかを進み、立ちどまらず、後ろを振り向くな。やがてブーツがすりきれ、鉄杖がすり減り、風と太陽が一滴の涙も出ないほどその目を乾かすころ、おまえが探しもとめ、愛するものを地の果てで見つけるだろう。おそらく」

そうしてウィッチャーは決して後ろを振り向かず、炎と水のなかを歩いた。だが、鋲釘を打ったブーツも鉄杖も持たなかった。手にしたのはウィッチャーの剣だけだ。彼は予言者の言葉にしたがわなかった。当然だ。なぜなら予言者は邪悪だったから。

――フローレンス・デラノイ著『物語と伝説』

下草のなかで鳥がさかんに鳴いていた。

峡谷の斜面にはキイチゴやメギがからみ合うようにうっそうと生い茂り、巣作りと子育てには絶好の場所だ。鳥が群がるのも不思議はない。アオカワラヒワが甲高く鳴き、ベニヒワとノドジロムシクイがさえずり、ときおりズアオアトリの〝ヴィンク、ヴィンク〟という声が聞こえる。ズアオアトリの鳴き声は雨の徴《しるし》だ――空を見あげながらミルヴァは思った。一片の雲もない。でもズアオアトリが鳴くと決まって雨になる。少しは降ってくれたほうがいい。

こんな場所――峡谷口の反対側――は獲物をしとめやすく、狩りにはうってつけだ。とくに獲物が豊富なここブロキロンの森は。森を隅々まで支配する木の精はめったに狩りをしないし、森のなかに足を踏み入れる度胸のある人間はまずいない。ここでは、肉や毛皮に強欲な狩人自身が獲物になる。ブロキロンの木の精は侵入者に容赦しない。ミルヴァはそれを身をもって学んだ。

たしかにブロキロンの森は獲物の宝庫だ。だが、下草のなかで二時間以上も待ちつづけて視界を横切るものは何ひとつなかった。移動しながらの狩りはできない。ひと月以上続く日照《ひで》りのせいで森の地面には乾いた粗朶《そだ》や枯れ葉が散り敷き、歩くごとにかさかさ、ぱりぱりと音を立てる。この状況で獲物をしとめるには、こうして身を隠し、じっと立っているしかない。

一羽のアカタテハチョウが弓筈《ゆはず》にとまった。ミルヴァは追いはらわず、チョウが羽を広げてはたたむのを見つめた。そして最近手に入れ、いまなお賞賛しあきない弓に目をやった。ミルヴァは生まれながらの射手で、すぐれた武器を愛する。なかでもこれは名品中の名品だ。

これまでいくつもの弓を所有した。習いはじめはありふれたトネリコとイチイの弓だったが、すぐにエルフや木の精が使う複合材の屈曲弓に変えた。エルフの弓は短く、軽く、あつかいやすく、薄い合板と動物の腱を使っているせいでイチイの弓よりずっと〝速い〟。これで放った矢ははるかにすばやく標的を射抜き、描く弧もなだらかなため、はずれる確率も格段に低い。このタイプの最良品が、四カ所で湾曲した〝ゼファル〟というエルフ名を持つ弓で、ルーン文字のゼファルと同じ形をしているところからその名がついた。ミルヴァはゼファルを何年も愛用し、これをしのぐ弓はないと思っていた。

だが、ついにそれ以上のものに出会った。出会った場所はもちろんシダリスの〈海浜市《かいひんいち》場《ば》〉――小型船やガリオン船の船乗りたちが遠い世界の果ての、あらゆる土地から持ちこむ珍品が集まることで有名な市場だ。ミルヴァはひまさえあればこの市《いち》に足を運び、異国の弓を物色した。長く使えそうな弓を買ったのもそこだ。光沢のあるレイヨウの角《つの》で補強したゼリカニア産のゼファルは完璧だと思った。だが、それはわずか一年だった。一年後、ミルヴァは同じ商人の同じ店で新たな逸品を見つけた。

極北産で、大きさは百五十センチ強のマホガニー製。持ち手《ハンドル》と安定板のバランスが完璧で、合板リムは上質の木と煮沸した腱と鯨鬚《くじらひげ》を交互に層状に貼り合わせてある。ほかの複合弓と構造が違うだけでなく、値段も大きく異なり、ミルヴァはまずそこに目を奪われた。だが弓を手に取り、しなりを確かめた瞬間、迷いもなく、値切りもせず、商人に代価を払った。四百ノヴィグラド・クラウン。もちろんそんな大金はない。現金の代わりにゼリカニア産のゼファルとクロテンの毛皮一束、エルフの手になる上等の小さなメダルと、一連の川真珠の先に珊瑚《サンゴ》のカメオのついた首飾りを手放した。

後悔はなかった。みじんも。弓は信じられないほど軽く、みごとなまでに正確だった。長さはないが、層状板と腱製リムのおかげで驚くべき反発力があった。湾曲したリムのあいだに正確に張られた絹麻の弦《つる》を六十センチ引きしぼると、五十五重量ポンドの力で矢が飛び出す。もちろん八十ポンド級の弓もあるが、ミルヴァに言わせればそこまでは必要ない。五十五ポンド級の鯨鬚から放たれた矢は心臓が二回鼓動するあいだに六十メートルの距離を飛び、七十メートル離れてもなお雄ジカに刺さり、生身の人間なら貫通させるだけの力があった。ミルヴァがアカジカより大きな動物や重い甲冑をつけた人間を狩ることはめったにない。

チョウが飛び去った。ズアオアトリはなおも下草でさえずっている。そして視界を横切るものは何もない。ミルヴァはマツの幹に寄りかかり、回想を始めた。時間をつぶすためだけに。

そのウィッチャーと初めて会ったのは七月──サネッド島で事件が起こり、ドル・アングラで戦争が勃発した二週間後だった。ミルヴァは二週間ぶりにブロキロンの森に戻ってきた。戦闘で破壊されたエイダーン国に向かう途中、テメリアで敗北したスコイア＝テル奇襲団の残党を先導して。〈リス団〉はドル・ブラサンナのエルフによる蜂起に加わろうとして失敗した。ミルヴァがいなかったら全滅していただろう。しかし彼らはミルヴァを見つけ、ブロキロンの森に避難所を見つけた。

森に着くやミルヴァは〝アグレイがコル・セライに至急、来てくれと言っている〟と告げられ、少し驚いた。アグレイはブロキロンの治療師長で、温泉と洞窟のあるコル・セライの深い谷は通常、治療が行なわれる場所だ。

ミルヴァは呼び出しに応じた。おそらく、傷の癒えたエルフが仲間ともういちど連絡を取るのに手を貸してくれという話だろうと思いながら。だが、負傷したウィッチャーを見て、用件を知ったとたんミルヴァはかんかんに腹を立て、髪をなびかせて洞窟から駆け出ると、怒りのすべてをアグレイにぶつけた。

「あの男に見られた！　顔を見られた！　これがどんなに危険なことかわかる？」

「いいえ、わからない」治療師は冷たく答えた。「あれは〈白狼〉というウィッチャーで、ブロキロンの友人だ。新月の日から二週間ここにいる。起きあがって、ふつうに歩けるようになるにはまだ時間がかかる。彼は世界の動向を知りたがっている――近しい人に関する情報を。それを届けられるのはおまえしかいない」

「世界の動向？　頭がどうかしたんじゃないの？　いま世界で、この静かな森の向こうで何が起こってるか知ってる？　エイダーンは戦のまっただなかだ！　ブルッゲ、テメリア、レダニアは大混乱で、人が山ほど殺されてる！　サネッド島で反乱を起こした者たちがしらみつぶしに追われてる！　密偵とアン＝ギヴァレ――密告者――がうようよしてて、ひとことでも口をすべらせたり顔をしかめる時機を間違えたりしたら、死刑執行人が赤く焼けた鉄ごてを持って待ち構える地下牢に入れられるかもしれない！　そんなときにあたりを嗅ぎまわって、人にたずねまわって情報を集めろっていうの？　この首を賭けて？　それも誰のために？　どこかの死にかけのウィッチャーのため？　あいつがあたしの何だっていうの？　あたしの血と肉体にとって？　完全にどうかしてるよ、アグレイ」

「どなりたいのなら森の奥へ行こう」アグレイが静かにさえぎった。「病人には平穏と静けさが必要だ」

思わずミルヴァは傷を負ったウィッチャーのいる洞窟を振り返った。がっしりした男だった。やせてはいるが、筋肉質……。髪は白いが、腹は若者のように平たい。過酷な日々を送ってきたのだろう、ラードにもビールにも縁のない……。

「あの男はサネッド島にいた」ミルヴァは質問ではなく、事実を述べた。「反逆者だ」

「わたしは知らない」アグレイは肩をすくめた。「彼はケガをし、助けを必要としている。それ以外のことに興味はない」

ミルヴァはむっとした。治療師アグレイは寡黙なことで知られている。だがミルヴァはすでにブロキロンの東部境界にいる木の精から興奮した話を聞かされ、二週間前のできごとを知っていた。栗毛の女魔法使いが一陣の魔法とともにブロキロンに現れたこと。その魔法使いが片腕と片脚が動かない男を引きずっていたこと。その男こそ、木の精たちにグウィンブレイド――〈白狼〉――の名で知られるウィッチャーだった。

木の精たちによると、最初はみな途方に暮れたらしい。手脚を折られたウィッチャーは叫んでは失神するを繰り返し、アグレイはとりあえず包帯を巻き、女魔法使いは毒づいては泣いた。ミルヴァは耳を疑った。女魔法使いが泣く？　やがてデュエン・カネルから――〈ブロキロンのレディ〉こと銀目のイースネから――命令が届いた。〝女魔法使いを追い返せ〟――森を統《す》べる木の精はそう命じた。そしてウィッチャーを治療せよと。

だから彼らは治療した。ミルヴァもその目で見た。ウィッチャーは洞窟のなか、ブロキロンの魔法の泉から湧く水をたたえたくぼみに寝かされていた。添え木で固定され、牽引された腕と脚には治癒効果のある蔓植物――コニンハエラ――とヒレハリソウの葉が何層にも厚く巻かれていた。男の髪はミルクのように白かった。意外にも意識はあった。コニンハエラの治療を受ける者は、ふつうは死んだように横たわり、魔法が効くにつれてうわごとを口にするものなのに……。

「それで？　どうする？」治療師アグレイの感情のない声にミルヴァはわれに返った。

「彼になんと言えばいい？」

「〝くたばれ〟」ミルヴァは重い財布と狩猟ナイフがぶらさがる腰帯を引きあげながら、吐き捨てるように言った。「あんたもだ、アグレイ」

「好きなように。無理じいはしない」

「そのとおり。されちゃたまらない」

ミルヴァはマツがまばらに生える森に入り、振り返らなかった。彼女は怒っていた。

七月最初の新月のあいだにサネッド島で何があったかは知っている。スコイア＝テルがえんえんと話していた。島で行なわれた〈魔法集会〉で反乱が起こり、血が流れ、首がいくつも転がった。そしてそれが合図だったかのようにニルフガード帝国軍がエイダーンとライリアを攻撃し、戦が始まった。テメリア、レダニア、ケイドウェンではすべてが〈リス団〉のせいにされた。ひとつにはスコイア＝テルの奇襲団がサネッドで謀反を起こした魔法使いに手を貸したと見なされたから。もうひとつの理由はエルフもしくはハーフエルフがレダニア王ヴィジミルを刺殺したと思われたからだ。だから逆上した人間は仇討ちとばかりに〈リス団〉を追い詰めた。戦闘はいたるところで激しさを増し、川にはエルフの血が流れ……。

ふん——ミルヴァは思った——つまり司祭たちの言うとおり、世界の終わりと審判の日が目の前に迫ってるってこと？　世界は炎に包まれ、人間はエルフだけでなく同じ人間をも餌食にし、同胞が同胞にナイフを振りあげ……。そしてウィッチャーは政治に首を突っこみ……反乱に加担している。世界を放浪し、怪物を殺すべきウィッチャーが人間を傷つけるなんて！　どんなに記憶をたどっても、政治や戦にかかわったウィッチャーなんかいない。でも近ごろじゃ、どこかのバカな国王がざるで水を運び、ノウサギを使者に雇い、ウィッチャーを領主に任命したという話すらある。そして今ここには、王たちに反旗をひるがえして切り刻まれたウィッチャーが罰を逃れるためにブロキロンの森に横たわってる。まったく、この世の終わりとはこのことだ！

「ごきげんよう、マリア」

ミルヴァははっとした。目と髪が銀色の小柄な木の精がマツの木にもたれていた。沈みかけの太陽が背後の雑木林を照らし、頭部が後輪のように光っている。ミルヴァは片膝をつき、深々と頭をさげた。

「ごきげんよう、レディ・イースネ」

ブロキロンの支配者は木の皮でできた腰帯に三日月型の金色の短刀を差していた。

「立って。少し歩こう。話をしたいと思っていた」

二人は長いあいだ薄暗い森のなかを歩いた。銀髪の華奢な木の精と長身で亜麻色の髪の娘は、どちらもしばらく黙ったままだった。

「デュエン・カネルに来るのはずいぶんひさしぶりだね、マリア」

「時間がなくて、レディ・イースネ。リボン川からデュエン・カネルまでは遠い……それに……。わかってるはずだ」

「わかっている。疲れたか」

「エルフにはあたしの助けが必要だ。そもそもあたしはあなたの命令で彼らを助けている」

「わたしの頼みで」

「そう。あなたの頼みで」

「そこでもうひとつ頼みがある」

「だと思った。あのウィッチャー？」

「彼に手を貸して」

ミルヴァは立ちどまって振り向くと、頭上に茂るスイカズラの小枝をぴしっと折り、もてあそんでから地面に投げ捨てた。

「この半年、あたしはぼろぼろになった奇襲団のエルフを命がけでブロキロンに連れてきた……」ミルヴァはイースネの銀色の瞳を見ながら静かに言った。「彼らが休息を取り、傷が癒えると、また森の外まで先導して……。それがそんなにささいなこと？　これでもまだ足りない？　新月のたびにあたしは闇夜に出てゆく。近ごろはコウモリかフクロウみたいに太陽が怖くなって……」

「おまえほど森の道を知る者はいない」

「森のなかにいたって何もわからない。あのウィッチャーはあたしに、人にまぎれて情報を集めてもらいたがってる。彼は反逆者で、密告者《アン＝ギヴァレ》はあの男の名前に耳をそばだててる。街では素性がばれないように用心しなきゃならない。もし誰かに気づかれたらどうなる？　記憶はまだ生々しく、血も乾いていない……大量の血が流れたからだ、レディ・イースネ」

「多くの血が」銀目の老いた木の精は冷たく、よそよそしく、謎めいていた。「実にたくさんの血が流れた」

「まんいち気づかれたら串刺しにされる」

「おまえは思慮深い。注意深く、慎重だ」

「ウィッチャーがほしがる情報を集めるのに慎重ではいられない。人にたずねなきゃならない。いまは詮索するのが危険なときだ。まんいちつかまったら……」

「おまえにはつてがある」

「拷問される。死ぬまで。さもなきゃドラーケンボーグですりつぶされるか……」

「だが、おまえはわたしに借りがある」

ミルヴァは顔をそむけ、唇を嚙み、苦々しい口調で言った。

「そうだね。忘れちゃいない」

ミルヴァは目を細め、ふいに顔をゆがめて奥歯を嚙みしめた。記憶がまぶたの裏で淡く光った。あの夜の不気味な月の光。ふと足首に痛みがよみがえった。革ひもできつく縛られた痛み。容赦なくねじられた関節の痛み。とつぜん木がさかさまになったときの葉のざわめきがまたもや聞こえた……。自分の悲鳴、うめき、恐れのあまり死にものぐるいであがき、逃げられないと気づいたとたん全身を襲った戦慄《せんりつ》……。悲鳴と恐怖。縄のきしみ。揺らめく人影。揺れ、なぜか頭上にある地面、足もとにある空、足もとに見える木々の梢《こずえ》、痛み、こめかみで脈打つ血……。

そして夜が明け、気がつくと木の精たちに丸く囲まれていた……。遠くに聞こえる、鈴を鳴らすような笑い声……。〝ひもつきのあやつり人形だ！　ぶらん、ぶらん、あやつり人形が小さい頭を下にして……〟。そしてミルヴァ自身の異様な、あえぐような叫び。そして暗闇。

「たしかにあたしには借りがある」ミルヴァは歯のすきまから声を絞り出した。「たしかにあたしは首吊り縄を切られて命拾いした罪人だ。一生かかってもその借りは返せない」

「誰にでもなんらかの借りがある」イースネが言った。「それが人生というものだ、マリア・バリング。借り、債務、義務、恩義、つぐない……。誰かのために何かをすること。それとも自分自身のためか？　われわれはつねに誰かのためではなく自分に借りを返している。借りを作るたび、自分自身に借りを返す。ひとりひとりのなかに貸方と借方が同時に存在する。大事なのは自分のなかで勘定を合わせることだ。われわれはあたえられた命のほんのささいな一部としてこの世に生まれ、そのときからずっと借りを返しつづけている。われわれ自身に。われわれ自身のために。最後の勘定を合わせるために」

「あの人はあなたにとって大事な人、レディ・イースネ？　あの……あのウィッチャーは？」

「そう。だが彼はそのことを知らない。コル・セライに戻るのだ、マリア・バリング。彼のもとへ。そして彼の頼みに応じよ」

渓谷に入ると粗朶がぱりぱりと音を立て、小枝がぱきっと折れた。カササギがやかましく、怒ったようにクワッ、クワッと鳴き、数羽のズアオアトリが白い翼帯と尾羽をひらめかせて飛び立った。やっと獲物を見つけた。

クワッ、クワッとカササギが鳴いた。クワッ、クワッ、クワッ。また小枝の折れる音。

ミルヴァは左上腕の、使いこんで黒光りする革防具の位置を直し、弓についている輪っかに片手をかけた。それから太ももにつけた平たい矢筒から矢を一本取り、いつものように矢じりと矢羽の状態を確かめた。矢柄《やがら》は〈海浜市場〉にずらりと並ぶなかからありきたりのものを選ぶが、矢羽は必ず自分でつける。市場に出まわる既成の矢の多くは矢柄に短い羽根がまっすぐについているが、ミルヴァが使うのは、長さが十センチ以上ある羽根がらせん状についたものだけだ。

ミルヴァは矢をつがえ、峡谷の入口——木々のあいだで赤い実をたわわにつけるメギの緑が茂る場所——をにらんだ。

ズアオアトリはまだ飛び去ってはおらず、ふたたび甲高い声で鳴き出した。さあ、おいで——ミルヴァは弓をかかげ、弦を引いた。さあ、準備は万端だ。

だが、ようやく見つけたノロジカは谷にそって、リボン川に流れこむ渓流の源泉と沼地のあるほうに歩いていってしまった。そこへ一頭の若い雄ジカが谷間から現れた。いい獲物だ。体重はざっと二十五キロ。頭をあげ、耳を立て、それから背を向け、落ち葉を食みながら茂みに向かってゆく。

こっちに背を向けたらしとめるのは簡単だ。木の幹が獲物の一部をさえぎっていなかったら即座に矢を放っていただろう。腹部に当たっても矢は深々と突き刺さり、心臓か肝臓もしくは肺をつらぬいたはずだ。たとえ臀部でも矢は動脈を切り裂き、シカはほどなく倒れる。ミルヴァは弦を引いたまま、じっと待った。

雄ジカはふたたび頭をあげ、木の幹から出てきてふいにちょっと振り向いた。弦をぎりぎりまで引きしぼっていたミルヴァは小声で毒づいた。正面から射るのはあまりいい手ではない。肺に当たらず胃に入る恐れがある。ミルヴァは口の端に塩辛い弦を感じながら息を詰めた。これが、この弓のいちばんの特長でほかにはない利点のひとつだ。もっと重くて粗悪な弓では、こんなに長く弦を絞りつづけることはできない。腕が疲れるか、ねらいがずれるのがおちだ。

さいわいシカは頭をさげて苔から生える草を食べ、横向きになった。ミルヴァはゆっくりと息を吐き、獲物の胸にねらいをさだめ、弦からそっと指を放した。

だが、矢が肋骨を砕く音は聞こえなかった。シカはぴょんと跳びあがり、地面を蹴って逃げた。そのさいに枯れ枝が折れ、蹴散らされた枯れ葉が音を立てたからだ。

ミルヴァは心臓が数回鼓動するあいだ、森の女神をかたどった大理石像のようにじっと立っていた。すべての音が静まってからようやく頬から手をあげて弓をおろし、シカが逃げた経路を頭に入れ、静かに腰をおろして木の幹にもたれた。ミルヴァは熟練の猟師《ハンター》だ。幼いときから領主の森で密猟してきた。初めてノロジカをしとめたのは十一歳のときで、十四歳の誕生日には枝角が十四本あるシカをしとめ、とびきり幸先がいいと言われた。そしてこれまでの経験から、手負いの獲物をあわてて追うべきではないことを学んだ。ねらいが正確ならば、雄ジカは谷の入口から百五十メートルも行かずに倒れる。まんいちねらいがはずれても――ミルヴァにはまずありえないが――あわてて追うと状況を悪くするだけだ。深手を負った獲物は暴れず、最初に驚いて逃げたあとは速度を落とし、歩き出す。おびえた動物は追われると猛然と走り出し、丘を越えて遠くに逃げるまで歩をゆるめない。だから少なくとも三十分は時間がある。ミルヴァは草の葉をむしって口にくわえると、またもやあれこれ思いをめぐらし、記憶をたどった。

十二日後にブロキロンに戻ると、ウィッチャーはもう起きて歩きまわっていた。ゆっくりした足取りで、片脚を少し引きずっていたが、それでも歩いていた。ミルヴァは驚かなかった。森の水と薬草コニンハエラの驚異的な効き目は知っている。治療師アグレイの能力も知っているし、負傷した木の精が驚異の速さで治るところをなんども見てきた。ウィッチャーという人種の並はずれた抵抗力と耐久力にまつわる噂もまた、たんなる神話ではなさそうだ。

木の精たちは〈白狼〉が彼女の帰りをいまかいまかと待っていたことをさりげなくほのめかしたが、ミルヴァは戻ってすぐにコル・セライには行かなかった。任務にはまだ気乗りしなかったし、自分の気持ちを確かめたくてわざとぐずぐずしていた。〈リス団〉を野営地まで護衛したあと、道中でのできごとを長々としゃべり、人間がリボン川の境界を封鎖しようとしていると木の精たちに警告した。三度なじられて、ようやくミルヴァは水を浴び、服を着替えてウィッチャーに会いにいった。

彼は森の空き地の脇にあるヒマラヤスギの横で待っていた。あたりを行ったり来たりし、しゃがんではときおりはずみをつけて立ちあがる。アグレイに運動するよう命じられたようだ。

「どうだった」挨拶もそこそこにウィッチャーはたずねた。冷ややかな声だが、ミルヴァの帰りを待ちわびていたことは隠せない。

「戦は終わりつつある」ミルヴァは肩をすくめた。「噂ではニルフガードがライリアとエイダーンを叩きつぶしたらしい。ヴェルデンは降服し、テメリアの王はニルフガードの皇帝と条約を結んだ。〈花の谷〉のエルフは自分たちの王国を建てたけど、テメリアとレダニアのスコイア＝テルは加わらなかった。彼らはいまも戦いつづけて……」

「知りたいのはそういう話じゃない」

「違った？」ミルヴァは驚いたふりをした。「ああ、わかった。頼まれたとおり、かなりまわり道だったけどドリアンに寄ってきたよ。いま街道は恐ろしく物騒で……」

そこで言葉を切り、間《ま》を取った。こんどはウィッチャーもせかさない。

「訪ねるように頼まれたコドリンガーってのは」しばらくしてミルヴァは言った。「あんたの親しい友人？」

ウィッチャーの顔はぴくりとも動かなかったが、ミルヴァには彼が理解したのがすぐにわかった。

「いや。違う」

「そりゃよかった」ミルヴァは軽い調子で続けた。「もうこの世にはいない。事務所もろとも炎にのまれた。残ったのはおそらく煙突と屋敷の正面半分だけだ。ドリアンじゅうがその噂でもちきりだった。コドリンガーは黒魔術に手を染め、毒薬を調合してたとか、悪魔と契約したせいで悪魔の火で焼かれたとか。いつものように突っこんではいけない割れ目に鼻と指を突っこんだという者もいれば、誰かを怒らせ、そのせいで殺され、証拠隠滅のためにすべてが燃やされたという者もいた。どう思う？」

答えはなく、ウィッチャーの青白い顔にはなんの感情も読み取れない。ミルヴァはとげのある、ふてぶてしい口調で続けた。

「おもしろいのは、コドリンガーの焼死が七月最初の新月のあいだ――ちょうどサネッド島の騒ぎと同じとき――に起こったことだ。まるでコドリンガーが謀反のことを知ってて、事情をきかれるのを誰かが読んでたみたいに。彼のたくらみを事前に阻止しようと誰かが口封じしたみたいに。どう思う？　ああ、言うことは何もない、か。あんたが言わないのならあたしが言ってあげる。あんたのやってることは危険だ――密偵行為も情報収集も。誰かがコドリンガーとは別の誰かの口と耳を封じようとしてる。あたしはそう思う」

「すまない」しばらくしてウィッチャーが言った。「きみの言うとおりだ。おれはきみを危険な目にあわせた。このような任務は危険すぎて――」

「危険すぎて女には無理だって言いたいの？」ミルヴァはさっと顔をあげ、まだ濡れている髪を払いのけた。「そう言おうとした？　いきなり紳士面《しんしづら》する気？　用を足すときはしゃがんでも、あたしの上着の裏にはウサギじゃなくてオオカミの毛が張ってあるんだ！あたしを臆病者と呼ばないでよ、何も知らないくせに！」

「知っている」ウィッチャーはミルヴァの怒りにも大声にも動じず、淡々と答えた。「きみはミルヴァ。敵を避け、〈リス団〉を安全にブロキロンの森まで手引きする案内人だ。きみの勇気は知っている。だが、おれは無謀にも、身勝手にもきみを危険にさらし――」

「このバカ！」ミルヴァが鋭くさえぎった。「あたしのことより自分の心配をしたらどう！　あの娘のことを！」

ミルヴァはせせら笑いを浮かべた。こんどばかりはウィッチャーの表情が変わった。ミルヴァはわざと黙りこみ、質問を待った。

「何を知っている？」ようやくウィッチャーが口を開いた。「誰から聞いた？」

「あんたにはコドリンガーがいた」ミルヴァはふんと鼻を鳴らし、得意げに頭をそらした。「あたしにはあたしのつてがある。鋭い目と耳を持つつてがね」

「教えてくれ、ミルヴァ。頼む」

「サネッドでの事件のあと、あちこちで騒ぎが起こった」しばらくしてミルヴァは言った。

「反逆者狩りが始まった。とりわけニルフガードに手を貸した魔法使いと裏切り者に対する追跡は執拗だった。何人かがつかまって、何人かは跡形もなく行方をくらました。でも、追われたのは魔法使いと連中がどこに逃げ、誰の羽の下に隠れてるか言うまでもない。でも、追われたのは魔法使いと反逆者だけじゃなかった。有名なフルチアーナひきいる〈リス団〉もサネッドの反乱で暴動を起こした魔法使いに手を貸した。だから彼も追われている。エルフを捕らえたらひとり残らず拷問し、フルチアーナ奇襲団について尋問せよという命令が出てる」

「フルチアーナ？」

「スコイア＝テルのエルフだ。この男ほど人間をいらだたせるエルフはいない。やつの首にはべらぼうな賞金がかかってる。でも、追われているのはフルチアーナだけじゃない。サネッド島にいたニルフガードの騎士。そして……」

「続けてくれ」

「アン＝ギヴァレが〝リヴィアのゲラルト〟という名のウィッチャーのことをききまわってる。それからシリラという娘のこと。二人とも生け捕りにしろと。そむいたら死刑だ。どちらを捕らえても髪の毛一本触れてはならないし、娘のドレスからはボタンひとつ引きちぎってはならない。ああ！　これほど気づかわれるとは、あんたたちはよほど重要人物なんだろうね……」

ウィッチャーの表情からわざとらしい平静さがさっと消えるのを見てミルヴァは口をつ

ぐみ、さとった。どんなにがんばってもこの男をおびえさせることはできない。少なくとも彼自身の命に脅しをかけても通用しない。ミルヴァはなぜか恥ずかしさを覚えた。

「とにかく、やつらがどんなに捜しまわっても無駄ってことだ」ミルヴァは茶化すようにほほえみ、口調をやわらげた。「あんたはブロキロンで無事だし、その娘を生け捕りにもできない。サネッド島のがれきをくまなく捜しても、崩れ落ちた魔法の塔の残骸を全部調べても——ちょっと、大丈夫？」

ウィッチャーがよろけてヒマラヤスギに寄りかかり、幹の脇にどさりと座りこんだ。ミルヴァはもともと青白かった男の顔色がいきなり蒼白になったのを見てぎょっとし、飛びのいた。

「アグレイ！　シルサ！　ファウヴ！　すぐ来て！　ちょっと、いまにも倒れそうじゃないの！　ねえ、あんた！」

「呼ぶな……。おれは大丈夫だ。話してくれ。続きを知りたい……」

ミルヴァはふいに理解した。

「がれきのなかには何も見つからなかった！」言いながら自分も血の気が引きそうだった。「何ひとつ！　石のひとつひとつを調べて魔法をかけたけど、何も……」

ミルヴァは額の汗をぬぐい、駆けつけた木の精を片手で押しとどめた。そしてウィッチャーの両肩をつかみ、長い髪が青白い顔にかかるほど顔を近づけた。

「あんたは誤解してる」ミルヴァはとりとめもなく早口で言った。言葉がこぼれるようにあふれてきて、どう言えばいいかわからなかった。「あたしはただ——悪気はなかった。だってあたしは……。あんたにとってその娘がそんなに大事だなんて知らなかった……。違う……そんなつもりじゃなかった。あたしはただその娘が……。つかまりはしないって言いたかっただけ。魔法使いみたいに跡形もなく消えたんだから。ごめん」

ウィッチャーは無言で視線をそらし、ミルヴァは唇を嚙んで両こぶしを握りしめた。

「三日以内にまたブロキロンを離れる」長い沈黙のあと、ミルヴァはやさしく言った。

「そのころには月がいくらか小さくなって、夜も少しだけ暗くなる。十日で戻る——たぶんそれより早く。八月の初め、〈ラマスの収穫祭〉が過ぎたらすぐに。心配いらない。簡単じゃないけど、すべてを突きとめる。その娘について何かわかったらあんたに教える」

「恩に着る、ミルヴァ」

「じゃあ十日後に……〈白狼〉」

「ゲラルトと呼んでくれ」そう言って片手を差し出した。ミルヴァはためらいもなくその手を取り、きつく握りかえした。

「あたしはマリア・バリング」

ミルヴァの素直な態度にゲラルトはうなずき、かすかに笑みを浮かべた。ミルヴァにはウィッチャーが感謝しているのがわかった。

「くれぐれも気をつけろ。人にきくときはたずねる相手に用心するんだ」

「あたしのことは心配いらない」

「きみの情報屋は……信用できるのか」

「あたしは誰も信用しない」


「例のウィッチャーはブロキロンにいます。木の精たちとともに」

「やはりそうか」ディクストラは胸の前で腕を組んだ。「だが、確認できてよかった」

しばしの沈黙。レネプは唇をなめた。そして待った。

「確認できて何よりだ」レダニア国の課報部長は独りごとのように、考え深げに繰り返した。「どんなときも確かなのはよいことだ。あとはイェネファーがあの男と一緒にいさえすればいいのだが……。やつのそばに魔女はいないのだな、レネプ？」

「は？」課報員レネプは驚いて聞き返した。「いえ、閣下。おりません。ご命令はなんでしょう？ 彼を生かしておきたいのならブロキロンからおびき出します。息の根を止めたいのであれば……」

「レネプ」ディクストラは冷たい薄青色の目で部下を見あげた。「そう気負うな。われわれの商売において、やりすぎは報われない。疑われるのがつねだ」

「閣下」レネプはやや青ざめ、「わたしはただ――」

「わかっている。おまえはただ、わたしの命令をたずねただけだ。では命令を出す——ウィッチャーには手を出すな」

「了解しました。ミルヴァは？」

「あの女にも手を出すな。当面は」

「わかりました。さがってもよろしいでしょうか」

「ああ」

レネプはカシの木の扉をそっと閉めて部屋を出た。ディクストラは長いあいだ無言で、目の前に山と積まれた地図や手紙、告発状や尋問報告書、死刑宣告書を見ていた。

「オリ」

ディクストラの呼びかけに秘書が無言で頭をあげ、咳払いした。

「ウィッチャーはブロキロンにいる」

オリ・リューベンはもういちど咳払いし、思わずテーブル下の上司の片脚に目をやった。ディクストラはその視線に気づき、声を荒らげた。

「そうだ。このまま見逃すつもりはない。やつのせいでわたしは二週間、歩けなかった。フィリパの前で恥も外聞もなく犬のように泣きつき、魔法を乞わねばならなかった。そうでもしなければいまもろくに歩けなかっただろう。誰のせいでもない、自分のせいだ。わたしはやつをあなどった。何より腹立たしいのはやつに仕返しできないことだ！　そんな時間はないし、そもそも私恨を晴らすのに部下を使うわけにはいかぬ！　そうだろう、オリ？」

「えー、へん……」

「何も言うな。わかっている。だが、くそっ、権力のなんとあらがいがたいことよ！　利用せよとしきりに誘惑してくる！　権力を手にしたとたん、人はいかにそのことを簡単に忘れることか！　だが、いちど忘れたら歯止めがきかぬ……。フィリパ・エイルハートはまだモンテカルヴォにいるのか」

「はい」

「羽根ペンとインク壺を取れ。フィリパあての手紙を口述する。まず……。くそっ、集中できん。いったいなんの騒ぎだ、オリ？　広場で何が起こっている？」

「数人の学生がニルフガード大使館に石を投げております。われわれがカネで雇ってやらせております、えへん、わたくしの勘違いでなければ」

「ああ。わかった。窓を閉めろ。明日はドワーフのギアンカルディ銀行に投げさせろ。あの男は口座照会を拒否した」

「ギアンカルディは、えへん、軍に多額の寄付をしておりますが」

「ふん。ならば寄付しなかった銀行をねらえ」

「すべてやりました」

「ああ、オリ、おまえはつくづく退屈なやつだな。さあ、書け。〝いとしのフィル、わが太陽にして……〟。くそっ、また忘れた。紙を替えろ。いいか」

「どうぞ、えへん」

「〝親愛なるフィリパ。レディ・トリス・メリゴールドはサネッドからブロキロンへ転送したウィッチャーの身をさぞ案じているだろう。彼女が固く口を閉ざしていたので、このわたしですら知らなかった。とても胸が痛む。どうかトリスに安心するよう伝えてほしい。ウィッチャーは回復している。きみがひどく気にしていた娘——シリラ王女——の行方を探ろうとブロキロンから女使者を送り出したほどだ。どうやらわれらがよき友ゲラルトは、シリラがニルフガードで皇帝エムヒルとの婚礼準備を進めている事実を知らないらしい。わたしにとって重要なのは、彼がブロキロンの森に身をひそめていることだ。そうとわればこの知らせを届けるべく手を打てる〟。ここまではいいか」

「えへん……〝知らせを届けるべく手を打てる〟」

「次の段落！　〝わからないのは……〟、オリ、羽根ペンをふけ！　フィリパあての手紙だぞ、王宮議会あてではない。文面はあくまで美しくだ！　次の段落。〝わからないのはなぜ例のウィッチャーがイェネファーに連絡を取ろうとしないかだ。彼の執着にも似た愛情が——愛する女の政治目的を知ったからといって——とつぜん消えるとはとても思えない。一方で、もしシリラをエムヒルに渡したのがイェネファーだという確証が取れれば、喜んで彼にその旨を伝えたい。そうなれば問題はおのずと解決し、不実な黒髪の美女の立場はきわめて危うくなる。アルトード・テラノヴァがいみじくもサネッド島で証明したように、ウィッチャーはあの少女に触れようとする者には容赦しない。わたしは、フィル、きみがイェネファーの裏切りの証拠を持たず、彼女の潜伏場所を知らないと思いたい。これがきみのわたしに対する最新の秘密だとしたら、これほどつらいことはない。きみに隠し立ては何もない……〟何をにやにやしている、オリ?」

「いえ、なんでもありません、えへん」

「続ける! 〝きみに隠し立ては何もないし、フィル、助け合いの精神を期待する。心からの敬意をこめて〟とかなんとか。持ってこい、署名する」

オリ・リューベンが手紙に砂をかけた。ディクストラはゆったりと座り、腹の上で指を組み合わせて親指どうしをくるくるまわした。

「ウィッチャーが差し向けた、あのミルヴァという密偵。何かわかったか」

「彼女はいま、えへん」――オリは咳をし――「テメリア軍につぶされたスコイア=テルの残党をブロキロンまで護衛する任務についております。追跡と罠からエルフを助け、休ませ、戦闘集団を再編成させるべく……」

「わかりきったことを言うな」ディクストラがさえぎった。「ミルヴァの動きは知っている。いずれ利用するつもりだ。そうでなければとっくにテメリアに売り渡している。ミルヴァ自身のことで何がわかった？　素性は？」

「わたくしの間違いでなければ、上《かみ》ソドンのさびれた村の出身で本名はマリア・バリング。ミルヴァは木の精がつけた通称です。古代語で、意味は――」

「赤トビ」ディクストラがさえぎった。「知っている」

「猟師の家系で、森に住み、緑林を庭としてきました。老バリングは息子をヘラジカに踏み殺され、娘に森の技術を教えました。父親の死後、母親は再婚。えへん……マリアは義父とうまくゆかずに家出。わたくしの間違いでなければ十六歳のときです。狩猟で暮らしながら北をめざすも、領主の猟場番人たちはマリアこそが獲物とばかりに彼女を追い、襲い、生活は楽ではなかった。そこでブロキロンの森で密猟を始め、えへん、木の精に捕えられました」

「そして命を救われ、仲間になった」ディクストラがつぶやいた。「いわば養女になり……マリアは彼らの恩に報いた。〈ブロキロンの魔女〉こと銀目のイースネと約束をかわしたのだ。マリア・バリングは死に、ミルヴァよ永遠なれ……か。ヴェルデンとケラクの軍勢が気づくまで、いくつの遠征隊がだまされた？　三つか」

「えへん……四つです、わたくしの間違いでなければ……」オリ・リューベンはつねに間違いを恐れるが、彼の記憶はつねに正しい。「全体で約百人の猛者が木の精の頭皮を求めて出発し、気づくまでに長い時間がかかりました。ときおりミルヴァがみずから背中にかついで殺戮から救出したからです。救われた者はみな彼女の勇気をたたえました。わたくしの記憶に間違いがなければ、四度目にして初めてヴェルデンの誰かが気づきました。〝なぜ〟――といきなり声があがり、えへん――〝人間を束ねて木の精と戦う案内役だけはいつも無傷なのか〟と。そこですべてがあきらかになりました。案内役であるミルヴァは彼らを誘導していたのです、罠に――木の精が構える弓の射程のどまんなかに……」

ディクストラは羊皮紙から拷問室のにおいがするような気がして尋問報告書を机の端へすべらせた。

「そしてミルヴァは朝霧のようにブロキロンの森に消えた。ヴェルデンではいまも木の精討伐隊の志願者を見つけるのに苦労している。老イースネと若き〈赤トビ〉は実に効率よく粛清を行なっていた。しかもぬけぬけと、汚い手を編み出したのはわれわれ人間だと言っている。見かたを変えれば……」

「えへん」オリ・リューベンはディクストラがふっと黙り、沈黙が続くのに驚いて咳払いした。

「見かたを変えれば、彼らもついにわれわれから学びはじめたのかもしれん」ディクストラは告発文と尋問報告書と死刑宣告書を見おろしながら冷たく言った。

雄ジカが姿を消したあたりに血の痕がないのを見てミルヴァは不安になった。そして、矢を放ったときにシカが跳びあがったのをふと思い出した。跳びあがったのか、跳びあがろうとしていたのか、いずれにせよあのときシカは動いた。矢は腹に当たったのかもしれない。ミルヴァは毒づいた。腹に当てるなんて狩人の恥だ！　げっ、考えただけでぞっとする！

ミルヴァは急いで谷の斜面を駆けのぼり、やぶや苔やシダのあいだを注意深く見まわした。探していたのは腕の産毛もそれるほどの鋭い四枚刃のついた矢だ。三十五メートルの距離から放ったのだから、貫通しないはずがない。

探したすえにようやく見つけた。ミルヴァはほっとため息をつき、三度唾を吐いて幸運に感謝した。案じるまでもなかった。思ったより状況はいい。矢はべたべたする胃の中身におおわれてはいなかった。肺を貫通した跡の鮮やかなピンクの泡状の血もついていない。矢柄は赤黒い、ねばつくものにおおわれていた。心臓をつらぬいた証拠だ。これで、シカの足跡をたどって長い距離を這い、忍び足で歩かなくてすむ。獲物は空き地から百歩も離れていない下草に横たわっているはずだ。そこには必ず血の痕がある。そして心臓をつらぬかれていれば、数歩先から出血しているはずだから、どこを通ったかも簡単にわかる。

ミルヴァは十歩ほど歩いたところで血痕を見つけ、またしても物思いにふけりながら跡をたどった。

ウィッチャーとの約束どおり、ミルヴァは〈収穫祭〉の五日後――新月の五日後――にブロキロンに戻った。人間暦では八月の初め、エルフ暦ではラマス――一年のうちの七番目、最後から二番目の月だ。

夜明けに五人のエルフをひきいてリボン川を渡った。当初は九人の騎乗者を連れていたが、ブルッゲからずっと兵団に追われ、川の六百メートル手前で追いつかれ、真後ろまで迫られた。リボン川に到達し、はるか対岸の朝靄のなかにブロキロンの森が立ちはだかるのを見て、ようやく追っ手はあきらめた。彼らはブロキロンを恐れている。奇襲団が助かったのはひとえにそのおかげだ。一団は川を渡った。疲れきり、傷だらけで。だが、全員は渡れなかった。

伝えるべき知らせはあったが、〈白狼〉はまだコル・セライにいるはずだ。ミルヴァはしばらくぐっすり眠り、昼ごろに会いに行くつもりだった。だから、ウィッチャーがいきなり霧のなかから亡霊のように現れたときは驚いた。無言でそばに腰をおろし、ミルヴァが小枝の山に毛布を敷いて寝床を作るのを見ている。

「せっかちだね、ウィッチャー」ミルヴァはからかった。「あたしはいまにも眠りこみそうだ。一昼夜、鞍に座りつづけて尻はしびれ、夜明けに狼の群れみたいに湿地を這い進んでズボンは腰までずぶぬれで……」

「頼む。何かわかったか」

「ああ、わかった」ミルヴァは濡れて張りつくブーツのひもをほどき、引っ張った。「楽なもんだった。なにしろ街はその話でもちきりだ。あんた、例の娘があんなに高貴な生まれだなんて、ひとことも言わなかったじゃない！　てっきり義理の娘かなんかで、不幸な星のもとに生まれた宿なしの孤児かなんかだと思ってた。それがなんと。シントラの王女様！　たいしたもんだ！　で、あんたは身をやつした王子様？」

「聞かせてくれ」

「王たちはもう手を出せない。あんたのシリラはサネッドからまっすぐニルフガードに逃げた。おそらく謀反を起こした魔法使いと一緒に。そして皇帝エムヒルは王女様を正式に迎えた。どういうことかわかる？　皇帝はシリラと結婚すると宣言したんだ。さあ、休ませてよ。なんなら寝たあとでまた話す」

ゲラルトは無言だ。ミルヴァは濡れた足布に朝日が当たるように分かれた枝にかけてから腰帯の留め金を引っ張り、うなるように言った。

「着替えたいんだけど。いつまでそこにいる気？　いくら待ってもこれ以上いい知らせはないよ。あんたは無事だ。あんたのことをききまわる者はいないし、密偵も興味を失ってる。あんたの娘っ子は王たちの手を逃れ、もうじき皇帝の妃になって……」

「それは確かな情報か」

「今日び確かなものなんか何もない」ミルヴァは寝床に座ってあくびをした。「太陽が空を東から西へ移動すること以外には何も。でもニルフガードの皇帝とシントラの王女に関する噂は本当らしい。なにしろ誰もがそのことを話してる」

「なぜ急にそんなことに？」

「ほんとに何も知らないの？　王女様はエムヒルに持参金として広大な領土を渡したんだよ！　それもシントラだけじゃなく、ヤルーガ川のこっち側も！　ふん、これでシリラはあたしの女領主でもあるってわけだ。あたしは上ソドンの出身だからね。そしてソドン全体がシリラの領地になる！　だからあたしがあの子の森でシカをしとめたらとっつかまって、あの子の命令で絞首刑になるかもしれない……。ああ、なんて世のなかだ！　もういいでしょ、眠くてたまらない……」

「あとひとつだけ。魔法使いは——その、反乱を起こした魔法使いのなかでつかまった者はいたか」

「いや、誰も。でも、女魔法使いがひとり自殺したらしい。ヴェンガーバーグが陥落してケイドウェンがエイダーンに侵攻した直後に。絶望したか、それとも拷問を恐れたか——」

「きみが連れてきたエルフ奇襲団に乗り手のいない馬が数頭いた。一頭ゆずってもらえないか」

「ああ、急いでるわけね」ミルヴァは毛布にくるまりながらつぶやいた。「あんたがどこに行こうとしてるかは想像が……」

そこでミルヴァはウィッチャーの表情にはっと口をつぐみ、自分が届けたのがいい知らせでもなんでもなかったことに気づいた。自分は何もわかっていなかった。まったく何も。ふとわけもなくゲラルトの横に座り、質問を浴びせたい衝動にかられた。話を聞いて、もっと事情を知り、相談に乗りたいような……。そこであわててこぶしで目じりをこすった。あたしは疲れてる——ミルヴァは思った——なにせ一晩じゅう死神から首に息を吹きかけられていたんだ。休まなきゃ。そもそもなんであたしがウィッチャーの悩みや心配を気にしなきゃならない？　あたしになんの関係がある？　あの娘がなんだっていうの？　ウィッチャーも娘も知ったことか！　くそっ、ちっとも眠れやしない……。

ゲラルトが立ちあがった。

「エルフは馬をくれるだろうか」

「どれでも好きなのをもらえばいい」しばらくしてミルヴァは言った。「でも敵には見られないほうがいい。浅瀬でひどくなぐられて、血が流れて……。それから黒馬はだめ、あれはあたしの……。まだ何か用？」

「きみの助けに感謝する。いろいろとありがとう」

ミルヴァは無言だ。

「きみには借りができた。どうやって報いればいい？」

「どうやって？　報いたきゃあたしの目の前から消えてよ！」ミルヴァは片肘をついて身を起こし、毛布を引っ張りながらどなった。「あたしは……寝たいんだ！　さっさと馬を連れて……行けばいい……。ニルフガードでもどこでも。あたしには関係ない！　さっささと消えて、頼むから寝かせて！」

「借りは返す」ゲラルトは静かに言った。「この恩は忘れない。いつか助けが必要なときがくるかもしれない。ささえが。寄りかかる肩が。そのときは夜に向かって叫べ。必ず助けに行く」

雄ジカは斜面の端――噴き出す湧水でぬかるみ、シダがうっそうと茂る場所で首をねじまげ、うつろに空を見つめて横たわっていた。数匹の大きなマダニが薄茶色の腹部を食い破っている。

「ほかの血を探しな、この害虫」ミルヴァはつぶやき、袖をまくってナイフを取り出した。「こいつはもうじき冷たくなる」

それから慣れた手つきで胸骨から肛門まで――生殖器を器用に避けて――すばやく皮を切り裂き、肘まで血に染めながらていねいに脂肪層をはぎとった。食道を切断し、内臓を引き出し、胃と胆のうを切り開いて胃石を探す。ミルヴァは信じないが、世のなかには動物が持つ結石に魔力があると信じて法外なカネを出す愚か者が山ほどいる。

シカを抱えあげ、血が抜けるように開いた腹部を下にして近くの丸太に載せた。それからシダの束で両手をぬぐい、獲物の脇に座りこんだ。

「何かに取りつかれた、いかれウィッチャー」ミルヴァは三メートルほど頭上にそびえるブロキロンのマツの梢を見ながらつぶやいた。「あんたはその子を見つけるためにニルフガードに行こうとしてる。燃えさかるこの世の果てに、食糧をどうするかも考えずに。命がけで守りたい人がいるのはわかる。でも、どうやって命をつなぐつもり？」

当然ながらマツの木は答えず、独りごとをさえぎりもしない。

「あんたがその子を取り戻せるとはとても思えない」ミルヴァは爪の先にこびりついた血をナイフで掻きとりながらつぶやいた。「ニルフガードどころかヤルーガ川までも行けない。ソドンすら無理かもしれない。あんたは死ぬ運命だ。その恐ろしい顔に書いてある。死が不気味な瞳の奥からにらんでる。死に追いつかれるよ、いかれウィッチャー、もうすぐ追いつかれる。でも、この小ジカのおかげで少なくとも飢えはしない。たいした量じゃないけど、ないよりましだ。あたしはそう思う」

ニルフガード帝国の全権大使が謁見室に現れたのを見てディクストラはひそかにため息をついた。皇帝エムヒル・ヴァル・エムレイスの大使シラード・フィッツ＝エスターレンは外交辞令に長け、外交官と学者にしか通じない、もったいぶった言いまわしで文言を飾り立てるのを好む男だ。ディクストラもオクセンフルトのアカデミーで学び、文学修士の称号こそないものの仰々しい専門語の基本は知っている。だが、尊大さともったいぶった慇懃さが死ぬほど嫌いで、使うことはめったにない。

「ごきげんよう、大使」

「これはこれは閣下」シラード・フィッツ＝エスターレンはうやうやしくお辞儀した。「ああ、失礼。公爵閣下とお呼びすべきでしたかな？　それとも摂政？　国務大臣？　いやはや、貴殿にはいくつもの職務が霰《あられ》のごとく降りそそぎ、礼を失せぬためにはいったいなんとお呼びすればいいのやら」

「〝陛下〟がもっともふさわしいかもしれぬ」ディクストラはやんわりと皮肉をかわした。「国王が臣下の質で決まることはご存じであろう、大使。わたしが〝跳べ！〟と叫べば、トレトゴールの廷臣たちが〝どれくらいの高さまで？〟とたずねることも」

誇張であることはシラードもわかっていたが、ディクストラの言葉はまんざら大げさでもなかった。ラドヴィッド王子は未成年で、王妃ヘドウィグは夫の非業の死に憔悴し、貴族階級は政変におびえ、うろたえ、分裂した。つまり、ディクストラはレダニア国の事実上の統治者であり、その気になればいくらでも役職を手にできる。だが、本人にその気はなかった。

「外務大臣も通さず、閣下じきじきにお呼びいただくとは」ややあってシラードが言った。

「身にある光栄です」

「大臣は体調不良により職務をしりぞいた」ディクストラはそう言って天井を見あげた。

大使シラードは重々しくうなずいた。レダニアの外務大臣が地下牢に幽閉されていることは知っている。臆病で愚かな男のことだ――尋問に先立って行なわれた拷問具の実演のあいだにニルフガードの諜報部と通じていたことを洗いざらいディクストラに吐いたに違いない。シラードは、帝国諜報部長ヴァティエル・ド・リドーが張りめぐらした情報網が寸断され、いまやすべての糸がディクストラの手のなかにあることを知っていた。そしてそれらの糸が直接自分の身につながっていることも。だが大使は外交特権で守られている。この場は外交儀礼にしたがい、最後までこのゲームを続けなければならない。とりわけ、ヴァティエルと帝国特任管財官のステファン・スケレンから大使館に届いたばかりの奇妙な暗号指示書にしたがうことに関しては。

「後任がまだ決まっておらぬゆえ、わたしからこのようなことを言わねばならぬのは実に心苦しいが、いまや貴殿はレダニア国にとって〝好ましからぬ人物《ペルソナ・ノン・グラータ》〟だ」

ディクストラの言葉にシラードは頭をさげた。

「何より遺憾なのは、双方の大使を解任するにいたった不信が結局のところレダニア国にもニルフガード帝国にも直接には関係ないできごとの結果だという事実です。帝国はレダニアに対し、なんの敵対的手段も取ってはおりません」

「ヤルーガ川河口とスケリッジ諸島でわが国籍の船と貨物を封鎖したことを別にすれば。そしてスコイア＝テル奇襲団の武装と援助を別にすれば」

「皮肉ですかな」

「ヴェルデンとシントラに集結した帝国軍はどうだ？　ソドンとブルッゲに対する武装攻撃は？　ソドンとブルッゲはテメリアの保護下にある。よいか、大使、わが国はテメリアと同盟関係にある。つまりテメリアに対する攻撃はわれわれに対する攻撃と同じだ。レダニアに直接かかわる問題もある。サネッド島の反乱とヴィジミル王の暗殺だ。これらの事件においてニルフガード帝国はどんな役割を演じたのか」

「サネッド島の一件に関してわたくしは意見を述べる立場にありません」大使は両手を広げた。「皇帝エムヒル・ヴァル・エムレイスは貴国の魔法使い抗争には関与しておりません。残念ながら、われわれの抗議行動は別の事実をほのめかすにせ情報の前にほとんど功を奏しませんでした。僭越ながら、にせ情報はレダニア王国の最高権威によって広められたのではなかったかと」

「そのような抗議を受けるとは実に心外だ」ディクストラは微笑を浮かべた。「シントラの王女がまさにそのサネッドで拉致されたあと、皇帝エムヒルは王女が宮廷にいることを隠そうともしていないではないか」

「シントラの女王シリラは拉致されたのではなく、帝国に避難所を求めたのです」シラード・フィッツ＝エスターレンは語気を強めて訂正した。「サネッドの事件とはなんの関係もありません」

「本当か」

「サネッド島の事件に皇帝は驚愕し、どこかの狂人によってなされたヴィジミル王暗殺に心底、嫌悪を抱いております」大使は固い表情で続けた。「しかしながら世間に広まった悪意ある噂はさらにいまわしいものです。このような犯罪の扇動者を帝国内に探すとは」

「本物の扇動者がつかまれば噂は収まるだろう」ディクストラはゆっくりと応じた。「そして彼らがつかまり、法の裁きを受けるのは時間の問題だ」

「〝正義は国家の基盤なり〟」シラードが物々しくうなずいた。「そして〝恐ろしき犯罪は罰せられざることあたわず〟。皇帝陛下もそれを望んでおられるはずです」

「皇帝には望みをかなえるだけの力がある」ディクストラは腕を組み、そっけなく言った。

「反乱の首謀者の一人で、最近まで魔法使いフランチェスカ・フィンダベアと名乗っていたエニッド・アン・グレアナは皇帝エムヒルの恩寵によりドル・ブラサンナのエルフ傀儡州の女王として君臨している」

「皇帝陛下はドル・ブラサンナの内政に関与できません」シラードは堅苦しく頭《こうべ》を垂れた。

「かの地は周辺諸国から独立国と認められております」

「だがレダニアは認めない。レダニアにとってドル・ブラサンナはいまもエイダーン国の一部だ。たとえ貴国がエルフとケイドウェンと手を組んでエイダーンを破壊し、ライリアにいたっては石ころひとつ残らぬ状態だとしても。ニルフガードは世界地図からそのような国々を性急に抹殺しようとしている。早まりすぎだ、大使よ。しかし、いまはそれを論じるときでもなければ、ここはその場でもない。フィンダベアには当面、君主を演じさせておく。じきに報いを受けるだろう。それで、それ以外の反乱者とヴィジミル王の暗殺者はどうなった？　ロゲヴィーンのヴィルゲフォルツは？　ヴェンガーバーグのイェネファーは？　反乱の失敗を受け、二人ともニルフガードに逃げたという確たる情報がある」

「それはありえません」そこで大使は頭をあげた。「まんいちそうだとしても、罰をまぬかれるとは思えません」

「彼らは貴国に害をおよぼしたわけではない。ゆえに処罰の責任はない。皇帝エムヒルは罪人をわれわれに引き渡すことで正義に対する誠実な欲求を証明するだろう――なんといっても〝国家の基盤〟だ」

「要求はごもっともです」シラード・フィッツ＝エスターレンはとってつけたように困惑の笑みを浮かべた。「しかしながら、第一に、彼らは帝国内にはおりません。第二に、たとえわが帝国にいたとしても問題があります。犯罪人引き渡しは法の判断のもとに行なわれ、それぞれの事例を帝国議会で決議しなければなりません。よろしいですか、閣下、レダニアが外交関係を断てば敵対行動と見なされます。敵対国が引き渡しを求めても、避難所を求める人物の引き渡しに議会が賛成するとは思えません。前例がありません……。ただし……」

「ただし、なんだ」

「前例があれば話は別です」

「どういうことだ」

「レダニア国がある被疑者——ここで捕らえられたある犯罪者——を皇帝に引き渡す準備があれば、陛下と議会はそれを善意のあかしと見なすでしょう」

ディクストラはうたたねをしているのか考えているのかわからないほど長いあいだ黙りこみ、ようやく口を開いた。

「誰のことだ」

「罪人の名は……」大使は思い出すふりをし、やがて革の紙ばさみから一枚の文書を探し出した。「お許しください、どうも記憶があいまいで《メモリア・フラジリス・エスト》。ああ、これだ。カヒル・マー・ディフリン・エプ・シラクという人物で、重大なる訴えが起こされております。罪状は殺人、逃亡、婦女暴行、窃盗に文書偽造。皇帝の怒りを恐れ、国外に逃亡しました」

「レダニアに？　ずいぶん遠い場所を選んだものだな」

「閣下の影響力はレダニアにかぎられたものではありません」シラード・フィッツ＝エスターレンはかすかに笑みを浮かべた。「その罪人が同盟国のどこかで拘束されたとしたら、閣下の耳に入らぬはずがない——あまたの……ご友人の報告によって」

「重罪人の名はなんといった？」

「カヒル・マー・ディフリン・エプ・シラク」

ディクストラはしばし黙りこみ、記憶をたどるふりをして答えた。

「いや。そのような名の者が逮捕されたという報告はない」

「確かですか」

「残念だが、そのような内容に関するわたしの記憶《メモリア》はあいまい《フラジリス》ではない、大使」

「それは残念です」シラードは冷ややかに応じた。「そうとなれば罪人の相互引き渡しは不可能かと思われます。これ以上、閣下をわずらわせるつもりはありません。ご健康とご多幸をお祈り申しあげます」

「こちらもだ。ごきげんよう、大使」

シラード大使はていねいな形式ばったお辞儀をなんどか繰り返して部屋を出ていった。

「なにが〝ご健康とご多幸〟だ、この食わせ者めが」ディクストラは腕を組み、つぶやいた。「オリ！」

秘書のオリが赤い顔で咳をこらえ、カーテンの奥から現れた。

「フィリパはまだモンテカルヴォにいるのか」

「はい、えへん。ラウクス＝アンティレ、メリゴールド、メッツ様とともに」

「今日明日にも戦が始まり、国境のヤルーガ川が炎に包まれるかもしれんというのに、そろってさびれた城に雲隠れか！　ペンを取れ。〝いとしのフィル……〟じゃない！」

「書きました――〝親愛なるフィリパ〟」

「よし。続ける。〝ところで、サネッド島にどこからともなく現れては消えた羽根つき兜の奇妙な男はカヒル・マー・ディフリンという名で、執事長シラクの息子というのは知っているだろうか。この謎の人物を追っているのはわれわれだけでなく、どうやらヴァティエル・ド・リドーの諜報員と、あのくそ野郎の手下どもも……〟」

「フィリパ様は、えへん、そのような表現を好まれません。〝あの悪党〟にいたしましょう」

「それでいい。〝あの悪党ステファン・スケレンの手下どもも捜しているようだ。きみもわたしも知っているように、親愛なるフィル、ニルフガード帝国の諜報部が必死に追っているのはエムヒルを怒らせた諜報員と使者だけだ。彼らは命令を実行せず、死にもせず、皇帝と皇帝命令を裏切った。ゆえにこの事件はきわめて興味深い。このカヒルなる人物にくだった命令がシリラ王女の拘束とニルフガードへの移送にかかわっていると確信するからだ〟

次の段落。〝この一件でわたしが抱いた奇妙かつ確かな根拠にもとづく疑念について――わたしがたどり着いた驚くべき、しかし妥当な見解について――じかに会って話したい。

心からの敬意をこめて〟……とかなんとか」

ミルヴァはカラスが飛ぶように南へ馬を走らせた。最初はリボン川の土手ぞいを進み、〈焦げ株〉を抜けて川を渡り、やわらかい鮮緑のスギゴケにおおわれたぬかるむ谷間を抜けた。あたりの地形にくわしくないウィッチャーが、人間が行き来する土手を横切るとは思えない。ブロキロンの森にせりだす川の大きな湾曲部を渡って近道すれば、〈セン・トレイズの滝〉あたりで追いつけるかもしれない。休まずに飛ばせば追い抜くことも。ズアオアトリのさえずりは嘘ではなかった。南の空が一面、雲におおわれている。空気はじっとりと重く、蚊やアブがしきりにまといつく。

まだ実の青いハシバミの木と葉のない黒っぽい低木が茂る湿地に入ったところで気配を感じた。音はしない。気配を感じる。エルフだ。

ミルヴァは下草にひそむ射手から見えるように手綱を引いた。そして息を止めた。出くわした相手が短気でないことを祈りながら。

馬の尻からぶらさがるシカのまわりでハエが一匹ぶーんとうなった。

カサカサとこすれる音。かすかな口笛。ミルヴァも口笛を返す。茂みからスコイア＝テルが音もなく現れ、ようやくミルヴァは息を吐いた。男の顔には見覚えがあった。コイニーク・ダ＝レオがひきいる奇襲団の一員だ。

「やあ《ハェル》」ミルヴァは馬から降りた。「どうした？《ケ＝ス・ヴァ》」

「なんでもない《ネ＝ス》」名前を思い出せないエルフがそっけなく答えた。「こっちだ《カェム》」

エルフたちが近くの空き地で野営していた。少なくとも三十人はいそうだ。コイニーク団の総数より多いのを見てミルヴァは驚いた。近ごろ〈リス団〉は減る一方で、増えることはまずない。しかも最近は立っているのもやっとか、鞍にまっすぐ座れもしない、血まみれでおびえた、ぼろぼろの寄せ集めばかりだが、この団は違った。

「やあ《シード》、コイニーク」ミルヴァは近づいてきた指揮官に呼びかけた。

「やあ《シードミル》、ソル＝カ」

ソル＝カ。意味はリトル・シスター――妹。ミルヴァと親しいエルフは敬意と愛情を示したいとき、こう呼びかける。たしかに彼らはミルヴァよりずっと多くの冬を越している。出会ったころ、エルフにとってミルヴァはただのド＝イネ――人間――にすぎなかった。やがて彼女が定期的にエルフを助けるようになると、アエン＝ウェドベンナ――森の女――と呼び、さらに親しくなると、木の精にならってミルヴァ――〈赤トビ〉――と呼ぶようになった。ごく近しい人しか知らない本名は、その身ぶりからするとエルフ好みではなかったようだ。彼らは〝マリア〟を〝ミル＝ヤ〟と発音し、不愉快そうにかすかに顔をゆがめた。それからすぐに〝ソル＝カ〟に切り替えた。

「どこへ行く？」ミルヴァはあたりをよく見たが、ケガをし、具合の悪そうなエルフは見当たらない。「〈八マイル〉？　ブロキロンか？」

「そうではない」

　ミルヴァはそれ以上きかなかった。エルフのことはよく知っている。こわばった険しい表情と、大げさでわざとらしい落ち着きぶりをなんどか見ていれば、彼らが装備と武器を整えていることはすぐにわかる。その深く、底知れぬ瞳を一度でも見れば充分だ。彼らは戦いに向かおうとしていた。

　南の空が雲におおわれ、暗くなってきた。

「それでおまえはどこへ行く、ソル＝カ？」コイニークはミルヴァの馬からぶらさがる雄ジカをちらっと見やり、微笑を浮かべた。

「南だ」ミルヴァは冷たくコイニークの予想を裏切った。「ドライショットへ」

　エルフの笑みが消えた。

「人間の土手ぞいを？」

「少なくともセン・トレイズまでは」ミルヴァは肩をすくめた。「滝まで行ったら、どうしてもブロキロン側に戻らなければならない。なぜなら……」

　そのとき馬のいななきが聞こえ、ミルヴァは振り向いた。新たなスコイア＝テルが数人、すでに大所帯の奇襲団に加わろうとしていた。ミルヴァがよく知る顔だ。

「シーラン！」ミルヴァは驚きを隠しもせずに小さく叫んだ。「トルヴェイル！　ここで何をしてる？　ブロキロンに連れてきたばかりなのに、もう――」

「行かなければならない《エス＝クレアサ》、ソル＝カ」シーラン・エプ・デルバが重々しく言った。頭に巻いた包帯に血がにじんでいる。

「こうするしかない」トルヴェイルが包帯で吊った腕をかばいながら、そろそろと片腕だけで馬から降りた。「知らせが届いた。一本の弓が重要なときに、ブロキロンにじっとしてはいられない」

「そうと知っていたらあんな苦労はしなかった」ミルヴァは口をとがらせた。「浅瀬であんな危険な真似はしなかったのに」

「知らせは昨夜、届いた」トルヴェイルが静かに答えた。「じっとしてはいられなかった……。こんなときに戦友を見捨てることはできない。どうしても。わかって、ソル＝カ」

空はいよいよ暗くなり、こんどはミルヴァにも遠くの雷鳴がはっきり聞こえた。

「南には行くな、ソル＝カ」コイニーク・ダ＝レオが懇願するように言った。「嵐が近づいている」

「嵐に何ができるって……」そこでミルヴァは言葉を切り、じっとエルフを見返した。「わかった！　届いた知らせっていうのはそういうこと？　ニルフガード？　ニルフガード軍がソドンのヤルーガ川を渡ってるの？　ブルッゲを攻撃してるの？　だからあんたたちも向かうつもり？」

コイニークは答えない。

「やっぱり、まさにドル・アングラのときと同じだ」ミルヴァはコイニークの黒い瞳をのぞきこんだ。「ニルフガード皇帝は、またもやあんたたちに火と剣で王国軍の後方に破壊の種をまき散らさせた。そうやって火種をまかせておいて、自分は王たちと和平協定を結び、各国軍がエルフを皆殺しにする。あんたたちは自分たちがつけた炎で焼かれようとしてるんだ」

「火は浄化する。強くする。乗り越えなければならない試練だ。アエネル＝ハエル、だろう、ソル＝カ？ きみたちの言葉でいえば──炎の洗礼だ」

「そんな炎はまっぴらだ」ミルヴァは雄ジカをほどき、エルフたちの足もとに放り投げた。「あたしは串の下ではじける炎がいい。持ってって。それがあれば道中、飢えで死ぬことはない。あたしにはもう用なしだ」

「南には行かないのか」

「行くよ」

あたしは南へ向かう──ミルヴァは思った。それも急いで。あのわからず屋ウィッチャーに警告しなければならない。どんな騒ぎに突っこもうとしてるか、わからせなけりゃならない。そして引き戻さなければ。

「行くな、ソル＝カ」

「あんたに言われたくないよ、コイニーク」

「嵐は南から来ている」コイニークは繰り返した。「大嵐がやってくる。そして大きな炎が。ブロキロンにじっとしていろ、リトル・シスター、南へは行くな。もう充分だ。これ以上おまえにできることはない。やる義務もない。だが、われわれにはある。エス＝テッド、エッセ・クリーサ！　行かねばならない。さらばだ」

あたりの空気は重く、湿っていた。

瞬間移動投影の魔法は複雑で、全員が手をつなぎ、意識をひとつにしなければならなかった。それでもなお、かなりの努力を要した。移動距離もまたかなり長かったからだ。フィリパ・エイルハートは固く閉じたまぶたをぴくつかせ、トリス・メリゴールドは息を切らし、キーラ・メッツの広い額には玉の汗が浮かんだ。疲れを見せなかったのはマルガリータ・ラウクス＝アンティレだけだ。

薄暗い部屋がとつぜんまぶしいほど明るくなり、モザイク状の閃光が黒っぽい羽目板の上で躍った。やがて円卓の上に乳白色の光を放つ球体が浮かんだ。フィリパ・エイルハートが最後の呪文を唱えると、球体は遠ざかり、円卓のまわりに置かれた十二脚の椅子のひとつに移動し、やがてなかからぼんやりした人影が現れた。投影は不安定で、像はちらついていたが、やがてみるみるはっきりしてきた。

「あらまあ」キーラが額をぬぐいながらつぶやいた。「ニルフガードでは霊薬《グラマリエ》や美容魔法の話を聞いたことがないのかしら」

「そのようね」トリスが口を動かさずに言った。「最新流行にも疎《うと》いみたい」

「そして化粧にも」フィリパがささやいた。「でも今は静かに。そんなにじろじろ見ないで。投影を安定させて客を迎えるのよ。力を貸して、リタ」

マルガリータ・ラウクス゠アンティレが呪文とフィリパの動作を繰り返した。像はなんどかちらついたあと、もやもやした霧と不自然な光を失って色と輪郭が鮮明になり、ようやくテーブルの向かいの人物がはっきり見えてきた。トリスは唇を噛み、いたずらっぽくキーラに片目をつぶった。

投影された女は色白で、顔色が悪かった。どんよりした、表情のない目。青ざめた薄い唇。ワシ鼻ぎみで、頭には先のとがった少ししわのある珍妙な帽子をかぶり、やわらかいつばの下からあまり清潔そうではない黒髪が垂れている。地味で、みすぼらしい印象を決定づけるのは、両肩にすりきれた銀糸の刺繍のあるだぼっとした黒い長衣で、刺繍の図柄は星の輪のなかに半月。ニルフガードの魔法使いだけが身に着ける意匠だ。

フィリパ・エイルハートは自分の宝石やレースや胸の谷間をひけらかさないよう立ちあがった。

「レディ・アシーレ。モンテカルヴァへようこそ。わたしたちの招待に応じていただき、これ以上の喜びはありません」

「好奇心からよ」ニルフガードの魔法使いは意外にも感じのいい、歌うような声で言い、さりげなく帽子を正した。指はすらりと細く、ぽつぽつと黄色いしみがあり、爪はいつも噛んでいるのか、割れてでこぼこだ。

「たんに好奇心にかられてのこと」アシーレは繰り返した。「その結果は、わたしにとって破滅的なものとなるかもしれない。説明をいただけるかしら」

「いますぐに」フィリパはほかの魔法使いに合図するようにうなずいた。「その前にほかの参加者を投影し、紹介します。どうか、しばらくお待ちを」

女たちはふたたび手をつなぎ、投影を始めた。部屋の空気がぴんと張った針金のようにぶーんとうなるにつれ、天井板の裏から光る霧が流れるようにおりてきて、揺らめく影が部屋を満たした。脈動する光球が空いた三つの椅子の上部に浮かび、輪郭がしだいに見えてきた。最初に現れたのはサブリナ・グレヴィシグで、挑発するように深く開いた胸もとと大きなレースの立ち襟のついたターコイズブルーのドレスをまとい、結いあげた髪に美しいダイヤモンドの髪飾り《ティアラ》をつけている。その隣に、ぼんやりした投影の光のなかからシーラ・ド・タンカーヴィレが現れた。真珠を散らした黒いビロードのドレス。首には銀ギツネの毛皮。ニルフガードの魔法使いアシーレが不安そうに薄い唇をなめた。

驚くのはまだ早い――トリスは思った。フランチェスカを見たら、黒ネズミさん、きっと目の球が飛び出るわ。

フランチェスカ・フィンダベアは期待を裏切らなかった。濃い赤紫色の豪華なドレスに壮麗な髪型。ルビーの首飾りと、あどけない瞳を縁取る蠱惑的なエルフふうの化粧。

「モンテカルヴァ城へようこそ、淑女のみなさん」フィリパが呼びかけた。「ここに皆さまを招いたのはきわめて重要な議題を話し合うためです。投影の形でしか集まれないのは実に残念ですが、実際に顔を合わせることは、時間も地理的距離もそれぞれの状況も許してはくれません。わたしはここの城主フィリパ・エイルハート。この会合の首唱者で、主催者として紹介役を務めます。わたしの右側はアレッツザの魔法学校学長のマルガリータ・ラウクス＝アンティレ。左側からマリボルのトリス・メリゴールド、カレラスのキーラ・メッツ。続いてアルド・カレイのサブリナ・グレヴィシグ。コヴィリの公国クレイデンのシーラ・ド・タンカーヴィレ。フランチェスカ・フィンダベアことエニッド・アン・グレアナ――〈花の谷〉の現女王。そしてニルフガード帝国のヴィコヴァロのアシーレ・ヴァル・アナヒッド。そしていま――」

「いますぐ失礼させてもらうわ！」サブリナ・グレヴィシグが指輪をいくつもつけた指をフランチェスカに突きつけた。「あんまりよ、フィリパ！　あのエルフと同席するなんて耐えられないわ、たとえ幻影でも！　ガルスタング宮殿の壁と床を染めた血はまだ消えてはいない！　その血はこの女のせいで流れたのよ！　フランチェスカとヴィルゲフォルツのせいで！」

「礼儀は守ってもらいます」フィリパが両手でテーブルの縁をつかんだ。「興奮しないで。わたしの話を聞いて。それ以上のことは望みません。話が終わったら残るも立ち去るも自由よ。投影は任意だから、いつ中断してもけっこう。去る人にお願いしたいのは、この会合を口外しないことだけ」

「そんなことだと思ったわ！」サブリナがふいに飛びはね、一瞬、投影から消えた。「秘密の会合！　密談！　要するに陰謀じゃないの！　誰に対する陰謀かは明白よ。わたしたちをバカにする気、フィリパ？　あなたはこの場に招かれなかった国王や同胞に秘密にしろと言っているのよ。しかもここには、エムヒル・ヴァル・エムレイスのおなさけでドル・ブラサンナに君臨するエルフの女王エニッド・フィンダベア――ニルフガードにせっせと武力援助するエルフの女王――が座っている。それだけじゃ足りないとばかりに、あろうことかニルフガードの魔法使いまで。いつからニルフガードの魔法使いは皇帝に対する盲従と隷属をやめたの？　秘密？　このどこが秘密なの！　ニルフガードの魔法使いがここにいるってことは、エムヒルの許しを得てるってことじゃない！　命令を受けているに決まってるわ！　皇帝の目と耳として！」

「それは違うわ」アシーレ・ヴァル・アナヒッドが静かに反論した。「わたしがこの会合に参加していることは誰も知らない。わたしは秘密にするよう頼まれ、それを守り、これからも守るつもりよ。あなたがたとわたし自身のために。まんいちこのことが明るみに出ればわたしの命はない。これが帝国の魔法使いのしたがう道です。屈従か、それとも絞首台か。わたしは危険を冒した。密偵としてここに来たのではありません。そのことはわたし自身の死を通してしか証明できない。主催者が求める秘密が破られた場合の代償としては充分ではありませんか。この会合のことが壁の外に出たら、わたしは命を失う——それで充分でしょう」

「秘密が守られないと、わたしにもよからぬ影響があるかもしれない」フランチェスカがかわいらしくほほえんだ。「あなたには復讐の絶好の機会ね、サブリナ」

「復讐するなら別のやりかたでやるわ、エニッド」サブリナは黒い目を不気味に光らせた。「まんいち秘密が表に出ても、わたしのせいではないし、不注意のせいでもないわ。間違っても！」

「何が言いたいの？」

「決まってるわ」フィリパが口をはさんだ。「サブリナはわたしがシギスムンド・ディクストラと手を組んでいることをそれとなく言っているのよ。自分がヘンセルト王の間諜と通じていたことは棚にあげて！」

「それと一緒にしないで」サブリナが声を荒らげた。「ヘンセルトとはもう三年も関係を持っていないわ！　それを言うなら彼の間諜とも！」

「そこまで！　静かに！」

「同感よ」シーラ・ド・タンカーヴィレが大声で制した。「口をつつしんで、サブリナ。サネッド島のことも、スパイ行為も、愛人話ももうたくさん。わたしがここに来たのは口論に加わるためでも、昔の恨みや無節操な侮辱を聞くためでもなく、あなたがたの調停役になりたいからでもない。そのつもりで呼んだのなら無駄よ。正直なところこうして参加していること自体、大事な学術研究からようやくひねり出した時間を浪費しているような気もするわ。でも、仮定は避けましょう。フィリパ・エイルハートの話を聞こうではありませんか。この会合の目的をはっきりさせ、わたしたちがここで演じる役柄はなんなのかを確かめましょう。それから——不要な感情は抜きに——舞台を続けるか、カーテンをおろすかを決めればいい。わたしたちは自由意志で結びついています。そして、わたしシーラ・ド・タンカーヴィレは、無分別な人には個人的にわからせるつもりよ」

魔法使いは誰ひとり動かず、口も開かなかった。トリスはシーラの警告を一瞬たりとも疑わなかった。コヴィリの世捨て人はこけおどしをする人間ではない。

「あなたの話を聞きましょう、フィリパ。そして誇り高きみなさんはフィリパの話を終わりまで黙って聞くように」

フィリパ・エイルハートが衣ずれの音をさせて立ちあがった。

「高名なる姉妹たちよ。事態は深刻です。魔法が脅威にさらされています。悔恨と胸の痛みとともに思い出すサネッド島での悲劇的事件は、何百年ものあいだ平和的に協力してきたものが、私欲と過度の野望が表に出たとたん一瞬で瓦解しうることを証明しました。いまあるのは不協和音と混乱、敵対と不信です。状況は手に負えなくなりつつあります。統制を取り戻すためには――大規模な変動を阻止するためには――この嵐にもまれた船の舵《だ》柄《へい》を力強い手でつかまねばなりません。レディ・ラウクス＝アンティレ、レディ・メリゴールド、レディ・メッツとわたしは問題を議論し、合意にいたりました。サネッド島で破壊された魔法院と評議会をふたたび立ちあげるだけでは足りない。いずれにしても両組織を立てなおすだけの人材は残っておらず、たとえ立てなおしたとしてもそれが前の組織をつぶした疾患に侵されていないという保証もない。まったく新しい、魔法の問題だけをあつかう秘密組織を立ちあげるべきです。大変動を阻止するためにあらゆる手をつくす組織を。なぜなら魔法が滅びれば、われわれの世界もそれとともに滅びるからです。何世紀も前に起こったように、魔法のない世界と、それがもたらす進歩なき世界は混乱と暗黒におちいり、血と野蛮にのみこまれるでしょう。みなさまをここにお呼びしたのは、わたしたちの議論に参加し、この秘密の会合で提案される任務に積極的にかかわってもらいたいからです。本件に関するご意見をうかがいたく、こうして集まっていただきました。わたしからは以上です」

「ありがとう」シーラ・ド・タンカーヴィレがうなずいた。「よろしければわたしから始めさせて。まずうかがいたいのは、フィリパ、なぜ、わたしが？　なぜわたしがこの場に呼び出されたのかということよ。これまでなんども魔法院への立候補を拒否し、評議会の席も辞退してきた。ひとつには自分の仕事で手いっぱいだから。もうひとつの理由は、コヴィリ、ポヴィス、ヘンフォルスにはもっと役職にふさわしい魔法使いがいると考えるからよ。だから、なぜカルドゥインではなくわたしが招待されたのかをうかがいたいわ。なぜアエド・ギンヴァエルのイストレドでもなく、タグデュアルでもザンゲニスでもなく、わたしなのか」

「それは彼らが男だから」フィリパが答えた。「この組織の会員は女性だけです。レディ・アシーレ？」

「質問を取りさげます」ニルフガードの魔法使いはほほえんだ。「レディ・タンカーヴィレの質問と同じでした。いまの答えで結構です」

「なんだか女性狂信主義のにおいがするわ」サブリナ・グレヴィシグが冷ややかに言った。「とりわけ、フィリパ……性的な好みを変えたあなたの口から聞けば。わたしは男に反感を持ってはいない。それどころか愛しているわ。男がいない人生なんて想像できない。でも……考えてみると……あなたの提案は案外、筋が通っているかもしれないわね。男は心理的に不安定で、感情に流されやすく、いざというときに頼りにならない」

「そのとおり」マルガリータ・ラウクス・アンティレが淡々と応じた。「アレッツァの修練生とバン・アルドの魔法学校の男子生徒をよく比べるけれど、つねに女子生徒のほうが優秀よ。魔法には忍耐、繊細さ、知性、思慮、根気が求められる。謙虚さはもちろん、敗北や失敗に淡々と耐える力も。野望は男を破滅させる。彼らはつねに不可能で手に入らないとわかっているものを求め、手に入るものに気づかない」

「はい、そこまで」シーラが笑みを隠しもせずにさえぎった。「学識に裏打ちされた優越主義ほど手に負えないものはないわ。恥を知るべきよ、リタ。とはいえ……。たしかにこの……修道院というか〝結社〟をひとつの性に限定するという案は理にかなっているかもしれないわ。ここまで聞いたところでは、これは魔法の未来にかかわる問題で、魔法はその運命を男にゆだねるほど軽々しいものではない」

「僭越ながら」フランチェスカ・フィンダベアが歌うような声でさえぎった。「女性が生来、持っている否定しがたい優位性に関する脱線はそのくらいにして、そろそろ議題に集中しませんこと？　わたしにはまだその目的がよくわからない。この時期が選ばれたのは偶然ではない――その点を考えるべきでしょう。戦が起こっています。ニルフガードは北方諸国をつぶし、首根っこを押さえている。となれば、先ほどの漠然としたスローガンの裏には現状を変えたいというもっともな欲求が隠れていると考えるのが当然でしょう――ニルフガードを叩きつぶし、動きを封じたいというような。そして不埒なエルフを打ちすえたいというような。もしそうなら、親愛なるフィリパ、わたしたちに合意の余地があるとは思えない」

「わたしがここに呼ばれた理由はそれ？」とアシーレ・ヴァル・アナヒッド。「政治にはあまり関心はないけれど、この戦争で帝国軍があなたがたの軍に対して優位に立っていることは知っています。レディ・フランチェスカと、中立国の代表であるシーラ・ド・タンカーヴィレ以外の全員がニルフガードに敵対する王国の代弁者。そのような状況で、どうして〝魔法の連帯〟などといった言葉を理解できるでしょう？　謀反を起こすため？　残念だけど、そんな役まわりはできないわ」

言い終えるやアシーレは投影の枠の外にいるものに触れるように身を伸ばした。トリスにはミャオという鳴き声が聞こえた気がした。

「猫まで飼ってる」キーラ・メッツがささやいた。「きっと黒猫よ――」

「静かに」フィリパがたしなめた。「親愛なるフランチェスカ、敬愛なるレディ・アシーレ。わたしたちの提案は完全に政治とは無関係――それが基本的前提です。わたしたちがしたがうのは種族や国家、国王や皇帝の利益ではなく、魔法とその将来の利益よ」

「魔法が最初に来るのはいいとして、女魔法使いの利益も忘れてもらいたくはないわ」サブリナが冷やかすような笑みを浮かべた。「ニルフガードの魔法使いがどうあつかわれているかは知っています。ここで政治と無関係にしゃべることはできても、ニルフガードが勝利し、皇帝の支配下に置かれることになったら、わたしたちはみな……」

トリスがそわそわと身じろぎし、フィリパが聞こえないほど小さくため息をついた。キーラはうなだれ、シーラは毛皮の襟巻を直すふりをした。フランチェスカは唇を噛み、アシーレ・ヴァル・アナヒッドの顔はぴくりとも動かなかったが、頬がかすかに赤くなった。

「つまり、わたしたち全員にとってまずい状況になるってことよ」サブリナが早口で言った。「フィリパ、トリス、そしてわたしは三人ともソドンの丘にいた。エムヒルはあのときの敗北に、サネッドの事件に、わたしたちの活動すべてに報復しようとしている。でも、それはこの組織の信条たる政治的中立性が引き起こす懸念のひとつにすぎない。ここに参加することは、いまわたしたちが国王に提供している——まさに政治的な——任務から即刻、手を引くという意味？　それとも国王に対する任務は保持したまま、魔法と国王というふたつの主人に仕えるということ？」

「〝政治的に中立だ〟と言う人には、必ず具体的にどの政治を指すのかをたずねるようにしているわ」フランチェスカが笑みを浮かべた。

「そしてその人は自分が関与する政治のことだとは決して考えない」アシーレ・ヴァル・アナヒッドがフィリパを見ながら言い添えた。

「わたしは政治的に中立です」マルガリータ・ラウクス＝アンティレが顔をあげた。「わが学園もしかり。この世に存在するあらゆる種類の政治を想定しての中立よ！」

「親愛なるみなさん」しばらく黙っていたシーラが言った。「あなたがたが優位な性であることを思い出して。砂糖菓子の盆を取り合う小娘のような振る舞いはよしましょう。フィリパが提示した原則は、少なくともわたしには明確よ。みなさんにそれがわからないとは思えない。この部屋を出たら好きに振る舞っていいし、仕えたい相手に好きなだけ忠実に仕えればいい。でも、この会合に参加するときは魔法とその将来のことだけに集中するべきなのでは？」

「それこそまさにわたしの言いたいことよ」フィリパがうなずいた。「多くの問題があり、疑念と不安があるのはわかっています。それについては次回、全員が顔をそろえたときに議論します。投影や幻影の形ではなく、じかに顔を合わせて。みなさんの参加は本組織に対する正式な同意の表明ではなく、善意の表明と見なします。そのとき、この組織を設立すべきかどうかを一緒に決めましょう。ともに。わたしたち全員で。平等の権利で」

「全員？」シーラが口をはさんだ。「空席があるわ。うっかり並べたとは思えないけれど」

「会は十二人の魔法使いで構成します。空席のひとつはレディ・アシーレに候補者を選んでもらい、次回の会合に同行してもらいます。ニルフガード帝国には少なくともあと一人は有能な女魔法使いがいるはずですから。ふたつめの席は、フランチェスカ、あなたにまかせるわ。純血のエルフが一人きりで心細くならずにすむように。三つ目の席は……」

エニッド・アン・グレアナが顔をあげた。

「ふたついいかしら？　候補者が二人いるわ」

「この要請に反対のかたは？　なければ認めます。今日は新月から五日目の八月五日。満月から二日目にまた会いましょう、みなさん、十四日後に」

「ちょっと待って」シーラ・ド・タンカーヴィレが制した。「まだあとひとつ空席が残るわ。十二番目の魔法使いは誰？」

「それこそ、この組織が最初に解決しなければならない問題よ」フィリパが謎めいた笑みを浮かべた。「二週間後、十二番目の席に誰が座るべきかを話します。そして、その人物にどうやって席に座ってもらうかを考えます。誰を選んだかを聞けば、きっと驚くでしょう。なぜならふつうの人間ではないからよ、敬愛なる姉妹たち。死か生か、破壊か再生か、混沌か秩序か。それはあなたがたの見かた次第です」


その一団が通るのを見ようと、村じゅうから人がこぼれるように出てきた。トゥジクもその一人だ。やるべき仕事はあったが、誘惑には勝てなかった。近ごろ村人の話題は〈ネズミ〉ばかりだ。〈ネズミ〉全員がつかまり、絞首刑になったという噂まで流れたが、デマだった。その証拠がいままさに村の家々の前をこれみよがしに悠々と進んでいた。

「不埒なやつらだ」トゥジクの後ろで誰かがささやいたが、その声は賞賛に満ちていた。

「表通りを悠然と……」

「結婚式の招待客みたいな恰好で……」

「しかもなんて馬だ！　ニルフガード人でもあんな馬には乗ってないぞ！」

「ふん、どうせ盗んだんだ。やつらにかかったら誰の馬だろうといつ盗まれるかわからない。近ごろはどこででも売れるからな。でもやつら、いい馬は絶対に手放さない……」

「先頭の男を見ろ、あれがギゼルハー……リーダーだ」

「隣で栗毛の馬に乗ってるのが女エルフで……イスクラと呼ばれてる……」

野良犬が一匹、塀の後ろから駆け出し、激しく吠えながらイスクラがまたがる雌馬の前脚の蹄近くで走りまわった。女エルフは豊かな黒髪を揺らして馬の向きを変えると、地面に身を乗り出し、ムチで犬を叩いた。野良犬はきゃんと鳴いてその場で三回ぐるぐるまわり、イスクラが唾を吐きかけた。トゥジクは歯のすきまから悪態をついた。

道端に立つ村人たちは目の前を通る〈ネズミ〉をこっそり指さしながら、ひそひそ話している。トゥジクは聞き耳を立てた。そうせずにはいられなかった。彼もみなと同じように噂や話を知っていたから、すぐに誰が誰かわかった。くしゃくしゃの長い金髪でリンゴをかじっているのがケイレイ。肩幅の広い男がアッセ。刺繍の入った羊革の胴着《ジャーキン》の男がリーフ。

一団の最後に若い二人の女が手をつなぎ、馬を並べてやってきた。鹿毛の馬に乗る背の高いほうはチフスから治りかけとでもいうように髪を短く刈りあげ、白いレースのブラウスの上にボタンをはずした上着をはおり、首飾りと腕輪と耳飾りをまぶしくきらめかせている。

「あの刈りあげ頭がミスルだ……」トゥジクのそばで誰かが言った。「降誕祭のツリーみたいにぴかぴか光ってる」

「噂じゃ、歳の数より多くの人を殺してるらしい……」

「で、もうひとりは誰だ？　葦毛の馬に乗って、背中に剣を斜めに差してるのは」

「ファルカと呼ばれてる。夏ごろから〈ネズミ〉の仲間になった。あれもかなりのワルらしい……」

トゥジクの目に、その〝かなりのワル〟は自分の娘ミレナとたいして歳が違わないように見えた。灰金色の髪をビロードのベレー帽の下から垂らし、帽子につけたクジャクの羽根を生意気そうに揺らし、首には光沢のある真っ赤なケシ色の絹のスカーフをしゃれた蝶結びにしている。

そのとき、あばら家の前に出てきた村人のあいだで騒ぎが起こった。先頭を進んでいたリーダーのギゼルハーが手綱を引き、杖に寄りかかっていたミキタ婆さんの足もとに財布をチャリンと無造作に投げたからだ。

「神々のご加護がありますように、慈悲ぶかき若者よ！」ミキタ婆さんがうめくように言った。「すこやかなれ、おお、われらが恵み人、そなたに――」

老婆のつぶやきはイスクラのとどろくような笑い声にかき消された。女エルフは片脚をさっと鞍頭の上に振りあげると、財布に手を突っこみ、群衆に向かって片手いっぱいの硬貨を勢いよく投げた。リーフとアッセもイスクラにならい、土ぼこり舞う通りには文字どおり銀色の雨が降りそそいだ。ケイレイはくくっと笑いながらカネに群がる村人のなかにリンゴの芯を投げた。

「われらが恵み人！」

「勇敢なる若タカよ！」

「幸運を！」

トゥジクは小銭に駆け寄りもしなければ、砂と鶏糞のなかにひざまずきもせず、塀の脇に立って盗賊団の娘たちがゆっくり通りすぎるのを見ていた。

二人のうちの若いほう――灰金色の髪――が彼の視線と表情に気づいた。少女は短髪娘の手を放して馬に拍車をかけ、まっすぐ向かってきたかと思うと、鐙《あぶみ》が当たりそうなほど強くトゥジクを塀に押しつけた。トゥジクは少女の光る緑色の目に激しい悪意と冷たい憎しみを見て身震いした。

「ほっときな、ファルカ」短髪娘が声をかけた。

緑目の少女は〝今日のところは勘弁してやる〟とばかりにトゥジクを塀に押しつけ、振り返りもせずに仲間のあとを追った。

「われらが恩人！」

「若きタカよ！」

トゥジクは唾を吐いた。

夕方早く、黒い軍服の男が数人、馬で村にやってきた。フェン・アスプラ近くの要塞から来た恐ろしげな男たちだ。蹄がとどろき、馬がいななき、武器がカチャリと音を立てた。質問されると、村長《むらおさ》と農民たちはしらじらしい嘘をつき、男たちにわざと違う道を教えた。誰もトゥジクにはたずねなかった。さいわいにも。

牧場から戻り、庭に入ると、子どもの声が聞こえた。馬車屋ズガルバの双子の娘のさえずるような声と、近所の少年たちのはじけるような高い声。そしてミレナの声。遊んでいるようだ——そう思いながら薪小屋の裏の角を曲がったとたん、トゥジクはその場に立ちすくんだ。

「ミレナ！」

彼の一人娘——目のなかに入れても痛くないミレナ——が木の棒を剣のようにひもで背中にくくりつけ、髪を垂らし、羊毛の帽子にオンドリの羽根をつけ、首に母親のスカーフを巻いていた。奇抜でしゃれた蝶結びで。

ミレナの目は緑色だ。

トゥジクはこれまで娘を叩いたことはなかった。手をあげたこともなかった。

そのときが初めてだった。

地平線で稲妻が光り、雷鳴がとどろいた。一陣の風がリボン川の川面を揺らした。嵐になりそうだ――ミルヴァは思った。そして嵐のあとは雨が降る。ズアオアトリの予報は決してはずれない。

ミルヴァは馬をせかした。嵐が来る前にウィッチャーに追いつきたければ、急がなければならない。

2

　これまで多くの軍人に会った。元帥、将軍、指揮官、長官、幾多の作戦と戦闘の勝者たち。彼らの話や回想に耳を傾けてきた。彼らが地図をにらみ、そこにさまざまな色の線を引き、計画を立て、戦略を練りあげるのを見てきた。紙の戦の上ではすべてがうまくゆき、すべてが機能し、すべてが明確で模範的秩序のなかにあった。これこそあるべき姿だと軍人たちは言った。軍隊には何よりも規律と秩序が必要だ。規律と秩序のない軍隊などありえないと。

　だからなおのこと、現実の戦が——これまでなんども見てきたが——燃えさかる娼館の規律と秩序にそっくりであることが不思議でならない。

——ダンディリオン著『詩の半世紀』

リボン川の透明な水がなだらかな弧を描いてなめらかに急斜面の縁からあふれ、滝となり、縞瑪瑙《オニキス》のような黒い石のあいだに音と泡を立てて落ちていた。滝は石に当たって砕け、白い泡となって消え、そこから分かれて広い滝つぼに流れこむ。滝つぼは丸石のひとつひとつ、モザイク状の川床の上で流れに揺れる水草の茎の一本一本が見えるほど澄んでいる。両川岸にはミチヤナギが一面に生い茂り、そのあいだをカワガラスが白い首毛を自慢げにひらめかせてせわしなく飛んでゆく。ミチヤナギから視線を上に転じると、トウヒ並木を背景にまるで銀をまぶしたかのように低木が緑、茶、黄土色に光っていた。

「たしかにここは美しい」ダンディリオンがため息をついた。

大型の黒っぽいイワナが滝の縁から飛びこみをこころみた。つかのまひれをひねり、尾びれをばたつかせて宙に浮かんだかと思うと、沸き立つ泡のなかにどぼんと落ちた。

暗くなる南の空が枝分かれする雷光でひび割れ、遠い雷鳴が木の壁に鈍くこだました。ウィッチャーの赤茶色の雌馬が暴れて頭をのけぞらし、馬銜《はみ》をはずさんばかりに歯を剝《む》き出した。ゲラルトが手綱を強く引くと、馬はすべるようにあとずさり、蹄が石に当たって音を立てた。

「おっと！　おおっと！　こいつを見ろ、ダンディリオン。まるでバレリーナだ。代わりを見つけたら即刻この駄馬を手放してやる！　いっそロバと交換したほうがましだ！」

「代わりがすぐに見つかると思うか」吟遊詩人は蚊に嚙まれたうなじをぼりぼり搔いた。

「たしかに渓谷の荒涼たる景色は比類なき美しさだが、たまには美しくない居酒屋にお目にかかりたいものだ。もう一週間近く、うっとりするような自然と息をのむようなパノラマと遠い地平線ばかり愛《め》でてきた。そろそろ屋内が恋しい。温かい料理と冷たいビールが出てくるような」

「しばらくは恋しがるはめになりそうだ」ゲラルトが鞍の上で振り向いた。「おれも少しばかり文明が恋しいと言えば、おまえの憂いも少しは軽くなるかもしれん。知ってのとおり、おれはブロキロンの森にきっかり三十六日、閉じこめられた……。もちろん、うっとりするような自然が尻を凍らせ、背中を這いまわり、鼻に露をしたたらせる夜も――おおっと！　ちくしょうめ！　いいかげん機嫌を直せ、この駄馬め！」

「アブのせいだ。獰猛で血に飢えている。嵐が近づいてるようだ。南のほうの雷と稲妻がますます激しくなってきた」

「そのようだ」ゲラルトは空を見あげ、暴れ馬の手綱を引いた。「違う方向から風も吹いてきた。海のにおいがする。天気が変わりつつある。行くぞ。その太った去勢馬を急がせろ、ダンディリオン」

「こいつの名前はペガサスだ」

「ああ、ほかに何がある？　そうだ、このエルフの馬にも名前をつけよう。そうだな……」

「ローチはどうだ？」ダンディリオンがからかうように言った。

「ローチか」ゲラルトがうなずいた。「悪くない」

「ゲラルト」

「なんだ」

「これまでローチという名前でない馬を持ったことはあるのか」

「いや」ゲラルトは一瞬考えて答えた。「いちどもない。おまえのペガサスに拍車をかけろ、ダンディリオン。先は長い」

「たしかに」詩人がぼそりとつぶやいた。「ニルフガードまで……どれくらいの距離があると思う？」

「かなりの距離だ」

「冬までには着けそうか」

「まずヴェルデンに向かう。話は……そこに着いてからだ」

「なんの話だ？　来るなと言っても、見捨てようとしても無駄だ。なんと言われようときみについてゆく！　話は終わりだ」

「いまにわかる。とにかくヴェルデンだ」

「遠いのか？　このあたりはくわしいのか」

「ああ。ここはセン・トレイズの滝で、この先に〈七マイル〉という場所がある。川向こうに見えるのが〈フクロウ丘〉だ」

「そして川ぞいを南に向かうんだな。リボン川はボドログの砦近くでヤルーガ川にぶつかり……」

「南に向かうが、通るのは向こう岸だ。リボン川は西向きに曲がっているから森のなかを通る。ドライショット――別名〈三角地帯〉――という場所に行きたい。ヴェルデン、ブルッゲ、ブロキロンの境界がぶつかる場所だ」

「それから？」

「ヤルーガ川ぞいに進む。河口まで。そこからシントラに向かう」

「それから？」

「それから先はいまにわかる。頼むからそのぐうたらペガサスをもう少し急がせろ」

土砂降りになったのは川を渡りはじめてちょうどまんなかに来たときだった。まず強風が起こり、ハリケーンなみの突風が髪とマントを吹きあげ、川岸の木から飛んできた枝葉が顔をなぶった。ゲラルトとダンディリオンはどなり、かかとで蹴りを入れながら馬を駆り立て、川水を蹴立てて岸に向かった。とたんに風はぱたりとやみ、灰色の雨のカーテンがすべるように近づいてくるのが見えた。リボン川の表面が両手いっぱいの小石を投げ入れたかのように白く沸き立った。

ずぶぬれになって川岸にたどり着き、あわてて森に駆けこんだ。木々の枝は緑の厚い屋根になるが、これほどの土砂降りにはなんの役にも立たない。叩きつけるような雨は木の葉をしおれさせ、空き地にいるのと変わらないほどたちまちに頭上に降りそそいだ。

二人はマントを掻きよせ、頭巾を引きおろして進んだ。森のなかは暗く、明かりと言えばますます激しくなる稲光だけだ。そのあとに長い、耳をろうするような雷鳴が続いた。ローチがおびえて足を踏み鳴らし、ぐるぐる走りまわる横でペガサスは泰然としている。

「ゲラルト！」巨大な馬車が森を駆け抜けるようなすさまじい雷鳴に負けじとダンディリオンが声を張りあげた。「これ以上は無理だ！　どこかで雨宿りしよう！」

「どこで？」ゲラルトがどなり返した。「いいから進め！」

二人は走りつづけた。

やがて雨脚は急に弱まり、ふたたび強風がヒューと枝を鳴らし、雷鳴も静まりはじめた。二人はうっそうとしたハンノキのあいだの道に出て空き地に入った。中央にブナの木が一本そびえ立ち、枝の下——茶色い葉とブナの実が散らばる地面の上——には二頭のラバが引く馬車が一台とまり、御者席に座る男が二人に石弓を向けていた。ゲラルトは毒づいたが、その声は単発の雷鳴にかき消された。

「弓をおろせ、コルダ」麦わら帽の小柄な男がズボンの前を閉じ、片脚でぴょんぴょん跳ねながらブナの幹の奥から出てきた。「お待ちかねの相手ではない。だが、客のようだ。客を脅すな。あまり時間はないが、商売はいつだってできる！」

「いったいなんだ?」ゲラルトの背後でダンディリオンがつぶやいた。

「さあ、こちらへ、エルフのだんながた!」麦わら帽の男が呼びかけた。「ご心配なく、手荒な真似はしない。恐れるなかれ!《ヌ=エス・ア・テアルス》　さあ、こちらへ。《ヴァ・シーデ》ごきげんよう!《シードミル》　われわれは仲間だ。取引するか?　さあ、こっちへ、濡れていないで、木の下へ!」

男が二人をエルフと見間違えたのも無理はない。ゲラルトもダンディリオンもエルフふうの灰色のマントをまとっていた。しかもゲラルトは木の精からもらった、エルフ好みの木の葉模様のついた胴着《ジャーキン》を身につけ、いかにもエルフふうの派手な鞍敷と馬具をつけた馬に乗り、顔は半分頭巾に隠れている。めかし屋ダンディリオンについていえば、ふだんからエルフやハーフエルフに間違われる。髪を肩まで伸ばし、ときどきこてで巻くようになってからはなおさらだ。

「気をつけろ」馬を降りながらゲラルトがつぶやいた。「おまえはエルフだ。だから用がないかぎり口を開くな」

「なぜ?」

「やつらは行商人《ホーカー》だ」

ダンディリオンは小さく舌打ちした。彼もその意味は知っていた。

カネが世界をまわし、需要が供給を生む。森をうろつくスコイア=テルは装備と武器が足りず、自分たちが使わなくなった、売れそうなブーツを集めた。こうして森の取引が始まり、この手の商売で生計を立てる連中が次々に出現した。〈リス団〉との取引で暴利をむさぼる馬車が森の小道や空き地にひそかに現れはじめ、エルフは彼らを〝ハヴカー〟と呼んだ。翻訳できないが、強欲を連想させる言葉だ。人間界でも〝ホーカー〟は広く使われるが、言葉の印象はたんなる〝行商人〟よりはるかに悪い。それほど彼らは悪質だった。冷酷で残虐、手段を選ばず、殺しもいとわない。軍につかまったホーカーは慈悲を期待できない。だから彼らも慈悲を見せなくなった。自分たちを引き渡すかもしれない相手と見たら、躊躇なく石弓やナイフに手を伸ばす。

　ゲラルトとダンディリオンは運が悪かったが、エルフと間違われたのはさいわいだった。ゲラルトは頭巾を目深におろしながら考えた――このハヴカーに変装を見破られたらどうなるだろう？

「ひどい天気だな」男は手をこすり合わせた。「空が水漏れしたみたいによく降る！　まったくひどい天候《テッド》だが、商売に悪い天気はない。悪い品物と悪いカネがあるだけだ、だろ！　言ってること、わかるか？」

　ゲラルトはうなずき、ダンディリオンは頭巾の下でもごもごつぶやいた。さいわいエルフが人間との会話を軽蔑し、嫌っていることは有名で、変には思われない。それでも御者席の男は石弓を構えたままで、安心はできなかった。

「どこに属してる？　誰の奇襲団だ？」男は無口な客に対する真面目な商売人らしく気さ

くにたずねた。「コイニーク・ダ＝レオの団か？　アンガス・ブリ＝クリ？　それともリオルダインか？　リオルダイン団は王室執政官を何人かしとめたらしいな。徴税任務を終えて帰る途中で、税は穀物ではなく硬貨だった。おれは木《もく》タールや穀物での払いは受けつけない。血染めの服もごめんだ。毛皮ならミンクかクロテンかオコジョだけ。だが、いちばんありがたいのは普通の硬貨に宝石《エヴエリエン》に装身具《ヴアラ・エン・アルド・セツデ》だ！　それがあるなら取引してもいい！こっちは一級品ばかりだ！　全部、高い品物、わかるか？　なんでもある。まあ見てみろ」

ホーカーが馬車に近づき、濡れた防水布の端を引っ張ると、剣や弓、矢の束や鞍が現れた。男は商品をごそごそ探り、一本の矢を取り出した。矢じりが鋸のようにぎざぎざになっている。

「これはよそじゃお目にかかれん」男は自慢げに言った。「触れただけで誰もがびびる。こんな矢を持ってるところを見つかったら馬で八つ裂きの刑だ。でも、あんたら〈リスる団〉のことはよく知ってる。顧客第一、物々交換に危険はつきものだ――そこに儲けがあるかぎり！　返しつきの矢じりは……一ダースで九オレン。十二本で九オレン《ナエヴ＝デ・アエン・トウヴエデアネ》、わかるか、丘の民《シーデ》よ？　吹っかけちゃいないよ、わが幼子たちの首にかけて、おれにたいした儲けはない。三ダースまとめてなら少しまけてもいい。買い得だよ、これ以上ない買い得だ――おい、エルフのだんな、馬車にさわるな！」

ダンディリオンはびくっとして防水布から手を引っこめ、頭巾を目深に引きおろした。

ゲラルトは知りたがり屋の詩人にまたもや小さく毒づいた。「すま《スクイー》ない《ズ=ミ》」

「商品を見ていた《ミル=メ・ヴァアラ》だけだ」ダンディリオンが謝るように片手をあげてつぶやいた。

「まあいい」ホーカーはにやりと笑った。「だが、のぞかれちゃ困る。荷馬車には別の品も積んでるからな。そっちは高貴なる民に売る品じゃない。特注品だ、ハハ。だが、そろそろおしゃべりは終わりだ……。カネの色を見せろ」

ほら、きた――ゲラルトは御者が構える石弓を見ながら思った。あの矢じりの先にも、さっきホーカーが自慢げに見せた矢と同じような返しがついている。腹に刺さったら内臓をシチューのようにぐちゃぐちゃにしてから背中の三、四カ所から突き出るタイプだ。

「いまはいらない《ネス・テッド》」ゲラルトは歌うような口調で言った。「テアルデ。商品を見るだけ《ミレアン・ヴァラ》、まだ旅の途中だ《ヴァ=エン・ヴォルト》。団から戻ったら取引する。エラ？　わかったか、人間《ドー=イネ》？」

「よおくわかった」ホーカーは唾を吐いた。「あんたらが一文無しだってことがな。品物はほしい、カネはない。とっととうせろ！　二度と戻ってくるな、おれはここで大事な一団に会うことになってる。見られないほうが身のためだ。さっさと――」

そのとき馬のいななきが聞こえ、ホーカーは口をつぐんだ。

「ちっ！　遅かったか！　来たぞ！　頭巾をさげろ、エルフども！　動くな、しゃべるな！　コルダ、このまぬけ、さっさと弓をおろせ！」

激しい雨と雷鳴と散り敷いた落ち葉で蹄の音がかき消され、気づいたときには騎馬団がブナの木を取りかこんでいた。スコイア＝テルではない。〈リス団〉は鎧《よろい》をつけない。木を囲むのは八人で、金属の兜、肩当て、鎖かたびらが雨に濡れて光っている。

一人が並足で近づき、山のようにホーカーを見おろした。恐ろしく背が高く、強そうな戦馬にまたがり、防具をつけた肩からオオカミの毛皮を垂らし、顔は下唇まで届く幅広い鼻当てのついた兜で見えない。手には恐ろしげな戦斧を握っている。

「リドー！」騎乗の男がしゃがれ声で呼びかけた。

「フルチアーナ！」ホーカーがかすかに震える声で応じた。

騎乗の男はさらに近づき、身を乗り出した。雨が鋼の鼻当てから腕甲に流れ落ち、戦斧の先が恐ろしげに光った。

「フルチアーナ！」ホーカーは深々と頭をさげながら繰り返し、帽子を取った。薄くなった髪が雨でたちまち頭に張りついた。「フルチアーナ！　ご安心を。わたしは合言葉を知ってます……。フルチアーナとはずっと行動をともにし、閣下……。こうして取り決めどおり……」

「そこの二人は何者だ」

「護衛です」ホーカーはますます頭をさげた。「見てのとおりエルフの……」

「罪人は？」

「馬車に乗っています。棺のなかに」

「棺？」雷鳴が騎乗者のどなり声を一瞬かき消した。「ただですむと思うな！　リドー子爵は、罪人を生きたまま引き渡すようはっきりと指示された！」

「生きてます、生きております」商人はあわてて答えた。「ご命令どおり……。棺に押しこみましたが生きてます……。棺はわたしの思いつきじゃありません、閣下。あれはフルチアーナが……」

騎乗の男が合図のように斧を鐙に打ちつけると、ほかの三人が馬から降り、馬車から防水布を引きはがして鞍や毛布、轡《くつわ》の山を次々に地面に投げ捨てはじめた。やがて稲妻の閃光のなかに真新しいマツの木でできた棺が現れた。だが、ゲラルトはじっくりとは見なかった。指先がびりびりしていた。彼にはこれから何が起こるかわかっていた。

「これはいったいどういうことで、閣下？」濡れた落ち葉に散らばる品々を見てホーカーがたずねた。「わたしの商売道具を全部、馬車から放り出すとは」

「全部買う。馬と馬車もろとも」

「ああ！」ホーカーのひげ面にぞっとするような笑みが広がった。「なるほど。そういうことなら……。そうですな……。テメリア通貨で五百ではどうです、閣下。フロリンなら四十五」

「ずいぶん安いな」騎乗の男が鼻当ての奥で不気味にほほえんだ。「もっと近づけ」

「気をつけろ、ダンディリオン」ゲラルトはこっそりマントの留め金をはずしながらささやいた。ふたたび雷鳴がとどろいた。

ホーカーはおめでたくもうまい話と信じこんで騎乗の男に近づいた。それは彼にとって最高の取引ではなかったにしても、最後の取引だったのは間違いない。騎乗の男は鐙に立つや、戦斧の先を力まかせにホーカーの脳天に叩きこんだ。ホーカーは音もなくくずおれて身を震わせ、両手をばたつかせ、両のかかとで地面の落ち葉を掻いた。荷台を引っかきまわしていた男が御者の首に革ひもを巻きつけてぐいと引き、もうひとりが飛びかかって短刀を刺した。

騎乗の一人がすばやく石弓を構え、ダンディリオンにねらいをさだめた。だが、そのときすでにゲラルトは馬車から投げ捨てられた剣を握っていた。刃のなかほどをつかみ、投げ槍のように投げた剣は石弓の男に命中し、男は驚愕の表情で馬からすべり落ちた。

「逃げろ、ダンディリオン！」

ダンディリオンはペガサスに駆け寄り、鞍めがけて必死に跳びあがった。だが、こうした場に慣れない詩人は焦るあまり鞍頭につかまりそこね、勢いあまって馬の反対側から地面に転げ落ち、そのおかげで命拾いした。まさにその瞬間、ダンディリオンをねらってきた騎馬兵の剣がひゅんとうなり、ペガサスの耳の上方で空を切った。ペガサスはびくっと身を引き、男の馬とぶつかった。

「こいつらエルフじゃないぞ！」鼻当て兜の男が剣を抜きながら叫んだ。「生け捕りにしろ！　殺すな！」

この命令に、馬車から飛び降りた男の一人がためらった。だが、剣を抜いていたゲラルトには一瞬のためらいもなかった。別の二人が降りかかる血しぶきにひるんだすきに片方を斬り倒したが、すでに騎乗兵たちが迫っていた。敵の剣の下でひょいと頭をさげ、脇によけたとたん、ゲラルトは右膝に刺すような痛みを感じてよろめいた。斬られたのではない。ブロキロンの森で治療した脚がいきなり身体をささえられなくなったのだ。

徒歩で近づいた兵が戦斧の柄を振りあげた瞬間、兵はいきなりうめき、後ろから力まかせに押されたかのように前につんのめった。倒れる寸前、兵の脇腹に長い矢羽のついた矢が柄の半分までめりこんでいるのが見えた。雷鳴がダンディリオンの悲鳴をかき消した。

馬車の車輪にしがみついていたゲラルトは、弓を引いた淡黄色の髪の女がハンノキの木立から駆け出すのを見た。騎乗者たちも見た。見なかったはずがない。まさにそのとき、兵の一人が喉を真っ赤に切り裂かれ、馬の尻から後ろ向きに転げ落ちた。リーダー格の鼻当て兜を含む残りの三人はとっさに危険を感じ、馬の首に隠れながら射手に向かって猛然と駆け出した。馬の首に隠れれば矢を避けられると思ったようだが、そうはいかなかった。

ミルヴァことマリア・バリングが弓を引いた。そして頬に弦を押しつけ、静かにねらいをさだめた。

先頭を走っていた男が悲鳴をあげて馬からずり落ち、片足を鐙に残したまま馬の蹄鉄に踏みつぶされた。次の矢が二人目を鞍から吹き飛ばした。三人目――まぢかに迫っていたリーダー――が鐙に立って剣を振りかざしたが、ミルヴァは身じろぎもしない。恐れもせず正面から敵を見すえて弦を引きしぼると、四メートルの距離から男の顔をまっすぐ、鋼の鼻当ての真横を射抜いて脇に跳びのいた。矢は兜を吹き飛ばし、頭蓋骨をつらぬいた。それでも馬は速度をゆるめない。兜と頭部の大半を失ったリーダーはしばらく鞍にとどまっていたが、やがてゆっくりと傾き、水たまりのなかにばしゃっと落ちた。馬はいななき、そのまま走りつづけた。

ゲラルトはよろよろと立ちあがって脚をもんだ。痛みはあるが、不思議なことにまともに機能している。難なく立てるし、歩ける。隣ではダンディリオンが、喉を切り裂かれておおいかぶさる死体を押しのけながら身を起こしていた。生石灰のような真っ青な顔で。

ミルヴァが近づき、死体から矢を引き抜いた。

「助かった」とゲラルト。「ダンディリオン、礼を言え。こちらはマリア・バリング、通称ミルヴァ。おれたちが生きているのは彼女のおかげだ」

ミルヴァは別の死体から矢を抜き、血まみれの矢じりをしげしげと見ている。ダンディリオンは意味不明な言葉をつぶやき、うやうやしく――ちょっと震えながら――お辞儀してから膝をつき、吐いた。

「誰？」ミルヴァが濡れ落ち葉で矢じりをぬぐい、矢筒に戻しながらきいた。「あんたの連れ、ウィッチャー？」

「ああ。名前はダンディリオン。詩人だ」

「詩人か」ミルヴァはからえずきに苦しむ吟遊詩人を見つめ、それから目をあげた。「それはわかる。わからないのは、なんで詩人がどこか静かな場所で詩を書かずにこんなところで吐いてるかだ。ま、あたしには関係ないけど」

「ないこともない。きみは彼の命を救った。おれのも」

ミルヴァは雨に濡れた顔をぬぐった。頰に弦の跡がくっきりと残っていた。数本の矢を放ったはずだが、跡はひとつしかない。放つたびに弦は同じ個所に当たっていたということだ。

「あんたがホーカーと話しはじめたとき、あたしはハンノキの茂みにいた」ミルヴァが言った。「あの悪党に気づかれるのはバカらしいと思って。そこへ連中が現れて殺しが始まった。あんたは何人かをしとめた。あんたは剣の使いかたを知ってる。それは認める。たとえ脚が不自由でも。でも、あんたは脚が治るまでブロキロンにいるべきだったんだ、こんなとこで傷を悪化させるんじゃなくて。一生、脚を引きずることになるかもしれない。わかってんの？」

「まあ、そうだろうけど。警告しようと思ってあとを追ってきた。引き返させようと思って。どんなに捜しても無駄だよ。南は戦の嵐だ。ニルフガード軍がドライショットからブルッゲに進軍してる」

「おれは大丈夫だ」

「どうしてそれを？」

「やつらを見なよ」ミルヴァは弧を描くように大きく手を動かし、散乱する死体と馬を指さした。「やつらはニルフガード人だ！　兜の太陽マークが見えない？　鞍敷の刺繍が見えないの？　荷物をまとめてさっさと逃げたほうがいい。これから仲間がどれだけやってくるかわからない。さっきのは騎馬斥候隊だ」

「ただの斥候とは思えない」ゲラルトは首を横に振った。「連中は何かを探していた」

「ちなみに何を？」

「あれだ」ゲラルトは荷台の上の、いまや雨に濡れて黒ずんだマツの棺を指さした。殺戮のときより雨脚は弱まり、雷もやんでいる。嵐は北に移動しつつあった。ゲラルトは落ち葉のなかから自分の剣を拾って馬車に飛び乗り、しつこい膝の痛みに小さく毒づいた。

「開けるのに手を貸してくれ」

「仏《ほとけ》をいったいどうしようって……」そこでミルヴァは蓋に穴が開いているのに気づき、口をつぐんだ。「あきれた！　あのホーカー、生きた人間を運んでたの？」

「というより囚人だ」ゲラルトが棺桶の蓋をこじ開けながら言った。「ホーカーはこの男を引き渡そうとニルフガード兵を待っていた。やつらは合言葉を交わし……」

木がばきっと裂けて蓋がはずれると、さるぐつわを噛まされ、革ひもで両手両足を棺の両脇に縛りつけられた男が横たわっていた。ゲラルトは顔を近づけてじっと見つめ、もういちどしげしげと見てから毒づいた。

「なんてこった」ゲラルトがゆっくりつぶやいた。「驚いた。いったい誰がこんなことを」

「知ってる人、ウィッチャー?」

「顔だけは」ゲラルトはぞっとするような笑みを浮かべた。「ナイフをしまえ、ミルヴァ。革ひもは切るな。どうやらこれはニルフガード軍内部の問題らしい。かかわらないほうがいい。放っておこう」

「なんだと?」ダンディリオンが後ろから口をはさんだ。顔はまだ青いが、好奇心には勝てない。「縛られた状態で森に置き去りにするっていうのか? 何やら恨みがある相手のようだが、この男は囚人だぞ! ぼくらを襲い、もう少しで殺そうとした男たちの囚人だ。つまり、ぼくたちの敵の敵は……」

ゲラルトがブーツの折り返しからナイフをはずすのを見てダンディリオンは口をつぐんだ。ミルヴァが小さく咳をした。落ちてくる雨に、固く閉じられていた囚人のまぶたが開き、濃紺の目が現れた。ゲラルトは身を乗り出し、左腕を縛る革ひもを切った。

「見ろ、ダンディリオン」そう言って、囚人の自由になった左手首をかかげた。「手の傷が見えるか？　シリがつけた傷だ。ひと月前にサネッド島で。こいつはニルフガード人だ。シリを拉致するためにサネッド島に現れ、抵抗したシリに斬りつけられた」

「でもすべては無駄だった」ミルヴァがつぶやいた。「いったいどういうこと？　この男がニルフガードのためにあんたのシリを誘拐したのなら、なんで棺桶に入ってんの？　なんでホーカーはこいつをニルフガード人に引き渡そうとしてたわけ？　さるぐつわをはずしてやりなよ、ウィッチャー。話が聞けるかもしれない」

「話など聞きたくもない」ゲラルトは冷たく言った。「横たわって見あげるこいつを見てると、心臓を突き刺したくてうずうずしてくる。自分を抑えるので精いっぱいだ。こいつが口を開いたら、おれは自分を抑えきれない。きみに話してないこともある」

「だったら抑えなきゃいい」ミルヴァは肩をすくめた。「そんなにひどいやつならひと思いに刺せばいい。でも、やるならさっさとやって。ぐずぐずしてるひまはない。さっきも言ったようにニルフガード軍がいつやってくるかわからない。あたしは馬を連れてくる」

ゲラルトは背筋を伸ばして囚人の手を放した。男はその手ですぐにさるぐつわをゆるめ、吐き出したが、無言だ。ゲラルトはナイフを男の胸に投げた。

「ニルフガード人、おまえがどんな罪でこの箱に閉じこめられたのかは知らないし、知りたくもない。ナイフを残してやる。好きにしろ。ここで仲間を待つか、森に逃げるか、おまえしだいだ」

囚人は無言だ。縛られて棺に横たわる男はサネッド島のときよりいっそう哀れで無力に見えた――最後に見たのは、斬られ、血だまりのなかに膝をつき、恐怖で震える姿だったが。そしてあのときよりずっと若く見える。せいぜい二十五歳くらいか。

「おれは島でおまえを殺さなかった」ゲラルトは言った。「もういちど見逃してやる。だが、これが最後だ。次に会ったら犬ころのように殺す。覚えておけ。仲間におれたちを追わせるのなら棺桶をかついでゆけ。いまに役に立つ。行くぞ、ダンディリオン」

「急いで！」西に通じる道から全速力で駆けもどってきたミルヴァが叫んだ。「そっちじゃない！　森だ、森のなかに！」

「どうした？」

「リボン川から騎馬隊の大軍がこっちに向かってる！　ニルフガード軍だ！　何をぼんやり見てんの？　馬に乗って、追いつかれる前に！」

村をめぐる戦闘は一時間あまり続き、終わりそうな気配はなかった。石壁や塀、ひっくり返った馬車の背後に陣取る歩兵隊は、土手道から襲いかかる騎兵隊を三度、跳ね返した。土手は道幅が狭く、騎兵隊は正面攻撃に出るだけの勢いをつけられない。そのあいだに歩兵隊は防御を固め、その結果、騎兵の波は防壁の裏から矢の雨を降らす破れかぶれの獰猛な歩兵団になんども跳ね返された。この攻撃にあわてふためく騎兵隊を見て、守る歩兵団は戦斧や矛、鋲つきの殻ざおを手にすさまじい反撃に出る。騎兵隊が人馬の死体を残して池まで退却すると、歩兵たちは防壁に隠れて口汚く罵声を浴びせ、そのまに騎兵は隊列を組みなおし、ふたたび攻撃をしかける。

その繰り返しだ。

「誰が誰と戦ってるんだ？」ダンディリオンがミルヴァからせしめた堅パンのかけらを噛みながら、またしてもたずねた。

三人は岸壁の縁に座っていた。実際、見ているよりほかどうしようもなかった。なにしろ目の前では戦闘が激しさを増し、背後では森がぼうぼう燃えている。

「見ればわかるだろう」ダンディリオンの問いにゲラルトがしぶしぶ答えた。「馬に乗っているのがニルフガード兵だ」

「じゃあ歩兵隊は？」

「歩兵はニルフガードではない」

「騎兵はヴェルデンの正規兵だ」そのときまでむっつりと黙りこんでいたミルヴァが言った。「丈長上着《チュニック》にヴェルデンの市松模様の記章が縫いつけてある。村に陣取っているのはブルッゲの正規歩兵隊だ。軍旗でわかる」

たしかに、またも小さな勝利に沸き立つ歩兵隊が塹壕の上に白い錨十字のついた緑色の軍旗をかかげていた。ゲラルトもさっきから見ていたが、旗には気づかなかった。戦闘が始まったとたん、どこかにまぎれていたのだろう。

「いつまでここにいる気だ？」とダンディリオン。

「ああもう、また始まった」ミルヴァがいらだたしげにつぶやいた。「まわりを見なよ！　どっちを向いても身動きできない状況だってことがわかんない？」

見まわすまでもなかった。見渡すかぎり地平線から煙の筋がのぼっている。北と西がとくに激しい。軍勢が森に火を放ったのだろう。煙は三人が足止めされるまで向かっていた南のほうでもあちこちであがっている。こうして崖に座っているあいだに東の空にも煙が立ちのぼりはじめた。

「だけど、ウィッチャー」弓の達人はしばらくしてゲラルトを見た。「あたしが知りたいのは、これからあんたがどうするのかってことだ。背後にはニルフガードと燃える森、目の前は見てのとおり。どうする気？」

「計画は変わらない。この戦闘が終わるのを待って南に向かう。ヤルーガ川に向かって」

「どうかしてる」ミルヴァは顔をゆがめた。「わかんないの？　これがどこかの無法傭兵集団の小競り合いじゃなくて、れっきとした戦争だってことが。ニルフガードとヴェルデンが進軍してる。いまごろはきっと南のヤルーガ川を渡ってるよ。おそらくブルッゲ全土、ひょっとしたらソドンまでが炎の海で――」

「なんとしてもヤルーガに行かなければならない」

「上等だ。それから？」

「小舟を見つける。川をくだって三角州をめざす。そこから船で――いくらなんでも、そこならまだ船が――」

「ニルフガードまで？」ミルヴァは鼻で笑った。「つまり計画は変わらないってこと？」

「きみは来なくていい」

「誰が行くもんか。これさいわいだ。あたしはまだ死にたくない。別に怖いんじゃない。でも、言っとくけど、あんたが死んだってなんの自慢にもならないよ」

「わかっている」ゲラルトは淡々と答えた。「経験からわかる。行かずにすむならばわざわざ行きはしない。だが行かなければならない。だから行く。止めても無駄だ」

「おお、英雄の言葉を聞け。剣で盾を引っかくような声を」ミルヴァはゲラルトを上から下まで眺め、あざけるように言った。「皇帝エムヒルがあんたの声を聞いたら恐怖のあまりクソを漏らすだろうよ。〝来てくれ、衛兵よ、わたしのそばに、わが近衛連隊よ、ああ、なんと恐ろしい、あのウィッチャーが手漕ぎ舟でニルフガードに向かっている。もうじきここに来てわたしから王冠と命を奪うだろう！　わたしはもう終わりだ！〟」

「よせ、ミルヴァ」

「よすもんか！　そろそろ誰かがはっきり言ってやるころだ。これ以上のバカがどこにいる！　エムヒルから娘を奪うつもり？　エムヒルが妃と決めた娘を？　エムヒルがサネッド島からさらった娘を？　エムヒルはどこまでも手を伸ばす。つかんだものは放さない。王だってあの男には太刀打ちできないのに、あんたに勝ち目があるとでも思ってんの？」

ゲラルトは答えない。

「あんたはニルフガードに向かう」ミルヴァはいかにも憐れむように首を振った。「皇帝に戦いを挑み、皇帝の許嫁《いいなずけ》を救うために。それでどうなると思う？　ニルフガードに着いて、宮廷で金と絹で着飾るシリを見つけてなんて言うつもり？　ついておいで、いとしい子よ。皇帝妃の座がなんだ？　一緒にあばら家に住んで、獲物がない季節は木の皮を食べよう、とでも言うの？　自分を見てごらんよ。まともに歩けもしない、みすぼらしいなりを。上着もブーツも木の精からもらった、ブロキロンの森でケガで死んだどこかのエルフからはぎとったもののくせに。その大事な娘があんたを見たらどうすると思う？　目に唾を吐きかけて見くだすに決まってる。怒って、衛兵に放り出せと命じて、犬をけしかけるくらいが関の山だ！」

ミルヴァの声はだんだん大きくなり、最後のほうではほとんど叫んでいた。怒りのせいだけではない。戦闘の音がますます激しくなっていたからだ。足もとでは何十もの――何百もの――声が叫んでいた。ブルッゲの歩兵隊がまたもや攻撃された。こんどは二方向からの同時攻撃だ。市松模様の灰青色のチュニックを着たヴェルデン兵が土手道を駆け抜けると同時に背後の沼地から黒マントの強大な騎兵隊が飛び出し、守る歩兵隊の側面に襲いかかった。

「ニルフガードだ」ミルヴァがそっけなく言った。

こんどばかりはブルッゲ歩兵隊に勝ち目はなかった。ニルフガード騎兵隊は防塞を突破して歩兵隊を斬り裂いた。錨十字の軍旗が落ちた。武器を捨てて降服する者……森に逃げる者……。だが、森からは第三の部隊が現れ、逃げる歩兵を待ち受けていた――軽騎兵の混合部隊だ。

「スコイア＝テル」ミルヴァが立ちあがった。「これでわかった、ウィッチャー？　いい？　ニルフガードとヴェルデンと〈リス団〉が一気に攻めこんでる。戦だ。ひと月前にエイダーンで起こったのと同じような」

「これは略奪だ」ゲラルトは首を振った。「侵略的略奪だ。略奪者は騎兵だけで、歩兵隊は……」

「歩兵隊だって砦と要塞を占拠してる。あの煙がどこから出てると思う？　燻製場？」

逃げても〈リス団〉につかまり、殺されるだけの人々の獣《けもの》じみた、ぞっとするような叫びが村のほうから沸き起こった。煙と炎が農家の屋根から噴き出し、強風にあおられた炎がわらぶきの屋根から屋根へとまたたくまに広がってゆく。

「煙に巻かれる村を見なよ」ミルヴァがつぶやいた。「前の戦のあと、やっと建てなおしたばかりなのに。基礎を作るのに二年も汗水たらして、焼け落ちるのは一瞬だ。あれこそ学ぶべき教訓じゃないの！」

「どんな教訓だ？」ゲラルトがぶっきらぼうにきいた。

ミルヴァは答えなかった。燃える村から立ちのぼる煙が崖のてっぺんまで達し、目にしみて涙が出た。燃えさかる炎から悲鳴が聞こえ、ダンディリオンが青ざめた。

捕虜が集められ、兵士に囲まれていた。黒い羽根つき兜の騎士の命令で、騎兵が丸腰の村人を斬り、刺しはじめた。倒れた者は馬に踏みつけられ、兵士の輪がしだいに小さくなってゆく。崖のてっぺんまで届く悲鳴は、もはや人間のものとは思えなかった。

「これでも南に向かう気か」ダンディリオンが意味ありげにゲラルトを見た。「炎をくぐりぬけて？　あの殺し屋たちがどこから来たと思う？」

「どうやら手はなさそうだ」ゲラルトがしぶしぶ答えた。

「手はある」ミルヴァが言った。「森を抜けて〈フクロウ丘〉まで行って、そこからセン・トレイズに戻ればいい。そしてブロキロンに」

「燃える森を抜けて？　この戦闘をかいくぐって？」

「南に向かう道より安全だ。セン・トレイズまでは二十キロちょっとだし、道はわかる」

ゲラルトは焼き尽くされる村を見おろした。ニルフガード兵は捕虜を始末し、騎兵隊は進軍に備えて隊列を整え、スコイア＝テルの寄せ集め集団は東に向かって街道を歩きはじめた。

「戻る気はない。だが、ダンディリオンをブロキロンまで案内してやってくれ」

「嫌だ！」ダンディリオンは抵抗したが、顔は青いままだ。「きみと一緒に行く」

ミルヴァは肩をすくめ、矢筒と弓を拾うと、馬に数歩近づき、いきなり振り向いた。

「ちくしょう！　あたしは長いあいだエルフの命を助けてきた。誰かが死ぬのを見過ごすことなんかできない！　ヤルーガ川まで案内してやる、このいかれバカども。でも南じゃなく、東の道を通って」

「東の森も燃えている」

「火を抜けてゆく。それくらい慣れっこだ」

「そこまでしなくていい、ミルヴァ」

「そんなことは嫌というほどわかってる。早く馬に乗って！　ぐずぐずするんじゃないよ！」

だが、そう遠くまでは行けなかった。馬は下草に脚を取られ、草深い道に難儀したが、かといって街道を通る勇気はない。いたるところから蹄の音と武器のぶつかり合う音が聞こえる。武装兵がいる徴《しるし》だ。茂みにおおわれた渓谷で急にあたりが暗くなり、三人は夜を明かすことにした。雨はやみ、あちこちで燃える炎で空は明るい。

いくらか乾いた場所を見つけ、マントと毛布を身に巻きつけて腰をおろした。あたりを見てくると言ってミルヴァが立ち去ったとたん、ダンディリオンの口からはブロキロンの女射手に関してずっと我慢していた言葉が堰を切ったようにあふれ出た。

「なんて魅力的だ」ダンディリオンはつぶやいた。「きみは女運がいい、ゲラルト。長身で、体つきは丸く、踊るように歩く。ぼくの好みからすると腰が細すぎて肩がたくましすぎるが、実に女らしい……。それに胸のふたつのリンゴときたら……。いまにもブラウスがはじけそうな――」

「黙れ、ダンディリオン」

「移動中に偶然ぶつかった」詩人は夢見ごこちで続けた。「太ももはまるで大理石だ。きみがブロキロンで過ごしたひと月のあいだは退屈するまもなかっただろ――」

見まわりから戻ってきたミルヴァがダンディリオンの芝居がかったつぶやきを聞きつけ、二人の表情に気づいた。

「あたしの話、詩人さん？　あたしが背を向けたとたん何をじっと見てんの？　鳥が糞《ふん》でも落とした？」

「きみの弓の腕には驚いた」ダンディリオンはにっこり笑った。「弓術大会では敵なしだろうね」

「はい、はい。そんな話は前にも聞いた」

「最高の女射手はゼリカニア草原の種族にいると前にどこかで読んだことがある」ダンディリオンは思わせぶりにゲラルトに片目をつぶった。「弓を引くときの邪魔にならないよう、左胸を切除する者もいるそうだ。聞くところによると胸は弦の邪魔になるとか」

「そんなのどっかの詩人の妄想だ」ミルヴァが鼻で笑った。「椅子に座って、おまるに羽根ペンを浸してそんなたわごとを書いて、どこかのバカがそれを信じる。あたしが矢を射るのに胸を使うと思う？　矢を射るときは、こんなふうに顔の横に当てて弦を口もとまで引くんだ。弦を邪魔するものは何もない。片胸を切るなんて話は女の裸のことしか頭にない、どこかのバカが考えついたほら話だ」

「詩人と詩に対する温かい言葉に感謝する。そして弓術の指南にも。すばらしい武器だ、弓というのは。戦争の技術はその方向に発展していくんじゃないかとぼくは思う。将来、戦は離れて行なわれるようになる。敵味方がたがいにまったく見えない場所まで離れても殺し合えるような遠隔武器が発明されるかもしれない」

「くだらない」ミルヴァはそっけなく応じた。「たしかに弓はすばらしい武器だけど、戦は人対人、剣の長さだけ離れて、強いやつが弱いやつの頭をたたき割るもんだ。いつだってそうだし、これからも変わらない。それがなくなったら戦そのものがなくなる。でも、いまの戦闘がどんなものか見たはずだ。あの村の土手道で。無駄話はもうけっこう。もういちどあたりを見てくる。馬が鼻を鳴らしてる――狼でも嗅ぎまわってるかのように……」

「実に魅力的だ」ダンディリオンはミルヴァを目で追った。「ふむ……。ところで話は土手ぞいの村に戻るが、崖に座っていたとき彼女が言ったこと――あの言葉には一理あると思わないか」

「どんな？」

「つまり……シリのことだ」ダンディリオンは少し口ごもりながら、「ぼくらの美しい弓の達人はきみとシリの関係をわかっていないようだ。彼女はきみがシリをニルフガード皇帝から奪い取ろうとしていると思っている。それがニルフガードに向かう本当の理由だと」

「その点でミルヴァは完全に誤解している。では、どこに一理ある？」

「まあ落ち着け。いずれにせよ事実には正面から向き合うべきだ。きみはシリを引き取った。自分では保護者のつもりかもしれんが、あの子はただの娘じゃない。王女だ、ゲラルト。はっきり言えば王位候補者だ。宮廷の。王冠の。必ずしもニルフガードの王冠じゃないかもしれない。エムヒルがシリにふさわしい夫かどうかはわからないが――」

「ああそうだ。おまえにはわからない」

「きみにはわかるのか」

ゲラルトは毛布を身体に巻きつけた。

「おまえは当然のように結論を急いでいるが、大きなお世話だ。おまえの考えはわかっている。〝生まれたときにさだめられた運命からシリを救うことはできない。なぜならシリは──救う必要などまったくないシリは──おれたちを階段の上から放り出せと宮廷の衛兵に命令できる立場だから。あの子のことは忘れよう〟。だろう？」

ダンディリオンが口を開いたが、ゲラルトは話すまをあたえず、ますますとげとげしい声で続けた。

「〝いずれにせよシリはドラゴンや悪い魔法使いにさらわれたのでもなく、身代金目当ての海賊につかまったわけでもない。塔や地下牢や檻に囚われているのでもなければ、拷問されているのでも飢えているのでもない。それどころかダマスク織りのシーツで眠り、銀食器で食事をし、絹とレースをまとい、宝石で飾り立て、王冠を授けられるのを待っている。つまり幸せだ。そこへ、運命のいたずらでたまたま出会ったどこかのウィッチャーが勝手にその幸せを邪魔し、台無しにし、破壊し、どこかの死んだエルフから脱がせた古い腐ったブーツで踏みつけにしようとしている〟。そう言いたいんだろう？」

「そんなこと思っちゃいない」ダンディリオンはつぶやいた。

「ゲラルトはあんたに言ってるんじゃないよ」ミルヴァが暗がりからぬっと現れ、一瞬ためらってからウィッチャーの隣に座った。「あたしに言ってるんだ。ゲラルトはあたしの言葉に怒った。あたしはろくに考えもせず、怒りにまかせてしゃべった……。許して、ゲラルト。生傷に爪を立てるのがどんなものかは知ってる。頼むから愚痴はやめて。もうあんなことは言わない。許してくれる？　それともキスしながらごめんって言わなきゃだめ？」

ミルヴァは答えも許しも待たずにゲラルトの首を引き寄せて頬にキスした。ゲラルトはミルヴァの肩をぎゅっとつかんだ。

「もっと近くに寄れ」ゲラルトが咳払いした。「おまえもだ、ダンディリオン。寄ったほうが暖かい」

三人は長いあいだ無言だった。炎が照らす空を雲がかすめ、またたく星を隠した。

「話したいことがある」ようやくゲラルトが口を開いた。「笑わないと約束してくれ」

「話して」

「妙な夢を見た。ブロキロンの森で。最初は妄想だと思った。頭が変になったんだと。なにしろおれはサネッドでこれでもかとなぐられた。だが、いまも同じ夢を見る。決まって同じ夢だ」

ダンディリオンとミルヴァは黙って聞いている。

「シリは宮廷の綾織り天蓋の下で眠ってはいない」しばらくしてゲラルトは続けた。「ほこりっぽい村を馬で駆けて……村人があの子を指さし、おれの知らない名前で呼んでいる。犬が吠えている。シリはひとりじゃない。仲間がいる。髪を短く刈った娘がシリの手を握り……シリはほほえみ返すが、おれはその笑みが気に入らない。濃い化粧が気に入らない……。何より気に入らないのはあの子が死の跡を残していることだ」

「それでシリはどこに？」ミルヴァが猫のようにゲラルトにすり寄り、つぶやいた。「ニルフガードじゃないの？」

「わからない」ゲラルトはやっとのことで答えた。「だが、なんどか同じ夢を見た。問題は、おれはこんな夢を信じないということだ」

「バカだね。あたしは信じる」

「わからない」ゲラルトは繰り返した。「でも、感じる。シリの前には炎があり、後ろには死がある。急がなければならない」


夜明けに雨が降りだした。前日のような、嵐にともなう短時間の土砂降りではない。空は灰色に変わって重苦しい緑青色を帯び、水滴を落としはじめた。粒は小さいが、ずぶぬれになりそうな霧雨だ。

ミルヴァを先頭に東へ向かった。ヤルーガは南だとゲラルトが言うと、〝案内役はあたしで、自分が何をやってるかはわかってる〟とうなるように返した。それ以後ゲラルトは口出ししなかった。大事なのはとにかく進んでいることだ。方角はさほど重要ではない。

三人は押し黙ったまま、濡れて骨まで凍え、背を丸めて馬を進めた。脇道を通り、森の小道をすり抜け、街道を横切った。道路に蹄の音が聞こえると下草に身をひそめた。戦闘は極力、避けた。炎にのまれた村々を抜け、煙を出して赤くすぶるがれきの前を通り、四角く焼けた地面と雨に濡れてツンとにおいを発する黒焦げの材木の横を通りすぎた。死体をついばんでいたカラスの群れが驚いて飛び立った。荷物をかつぎ、戦と大火から逃げてきた農民の一団や行列にも出くわした。みな呆然とした表情で、何をきいても答えず、災難と恐怖でうつろになった目で、おびえたようにぽかんと見あげるだけだ。

そうやって炎と煙のなかを、こぬか雨と霧のなかを、目の前に広がる戦絵巻のなかを東に進んだ。さまざまな光景を見た。

焼け落ちた村の残骸から柱の黒い影が突き出し、裸の死体が頭を下にしてぶらさがっていた。切り裂かれた股と腹から血が胸と顔に伝い落ち、髪の毛からつららのように垂れている。背中にはくっきりとナイフで彫りこまれたルーン文字の〝アルド〟が見えた。

「アン＝ギヴァレ」ミルヴァが濡れた髪を払いのけた。「〈リス団〉がここにいたんだ」

「〝アン＝ギヴァレ〟とはどういう意味だ？」

「密告者」

黒い飾り衣装をつけた灰色の馬が戦場の端をよろよろと歩きまわっていた。裂かれた腹から垂れさがる内臓を引きずり、弱々しく悲しげにいななきながら死体の山と、折れて地面に刺さった槍のあいだをさまよい歩いている。だが、楽にしてやることはできなかった。戦場には——その馬のほかに——死体泥棒もいる。下手に手を出して面倒に巻きこまれたくはなかった。

焼け落ちた農家の庭のそばでは裸の少女が手足を大の字に広げて横たわっていた。血まみれで、うつろな目で空をにらんでいる。

「戦は男のもんだって言うけど、やつらは女に容赦しない」ミルヴァがうなるようにつぶやいた。「お楽しみを求めずにはいられない。何が英雄だ、ちくしょう」

「そのとおりだ。だが、それは変えられない」

「あたしは変えた。あたしは家を飛び出した。小屋の掃除も床磨きもまっぴらだった。やつらがやってきて小屋に火をつけ、自分で磨いた床に押し倒されるのを待つ気なんか……」ミルヴァはそこで口をつぐみ、馬に拍車をかけた。

しばらく行くとタール小屋があり、そこでダンディリオンはその日に食べた堅パンと干し魚半尾を全部もどした。

タール小屋ではニルフガード兵——あるいは〈リス団〉——が捕虜の一団を始末していた。何人が犠牲になったのかはわからない。弓や剣や槍だけでなく、小屋にあった木こり道具も使われていた。斧、削りかんな、横引き鋸。

ほかにも戦争の場面はあったが、ゲラルトもダンディリオンもミルヴァも憶えていなかった。すべて記憶から消し去った。いつのまにか彼らは無関心になっていた。

それから二日かけて進んだ距離はせいぜい三十キロ程度だった。雨が続き、夏の日照りで乾いた地面はスポンジのように水を吸い、森の道はぬかるむ傾斜に変わった。霧と靄のせいで煙は見えないが、何かが焼けるにおいがする。いまも軍勢が近くにいて、燃えるものすべてに火を放っている証拠だ。

避難民の姿はどこにもなかった。森のなかは三人だけ。少なくともそう思っていた。あとを追ってくる馬のいななきに最初に気づいたゲラルトが硬い表情でローチの向きを変えた。口を開いたダンディリオンをミルヴァが身ぶりで制し、鞍の横に下げた弓をつかんだ。

茂みから騎乗の男が現れた。三人が待っているのを見て男は栗毛の若馬の手綱を引いた。みな無言で馬の足を止めた。聞こえるのは打ちつける雨音だけだ。

「ついてくるな」ようやくゲラルトが言った。

最後に見たとき棺に横たわっていたニルフガード人は馬のたてがみを見おろした。ダンディリオンは見違えるところだった。男は馬車の横で殺された男からはぎとったとおぼしき鎖かたびらと革のチュニックとマントを着ていた。それでも、ブナの木の下での一件からほとんどひげが伸びていない若者の顔は記憶にあった。

「くるなと言ったはずだ」ゲラルトが繰り返した。

「たしかに言った」ようやく若者は答えた。ニルフガードなまりはない。「でもこうするしかない」

ゲラルトは馬から降りて手綱をダンディリオンに渡し、剣を抜いて静かに言った。

「降りろ。武器を帯びているようだな。けっこう。おまえが丸腰のあいだは殺したくても殺せなかった。いまは違う。降りろ」

「戦うつもりはない。戦いたくもない」

「だろうな。同国の仲間のように、別の種類の戦いがいいんだろう、あのタール小屋のなかのような。あとをついてきたのなら見たはずだ。降りろと言ってるんだ」

「おれはカヒル・マー・ディフリン・エプ・シラク」

「誰が名乗れと言った？　馬から降りろと言ったんだ」

「降りない。あなたと戦う気はない」

「ミルヴァ」ゲラルトはミルヴァにあごをしゃくった。「悪いが、やつの馬の腹を射抜いてくれ」

「よせ！」若者はミルヴァが矢をつがえる前に片手をあげた。「頼む。わかった、降りる」

「よし。剣を抜け」

若者は胸の前で腕を組んだ。

「殺したければ殺せ。なんならその女エルフに矢を射らせてもいい。あなたとは戦わない。おれはカヒル・マー・ディフリン……シラクの息子。おれを……おれを仲間に入れてくれ」

「どうやら聞き間違えたようだ。もういちど言ってみろ」

「仲間に加わりたい。あなたはあの子を捜してる。手を貸したい。貸さなきゃならない」

「狂ってる」ゲラルトはミルヴァとダンディリオンを振り返った。「頭がいかれたらしい。こいつは狂人だ」

「いかれた一団にはお似合いじゃないの」ミルヴァがつぶやいた。「まさにぴったりだ」

「悪くないかもしれんぞ、ゲラルト」ダンディリオンがひやかした。「なんといってもニルフガードの貴族だ。彼の助けがあればもっと楽に――」

「おまえは黙っていろ」ゲラルトが鋭く制した。「聞こえただろう。剣を抜け、ニルフガード人」

「戦うつもりはない。それにおれはニルフガード人ではない。ヴィコヴァロ出身で、名は――」

「おまえの名前に興味はない。剣を抜け」

「嫌だ」

「ウィッチャー」ミルヴァが鞍から身を乗り出し、地面に唾を吐いた。「時間はどんどん過ぎるし雨は降る。このニルフガード人は戦いたがってないし、どんなに怖い顔をしてもあんたはこいつを冷酷に切り刻む気はない。一日じゅうここでぐずぐずしてるつもり？　栗毛馬の腹に矢を放って先を急ごう。この男も徒歩では追いつけない」

シラクの息子カヒルはひと息で栗毛馬に飛び乗ると、〝走れ〟とどなりながら来た道を猛然と駆け出した。ゲラルトは男が走り去るのをしばらく見つめてからローチにまたがった。無言のまま。振り向きもせず。

「おれも歳を取った」ローチがミルヴァの黒馬に追いついたところでゲラルトがつぶやいた。「とがめ《スクループルズ》を感じるようになってきた」

「ああ、年寄りにはよくある」ミルヴァが気の毒そうに見返した。「ヒメムラサキの煎じ薬が効く。当座は鞍に座布団を当てておくといい」

「スクループルズだ」ダンディリオンが重々しい口調で言った。「痔疾《パイルズ》とは違う、ミルヴァ。きみは言葉を混同している」

「知ったかぶりのおしゃべりなんかくそくらえだ。とめどもなくべらべらと、あんたにできるのはそれだけだ！　さあ、行くよ！」

三人は全速力で走り出した。

「ミルヴァ」しばらくして激しく叩きつける雨から顔を守りながらゲラルトがきいた。「本気で馬を射るつもりだったのか」

「いや」ミルヴァはしぶしぶ認めた。「馬に罪はない。でも、あのニルフガード人――いったいなんであたしたちをつけてるの？　なんで〝手を貸さなきゃならない〟わけ？」

「こっちがききたい」


森がとつぜん途切れ、街道に出てからも雨は降っていた。道は南から北に向かって丘のあいだをくねくねと曲がっている。見る場所によっては北から南に向かっているともいえる。街道を見ても誰も驚かなかった。似たような光景をなんども見てきた。ひっくり返されてめちゃめちゃに荒らされた馬車……死んだ馬……散乱する荷物や鞍袋……荷かご。そしてさっきまで人間で、いまや奇妙な姿勢で凍りついたぼろぼろの塊。

三人は平然と馬を近づけた。昨日今日、行なわれた殺戮ではない――いつのまにかそんな判断がつくようになっていた。この数日で彼らのなかに目覚め、研ぎ澄まされた純粋な動物的勘のせいかもしれない。戦場をあさることも学んだ。さほど多くはないが、たまに散乱物のなかにわずかな食糧やまぐさ束が見つかる。

やがて一行は襲撃された隊商の後尾馬車の横で足を止めた。側溝に押しやられた馬車は割れた車輪の軸で引っかかり、馬車の下には恰幅のいい女が不自然な角度で首をひねって横たわっていた。チュニックの襟には裂けた耳からの固まった血が雨に洗われて筋状の跡が残っている。耳飾りを引きちぎられたのだろう。馬車にかけた防水布には〈ヴェラ・レーヴェンハウプトと息子たち〉の文字。だが、息子たちの姿はどこにもない。

「これは農民じゃない」ミルヴァが結んだ唇から絞り出すように言った。「商人だ。南から来て、ディリンゲンからブルッゲに向かう途中で襲われたんだ。まずいよ、ウィッチャー。ここで南に向きを変えようと思ってたけど、いよいよ手がなくなった。ディリンゲンとブルッゲ全土がニルフガードの手に落ちたんだ。この道を通ってヤルーガには行けない。東に向かうしかないね、トゥーロッホを通って。あそこは森と荒れ地だから、軍勢は通らない」

「これ以上、東に行く気はない」とゲラルト。「おれが行きたいのはヤルーガ川だ」

「行けるよ」意外にもミルヴァは素直に答えた。「でも、安全な道を通らなきゃ。ここから南に向かったらニルフガードのあごのなかにまっさかさまだ。何も手に入らない」

「時間が手に入る」ゲラルトが鋭く返した。「東に向かうのは時間の無駄だ。言っただろう、おれにはもう時間が――」

「静かに」ふいにダンディリオンが馬の向きを変えた。「ちょっと黙って」

「なんだ」

「歌が……聞こえる」

ゲラルトは首を振り、ミルヴァは鼻で笑った。

「たいした耳だね、詩人さん」

「静かに！　黙って！　本当だ、誰かが歌ってる！　聞こえないか」

ゲラルトが頭巾をはずした。ミルヴァも耳を澄まし、しばらくしてゲラルトを見て小さくうなずいた。

吟遊詩人の耳はあなどれない。まさかと思ったが、本当だ。霧雨降りしきる森のなか、死体が散らばる道に立つ三人の耳に歌が聞こえた。南のほうから陽気で元気な歌声が近づいてくる。

ミルヴァはいつでも逃げられるよう黒馬の手綱を引いたが、ゲラルトが待てと手ぶりし、首をかしげた。聞こえてくるのは、行進する歩兵隊の勇ましくて調子のいい、とどろくような大合唱でもなければ、いばりくさった騎兵隊の歌でもない。歌声はますます大きくなるが、まったく不安を掻きたてなかった。

むしろその反対だ。

雨が枝葉に当たって音を立て、やがて歌詞が聞こえてきた。この死と戦いの風景にはまったくそぐわない、奇妙で、不思議な、陽気な歌詞だ。

森の木陰でオオカミ踊る
歯を剝き、尾を振り、跳ねまわり
おお、なぜそんなに浮かれてる？
そりゃつながれてないからだ！
ウン・パ、ウン・パ、ウン・パッパ！

ダンディリオンは大笑いして濡れたマントの下からリュートを取り出すと――ゲラルトとミルヴァがたしなめる声を無視して――弦をボロンと鳴らし、大声で歌に加わった。

オオカミ前脚引きずって
うなだれ、尾をさげ、歯ぎしりし
おお、なぜそんなに嘆いてる？
求婚したか、結婚したか！

「ウ・ホ・ハ！」すぐそばからいくつものどら声が答えた。
とどろくような笑い声がはじけ、指笛が鋭く響いたかと思うと、街道のカーブの向こうから色とりどりの風変わりな一団が現れた。縦一列で重いブーツを調子よく踏み鳴らし、泥を飛び散らせながら近づいてくる。

「ドワーフだ」ミルヴァがささやいた。「でもスコイア＝テルじゃない。あごひげを三つ編みにしていない」

ドワーフは六人で、さまざまな灰色と茶色に光るフードつきの短い肩マントを着ていた。ドワーフ族が荒天の日に着る完全防水の服で、木タールを長い年月しみこませてようやく完成する逸品だ。道中の土ぼこりは言うまでもなく、油っぽい食べ物のしみも寄せつけない。この実用第一のマントは父親から長男に受け継がれるもので、つまりは成熟したドワーフの証《あかし》だ。そしてドワーフはあごひげが腰まで伸びたら大人として認められる。たいていは五十五歳くらいだ。

近づいてくるドワーフたちは誰ひとり若くは見えないが、かといって老人のようにも見えなかった。

「人間を連れてる」ミルヴァがつぶやき、ゲラルトに向かって背後の森から現れた小集団を頭で示した。「避難民のようだ。荷物と家財道具を背負ってる」

「ドワーフたちも身軽な旅ではなさそうだ」とダンディリオン。

たしかにどのドワーフも、ふつうの人間と馬ならすぐにつぶれてしまいそうな大荷物をかついでいた。見ると、ありふれた荷袋や鞍袋のほかに鉄張りの収納箱や銅の大鍋、小さな衣装だんすらしきものもある。一人は馬車の車輪まで背負っていた。

先頭のドワーフだけは手ぶらで、腰帯に小型の戦斧、背中には鞘がぶち猫の皮でおおわれた長剣を差し、肩には雨に濡れて毛羽立った緑色のオウムがとまっている。

「ごきげんよう！」男は道のまんなかで立ちどまり、両手を腰に置いて呼びかけた。「近ごろ森では人間に会うより狼に会うほうがましなご時世だ。運が悪けりゃ、やさしい言葉を受けるどころか挨拶がわりに胸に矢を受けることもある！　だが、歌や音楽で挨拶するのはまともなやつだ！　いや、まともな娘っ子もいるな、許せ、嬢ちゃん！　やあやあ。わしはゾルタン・シヴェイ」

「ゲラルトだ」ウィッチャーは一瞬、迷ってから名乗った。「歌い手はダンディリオン。そしてこれはミルヴァ」

「クソッタレー！」オウムが甲高い声で叫んだ。

「くちばしを閉じろ」ゾルタン・シヴェイがオウムをにらんだ。「失礼。この異国の鳥は賢いが品《ひん》がない。こいつを手に入れるのに十サラーもはたいた。名前は陸軍元帥おしゃべ《ウィンドバッ》り《グ》。ちなみにこれはわしの仲間だ。マンロ・ブルイス、ヤーゾン・ヴァルダ、キャレブ・ストラットン、フィギス・マーラッゾ、そしてパーシヴァル・シャタンバック」

パーシヴァル・シャタンバックはドワーフではなかった。濡れた頭巾の下からはもじゃもじゃのあごひげではなく、長くとがった鼻が見える。こんな鼻の持ち主は間違いなく、歴史ある高貴なノーム族だ。

「そしてあっちはカーナウの難民で、見てのとおり女と子どもだ」ゾルタンは、立ちどまって身を寄せ合う小集団を指さした。「もっとたくさんいたが、三日前にニルフガードにつかまり、何人かが斬り殺され、それ以外はちりぢりになった。たまたま森のなかで出くわし、一緒に旅をしてる」

「大胆だな。街道を歌いながら歩くとは」とゲラルト。

「泣きながら歩くのがいいとは思えん」ドワーフはあごひげを揺らし、「わしらはディリンゲンからずっと静かに、身を隠して森を抜けてきた。そして軍勢が通りすぎるのを待ち、遅れを取り戻すために街道に出た」そこで言葉を切って戦場を見渡した。

「こんな光景には慣れっこだ」ゾルタンは死体を指さした。「ディリンゲンとヤルーガ川から先の道路は死体だらけ……。あんたたちの仲間か」

「いや。ニルフガードが商人を襲ったようだ」

「ニルフガードじゃない」ゾルタンは首を振り、無表情で死体を見やった。「スコイア＝テルのしわざだ。正規軍はわざわざ死体から矢を抜きはしない。いい矢じりは半クラウンするからな」

「値段をよくわかってる」ミルヴァがつぶやいた。

「どこに向かう？」

「南だ」ゲラルトが即答した。

「やめとけ」ゾルタン・シヴェイはまたしても首を振った。「あっちは炎と殺戮地獄だ。ディリンゲンは間違いなく征服され、ヤルーガ川を渡るニルフガード軍はますます兵を増やし、いつ渓谷の右岸になだれこんでも不思議はない。見てのとおり連中は前方――北のほうにもいて、ブルッゲの都市に向かってる。どう考えても逃げるなら東だ」

　ミルヴァがしたり顔でちらっとウィッチャーを見た。ゲラルトは無言だ。

「東――それこそわしらが向かう方角だ」ゾルタンが続けた。「残された道はただひとつ、前線の後ろに身をひそめ、テメリア軍が東部イナ川から出発するのを待つことだ。それから森の道を通って丘陵地をめざす。トゥーロッホから古道《オールド・ロード》を通り、イナ川に流れこむソドンのチョトラ川まで。なんなら一緒にどうだ？　足が遅くても構わんのなら。あんたがたは馬だが、難民は足が遅い」

「どうやら急ぐ旅でもなさそうだ」ミルヴァがゾルタンをじっと見て言った。「ドワーフはどんなに重い荷物をかついでも一日に五十キロは歩ける。馬に乗る人間とほぼ同じだ。オールド・ロードなら知ってる。難民たちがいなけりゃ、あんたたちは三日でチョトラ川に着くはずだ」

「女と子どもだ」ゾルタンがあごひげと腹を突き出した。「見捨てるわけにはいかん。ほかにどうしろというんだ、あ？」

「いや。何も文句はない」とゲラルト。

「それを聞いて安心した。つまり、わしが受けた第一印象は間違ってなかったってことだ。それで、どうする？　旅の仲間になるか」

　ゲラルトはミルヴァを見た。ミルヴァがうなずいた。

「よし」ミルヴァがうなずくのを見てゾルタンが言った。「となれば街道で略奪団に出くわさぬうちに出発しよう。だが、その前に――ヤーゾン、マンロ、馬車をあされ。何か使えそうなものを見つけたらしまっとけ、それもすぐに。フィギス、その車輪があの小型馬車に合うかどうか確かめろ。合いそうじゃないか」

「ぴったりだ！」車輪を運んでいたドワーフが叫んだ。「あつらえたみたいに！」

「ほら見ろ、バカめ。わしが車輪をはずして運べと言ったらあんなに驚いたくせに！　さあ、取りつけろ！　手を貸せ、キャレブ！」

　またたくまに死んだヴェラ・レーヴェンハウプトの馬車には新しい車輪が取りつけられ、防水布と不要品がはずされ、溝から道路に引きあげられ、一行の荷物があっというまに荷台に収まった。ゾルタンはしばし考え、子どもたちに馬車に乗るよう命じた。この命令が実行されるまでにはしばらく時間がかかった。ゲラルトには、母親たちがドワーフに顔をしかめ、できるだけ近づくまいとしているように見えた。

　ダンディリオンは二人のドワーフが死体から衣服を脱がすのを不快そうに見つめた。それ以外のドワーフは馬車のなかを引っかきまわしていたが、めぼしいものはなかったようだ。ゾルタンが指笛を鳴らして略奪の終了を合図し、熟練の目でローチとペガサスとミルヴァの黒馬を見た。

「乗用馬か」そして不満そうに鼻にしわを寄せた。「つまり、たいして役には立たんってことだ。フィギス、キャレブ、轅《ながえ》につけ。交替で引くぞ。しゅっぱーーーつ!」

車輪がやわらかいぬかるみにずっぽりはまりでもすればすぐにドワーフたちは馬車をあきらめるだろう――ゲラルトは思ったが、そうではなかった。彼らは雄牛のように力が強い。それに、東に向かう森の道は草におおわれ、しつこい雨にもかかわらずさほどぬかるんでもいなかった。ミルヴァは不機嫌で怒りっぽく、たまに口を開けば〝やわらかくなった馬の蹄がいつ割れてもおかしくない〟とぼやいた。ゾルタン・シヴェイが問題の蹄を調べてから舌なめずりをし、〝わしは馬肉をあぶる達人だ〟と言い、それがますますミルヴァを怒らせた。

一行は同じ隊形で進んだ。交替で引く馬車を中心に、ゾルタンが馬車の前をゆき、その隣をペガサスにまたがるダンディリオンがオウムをからかいながら進んだ。そのあとにゲラルトとミルヴァが続き、最後にカーナウの女六人が重い足取りでついてくる。

先頭はたいてい長鼻のノーム、パーシヴァル・シャタンバックが務めた。身長と腕力ではドワーフにかなわないが、持久力はいい勝負で、機敏さははるかに勝っていた。道中パシヴァルはひとときもじっとせず、茂みをうろついてはごそごそ探り、真っ先に飛び出しては姿を消し、ようやく現れたと思ったらはるか先のほうから落ち着きのない猿のようなしぐさで″前方問題なし、このまま進め″と合図を送る。隊列に駆け戻り、障害物について早口で報告することもあり、そんなときはいつも片手いっぱいのブラックベリーや木の実、見慣れないがおいしそうな木の根を荷台に座る四人の子どもに持ってきた。

　進む速度は恐ろしいほど遅く、一団は森のなかを三日間歩きつづけた。兵士には遭遇せず、焚火の煙も明かりも見なかったが、森にいるのは彼らだけではなかった。ときおりパーシヴァルが森にひそむ難民団を見つけた。一行はそんな集団の前を急ぎ足で通りすぎた。どこかの熊手や棒で武装する農民の表情を見ると、とても友人にはなれそうになかった。ミルヴァもゾルタンに賛同した。女たちもいますぐドワーフ隊を離れるつもりはなさそう一団と交渉し、カーナウの女たちを残していこうかという話も出たが、ゾルタンが反対し、だからなおのこと女たちがドワーフを恐れ、嫌い、敬遠し、ほとんど口もきかず、休憩のあいだも近づかないのが不思議だった。

　つらい体験をしたばかりだからだろうとゲラルトは思ったが、もしかしたら女たちがドワーフを嫌うのは彼らががさつだからかもしれない。ゾルタンと仲間たちはオウムのウィンドバッグ陸軍元帥に負けないほどしょっちゅう汚い言葉を吐き、そのレパートリーはオウムをはるかにしのぐ。下品な歌を歌い、それにダンディリオンが喜んで加わった。彼らは唾を吐き、手で洟《はな》をかみ、とどろくようなおならをし、それが笑い声と冗談と競争を生んだ。茂みに行くのは〝大〟のときだけで、〝小〟のときは遠くに行きもしない。これにはついにミルヴァが腹を立て、ある朝ゾルタンがまわりにお構いなしにまだ温かい焚火の灰に小便したのを見てどなり散らした。どなられたゾルタンは平然と、こんな行為をこそこそやるのは密告者のような裏表のある不実な者だけで、〝自分は密告者だ〟と告げてるようなものだと言ってのけた。このよどみない弁明もミルヴァにはまったく通用しなかった。ドワーフたちはこれでもかと罵声を浴びせられ、具体的に脅された。それが効いたのか、それからは全員がおとなしく茂みに行くようになった――〝不実な密告者〟のそしりを避けるために連れだって。

だが、新しい仲間と出会って誰より変わったのはダンディリオンだ。彼はドワーフたちとすっかり意気投合した。何人かが著名な吟遊詩人の噂を聞き及び、彼のバラッドと二行連句まで知っていたとわかってからはなおさらだ。ダンディリオンはゾルタンと仲間たちについてまわった。彼らからせしめたキルトの上着を着こみ、羽根のついたしわくちゃの帽子は剣士きどりのテンの毛皮帽に替わった。腰には真鍮の鋲のついた太い帯を締め、ドワーフからもらった恐ろしげな短刀を差した。短刀は身を乗り出すたびに脇腹を突いたが、さいわいすぐにどこかに置き忘れてなくし、それきりもらえなかった。

一行はトゥーロッホの山腹に広がる深い森を抜けた。森はひとけがなく、野生動物の足跡もない。軍勢や避難民におびえて逃げ出したのだろう。獲物はなくても、ドワーフが大量の食糧を積んでいたおかげですぐに空腹に悩まされることはなかった。だが、いよいよそれも尽きると——食い扶持《ぶち》が増えたぶん尽きるのは早かった——ヤーゾン・ヴァルダとマンロ・ブルイスが日没とともに空の袋を持って姿を消した。そして夜明けに、ぱんぱんにふくらんだ袋をかついで戻ってきた。片方には馬のまぐさ、もう片方にはひきわり大麦や小麦、干し肉、ほぼまんまるのチーズに、巨大なハギスまで入っていた。ごていねいに内臓肉を詰めた豚の胃が一対のふいごのような二枚の薄板ではさんである。

どこから盗んできたのかゲラルトには察しがついた。その場では言わなかったが、ゾルタンと二人きりになるのを待って、言葉を選びながらたずねた。〝同じように飢え、必死に生き延びようとしている難民から食糧を奪うことにとがめを感じないのか〟。するとドワーフは重々しく、とても恥じていると答えたが、そこはさすがにゾルタンだ。

「かぎりなき利他主義はわしの最大の美徳だ」と彼は言った。「よき人であらねばならん。しかし、わしは分別あるドワーフで、万人に善をほどこすことができないのはわかっている。すべての者に——この世界とそこに生きとし生けるものすべてに善をほどこそうとしても、それは大海の一滴にすぎん。つまりは無駄な努力だ。そこで具体的な善をほどこすことにした。すなわち無駄にならない善だ。わしは自分と身近な仲間のためによいことをすると決めた」

それ以上ゲラルトは何もきかなかった。

別の日、ゲラルトとミルヴァは筋金入りの利他主義者ゾルタン・シヴェイと長々と話をした。彼は軍事動向に通じていた。少なくともそんなふうに見えた。

「攻撃はドライショットから始まった」ゾルタンは卑猥語を叫ぶウィンドバッグ陸軍元帥をなんども黙らせながら言った。「ラマスの祭日から七日後の夜明けのことだ。ニルフガードは同盟国ヴェルデン軍とともに侵攻した。ヴェルデンは知ってのとおりいまや帝国の保護領だ。連中はドライショットから先の村すべてに火を放ち、そこに駐屯していたブルッゲ軍を全滅させながらまたたくまに進軍した。ニルフガード歩兵隊はヤルーガ川の対岸からディリンゲンの砦に向かって進んだ。彼らはまったく予想外の場所で川を渡った。川に浮橋を架けたんだ。わずか半日で。信じられるか？」

「いまはなんでもありだ」ミルヴァがつぶやいた。「攻撃が始まったとき、あんたもディリンゲンにいたの？」

「まあ、そのあたりだ」ドワーフは言葉をにごした。「攻撃の知らせが届いたとき、わしらはすでにブルッゲの街に向かっていた。街道はひどいありさまで、避難民であふれていた。南から北に逃げる者と北から南へ逃げる者が入り乱れ、身動きが取れなくなった。しかもニルフガード軍が前にも後ろにもいることがわかった。ドライショットを出発した軍勢が二手に分かれたんだな。騎馬大隊はブルッゲのある北東に向かっていたようだ」

「つまりニルフガード軍はもうトゥーロッホの北にいるということか。どうやらおれたちは両軍勢のどまんなかにはさまれたようだな。安全に」

「たしかにどまんなかだ」ゾルタンがうなずいた。「だが安全じゃない。帝国軍は〈リス団〉にヴェルデン志願兵、それと寄せ集めの傭兵団で脇を固めている。こいつらはニルフガード兵より質《たち》が悪い。カーナウを焼き討ちしたのもやつらで、わしらもつかまりそうになったが、なんとか森のなかに逃げて助かった。だから森の外を嗅ぎまわっちゃいけない。油断は禁物だ。これからオールド・ロードに向かい、そこからチョトラ川にそってイナ川へ出る。イナには必ずテメリア軍がいる。驚きから覚めたフォルテスト王軍がニルフガード軍に立ち向かってるはずだ」

「そうならいいけど」ミルヴァはゲラルトをちらっと見た。「問題はあたしたちが緊急の重大事で南に向かってることだ。トゥーロッホから南に向かい、ヤルーガ川に行こうと思っていた」

「なんでそんなところに行きたいのか知らんが、命がけで行くとは、よほど緊急の重大事だろうな」ゾルタンはいぶかしげに二人をじろりと見た。

そして返事を待ったが、ゲラルトもミルヴァも答えない。ゾルタンは尻をぼりぼりと掻いて咳払いし、唾を吐いてからようやく言った。

「ニルフガードがヤルーガ川両岸とイナ川の河口を掌握したとしても、わしは驚かん。で、ヤルーガのどのあたりに行くつもりだ？」

「どこでもいい」ゲラルトが答えた。「川に着きさえすれば。そこからボートで三角州に向かう」

ゾルタンはゲラルトを見返して笑い声をあげた。そして冗談ではないと悟るや、すぐに真顔になった。

「悪くない考えだが、そんな夢みたいな話はあきらめたほうがいい」しばらくしてゾルタンは言った。「南ブルッゲは火の海だ。ヤルーガに行き着く前に串刺しにされるか、縛られてニルフガードに送りこまれるのがおちだ。奇跡的にヤルーガ川にたどり着いたとしてもボートで三角州へは行けない。シントラからブルッゲ側の岸に架かる浮橋？　あそこは衛兵が昼夜を分かたず見張っている。渡れるのはサケくらいのものだ。あんたらの緊急の重大事は緊急でも重大でもなくなる。見込みはない。わしはそう思う」

ミルヴァの視線が〝同感だ〟と告げた。ゲラルトは黙りこんだ。気分は最悪だった。ゆっくりと治りつつある左腕と右膝の骨はいまも目に見えない、鈍くしつこい痛みの牙を剝き、消えない湿気と無理のせいでひどくなっている。加えてゲラルトはどうしようもなく気のめいる、なんとも言えない不快な感情に悩まされていた。これまでに経験したことのない感覚で、どう対処すればいいかわからない。

それは無力さとあきらめの感情だった。

それから二日後、雨がやんで太陽が顔を出した。森は蒸気を吐いてまたたくまに霧を晴らし、鳥たちは長雨で鳴けなかった日々を取り戻すかのように力強くさえずりはじめた。ゾルタンは上機嫌で長い休憩を命じ、休憩がすんだら速度を上げ、遅くとも明日にはオールド・ロードに着くと約束した。

カーナウの女たちは周囲の枝に黒や灰色の洗濯物を干して下着だけになると、恥ずかしそうに茂みに隠れて食事の準備を始めた。子どもたちは美しい蒸気を吐く森の悠然たる静けさにもお構いなく裸で走りまわり、ダンディリオンは疲れて眠りこけ、ミルヴァはどこかに姿を消した。

ドワーフたちには休憩も大事な時間だ。フィギス・マーラッゾとマンロ・ブルイスはキノコ探しに出かけ、ゾルタン、ヤーゾン・ヴァルダ、キャレブ・ストラットン、パーシヴァル・シャタンバックは馬車のそばに座り、休むまもなくお気に入りのカードゲーム〈バレル〉を始めた。彼らは雨降る夜も、わずかな合間を見つけてはこのゲームに没頭した。

ゲラルトもたまに座ってゲームに加わることもあれば、今回のように観戦することもあった。いまだにこのドワーフ特有のゲームの複雑なルールはよくわからないが、驚くほど繊細なカードの出来栄えと人物像には見るたびに魅了された。人間が使うものに比べると、ドワーフのカードはまさしく芸術品だ。このあごひげ族がすぐれているのは採鉱や冶金の技術だけではないと改めてゲラルトは思った。カードゲームの世界でドワーフの才能が市場を独占しなかったのは、人間界ではカードよりサイコロが人気で、人間の賭け事師に美的感覚が欠けているからだ。これまで見たかぎり、人間はいつも油じみたカードを使っていた。あまりに汚れていて、テーブルに並べる前に指からいちいちはがさなければならないほどだ。絵札の絵もいいかげんで、クイーンとジャックの違いは馬に乗っているかどうかでしかない。馬もいびつなイタチのようだ。

ドワーフのカードにそんな見間違いの心配はない。王冠をつけたキングは威厳に満ち、曲線美を誇るクイーンは魅力的で、矛槍をかかげるジャックは小粋な口ひげをたくわえている。色つきカードはドワーフ語で〝フラヴァル〟、〝ヴァイナ〟、〝バレット〟と呼ばれるが、ゾルタンと仲間たちは一般語を話し、ゲームのあいだも人間と同じ用語を使った。

太陽は暖かく、森は蒸気を吐き、ゲラルトはゲームに見入った。

〈バレル〉の基本原理は、その集中度と競り人の声が大きいという点で馬市の競りに似ている。片方の二人組がいちばん高い〝値段〟を宣言し、できるだけ多くの勝ち札を手に入れようとするのを、対戦相手の二人組が必死に阻止するというもので、ゲームは熱く、騒々しく行なわれ、各プレーヤーの脇には頑丈そうな棍棒が置いてある。相手をなぐるのに使われることはまずないが、振りまわされることはしょっちゅうだ。

「何やってんだ！　このバカ！　ぼけなす！　なんでハートじゃなくてスペードを開ける？　おれが冗談で最初にハートを出したと思うか？　この棒で道理を叩きこんでやろうか！」

「スペードがジャックまで四枚あったから、コントラクトするつもりだったんだ！」

「スペードが四枚、たしかにそうだ！　おまえが手札を見たときに数えた数字も入れてな。頭を使え、ストラットン、ここは大学じゃない！　おれたちゃゲームをしてるんだ！　バカでもヘマをしなけりゃ賢人にも勝てるってことを覚えとけ。勝負だ、ヴァルダ」

「ダイヤでコントラクト」

「ダイヤでスモールスラム！」

「〝キングはダイヤを引いたが、冠を失い、あわてて王国から逃げ出した〟ときた。スペードでダブル！」

「バレル！」

「目を覚ませ、キャレブ。さっきのはバレルでダブルだろうが！　何をビッドする？」

「ダイヤでビッグスラム！」

「ノー・ビッド。ああーっ！　どうした？　誰もバレルしないのか？　おまえら、おじけづいたな。おまえが最初だ、ヴァルダ。パーシヴァル、こんどやつに片目をつぶったら、次の冬まで目が開かないくらいその顔をなぐってやる」

「ジャック」

「クイーンだ！」

「キングがクイーンに乗っかった！　クイーンが手籠《てご》めにされたぞ！　クイーンはおれのもんだ、ハ、ハ、いざというときのためにもう一枚ハートを取っておいた！　ジャックと十と――」

「切り札だ！　切り札《トランプ》なけりゃくそで《ダンプ》も出せ。こっちはダイヤだ！　ゾルタン？　どうだ、まいったか！」

「くそノームめ。ひゅう、これで一発……」

ゾルタンが棍棒を振りまわそうとしたそのとき、森のほうからつんざくような悲鳴が聞こえた。

最初に立ちあがったゲラルトが膝の痛みに毒づきながら駆け出し、ゾルタン・シヴェイが馬車からぶち猫皮に包んだ剣をつかんであとを追った。パーシヴァルと残りのドワーフは棍棒を持って駆け出し、悲鳴で目を覚ましたダンディリオンがしんがりから追いかけた。フィギスとマンロはキノコのかごを放り投げ、散らばる子どもを集めて森から引き離した。どこからともなく現れたミルヴァが矢筒から矢を抜き、走りながらゲラルトに悲鳴の聞こえるほうを指さした。示すまでもなかった。ゲラルトはその目と耳ですべてを理解した。

カーナウの子どもが叫んでいた。そばかすのある、髪を三つ編みにした九歳くらいの少女が腐れた丸太の山から少し離れた場所でひとり凍りついたように立ちすくんでいる。ゲラルトはすぐさま駆け寄り、抱き寄せて恐怖の叫びをなだめ、丸太のなかで動くものを視界の隅で捉えた。すばやく身を引いたとたん、ゾルタンとドワーフたちにぶつかった。動くものに気づいたミルヴァが矢をつがえてねらいをさだめた。

「射るな」ゲラルトがささやいた。「この子をここから連れてゆけ、急いで。きみはさがれ。静かに、ゆっくりと。いきなり動くな」

最初は一本の腐れた丸太が日の当たる木の山から這い出し、陰を探しているかのように見えた。近づいて初めて丸太にはありえない特徴に気づいた。でこぼこした関節のある細い四組の脚が、ひだと斑点と体節のあるザリガニのような甲羅から突き出ている。

「落ち着け」ゲラルトが静かに言った。「刺激するな。のろそうな見た目にだまされるな。獰猛ではないが、稲妻のように動きが速い。恐怖を感じたら攻撃することもある。そしてやつの毒に毒消しはない」

その生き物はのろのろと丸太の上に這い出ると、眼柄《がんぺい》の先についた目をゆっくり動かし、人間とドワーフたちを見た。たしかに動きはのろい。やがて脚を一本ずつかかげ、見るからに恐ろしげな鋭い下あごで脚の先をきれいにしはじめた。

「あんまり大きな悲鳴だったから、よほどまずいことが起こったと思った」ゲラルトに近づいたゾルタンが平然と言った。「ヴェルデンの予備騎兵隊が現れたとか。軍事裁判官がやってきたとか。それがなんだ、ただのでかい這い虫か。自然は実に奇妙な姿を生み出すもんだな」

「もはやそうではない」ゲラルトが答えた。「あそこにいるのはアイヘッド。〈混沌〉の生き物だ。天体の合《ごう》のあとに生まれた絶滅寸前の遺物だ、わかるだろう」

「わかるとも」ゾルタンはゲラルトの目をのぞきこんだ。「わしはウィッチャーでもなければ、〈混沌〉とか、そんな怪物の権威でもないがな。わしが知りたいのはウィッチャーがこの天体の合のあとに生まれた遺物をどうするかだ。もっと正確に言えば、あんたがこいつをどうやって始末するか。剣を使うか、それともわしのシヒルか」

「いい武器だ」ゲラルトはゾルタンがぶち猫皮に包まれた漆塗りの鞘から引き抜いた剣をちらっと見やった。「だが、それは必要ない」

「おもしろい。じゃあ、ここに突っ立ってにらみ合いを続けるのか。あの遺物が怖がって逃げるまで？　それとも退散してニルフガード人にでも助けを求めるか。さあどうする、怪物殺し屋《モンスター・スレイヤー》？」

「馬車からひしゃくと大鍋の蓋を持ってきてくれ」

「なんだと？」

「彼の権威に疑問を差しはさまないほうがいい、ゾルタン」とダンディリオン。

パーシヴァル・シャタンバックが小走りで馬車に向かい、言われたものを持って戻ってきた。ゲラルトはみんなに片目をつぶると、ひしゃくで鍋の蓋を力まかせに叩きはじめた。

「やめろ！　やめろ！」すぐにゾルタンが両手で耳をふさぎながら叫んだ。「ひしゃくが折れる！　怪物は逃げた！　もういない、頼むからやめろ！」

「すげえ」パーシヴァルが歓声をあげた。「いまの見たか？　驚いた、かかとを鳴らしてすたこら逃げてったぞ！　かかともないのに！」

「アイヘッドは非常に繊細で敏感な聴覚を持っている」ゲラルトは少しへこんだ台所用具をドワーフに返しながら淡々と言った。「耳はないが聞こえる。いうなれば全身で。とくに金属音には弱い。アイヘッドはそれを痛みと感じ……」

「しかも癇《かん》にさわる」とゾルタン。「気持ちはわかる。あんたが蓋を叩きだしたとたん、わしも痛みを感じた。怪物の聴覚がわしより鋭いとしたら、気の毒なこった。まさか戻ってはこんだろうな。仲間を呼び寄せるなんてことは？」

「やつの仲間が地上にたくさんいるとは思えない。あの種がこのあたりに戻ってくることは当分ない。心配無用だ」

「怪物の話じゃない」ゾルタンが暗い顔で言った。「あんたの金物協奏曲はスケリッジ諸島まで聞こえたはずだ。どこかの音楽好きがこっちに向かっているかもしれん。移動したほうがよさそうだ。野営を解け、おまえたち！　さあ、ご婦人がたは服を着て、子どもの数を数えろ！　さっさと出発だ！」

夜、野営地に落ち着いたところでゲラルトは気になる点をはっきりさせることにした。今回ゾルタンは〈バレル〉に加わらなかった。おかげで二人きりで話すために少し離れた場所に連れ出すのも楽だった。ゲラルトは単刀直入にきいた。

「教えてくれ。どうしておれがウィッチャーだとわかった?」

ゾルタンは片目をつぶり、にやりと笑った。

「わしの洞察力を甘く見るな。あんたの目は昼間と日没後で変化する。こう見えても世慣れたドワーフだ、リヴィアのゲラルトの話はあれこれ聞いている。だが、本当はよくある話だ。そうにらむな。あんたは秘密のつもりでも、ご友人の吟遊詩人は歌い、しゃべり、片ときも口を閉じない。あんたの生業《なりわい》を知ったのはそういうわけだ」

ゲラルトはそれ以上きかなかった。思ったとおりだ。

「つまりこういうことだ」ゾルタンが続けた。「ダンディリオンから何もかも聞いた。わしらの誠実さを感じ取ったんだな。まあ、あんたたちに対する好意的な気持ちは感じ取るまでもない。わしらは気持ちを隠したりせんからな。とにかく、なぜあんたが南に急いでいるかはわかった。どんな重大な緊急事態でニルフガードに行きたいかも。あんたが誰を捜そうとしているのかも。詩人のおしゃべりを聞いたからだけじゃない。わしは戦前シントラに住んでおった。〈運命の子〉とその子に運命づけられた白髪《はくはつ》のウィッチャーの話は聞いていた」

ゲラルトはなおも無言だ。

「それ以外は観察の問題だ。あんたはあのごつごつした怪物を逃がした――あんな化け物を退治することが仕事のウィッチャーであるにもかかわらず。だが、怪物はあんたの〈鷲きの子〉に害をあたえたわけじゃない。だから殺さずに鍋蓋を叩いて追いはらった。あんたがもはやウィッチャーじゃないからだ。あんたは誘拐され、虐げられている娘を助けに急ぐ勇敢な騎士だ」

「そろそろにらむのはやめたらどうだ」なんの答えも説明もないのを見てゾルタンは続けた。「あんたはいつも裏切りを警戒してる。この秘密のせいで――もうばれちまったが――災難が降りかかるのを恐れている。心配するな。わしらはみな助け合い、ささえ合ってイナ川に向かっている。あんたの目の前にある試練はわしらの目の前にあるのと同じ――生き延び、死なないことだ。この崇高なる任務を続けるために。もしくはふつうの、しかし死にぎわに恥ずかしくないと思える人生をまっとうするために。あんたは自分が変わったと思っている。世界が変わったと思っている。だが、見ろ、世界はいつだって同じだ。まったく変わらん。そしてあんたはこれまでのあんたと同じだ。心配するな」

「だが、ひとりで行くという考えは捨てろ」ゾルタンはゲラルトの沈黙にも構わず、しゃべりつづけた。「ひとりで南に向かい、ブルッゲとソドンを通ってヤルーガ川をめざすという考えも。ニルフガードに行くなら別の道を探せ。なんならわしが――」

「それにはおよばん」ゲラルトはここ数日しくしくと痛む膝をさすりながら言った。「せっかくだが、ゾルタン」

ゲラルトは〈バレル〉に興じるドワーフを眺めているダンディリオンを見つけて袖をつかみ、森のなかに引っ張った。ダンディリオンはなんのことかすぐにわかった。ウィッチャーの顔を一目見れば充分だ。

「よくもべらべらと」ゲラルトが静かに言った。「このおしゃべり。大口たたき。その舌を万力に突っこまれたいか、このバカ。それとも歯のあいだに馬銜《はみ》をくわえたいか」

ダンディリオンは無言だが、ふてぶてしい表情だ。

「おれがおまえとつきあっているという噂が広まったとき、賢い連中はおれたちの友情に驚いた。よくおれがおまえの同行を許したものだと。〝あんなやつは砂漠に置き去りにして、身ぐるみはいで首を絞め、穴に投げこんで糞と一緒に埋めろ〟と誰もが忠告した。したがわなかったことを後悔している」

「きみが何者で、何をしようとしているかがそれほど重大な秘密か？」ダンディリオンはいきなり声を荒らげた。「みんなに真実を隠し、芝居を続けるつもりか。ドワーフたちは……。いまではみんなが仲間で……」

「仲間じゃない」ゲラルトが鋭く返した。「仲間などいないし、ほしくもない。必要もない。わかったか」

「ダンディリオンはわかってる」ゲラルトの背後からミルヴァの声がした。「あたしもわかってる。あんたは誰も必要ないんだ、ウィッチャー。これまで嫌というほど見てきた」

「おれは自分のために戦っているわけじゃない」ゲラルトはくるりと振り向いた。「命知らずの仲間などいらない。おれがニルフガードに行くのは世界を救うためでも悪の帝国を叩きつぶすためでもない。シリを取り返すためだ。だからひとりで行く。冷たく聞こえるかもしれないが、それ以外のことはどうでもいい。ほっといてくれ。ひとりにしてくれ」

そうして二人に背を向け、しばらくして振り向くと、ミルヴァだけが残っていた。

「またあの夢を見た」ゲラルトは唐突に言った。「ミルヴァ、時間だけが無駄に過ぎてゆく。ぐずぐずしてはいられない！　あの子がおれを必要としている。助けを求めている」

「話して」ミルヴァがやさしく言った。「話して。どんなに怖い夢でも、話して」

「怖くはなかった。夢のなかで……シリは踊っていた。煙が立ちこめるどこかの納屋で。そしてシリは――いまいましいが――幸せそうだった。音楽が流れ、叫び声があがり……。納屋全体が大声と音楽で揺れて……。シリは踊っていた、かかとを打ち鳴らして踊っていた……。納屋の屋根の上で、冷たい夜気のなかで……そして死も踊っていた。ミルヴァ……。マリア……。シリがおれを必要としている」

ミルヴァは顔をそむけ、ゲラルトに聞こえないように小さくつぶやいた。

「必要としてるのはシリだけじゃない」

次の野営地で、ゲラルトはアイヘッドを追いはらったときに見たゾルタンの剣――シヒル――に興味を示した。ゾルタンは二つ返事で猫皮をほどき、漆塗りの鞘から剣を抜いた。長さは一メートル近いが、重さは一キロもない。謎めいたルーン文字が全体に彫りこまれた刃は青っぽく、カミソリのように鋭く、器用ならばひげも剃れそうだ。細いワニ革を十字に巻きつけた三十センチの柄には球状の柄頭《つかがしら》ではなく、円柱型の真鍮キャップがついており、鍔《つば》は非常に小さく、繊細な造りだ。

「すばらしい」ゲラルトはしゅっと回転斬りをして左から突き、目にもとまらぬ速さで上段の構えからさっと真横に構えた。「実にすぐれた鉄器だ」

「ふん！」パーシヴァル・シャタンバックが鼻で笑った。「〝よくできた鉄器〟だと！　もっとよく見ろ。次はワサビダイコンって言うんじゃないか」

「前にこれよりもいい剣を持っていた」

「だろうな」ゾルタンが肩をすくめた。「そいつは間違いなくドワーフの鍛冶場でできたもんだ。あんたらウィッチャーは剣の使いかたは知ってるが、自分では作れない。そんな剣を作れるのはカーボン山のふもとのマハカムにあるドワーフの鍛冶場だけだ」

「ドワーフは鉄を精錬し、薄い層を張り合わせて刃を作る」とパーシヴァル。「だが、最後の仕上げと研ぎをやるのはおれたちノームだ。おれたちの作業場で。ノームの技術で。かつて世界で最良の剣――グウィヒル――を作ったように。

「いまおれが使っているのはブロキロンのクラーグ・アンの地下墓地にあったものだ」ゲラルトはそう言って剣を抜いた。「木の精からもらった。一級品だが、作ったのはドワーフでもノームでもない。エルフの手になる刃で、少なくとも百年か二百年はたっている」

「何もわかっちゃいないな！」パーシヴァルがゲラルトの剣を取りあげ、指を這わせた。「細かい部分はたしかにエルフだ、それは認める。柄、鍔、柄頭。食刻《エッチング》、彫刻、浮き彫り、その他の装飾。だが、刃が鍛えられ、研がれた場所はマハカムだ。数世紀前に作られたというのも間違いない。見てのとおり鋼《はがね》じたいは並で、仕上げもったない。ほら、ゾルタンのシヒルと並べてみろ、違いがわかるか？」

「ああ。おれの剣もよくできているように見えるが」

パーシヴァルは鼻を鳴らし、〝話にならん〟とばかりに片手を振った。するとゾルタンが見くだすような笑みを浮かべ、諭すような口調で続けた。

「剣の刃ってのは斬るためのもんだ。見た目はどうでもいい。第一印象で判断すべきものでもない。大事なのはあんたの剣がどこにでもある鋼と鉄の合金で、シヒルの刃は黒鉛とホウ砂からなる精製された合金からできてるってことで……」

「それこそ現代の技術だ！」会話が得意分野におよんだとたん、パーシヴァルが興奮してしゃべり出した。「刃の構造と組成は、芯がやわらかく、刃先が硬い何層もの薄い鋼で――」

「落ち着け」ゾルタンがパーシヴァルを制した。「こいつに冶金の話をしても無駄だ、シャタンバック、細かい話で退屈させるな。わしが簡単に説明してやる。いいか、ウィッチャー、良質の固い磁鉄鉱を削るのはとんでもなく難しい。なぜか。そりゃ硬いからだ！あんたら人間は技術もないくせに――わしらドワーフもかつてはなかったが――切れる剣をほしがり、硬い芯の上に打ちのばしやすいやわらかい鋼の刃先をつけた。あんたが持ってるブロキロンの剣は、そんな単純な方法でできたものだ。現代のドワーフの刃は正反対のやりかたで造る。つまり、芯はやわらかく刃先が硬い。この作業には時間がかかり、さっきも言ったように高度な技術が必要だ。だが、結果としてあんたたち人間は宙に投げた薄いバチスト織りのスカーフも切れるほどの刃を手に入れた」

「シヒルもそんな芸当ができるのか」

「いや」ゾルタンはにやりと笑った。「そこまで鋭い剣はめずらしく、マハカム以外に出まわることはほとんどない。だが、シヒルにかかれば、あのごつごつした古ガニの甲羅もそうは耐えられない。汗ひとつかかずに切り刻んでいただろう」

剣と冶金に関する論議はしばらく続いた。ゲラルトは熱心に耳を傾け、これまでの経験を話し、情報を加え、あれこれ質問してからゾルタンのシヒルを調べ、ためしてみた。まさかそのときに学んだ理論を実践する機会が翌日に訪れるとは思ってもいなかった。

そこに人が住んでいるとわかったのは、道端のおがくずと木の皮のなかに薪が束になってきちんと積んであったからで、気づいたのは隊列の先頭を歩いていたパーシヴァル・シャタンバックだった。

ゾルタンは一団を止めてノームを偵察に送り出した。姿を消して三十分後、パーシヴァルは興奮して息を切らし、かなり遠くから身ぶりしながら走ってきた。戻ってきてもすぐにはしゃべらず、指で長い鼻をつかみ、羊飼いの角笛のような音を立てて力いっぱい洟をかんだ。

「獲物が驚いて逃げるだろうが」ゾルタンがどなった。「どうだった？　この先に何がある？」

「集落だ」パーシヴァルはポケットがいっぱいついたカフタンの裾で指をぬぐいながら息も切れぎれに答えた。「空き地のなかに。小屋が三つ、納屋がひとつ、泥とわらでできたあばら家が数軒……。犬が庭を駆けまわり、煙突からは煙が出ていた。誰かが食事の準備をしてる。ポリッジだ。ミルク入りの」

「台所に入ったのか」ダンディリオンが笑った。「鍋のなかまでのぞいたのか？　どうしてポリッジとわかる？」

パーシヴァルは得意げに詩人を見やり、ゾルタンが怒ったようにうなった。

「ノームを侮辱するな、詩人よ。こいつは一キロ以上先からでも食べ物のにおいを嗅ぎわける。こいつがポリッジと言ったらポリッジだ。この響きは好きになれんがな」

「なんでだ？　ぼくはポリッジの響きが好きだ。食べたい」

「ゾルタンの言うとおりだ」とミルヴァ。「あんたは黙ってな、ダンディリオン。これは詩の話じゃない。ポリッジにミルクが入ってるのなら乳牛がいるってことだ。そして農民が火が燃えてるのを見たら、ふつうは乳牛を連れて森に逃げる。なんでここの農民はそうしなかった？　森に入って遠まわりしたほうがいい。嫌な予感がする」

「まあ、そうあわてるな」ゾルタンがつぶやいた。「逃げる時間はたっぷりある。戦が終わったのかもしれん。ついにテメリア軍が出発したのかもしれん。森のなかにじっとしても何もわからん。決戦が終わり、ニルフガードが撃退され、前線はすでにわしらより後ろにいて、農民が牛を連れて戻ってきたのかもしれん。状況を調べ、どういうことか突きとめよう。フィギスとマンロ、おまえたち二人はここで目をひんむいて見張ってろ。ちょっと偵察してくる。安全とわかったらハイタカみたいに合図する」

「ハイタカ？」マンロ・ブルイスが心配そうにあごを動かした。「いつから鳥の鳴き真似をするようになった、ゾルタン？」

「そこが肝心なとこだ。なんだかわからない妙な声がしたら、それがわしだ。パーシヴァル、案内しろ。ゲラルト、あんたも来るか」

「みんなで行こう」ダンディリオンが馬から降りながら言った。「もし罠なら大人数のほうが安全だ」

「陸軍元帥は置いてゆく」ゾルタンは肩からオウムを降ろし、フィギスに渡した。「この醜い鳥はいきなり汚い言葉を大声でわめきかねん。こっそり近づく作戦が台無しだ。さあ、行くぞ」

パーシヴァルがすばやく一団を森の端に連れてゆき、ニワトコの深い木立に入った。木立の向こうは地面が少し崩れ、根こそぎになった切り株が山と積まれている。その先は広い空き地だ。一行はおそるおそるあたりを見まわした。

パーシヴァルの報告は正確だった。たしかに空き地のまんなかに小屋が三つ、納屋がひとつ、泥とわらでできた芝屋根のあばら家がいくつかあり、農場の庭では大きな泥だまりが光っている。建物と荒れ放題の狭い敷地のまわりには壊れかけの古い柵がめぐらされ、柵の向こう側で薄汚い犬が吠えていた。小屋のひとつの屋根から煙が立ちのぼり、くぼんだ芝の上を物憂げに流れている。

「たしかに煙はいいにおいがする」ゾルタンが鼻をくんくんさせてささやいた。「焼け落ちた建物のにおいに慣れた鼻にはなおさらだ。あたりには馬も見張りもいない。いい兆候だ。どこかの荒くれ者が忍びこんで料理をしてるんじゃないかと思ったが、ふむ、どうやらその心配はなさそうだな」

「あたしが見てくる」とミルヴァ。

「よせ」ゾルタンが制した。「あんたは〈リス団〉によく似てる。相手がぎょっとするかもしれん。驚いた人間は何をするかわからん。ヤーゾンとキャレブに行かせる。だが、弓は構えておいてくれ──いざというときのために。パーシヴァル、おまえはみんなのいるところまで走れ。あんたたちはまんいち退却しなきゃならん場合に備えろ」

ヤーゾン・ヴァルダとキャレブ・ストラットンがおそるおそる茂みから出て建物に向かった。あたりを注視しながら、ゆっくり歩いてゆく。

すぐさま犬がにおいを嗅ぎつけて激しく吠えたて、ドワーフ二人の舌打ちにも口笛にもかまわず庭じゅうを駆けまわった。小屋の扉が開いた。ミルヴァが一挙動で弓をかかげて弦を引き、すぐにゆるめた。

飛び出してきたのは長いおさげ髪の小柄でぽっちゃりした少女だ。両手を振りまわし、何やら叫んでいる。ヤーゾンが両手を広げ、叫び返した。少女はわめきつづけた。声は聞こえるが、何を言っているかはわからない。

だが、ヤーゾンとキャレブはわかったらしく、まわれ右をすると、ニワトコの木立に向かって一目散に駆け出した。ふたたびミルヴァが弓を引き、矢じりをぐるりと動かして標的を探した。

「なんだ？」ゾルタンがかすれ声で言った。「何ごとだ？　あいつら何から逃げてるんだ？　ミルヴァ？」

「黙って」ミルヴァは小屋とあばら家を順にねらいながらたしなめた。だが、射かける相手はいない。おさげ髪の少女は小屋のなかに消え、ばたんと扉を閉めた。

二人のドワーフは死神に追われているかのように猛然と駆けてきた。ヤーゾンが何か叫んだ——というより毒づいた。とたんにダンディリオンが青ざめた。

「ヤーゾンが言ってるのは……。うわ、まずい！」

「いったいどういう……」ゾルタンが言いかけたところへヤーゾンとキャレブが真っ赤な顔で駆け戻ってきた。「どうした？　さっさと言え！」

「伝染病……」キャレブが息もたえだえに言った。「天然痘だ……」

「何かにさわったか」ゾルタンがびくっとしてあとずさり、ダンディリオンを押し倒しそうになった。「庭で何かにさわったか」

「いや……。犬がいて近づけなかった……」

「あのクソ犬にお恵みを」ゾルタンが天をあおいだ。「神よ、あの駄犬に長命とカーボン山より高い骨の山をあたえたまえ。あのぽっちゃり娘に発疹はあったか」

「いや。あの子は無事だ。感染者は端の小屋にいる。親戚だ。多くの人が死んだと言っていた。まずいぞ、ゾルタン、風は向こうからこっちに吹いてる！」

「震えるんじゃないよ」弓をおろしながらミルヴァが言った。「感染者に触れてなければ心配ない。あの子の天然痘の話が本当なら。もしかしたら追いはらおうとしただけかも」

「いや」ヤーゾンはなおも息を切らし、「あばら家の向こうに穴があって……死体が見えた。あの子は死体を埋める体力がなくて、穴のなかに……」

「さて、これがあんたの好きなポリッジの正体だ、ダンディリオン」ゾルタンは鼻をうごめかした。「だが、わしはちょっと食欲が失せた。さっさとここを離れよう」

またもや犬が庭で吠えはじめた。

「伏せろ」ゲラルトがしゃがみながらささやいた。

騎乗の一団が空き地の向こうの木々のあいだから現れ、口笛を吹き、ホーホーと叫びながら全速力で農場を取りかこみ、庭に駆けこんだ。武装しているが、軍服は一様ではない。それどころか全員が違う服をいい加減に着ており、武器と装備も手当たりしだいに寄せ集めたかのようだ。それも武器庫ではなく戦場で拾い集めたような。

「十三人」パーシヴァルがすばやく数えた。

「誰だ？」

「ニルフガード軍でも、それ以外の正規軍でもない」とゾルタン。「スコイア＝テルでもない。おそらく志願兵だ。寄せ集め集団だな」

「あるいは追いはぎ団か」

騎乗団はわめきながら庭じゅうを駆けまわった。一人が槍の柄で犬をなぐって追いはらった。おさげ髪の少女が叫びながら小屋から駆け出てきたが、少女の警告はなんの効果もなく、相手にもされなかった。騎乗の一人が猛然と近づき、おさげ髪をつかんで扉から引きはがし、泥だまりを横切って引きずりはじめた。ほかの男も馬から飛び降り、仲間に手を貸して少女を庭の端まで引っ張ってゆく。男たちは娘の服を引きちぎり、腐ったわらの山の上に投げおとした。少女は激しく抵抗したが、無駄だった。一人だけがお楽しみに加わらず、柵につながれた馬を見張っている。少女が長く、つんざくような悲鳴をあげた。そして短い、痛々しい声。それからは何も聞こえない。

「軍人ども！」ミルヴァがはじかれたように立ちあがった。「くそ英雄どもめが！」

「やつら、天然痘が怖くないのか」ヤーゾン・ヴァルダが信じられないというように首を振った。

「恐怖は人間特有のものだ」ダンディリオンがつぶやいた。「やつらのなかに、もはや人間性はない」

「でも内臓はある」ミルヴァが慎重に矢をつがえながらしゃがれ声で言った。「ずたずたにしてやる」

「相手は十三人だ」ゾルタンが重々しく言った。「全員が馬に乗っている。一人二人なら倒せても、残りに囲まれる。それに連中は先発隊かもしれん。どんな大軍勢を引き連れているかわからん」

「何もせずに立って見てろっていうの？」

「いや」ゲラルトは額《ヘッドバンド》帯と背中の剣の位置を正した。「何もせずに立って見てるのはもうたくさんだ。自分の無力感にもうんざりだ。まず連中の退路を断つ。馬を見張ってる男が見えるか？　おれがあそこに着いたら、あいつを鞍から射落とせ。できればもう一人。だが、あくまでもおれが着いてからだ」

「残りは十一人」ミルヴァがゲラルトに向きなおった。

「おれも数くらい数えられる」

「あんたら天然痘を忘れてる」ゾルタンがつぶやいた。「あそこまで行ったら、戻ったときは感染して……。冗談じゃないぞ、ウィッチャー！　わしら全員を危険にさらす気か……。勘弁してくれ、あの子はあんたが捜してる娘じゃない！」

「黙れ、ゾルタン。馬車に戻って森に隠れろ」

「一緒に行く」ミルヴァがかすれ声で言った。

「だめだ。ここからおれを援護しろ。そのほうが助かる」

「ぼくは？　何をしたらいい？」とダンディリオン。

「いつもどおり。何もするな」

「どうかしてる……」ゾルタンがうなった。「略奪団を丸ごとやっつけるつもりか？　頭が変になったか？　美しい娘を助ける英雄きどりか？」

「黙れ」

「勝手にしろ！　いや、待て。剣を置いてゆけ。敵は大勢だ。二度振りまわさずにすむほうがいい。わしのシヒルを持っていけ。これなら一振りで充分だ」

ゲラルトは言葉も一瞬の迷いもなくドワーフの武器を受け取ると、馬を見張る男をもういちど指さして切り株を飛び越え、小屋に走った。

太陽が輝き、目の前でバッタが飛びはねた。

馬を見張る男がゲラルトに気づき、鞍の脇から槍を引き抜いた。さびた針金でつなぎ合わせた鎖かたびらに長いもつれ髪が落ちかかり、光る留め金のついた——盗品とおぼしき——真新しいブーツをはいている。

見張りが叫び、仲間の一人が柵の後ろから現れた。剣をさげた腰帯を首にかけ、ちょうどズボンのボタンを留めようとするところで、すでにゲラルトがすぐそばまで近づいていた。わら山の少女をなぶりものにする男たちのばか笑いが聞こえた。ゲラルトはなんどか深く息を吸い、そのつど血への渇望をこめた。冷静になることもできたが、なりたくなかった。少しばかり楽しみたかった。

「きさま、誰だ？　止まれ！」長髪の男が槍をかかげて叫んだ。「ここになんの用だ？」

「黙って見ているのはうんざりだ」

「なあんだと？」

「シリという名に心当たりはあるか」

「おれが――」

言い終わらぬうちに灰色の矢羽が男の胸をつらぬき、鞍から吹き飛ばした。男が地面に落ちる寸前、次の矢のうなりが聞こえた。矢じりは二人目の兵の下腹部――ちょうどズボンの前あきを閉じようとする両手のまんなか――に突き刺さった。兵士は獣のような悲鳴をあげて身を折り、よろよろとあとずさって柵にぶつかり、何本か杭を壊して倒れこんだ。

ほかの男たちがわれに返り、武器を手にしたとき、ゲラルトはそのどまんなかにいた。ドワーフの剣刃が光り、歌った。羽根のように軽く、カミソリのように鋭い鋼は獰猛に血を求め、歌った。胴体にも手脚にもなんの抵抗もない。顔に飛び散る血をぬぐうまもなかった。

戦う気があったとしても、くずおれる死体と噴き出す鮮血に兵たちはたちまちひるんだ。ズボンを引きあげる時間がなく、膝のあたりにもたつかせていた男が頸動脈を切られ、満足しそこねた男性自身をこっけいに揺らしながらあおむけに倒れた。もうひとり、ほんの少年のような若者がシヒルで手首を切断された両手で頭をおおった。残った男たちはちりぢりに逃げ出した。ゲラルトはまたもや膝に走る痛みに小さく毒づきながら男たちを追った。脚が身体の重みに屈しないことを祈りながら。

ゲラルトが柵に追い詰めた二人は武器を構えて身を守ろうとしたが、恐怖にかられた防御などないも同然だ。ふたたびゲラルトの顔にはシヒルで切られた動脈から噴き出す血が飛び散った。そのあいだにほかの男たちは必死に逃げ、馬にまたがった。なかの一人が矢を受け、網から出された魚のようにもがき、身をよじって落馬した。最後に残った二人は拍車をかけて全速力で駆け出したが、逃げおおせたのは一人だけだ。ふいにゾルタンが農家の庭から現れ、頭のまわりで斧を振りまわして放り投げた。斧は一人の背中のまんなかに命中し、男は悲鳴をあげ、脚をばたつかせて鞍から落ちた。最後の一人は馬の首にぴたりと身を伏せ、死体であふれる穴を飛び越えて木々のあいだに駆けこんだ。

「ミルヴァ！」ゲラルトとゾルタンが同時に叫んだ。

すでに二人のほうに駆け出していたミルヴァはぴたりと立ちどまり、両脚を開いた。弓の名手はつがえた弓をいったんおろし、それからゆっくりと、高く高くかかげた。びしっという弦の音も、ミルヴァが姿勢を変える音も、身動きする音も聞こえなかった。矢が下降線をたどり、ものすごい速度で下に向かって飛んでゆくのが見えただけだ。騎乗の男が鞍からぐらりと片方に傾いた。羽根のついた矢柄が肩から突き出ていたが、なんとか持ちこたえて姿勢をまっすぐに戻すと、馬を追い立ててさらに速度をあげた。

「なんて弓だ」ゾルタンが感嘆のつぶやきを漏らした。「それになんて腕前だ！」

「たいした腕前だ、くそっ」ゲラルトが顔の血をぬぐいながら毒づいた。「逃げられた。

仲間をこっそり連れて戻ってくるかもしれん」

「命中した！　しかも標的まで二百メートルはあったぞ！」

「馬をねらえばよかったんだ」

「馬にはなんの罪もない」ミルヴァが怒りに息を切らして歩み寄った。そして唾を吐き、森のなかに逃げる男を見つめた。「あのくそ野郎をしとめそこねた――ちょっと息が切れて……。くそっ、矢をつけたまま逃げられた！　地獄に堕ちろ！」

そのとき木のあいだから馬のいななきが聞こえ、すぐに断末魔の叫びが続いた。

「ホッホー！」ゾルタンが驚嘆の目でミルヴァを見た。「あまり遠くまでは逃げられなかったようだ！　あんたの矢はすごいな！　毒矢か。それとも魔法がかかってるのか。あのろくでなしが天然痘に感染してたとしてもこんなに早く死にはせんはずだ！」

「あれはあたしじゃない」ミルヴァがわけ知り顔でゲラルトを見た。「天然痘でもない。だけど誰がやったかはわかる」

「わしもだ」ゾルタンは口ひげを噛みながら、抜け目ない笑みを浮かべた。「あんたがしきりに後ろを振り返ってたのは知っていた。誰かがこっそりわしらをつけてることも。栗毛の若馬に乗って。誰かは知らんが、あんたがかまわんのなら……。まあ、わしには関係ないがな」

「役に立つしんがりならなおさらだ」ミルヴァが意味ありげにゲラルトを見た。「カヒルは本当にあんたの敵？」

ゲラルトは答えず、ゾルタンにシヒルを返した。

「助かった。よく切れる剣だ」

「ふさわしい手にかかればな」ゾルタンがにやりと笑った。「ウィッチャーの話はなんども聞いたが、二分間に八人も倒すとは……」

「たいしたことじゃない。やつらは身の守りかたを知らなかった」

おさげ髪の少女が四つんばいになって立ちあがり、よろめき、震える手でいまさらながらちぎれた下着を引きおろそうとしていた。ゲラルトは少女がシリとまったく似ていないことに驚いた。数分前は双子のように思えたのに。少女はぎくしゃくした動きで顔をぬぐい、小屋のほうによろよろと、泥だまりをよけようともせずに歩き出した。

「ちょっと待って」ミルヴァが呼びかけた。「ねえ、あんた……手を貸そうか？　ねえ！」

少女はミルヴァのほうを見もせず、よろよろと戸口をまたぎ、倒れそうになって側柱をつかみ、バタンと扉を閉めた。

「感謝すべきことはつねにある」

ゾルタンの言葉にミルヴァがこわばった顔で振り向いた。

「あの子が何に感謝するっていうの？」

「まったくだ」とゲラルト。「いったい何に?」

「襲撃者が残した〝馬〟だ」ゾルタンは目を伏せもせずに言った。「馬を殺して肉を取れば雌牛を殺さずにすむ。天然痘には免疫がありそうだし、飢える心配はない。生きてゆける。二、三日して落ち着いたら、あんたたちのおかげで狼藉があそこで終わり、小屋を焼かれずにすんだとわかるだろう。さあ、疫病がこっちに流れてくる前にここを出よう。おい、ウィッチャー、どこへ行く? 感謝のしるしでも探すのか」

「ブーツだ」ゲラルトは冷たく答え、死んだ目で空を見つめる長髪の略奪兵にかがみこんだ。「おれにちょうどよさそうだ」

それから数日、一行は馬の肉を食べた。光る留め金のブーツはすこぶる快適だった。カヒルと名乗ったニルフガード人はあいかわらず栗毛馬でついてきたが、ウィッチャーは足を止めて振り返りもしなかった。

ゲラルトはようやく〈バレル〉の奥義を理解し、ドワーフたちと一ゲームして負けた。

森の空き地でのできごとには誰も触れなかった。言うべきことは何もなかった。

3

マンドラゴラ——別名恋茄子《ラブアップル》——はナス科マンドラゴラ属の植物で、サトウニンジンに似た根を持つ、茎のない草本性植物の仲間。形状は人の姿に似ており、葉は重なり合って放射状に広がる。秋咲き種と春咲き種があり、ヴィコヴァロ、ロワン、イムラクで小規模に栽培され、野生のものはほとんどない。緑から黄色に変化する実は酢とコショウで食べるが、葉は生食。根は薬や民間薬草の材料として珍重され、古くはとくに北方諸国の迷信で重視された。根から彫り出した人形《ひとがた》（アルルニクスもしくはアルラウネと呼ばれる）を魔除けとして家に置くと病《やまい》を遠ざけ、苦難のときに幸運を呼びこみ、多産と安産を約束すると信じられていた。人形には服が着せられ、服は新月ごとに変えられた。根は六十フロリン近い値段で売買され、ブリオニアの根（別項参照）が代用された。迷信によればマンドラゴラは魔法や媚薬、毒薬を作るのに使われ、この信仰は魔女狩りの時代にさかのぼる。犯罪に使われた例としてルクレティア・ヴィゴ（別項参照）の裁判がある。伝説のフィリパ・アルハード（別項参照）もマンドラゴラを毒として使ったと言われている。

——エフェンベルグ&タルボット著『世界大辞典』第九巻

古道《オールド・ロード》はゲラルトが最後に通ったときからいくらか変わっていた。かつてはエルフとドワーフが何百年も前に作ったという、玄武岩が厚く平らに続く道だったが、いまは穴だらけの荒れ道となり果てていた。場所によっては穴が深くぼこっとあき、ちょっとした石切り場のようだ。ドワーフの馬車は穴を避けるのに難儀し、なんども穴にはまり、進む速度が落ちた。

ゾルタン・シヴェイは道路の嘆かわしい荒廃ぶりの理由を知っていた。彼の弁によれば、前のニルフガードとの戦いのあと建設材料の需要が急増し、人々はオールド・ロードが化粧石でできていることを思い出した。名もなき場所の中心から名もなき場所に向かって造られ、いまや見向きもされないその道はとうの昔に移動の重要性を失い、利用する人もほとんどいなかったため、遠慮なく削り取られたのだ。

「あんたらの都市はどれもドワーフとエルフが造った土台の上に建っている」オウムが甲高く罵声をあげる横でゾルタンはぼやいた。「小さな城や町は自分たちで基礎を作ったが、城壁にはわしらの石を使っている。そのくせ世界が進歩し、発展したのは人間の功績だと自慢してはばからない」

　ゲラルトは無言だ。

「だが、あんたたちは物の賢い壊しかたも知らん」ゾルタンはまたも〝穴から車輪を引きあげろ〟と命じながら文句を言った。「どうして道路の端から少しずつ削りとってゆかんのか？　ガキのすることと同じじゃないか！　あんたらがやってるのは、ドーナツを外側から食べずに指でなかのジャムをほじくり出し、残りはもう甘くないからと言って捨ててるようなもんだ」

　すべては政治地理学のせいだとゲラルトは辛抱づよく説明した。オールド・ロードは西端がブルッゲ、東端はテメリア、中央はソドンにある。だから各王国はそれぞれの判断で持ちぶんを破壊したのだと。するとゾルタンは〝そんな国王どもはみな叩きつぶしてやる〟と口汚くののしり、王たちの政策を卑猥なたとえであげつらい、その横で陸軍元帥ウィンドバッグが王たちの母親を罵倒した。

　進むにつれて状況はますます悪くなった。ゾルタンのジャムドーナツのたとえもまんざら冗談ではなくなり、道路はレーズンをすべてほじくり出したプディングの様相を呈しはじめた。どう見ても馬車がバラバラになるか、完全に穴にはまって動けなくなるかという避けられない事態が近づいていた。しかし彼らは、まさに道路を破壊したものによって救われた。偶然にも南に向かう道に行き当たったのだ。はぎ取った石を運ぶ重い馬車で踏みならされ、固められた道路で、ゾルタンはこれが間違いなくイナ川流域の要塞に通じ、川岸にはテメリア軍がいるはずだと顔を輝かせた。彼は前回の戦争と同様、北方軍がイナ川の対岸にあるソドンから猛反撃をしかけ、それによって壊滅させられたニルフガード軍の残党があわててヤルーガ川を越えて逃げ帰ると本気で信じていた。

ふたたび進路を変更したことで、たしかに一行は戦に近づいた。夜は前方でいきなりまぶしい光が燃えあがり、昼間は南と東の地平線に幾筋もの煙が見えた。誰が攻撃して焼き、誰が攻撃されて焼かれているのかわからない。一行はパーシヴァル・シャタンバックを前方偵察に送りこみ、慎重に進んだ。

ある朝、乗り手のいない栗毛の若馬に追いつかれ、一同は驚いた。ニルフガードの紋章を刺繍した緑の鞍敷に黒い血が筋状についている。ホーカーの馬車の脇で殺された御者の血なのか、そのあとに乗った誰かの血かは知りようもなかった。

「さて、これで問題解決だ」ミルヴァがゲラルトを見やった。「本当に問題だったのかどうか知らないけど」

「最大の問題は乗り手を鞍から突き落としたのが誰かわからんことだ」ゾルタンがつぶやいた。「そしてその誰かがわしらと、しんがりを務めていた妙な男を追っていたのかどうか」

「あいつはニルフガード人だ」ゲラルトは歯のすきまから言葉を絞り出した。「なまりはほとんどなかったが、逃げる農民たちは気づいたはずで……」

ミルヴァがゲラルトに向きなおり、つぶやいた。

「しとめておけばよかったんだ、ウィッチャー。楽に死なせてやれたかもしれないのに」

「あいつは棺桶から出てきた」ダンディリオンがうなずき、意味ありげにゲラルトを見た。

「どこかのどぶで朽ち果てるために」

それが、ニルフガード人ではないと言い張ったニルフガード人――シラクの息子カヒル――の墓碑銘となり、それ以降、話題にのぼることはなかった。あれほど毒づいたくせにゲラルトは暴れるローチを手放そうとせず、ゾルタンが栗毛の馬に乗った。ドワーフの脚は鐙《あぶみ》に届かなかったが、若馬は気性がおとなしく、嫌がらなかった。

夜の地平線は燃える炎でまぶしく、昼間は立ちのぼる煙が空を青く染めた。やがて焼け落ちた建物群が現れた。炎はいまも黒焦げの梁《はり》や棟木《むなぎ》をなめ、くすぶる木材のそばではぼろぼろの身なりの人間が八人と五匹の犬が、ところどころ焦げてふくらんだ馬の死体から必死に肉をかじりとっていた。ドワーフの姿に饗宴者たちはあわてて逃げ、一人と一匹だけが残った。どんなに脅しても、一人と一匹は弓なりの背骨とあばら骨についた屍肉から離れようとしない。ゾルタンとパーシヴァルが男に問いかけたが、何もわからなかった。男はすすり泣き、ぶるぶる震え、うなだれ、骨からむしりとった肉片にむせるだけで、犬はうなり、歯茎を剥き出した。馬の屍肉は吐きそうなにおいがした。

危険を覚悟でそのまま街道を進むと、ふたたびくすぶる残骸が現れた。かなり大きな村が焼かれていた。すぐそばで戦闘が行なわれたらしく、煙を出す燃えがらの後ろに真新しい土まんじゅうが見える。そこから少し離れた十字路にドングリのなる巨大なカシの木が一本そびえ立ち、人の死体がぶらさがっていた。

「確かめるべきだ」〝無謀だ、危険だ〟の論争に終止符を打つべくゾルタンが断言した。

「近づいてみよう」

「冗談じゃない」ダンディリオンが声を荒らげた。「あの死体を見たいのか、ゾルタン？何か奪う気か？死体がブーツすらはいていないのはここからでもわかる」

「ばか者。確かめたいのはブーツじゃない。軍事情勢だ。戦況を知りたい。何がおかしい？一介の詩人に戦略の何がわかる？」

「聞いて驚くな。それくらいわかる」

「何をほざく。たとえ命がかかってても、あんたに戦略がわかるとは思えん」

「たしかにわからん。戦略は知ったかぶりのドワーフにまかせる。カシの木にぶらさがってる戦略も」

ゾルタンは片手を振って取り合わず、カシの木に向かってどすどす歩きはじめた。ダンディリオンも好奇心には勝てず、ペガサスを急かしてあとを追った。しばらくしてゲラルトも続き、気づくとミルヴァもついてきた。

屍肉をついばんでいたカラスの群れがカーカーと鳴き、羽を激しくばたつかせて飛び立った。森のほうに飛び去るものもいれば、木の高い枝に飛び移っただけで、ゾルタンの肩からカラスの母親を罵倒するオウムのウィンドバッグをじっと見ているものもいる。

七人が首を吊られていた。一人目の死体の胸には〝裏切り者〟と書いてあった。二人目は〝内通者〟、三人目が〝エルフのスパイ〟で、四人目は〝逃亡者〟。五人目の、ずたずたに裂けた血まみれの下着姿の女には〝ニルフガードの娼婦〟の文字。残るふたつの死体には何も書かれていない。おそらく巻き添えになったのだろう。

「見ろ」ゾルタンが文字を指さして陽気に言った。「わが軍隊がこの道を通った証拠だ。われらが勇敢なる同胞たちは先頭に立ち、敵を撃退した。そして見てのとおり、気晴らしと戦時のお楽しみの時間を持った」

「つまりどういうことだ？」

「前線が移動し、テメリア軍がわしらとニルフガード軍のあいだにいるってことだ。つまり、もう安全だ」

「じゃあ前方の煙は？」

「あれは仲間だ」ゾルタンは自信たっぷりだ。「〈リス団〉が休み、食糧を調達した村々を焼き討ちしてるんだろう。いいか、わしらはいま前線の後ろにいる。南に向かう道は十字路からチョトラ川とイナ川の分岐点にあるアルメリアの要塞に通じている。道路もまともそうだ。もうニルフガード軍を恐れることはない」

「火のないところに煙は立たない」ミルヴァが言った。「そして火に火傷はつきものだ。火のあるほうに向かうなんてバカげてる。道路を進むのもバカだ――騎兵隊がいつ襲ってくるかもわからないのに。森に入ったほうがいい」

「テメリア軍か、ソドンから来たどこかの軍勢がここを通ったんだ」ゾルタンは一歩も引かなかった。「わしらは前線の後ろにいる。だから恐れることなく街道を進める。もし軍勢がいても、それは味方だ」

「危険だ」ミルヴァは首を振った。「そんなになんでもお見通しなら、ゾルタン、ニルフガード軍が先発隊をかなり先まで送りこむことも知ってるはずだ。たしかにテメリア軍はここを通ったかもしれない。でも、行く手には何があるかわからない。空は南のほうからあがる煙で真っ黒だ。あんたの言うアルメリアの要塞もいまごろは燃えてるかもしれない。つまりあたしたちは前線の後ろじゃなくて、まさに前線にいるってことだ。軍勢や略奪団、リーダーのいないごろつき集団や〈リス団〉にいつ出くわしても不思議はない。チョトラ川に向かうのはいい、でも、通るなら森の道だ」

「ミルヴァの言うとおりだ」とダンディリオン。「ぼくもあの煙が気になる。たとえテメリア軍が攻撃しているとしても、前方にはまだニルフガードの先発騎兵大隊がいるかもしれない。ニルフガード軍は長距離攻撃が得意だ。後方を攻め、〈リス団〉と連携し、破壊して引きあげる。先の戦争中に上《かみ》ソドンで何が起こったかは記憶に新しい。森のなかを進む案にも賛成だ。そこなら恐れるものはない」

「それはどうかな」ゲラルトが最後の死体を指さした。高いところからぶらさがっているにもかかわらず、脚先は血まみれの切り株状態だ。まるで骨が剝き出しになるまで鉤爪で掻きとられたかのように。「見ろ。あれはグールのしわざだ」

「グール？」ゾルタンはあとずさり、地面に唾を吐いた。「人肉を喰らうという？」

「ああ。夜の森では用心しなければならない」

「コンチクショウ！」オウムのウィンドバッグが金切り声をあげた。

「まさにそうだな、鳥坊」ゾルタンが顔をゆがめた。「さて困った。じゃあ、どうする？グールのいる森に入るか、それとも軍勢と略奪者のいる街道を行くか」

「森だ」ミルヴァが決然と言った。「それも深ければ深いほどいい。人間よりグールのほうがましだ」

最初は下草がかさっと音を立てるたびにびくつき、おそるおそる進んだが、やがて一行は落ち着きと機嫌と以前の速度を取り戻した。グールには遭遇せず、わずかな痕跡すらない。幽霊にも悪魔にも軍勢が近づいているのが聞こえたんだろうとゾルタンが冗談を飛ばした。〝怪物どもが襲撃団や戦闘中のヴェルデン志願兵を見たら、恐怖のあまり誰も近づけない遠いねぐらに隠れ、いまごろは身を縮めて牙をかちかち鳴らしてるだろうよ〟

「そして雌グールや妻や娘を守ってるとでも言いたいの？」ミルヴァは鋭く返し、「怪物どもは行軍中の兵士が羊一匹、見逃さないことを知ってる。ヤナギの木にかかる女物の下着を見逃すはずがない。あのくそ英雄どもにはのぞき穴ひとつあれば充分だ」そう言って、いまも後ろからついてくるカーナウの女と子どもたちに視線を向けた。

さっきからやけに元気で陽気なダンディリオンがリュートを調律し、ヤナギとのぞき穴と好色な戦士にふさわしい二行連句を歌いはじめると、ドワーフとオウムが競って韻のアイデアを提供した。

「オー」ゾルタンが言った。

「なんだ？　どこだ？」ダンディリオンが鐙に立ち、ゾルタンが指さす峡谷の方角をのぞきこんだ。「何も見えないが」

「オー」

「なんだ、オウムみたいに！　〝オー〟ってどういう意味だ？」

「小川だ」ゾルタンが淡々と答えた。「チョトラの右岸を流れる支流で、O《オー》と呼ばれてる」

「えー……」

「そうじゃない！」パーシヴァル・シャタンバックが声を立てて笑った。「A《エー》はチョトラの上流に合流するやつで、ここからは少し離れてる。これはオーで、エーじゃない」

なんとも単純な名前の小川が底を流れる峡谷は行進するドワーフより丈の高いイラクサが茂り、ミントと腐木が強烈ににおい、カエルが絶えまなく鳴いていた。斜面も急で、それが致命的だった。旅の初めから幾多の逆境と障害に果敢に耐えてきたヴェラ・レーヴェンハウプトの馬車が〝オー〟という名の支流にさらわれたのだ。馬車は斜面をくだっていたドワーフの手からすべって転げ、跳ねながら峡谷の底まで落ちてマッチ棒のようにバラバラに壊れた。

「コン……チクショウ！」陸軍元帥ウィンドバッグがゾルタンと仲間たちがあげる悲鳴とは対照的な甲高い声で叫んだ。

「正直なところ、これでよかったのかもしれない」ダンディリオンが馬車の残骸と散乱する荷物をしげしげと見て言った。「あの馬車は足手まといでしかなかった。つねに問題の種だった。現実を見ろ、ゾルタン。これまで誰にも追われなかったのはたんに幸運だったからだ。いきなり襲われたら荷物の山もろとも馬車を放り出して逃げなきゃならなかった。

いまなら少なくとも回収できる」

怒りに煮えくりかえるゾルタンはあごひげの下で腹立たしげにうなったが、意外にもパーシヴァル・シャタンバックはダンディリオンに同意した。ゲラルトはパーシヴァルがなんどか共犯者めいた目くばせを送るのに気づいた。秘密の合図のつもりらしいが、感情を隠せないノームの小さい顔はすべてを物語っていた。

「ダンディリオンの言うとおりだ」パーシヴァルは顔をゆがめ、片目をつぶって繰り返した。「チョトラとイナはもう目と鼻の先だ。前方はフェン・カーンで、道らしい道はない。馬車があったらさぞ難儀しただろう。それに、まんいちイナ川ぞいでテメリア軍に遭遇したら、あの荷物……面倒なことになってたぞ」

この言葉にゾルタンは鼻を鳴らして考えこんだ。

「わかった」馬車の残骸がオーの緩慢な流れに運ばれてゆくのを見て、ついにゾルタンは宣言した。「分かれよう。マンロ、フィギス、ヤーゾン、キャレブはここに残れ。それ以外はこのまま進む。馬に食糧袋やこまごました用具を背負わせなきゃならん。マンロ、やるべきことはわかってるな。鋤《すき》は持ったか」

「持った」

「わずかな跡も残すな！　場所にしっかり印《しるし》をつけて覚えておけ！」

「まかせろ」

「すぐに追いつけるはずだ」ゾルタンは背嚢とシヒルを肩にかつぎ、腰に差した戦斧の位置を正した。「わしらはオーをくだり、チョトラ川にそってイナ川に向かう。じゃあな」

「なんだと思う？」あとに残る四人のドワーフに手を振って見送られ、少ない人数で歩き出したところでミルヴァがゲラルトにつぶやいた。「こっそり埋めなきゃならないなんて、いったいドワーフたちはあの箱に何を入れてんの？」

「おれたちの知ったことじゃない」

「まさか予備のズボンが入ってるとは思えない」ダンディリオンが倒木のあいだを縫うようにペガサスを歩かせながらささやいた。「連中はあの箱に希望を託してる。彼らと話せば、これがどんな状況で、あの貴重品箱に何が隠してあるかはだいたい想像がつく」

「で、あんたはなんだと思う？」

「彼らの未来だ」ダンディリオンは周囲を見まわして誰も聞いていないのを確かめた。「パーシヴァルの本職は石磨きと石切りで、自分の工房を開きたがっている。鍛冶屋のフィギスとヤーゾンは鍛冶場の話をしていた。キャレブは結婚したいが、許嫁《いいなずけ》の両親から〝文無しのごくつぶし〟と追い返された。そしてゾルタンは……」

「もういい、ダンディリオン。おまえは噂好きのばあさんか。すまん、ミルヴァ」

「別に」

小川と暗く湿った古い森林帯を過ぎると木々はまばらになり、低いカバ林と乾いた牧草が広がる空き地に出た。それでも進む速度は遅かった。そばかすのあるおさげ髪の少女を鞍に乗せたミルヴァにならって、ダンディリオンも子どもを一人ペガサスに乗せた。ゾルタンも二人を栗毛馬に乗せ、自分は手綱を持ってかたわらを歩いたが、カーナウの女たちがついてこられず、ペースはいっこうにあがらなかった。

一時間ほど谷間や峡谷をさまよい歩き、夕暮れが近づくころにゾルタンは足を止めてパーシヴァルと短く言葉を交わし、一団に向きなおった。

「どなったり笑ったりせんでもらいたいが、どうやら道に迷ったようだ。ここがどこか、どっちに向かえばいいのかまるきしわからん」

「何をバカな」ダンディリオンがいらだちの声をあげた。「わからんとはどういうことだ？　ぼくらは川にそって進んでる。谷底を流れるのがきみらの言うオーだ、だろう？」

「そうだ。だが、オーがどっちに流れてるかを見ろ」

「まさか。ありえない！」

「いや、ありうる」ミルヴァは鞍の前に座らせたそばかす少女の髪から辛抱づよく枯れ葉とマツの針葉を取りながら、ぼそりと言った。「谷間で迷った。小川は曲がりくねってる。あたしたちはいま蛇行部分にいる」

「それでもオーだ」とダンディリオン。「川にそって行けば迷うはずがない。たしかに小さい川は曲がりくねるものだが、いずれ必ず大きな流れに合流する。それが世の習いだ」

「知ったかぶりはよせ、歌い手よ」ゾルタンが鼻にしわを寄せた。「口を閉じろ。わしが考えてるのがわからんのか」

「わからんさ。何を考えることがある？　とにかく流れにそって進み、それから……」

「ああ、そのとおり」ミルヴァが鋭くさえぎった。「あんたは街の人間だ。あんたの世界は壁のなかだ。そのなかなら自慢の世渡りの知恵も役に立つかもしれない。まわりを見てごらんよ！　谷は裂け目だらけで、勾配は急で、草が生い茂ってる。どうやって小川をたどるつもり？　手綱を引きながら斜面をくだって、やぶとぬかるみに入って反対側の斜面をのぼって、またおりるの？　谷間をふたつも越えたら息が切れて、あんたなんか斜面の途中でぶっ倒れるのが関の山だ。女と子どもがいるんだよ、ダンディリオン。しかも太陽はまっすぐ沈もうとしてる」

「たしかにそうだ。わかった、黙っている。森歩きの達人の考えを聞こう」

ゾルタンは罵声をあげるオウムの頭を叩いてから指であごひげをひねり、怒りにまかせて引っ張った。

「パーシヴァル？」

「だいたいの方角はわかる」パーシヴァルは梢の真上に浮かぶ太陽に目を細めた。「そこで第一の案はこうだ——小川をあきらめてあと戻りし、峡谷を離れて乾いた土地を進み、フェン・カーンを抜け、川と川のあいだを縫ってチョトラまで行く」

「第二案は？」

「オー川は浅い。前回の雨でいつもより水かさは増したが、歩いて渡れる。川にぶつかったら歩いて渡り、蛇行を断ち切るように進む。太陽の位置にしたがって方角を保てばチョトラとイナの分岐点に出るはずだ」

「いや、二案はだめだ」ゲラルトが口をはさんだ。「考えるのもよせ。向こう岸に渡れば、いずれカイガラムシ湿原に行き当たる。ひどい場所だ。近づかないほうがいい」

「てことは、あんた、このあたりを知ってるのか。前に来たことがあるのか？　どうやったらここから出られる？」

ゲラルトはしばらく黙りこみ、額をぬぐった。

「来たのは一度だけだ。三年前。だが、そのときは反対側から入った。ブルッゲに向かう途中で近道するつもりだった。どうやって出たかは憶えていない。半死状態で馬車に載せられて運び出された」

ゾルタンはしばしゲラルトを見たが、何もたずねなかった。

ふたたび沈黙がおりた。カーナウの女たちは歩くのに苦労していた。つまずき、棒を杖がわりにしているが、文句ひとつ言わない。鞍の前で眠りこむおさげの少女をささえながらゲラルトと馬を並べるミルヴァがふいに口を開いた。

「あんたは三年前、そこの荒れ地で切り刻まれたんだね。怪物によって。危険な仕事だ、ゲラルト」

「それは否定しない」

「思い出した」背後からダンディリオンの得意げな声がした。「きみはケガをし、どこかの商人によって運び出され、そのあとリヴァデルでシリを見つけたんだ。イェネファーから聞いた」

その名前にミルヴァが小さくほほえんだのをゲラルトは見逃さなかった。次の野営地で節操のないおしゃべりを叱りつけてやると心に誓ったが、ダンディリオンには無駄だと思いなおした。あいつのことだ、知ってることはもう全部しゃべっているに違いない。

「向こう岸に渡って荒れ地に向かわなかったのは、それほどいい考えじゃなかったかもね」しばらくしてミルヴァが言った。「前にその子を見つけたのなら……。エルフの言葉に〝雷は二度落ちる〟ってのがある。ええと、なんだ……。くそっ、思い出せない。運命の縄《なわ》だっけ？」

「輪《わ》だ」とゲラルト。「運命の輪」

「うぇっ！　縄とか輪とかの話はやめてくれ」ダンディリオンが顔をゆがめた。「かつて、ある女エルフが予言した——ぼくは絞首台の上で、死刑執行人の手でこの浮世におさらばすると。もちろん、そんな安っぽい占いのたぐいなど信じちゃいない。でも数日前に首を吊られる夢を見た。目覚めたときは汗だくで息もできなかった。だから、絞首台にまつわる話はあまり聞きたくない」

「あんたに話してるんじゃない、ウィッチャーに話してるんだ」とミルヴァ。「あんたは耳をふさいで、恐ろしいことが降りかからないようにしてりゃいい。それで、ゲラルト、その〝運命の輪〟とやらをどう思う？　荒れ地に行ったら同じことが起こるかもしれない」

「だから引き返してよかった」ゲラルトはそっけなく答えた。「あの悪夢を繰り返す気はさらさらない」

「これはなんと、実に魅力的な場所に案内してくれたな、パーシヴァル」ゾルタンがあたりを見まわしてうなずいた。

「フェン・カーン」ノームはつぶやき、長い鼻先を掻いた。「土墳牧草地……。なんでこんな名前がついたのかとつねづね思っていたが……」

「これでよくわかった」

目の前の広い谷にはすでに夜霧が立ちこめていたが、見渡すかぎり何千という埋葬塚と苔むした石柱が突き出ていた。よくある不定形の石塊もあれば、表面がなめらかで、方尖柱《オベリスク》型や立石型に削り出されたものもある。そして石林の中央近くに立つ石は、とても自然に並んだとは思えない卓石や石塚や環状列石を形成していた。

「まさに一夜を過ごすには魅力的な場所だ」またもやゾルタンが言った。「エルフの墓場か。わしの記憶が正しければ、ウィッチャー、あんたは少し前にグールの話をした。はっきり言って、わしはこの墓地に気配を感じる。ここにはあらゆるものがいる。グール、グレイヴェル、亡霊、ワイト、エルフの亡霊、生霊、幽霊——よりどりみどりだ。そいつらがそのへんにうずくまって、何をささやいてると思う？〝今夜は晩めしを探しにいかなくてもよさそうだ、なにしろ向こうからやってきた〟」

「戻ろう」ダンディリオンがささやいた。「出たほうがいい、まだ日のあるうちに」

「同感だ」

「女たちはもう歩けない」ミルヴァが怒りの声をあげた。「子どもたちはいまにも倒れそうだ。馬も脚を止めた。みんなを歩かせたのはあんただ、ゾルタン。〝あと一キロだけ進もう〟って言いつづけて。〝あと二百メートル〟ってあんたは言った。それがいまになって何？　来た道を四百メートル戻る？　冗談じゃない。墓地だろうがなんだろうが最初に見つけた場所で夜を明かすしかないよ」

「そうだ」ゲラルトが賛同し、馬から降りた。「そううろたえるな。すべての共同墓地に怪物と亡霊がうごめいているわけじゃない。フェン・カーンは初めてだが、本当に危険なら噂に聞いているはずだ」

誰もが――ウィンドバッグ陸軍元帥さえ――無言だった。カーナウの女たちは子どもを受け取り、身を寄せ合って座った。言葉もなく、見るからにおびえている。パーシヴァルとダンディリオンは馬をつないで青草をはませ、ゲラルト、ゾルタン、ミルヴァは牧草地の端に近づき、霧と濃くなる闇に沈む土塚を見つめた。

「おまけに月はまんまるだ」ゾルタンがつぶやいた。「ああ、今夜は恐ろしい祝宴が開かれるぞ。わしにはわかる、おお、悪魔どもがわれらの人生をずたずたに……。ところで南のほうに見える光はなんだ？　火か？」

「ほかに何がある？　そうに決まっている」とゲラルト。「誰かがまた誰かの屋根に火を放ったんだ。はっきり言って、ゾルタン、おれはフェン・カーンのほうがほっとする」

「わしもそう言いたいが、あくまで太陽が顔を見せてるあいだだけだ。グールどもがわしらを一晩、生き延びさせてくれればいいが」

ミルヴァが鞍袋をごそごそ探り、何やら光るものを取り出した。

「銀の矢じり。こんなときのために取っておいた。市場で五クラウンもした。これでグールを殺せる、でしょ、ウィッチャー？」

「ここにグールがいるとは思えない」

「あんたが言ったんじゃないか」ゾルタンが噛みついた。「グールがカシの木にぶらさがる死体をかじったと。墓地あるところグールありだ」

「必ずじゃない」

「その言葉を信じよう。あんたはウィッチャー、専門家だ。わしらを守ってくれ。あんたは襲撃団をみごとに叩き切った……。グールと戦うのは襲撃団と戦うより大変か？」

「比べものにならない。うろたえるなと言っただろう」

「それに、これは吸血鬼にも有効なんだろ？」ミルヴァは銀の矢じりを柄にねじこみ、親指で鋭さを確かめた。「亡霊にも」

「おそらく」

「わしのシヒルにはドワーフの古代ルーン文字で古い呪文が彫りこんである」ゾルタンが剣を抜き、うなるように言った。「刃の長さぶんまで近づくグールが一匹だけならわしを守ってくれるだろう。見ろ、ここだ」

「ああ！　それが有名なドワーフ族の秘密のルーン文字か」いつのまにかダンディリオンが近づき、興味を示した。「なんと書いてある？」

「〝娼婦の息子らに混乱を！〟」

「いま石のあいだで何かが動いた」パーシヴァルがふいに叫んだ。「グール、グールだ！」

「どこだ」

「あそこ！　巨石のあいだに隠れた！」

「一匹か」

「見えたのは一匹だ！」

「暗くなる前に牙を剝くとは、よほど腹が減ってるらしい」ゾルタンが両手に唾を吐きかけ、シヒルの柄をぎゅっと握った。「ハッ！　大食《おおぐ》いは身の破滅だとすぐにわからせてやる！　ミルヴァ、あんたはやつのケツに矢を打ちこめ、わしがはらわたをかっさばく！」

「何も見えないけど」ミルヴァが早くも矢羽をあごに触れさせながらささやいた。「石のあいだの草一本、揺れてない。錯覚じゃないの、ノーム？」

「錯覚なもんか」とパーシヴァル。「あの壊れたテーブルみたいな石が見えるだろ？　あの後ろに隠れた」

「みな、ここにいろ」ゲラルトが背中の鞘からすばやく剣を引き抜いた。「女たちを守り、馬から目を離すな。グールが襲ってきたら馬が暴れる。なんなのか確かめてくる」

「ひとりじゃ危ない」ゾルタンがきっぱりと言った。「前回の空き地のときはあんたをひとりで行かせた。天然痘にびびったからだ。情けなくて、わしはあれから二日続けて眠れなかった。二度とあんな真似はせん！　パーシヴァル、どこに行く？　みんなの後ろに隠れる気か？　怪物を見たと言ったのはおまえだ、だからおまえが先に行け。怖がるな、わしも一緒に行く」

彼らは土塚のあいだをそろそろと――ゲラルトには膝まで、ドワーフとノームには腰の高さまである——雑草を揺らさないよう進んだ。パーシヴァルが指さした卓石の手前でグールの退路を断つべく、二手に分かれた。だが、そうするまでもなかった。ゲラルトの予想どおりウィッチャーメダルはぴくりともしない。近くに怪物はいないということだ。

「誰もいない」ゾルタンがあたりを見まわした。「人っ子ひとり。気のせいだったようだな、パーシヴァル。人騒がせな。無駄に怖がらせやがって。そのケツを蹴とばしてやる」

「本当に見たんだ！」パーシヴァルは憤然と言い返した。「石のあいだで飛びはねるのをこの目で見た！　がりがりにやせて、収税官みたいに黒ずくめで……」

「黙れ、このばかノームめが、さもないと……」

「この妙なにおいはなんだ」ふいにゲラルトが言った。「におわないか」

「たしかに」ゾルタンが猟犬のように鼻を突き出した。「なんてにおいだ」

「薬草だ」パーシヴァルが長さ五センチのよくきく鼻を鳴らした。「ニガヨモギ、バジル、セージ、アニスシードに……シナモン？　いったいなんだ？」

「グールはどんなにおいがする、ゲラルト？」

「腐乱死体のにおいだ」ゲラルトはすばやくあたりを見まわし、草地に足跡を探した。それからくぼんだ卓石に駆け戻ると、剣の腹でそっと石を叩き、歯のすきまから呼びかけた。

「出てこい。そこにいるのはわかっている。さっさと出てこい、身体に穴を開けられたくなければ」

石の下に巧みに隠した穴からかすかに何かがこすれる音がした。

「出てこい」ふたたびゲラルトが呼びかけた。「手荒な真似はしない」

「髪の毛一本、触れはせん」ゾルタンは猫なで声で言いながら穴の上でシヒルを振りあげ、恐ろしげに両目をぎょろつかせた。「さあ、出てこい！」

ゲラルトは頭を振り、ゾルタンにはっきりわかるようにさがれと身ぶりした。またもや卓石の下の穴からこすれる音がし、薬草と香辛料の強烈なにおいがした。やがて白髪まじりの頭に堂々としたワシ鼻の、グールとは似ても似つかぬ細身の中年男が現れた。パーシヴァルは間違ってはいなかった。たしかにどこか収税官に似ている。

「出ても大丈夫か」男は灰色がかった眉毛の下から黒い瞳でゲラルトを見あげた。

「大丈夫だ」

男が穴から這い出し、前かけのようなものを腰につけた黒い長衣の汚れをはたいて麻袋の位置を直すと、またしても薬草のにおいが押し寄せた。

「武器を置いてくれ」男は落ち着いた声で言い、まわりを囲むさすらい人の一団を眺めわたした。「武器は必要ない。見てのとおり刃物は持っていない。つねに持たないし、めぼしい戦利品もない。わたしはエミール・レジス。ディリンゲンから来た。理髪外科医だ」

「なるほど」ゾルタンがわずかに顔をゆがめた。「理髪外科医、錬金術師、薬草医。言っちゃ悪いが、あんた、本当に薬屋みたいなにおいだな」

エミール・レジスは唇をすぼめて奇妙な笑みを浮かべ、すまなそうに腕を左右に広げた。「そのにおいでわかった、理髪外科医」ゲラルトは剣を鞘に納めた。「隠れなきゃならないような特別な理由でもあるのか」

「特別な理由？」レジスは黒い目でゲラルトを見返した。「いや。ふつうに用心しただけだ。きみたちを警戒した。なにしろ厳しい時代だ」

「たしかに厳しい時代だ」ゾルタンはうなずき、空を照らす炎の光を指さした。「あんたもわしらと同じ避難民と見た。だが、わからんのは遠く故郷ディリンゲンから逃げてきたのに、なぜたったひとりでこんな墓場に隠れてるかだ。まあ、人の運命はさまざまだ、とりわけ厳しい時代は。わしらはあんたを怖がり、あんたはわしらを怖がった。恐怖はいろんなものを想像させる」

「わたしを恐れることはない」エミール・レジスと名乗る男は一団から目を離さずに言った。「助け合えればいいと思っている」

「おやおや、わしらを盗っ人と思ってるんじゃなかろうな」ゾルタンがにっと笑った。

「わしらは、理髪外科医よ、避難民だ。テメリアの国境に向かって旅をしている。仲間にならんか。人は多いほうが楽しいし……安全だ。それに外科医は役に立つかもしれん。ここには女や子どももいる。その強烈なにおいの薬のなかに火傷に効くやつはあるか」

「もちろん」理髪外科医はおだやかにほほえんだ。「喜んで手を貸そう。だが、一緒に旅をすることについては……。申し出はありがたいが、わたしは避難民ではいない。ディリンゲンから戦を避けて逃げてきたのではない。ここに住んでいる」

「なんだと？」ゾルタンは顔をしかめ、一歩あとずさった。「住んでる？　この墓場にか？」

「墓場？　いや。ここからちょっと先に小屋がある。もちろんディリンゲンには家と店があるが、毎年六月から九月——夏至から秋分の日——の夏のあいだはここで過ごす。薬草や根を集め、それらをもとに小屋で薬やエキスを抽出し……」

「だが、あんたは世間から離れてひとりで住んでいるのに戦のことを知っている」とゲラルト。「誰から情報を手に入れる？」

「ここを通る難民からだ。ここから三キロほど離れたチョトラ川ぞいに大きな野営地があり、二、三百人ほどの難民がいる。ブルッゲやソドンから来た農民たちだ」

「じゃあテメリア軍についてはどうだ？」ゾルタンが興味を示した。「移動してるのか」

「それはわからぬ」

ゾルタンは毒づき、レジスをにらんだ。

「つまり、あんたはここに住んでるわけだな、マスター・レジス」ゆっくりした口調で言った。「そして夜の墓場を這いまわっている。怖くないのか」

「何を怖がることがある？」

「ここにいるのはウィッチャーだ」ゾルタンがゲラルトを指さした。「ついさっきグールの痕跡を見つけた。死体喰らいだ、わかるだろう？　ウィッチャーじゃなくても、グールが墓場をうろつくことは知ってるはずだ」

「ウィッチャーか」理髪外科医はいかにも興味ありげにゲラルトを見た。「怪物始末屋。これはなんと。すばらしい。きみは、ウィッチャー、この墓地が五百年前のものだと仲間に話さなかったのか？　グールは餌にうるさくはないが、さすがに五百年前の骨はしゃぶらない。ここにグールはいない」

「それを聞いて安心した」ゾルタンはあたりを見まわした。「さあ、外科医よ、わしらの野営地へ来い。冷たい馬肉がある。断わる理由はなかろう？」

レジスはゾルタンを長々と見つめてから、ようやく答えた。

「ありがとう。だが、もっといい考えがある。わたしの小屋へ来ないか。夏の住まいは小屋というよりあばら家で、おまけに狭い。星の下で眠るのはやむをえないが、近くに泉があるし、炉もあるから馬肉も温められる」

「そういう誘いなら喜んで応じよう」ゾルタンは頭をさげた。「たしかにグールはいないようだが、墓場で一夜を明かすというのは考えただけでも気がめいる。さあ、行くぞ。仲間を紹介する」

野営地に着くと、馬たちは鼻を鳴らし、蹄を地面に打ちつけた。

「風下に立ってくれ、マスター・レジス」ゾルタンが外科医に目くばせした。「セージのにおいに馬がおびえる。それに、恥ずかしながらわしは歯を引っこ抜かれたときの嫌な記憶がよみがえる」

「ゲラルト」エミール・レジスが小屋の入口にさがる垂れ布の奥に消えるや、ゾルタンがささやいた。「油断するな。あのくさい薬草医はどこかあやしい」

「どこが？」

「墓地のそばで夏を過ごすっていうのが妙だ——人里離れた場所なのは言うまでもない。薬草ってのは、もっといい環境で育つものだろう？　あのレジスって男は墓泥棒かもしれん。理髪外科医や錬金術師といった連中は墓場から死体を掘り返す——いろんな排泄《エクスクリメント》をするために」

「それを言うなら実験《エクスペリメント》だ。だが、そうした実験には新鮮な死体が必要だ。この墓地はとても古い」

「たしかに」ゾルタンはあごをぼりぼり掻き、カーナウの女たちが小屋の脇にあるエノキの茂みの下に寝床を作るのを見やった。「じゃあ、墓に埋まったお宝を盗んでいるとか」

「本人にきけ」ゲラルトは肩をすくめた。「あいつの住まいに呼ばれて一も二もなく応じたのはおまえだ。それがいまになって急にお世辞を言われた年増のメイドみたいに疑心暗鬼か」

「ううむ……」ゾルタンはもぐもぐと口ごもった。「それはそうだが、あの男があばら家に何を隠しているのか見てみたい。ほら、念には念を入れってやつだ……」

「だったらあとについてなかに入って、フォークを借りたいふりでもしたらどうだ」

「なんでフォーク？」

「悪いか」

ゾルタンはいぶかしげな視線で見返し、ようやく決心して小屋に駆け寄ると、戸口の柱をそっと叩いてなかに入った。それからしばらくしていきなり戸口に現れ、叫んだ。

「ゲラルト、パーシヴァル、ダンディリオン、こっちだ。来てみろ、おもしろいものがある。さっさと来い。マスター・レジスが入れと言っている」

小屋のなかは薄暗く、暖かく、鼻をくすぐるうっとりするような芳香に包まれていた。香りの主な出どころは四方の壁にかかる薬草や植物の根の束だ。家具といえば、こちらも薬草が散らばる簡素な寝台がひとつとガタつくテーブルだけで、テーブルの上には数えきれないほどのガラスや陶器、磁器製の小瓶が散乱している。砂時計のような、しもぶくれの奇妙な形のストーブで燃える石炭が室内を淡く照らし、ストーブのまわりにはさまざまな太さの光るパイプが曲がったり、らせんになったりして編み目状にめぐらされ、一本のパイプからぽたぽたと下の木桶に液体がしたたっていた。

ストーブを見たパーシヴァル・シャタンバックはまず目を丸くし、それから口をあんぐりと開け、最後にため息をついてその場で跳びあがった。

「ホー、ホー、ホー！」そして喜びをこらえきれずに叫んだ。「これはすごい。正真正銘、本物の蒸留器連結型錬金炉《アタノール》だ！　精留塔と銅製凝縮器もついてる！　なんて美しい装置だ！　これを自分の手でこさえたのか、外科医先生？」

「いかにも」エミール・レジスはひかえめにうなずいた。「わたしの仕事にエキスは欠かせない。蒸留し、〈第五エキス〉を抽出し、同時に……」

ゾルタンがパイプの先からしたたる液を手に受け、指をなめるのを見てレジスは言葉をのみこんだ。ゾルタンはため息を漏らし、赤ら顔になんともいえない至福の表情が広がった。

ダンディリオンも我慢できずに指を出し、味見をして小さくうめき、舌を鳴らした。

「まさしく〈第五エキス〉。そしてどうやら〈第六〉と〈第七〉も入っているようだ」

「まあ、その……さっきも言ったとおり、蒸留液だ」レジスは微笑を浮かべた。

「つまり密造酒だ」ゾルタンがやんわりと言いなおした。「しかもなんという密造酒だ！　飲んでみろ、パーシヴァル！」

「有機化学は専門外だ」パーシヴァルは錬金炉の細部を調べながらうわの空で答えた。

「おれに原料がわかるとは思えな……」

「原料はマンドラゴラ」レジスが種を明かした。「ベラドンナで強化し、澱粉質で発酵させてある」

「糖化液《マッシュ》ってことか」

「そうとも言う」

「杯《さかずき》のようなものはあるか」

「ゾルタン、ダンディリオン」ゲラルトが胸の前で腕を組んだ。「聞こえなかったか？　マンドラゴラ。それはマンドラゴラ酒だ。その銅製装置には手を出すな」

「親愛なるウィッチャー・ゲラルト」レジスはほこりをかぶった蒸留皿と細首瓶のあいだから小さな目盛りつきのフラスコを探し出し、布切れでていねいに拭きはじめた。「恐れることはない。マンドラゴラはちゃんと乾燥させ、配合は慎重に行ない、重量も正確に測ってある。四百五十グラムの糖化液に百五十グラムのマンドラゴラとわずか九グラムのベラドンナを加えただけで……」

「問題はそこじゃない」ゲラルトがゾルタンを見た。ゾルタンはすぐに了解し、真顔になって蒸留器からそろそろと離れた。「問題は何グラムを加えたかではなく、マスター・レジス、一グラムのマンドラゴラがいくらするかだ。おれたちが飲むには高級すぎる」

「マンドラゴラか」ダンディリオンは感じ入ったようにつぶやき、小屋の隅に積まれたテンサイのような根っこの山を指さした。「あれがそうか？　本物の？」

「雌株は」——レジスはうなずき——「われわれが出会った墓地にやぶになって生えている。わたしがここで夏を過ごす理由のひとつだ」

ゲラルトがゾルタンをわけ知り顔で見た。ゾルタンは片目をつぶり、レジスはこらえたような笑みを浮かべた。

「紳士諸君、もしよければためしてくれ。遠慮はもっともだが、この状況では戦で破壊されたディリンゲンにエキスを持ち帰る見込みはなさそうだ。どうせ無駄になるところだったのだから値段の話はよそう。杯がひとつで悪いが」

「それでいい」ゾルタンはフラスコを取りあげ、木桶からそっと密造酒をすくった。「あんたの健康を祈って、マスター・レジス。おおお……」

「申しわけない」レジスはまたもや笑みを浮かべた。「蒸留液の質はまだよくない……。実は未完成だ」

「これまでで最高の未完成品だ」ゾルタンはあえぎを漏らした。「あんたの番だ、詩人よ」

「ああ……おお、これはなんと！　すばらしい！　飲んでみろ、ゲラルト」

「主《あるじ》に勧めるのが先だろう」ゲラルトはレジスに向かって小さく頭をさげた。「礼儀はどうした、ダンディリオン」

「悪いが、紳士諸君」レジスはゲラルトのしぐさに応えて言った。「わたしは刺激物を取らない。昔のような体力はないのでね。やむなく多くのお楽しみを……あきらめた」

「ひとくちも？」

「これは原則だ」レジスは淡々と答えた。「いちど決めたら、どんな原則も決して曲げない主義でね」

「見あげた意志の強さだ。うらやましい」そう言ってゲラルトはフラスコからひとくち飲み、一瞬ためらったあとで一気に飲み干した。両目から流れる涙が酒の味をかすかに邪魔したが、湧きあがるようなぬくもりが胃全体に広がった。

「ミルヴァを呼んでくる」ゲラルトはフラスコをゾルタンに渡しながら言った。「戻ってくるまでに全部飲んでしまうなよ」

ミルヴァは馬のそばに座り、一日じゅう鞍に乗せてやったそばかすの少女とふざけ合っていた。レジスのもてなしに最初は肩をすくめたが、結局は誘いに応じた。

小屋に戻ると、貯蔵マンドラゴラの根の検分が始まっていた。

「実物を見るのは初めてだ」ダンディリオンがふくらんだ根をひねりまわした。「たしかに、ちょっと人の姿に似ている」

「腰痛で腰をひねってる人間だな」とゾルタン。「あっちは妊婦そっくり。そしてこっちのは、失礼ながら、行為にいそしむ男女だ」

「あんたたち、ほかに考えることはないわけ？」ミルヴァはバカにしたように鼻を鳴らし、フラスコから大胆にも一気飲みして、こぶしに激しく咳きこんだ。「うわっ……なんて強い酒だ！　本当に恋茄子《ラブアップル》からできてんの？　ハハッ、つまりあたしたちは魔法の薬を飲んでるわけだ！　めったにあることじゃない。ごちそうさま、外科医先生」

「礼にはおよばぬ」

フラスコに次々に酒が満たされ、手から手に渡るにつれて、みな上機嫌になり、活気づいておしゃべりになった。

「マンドラゴラにはすごい魔力があるらしい」パーシヴァルが自信たっぷりに言った。

「そのとおり」ダンディリオンがうなずき、フラスコを干してぶるっと身震いした。「これについて書かれたバラッドは山ほどある。魔法使いが永遠の若さを保つ霊薬にマンドラゴラを使うのは有名で、女魔法使いはそれからグラマルエという軟膏を作る。それをつけると目が飛び出るほど美しく魅力的になるんだ。マンドラゴラには強い催淫性があり、女をくどき落とすための媚薬に使われることも知っておくといい。それがマンドラゴラの俗称――ラブアップル――のいわれだ。恋人の仲を取り持つ薬草さ」

「くだらない」とミルヴァ。

「おれが聞いたのは」パーシヴァルがフラスコの酒を飲み干して言った。「マンドラゴラの根を地面から引き抜くと、まるで生きてるみたいに泣き叫ぶってことだ」

「泣き叫ぶだけじゃない！」ゾルタンはフラスコを酒で満たしながら、「マンドラゴラは気が変になりそうな恐ろしい声で悲鳴をあげ、しかも邪悪な呪文をわめきちらして根を引っこ抜く者に呪いをかけるって話だ。そんな危ない真似をしたら命まで持っていかれる」

「出来の悪いおとぎ話みたいだ」ミルヴァはゾルタンからフラスコを取ってごくりと飲み、ぶるっと身震いした。「たかが植物にそんな力があるもんか」

「これは絶対に本当だ！」ゾルタンはむきになった。「だが、利口な薬草医たちは身を守る方法を発見した。マンドラゴラを見つけると縄の端を根っこに結びつけ、反対側を犬に……」

「もしくは豚に」とパーシヴァル。

「もしくはイノシシに」ダンディリオンが重々しく言い足した。

「おまえはバカか、詩人よ。肝心なのは犬や豚にマンドラゴラを引き抜かせれば、草の呪いと呪文は動物にかかり、茂みからうんと離れたところに隠れた薬草医に害はないってことだ。どうだ、マスター・レジス？　そうだろう？」

「興味深い方法だ」レジスは謎めいた笑みを浮かべた。「何より発想がすばらしい。問題は複雑すぎることだ。理論上は引っ張る動物がいなくても縄さえあればこと足りる。マンドラゴラに、縄を引いているのが生き物か物かを見分ける力があるとは思えない。呪文と呪いはつねに縄に降りかかる。犬を使うより安く、問題もない——豚は言うにおよばず」

「からかっているのか」

「とんでもない。さっきも言ったように発想はすばらしい。マンドラゴラは通説に反して魔法や呪いをかけることはできないが——生の状態では——非常に有毒で、根の周囲の土にまで毒がまわるほどだ。新鮮な樹液が顔や手の切り傷にかかると、いや、それどころか毒気を吸いこんだだけで命にかかわることもある。わたしはマスクと手袋をつけるが、だからと言って縄方式に反対なわけではない」

「ふうむ……」ゾルタンは考えこんだ。「だが、引き抜かれたマンドラゴラが立てる恐ろしい悲鳴というのはなんだ？　あれは本当か」

「マンドラゴラに声帯はない」レジスは淡々と答えた。「たいていの植物はそうだろう？　だが、根から分泌される毒素には強い幻覚作用がある。声や悲鳴やささやきといった音は毒におかされた中枢神経が生み出す幻覚にすぎない」

「すっかり忘れていた、マンドラゴラが猛毒だってことを！」ダンディリオンが杯をあけ、押し殺したげっぷをした。「しかもそれをさっき手に持っていた！　そしていまその酒を好きなだけがぶ飲みして……」

「毒があるのは掘りたての根だけだ」レジスがなだめた。「わたしのは乾燥させ、適度に調合し、蒸留液も濾過してある。心配はいらない」

「心配なんぞするか」とゾルタン。「密造酒はつねに密造酒だ。ドクニンジン、イラクサ、魚のうろこ、古い靴ひもからでも酒はできる。フラスコをくれ、ダンディリオン、順番を待つ列ができてるぞ」

フラスコが次々に満たされて一団の手にまわり、誰もが土の床にゆったりと座りこんだ。座ったとたん、またもや膝に痛みが走り、ゲラルトは鋭く息を吐いて毒づきながら姿勢を変えた。それをレジスがじっと見ていた。「最近の傷か？」

「そうではないが、ずっと悩まされている。痛み止めの薬草はないか」

「痛みの程度による」理髪外科医はかすかに頰をゆるめた。「そして原因にも。きみの汗は奇妙なにおいがするな、ウィッチャー。魔法の治療を受けたか？　魔力のある酵素とホルモンを投与されたか？」

「いろんな薬をあたえられた。まだ汗ににおいが残っているとは思わなかった。恐ろしく鼻がきくんだな、レジス」

「誰にでも取り柄はあるものだ──悪癖を打ち消すだけの。なんの治療で魔法を？」

「片腕と大腿部の骨幹が折れた」

「どれくらい前だ」

「ひと月ちょっと」

「それでもう歩けるのか。驚いた。ブロキロンの木の精だな」

「どうしてわかる？」

「これほど速く骨組織を再生させる薬を持っているのは彼らしかいない。きみの手の甲には黒っぽいしみがある。コニンハエラの蔓とヒレハリソウの共生新芽が入った跡だ。コニンハエラの処方を知っているのは木の精だけで、ヒレハリソウはブロキロンの森にしか生えない」

「おみごと。すばらしい推理だ。だが、気になるのはそこじゃない。折れたのは大腿骨と上腕なのに膝と肘が痛むことだ」

「よくある症状だ」レジスがうなずいた。「木の精の魔法は損傷した骨を再生させたが、同時に神経系に軽い変動を引き起こした。副作用の一種で、とくに関節に強く出る」

「どうすればいい？」

「残念ながら手はない。これから長いあいだ雨を正確に予想できるようになるだろう。痛みは冬にひどくなる。だが、強い鎮痛薬は勧めない。とくに眠気を避けたいならば。きみはウィッチャー、となれば眠気は大敵だ」

「ならばマンドラゴラ酒でなだめよう」ゲラルトはミルヴァから受け取ったばかりの満杯のフラスコをかかげて一気に飲み、涙が出るまでむせた。「くぅ！　もう効いてきた」

「それが正しい治療とは思えぬが」レジスは歯を見せずにほほえみ、「ついでに言えば、治療すべきは原因であって症状ではない」

「このウィッチャーに関するかぎりそうではない」少し赤い顔で二人の会話を聞いていたダンディリオンが鼻で笑った。「この男とその悩みには酒がいちばんだ」

「おまえにもな」ゲラルトはダンディリオンを冷ややかに見た。「舌がしびれるくらいがちょうどいい」

「それはどうかな」またしてもレジスはほほえんだ。「原料のなかにはベラドンナが入っている。つまりスコポラミンを含む大量のアルカロイドが入っているということだ。マンドラゴラで眠くなる前に、確実に饒舌になる」

「なんになるって？」とパーシヴァル。

「おしゃべりだ。すまない。もっとわかりやすい言葉を使おう」

ゲラルトが作り笑いを浮かべた。

「それがいい。きざな態度を身につけ、日々そんなこむずかしい言葉を使うのは簡単だ。そして人はそれを傲慢な道化と見なす」

「あるいは錬金術師」ゾルタンが酒を足しながら言った。

「あるいはどこかの女魔法使いを夢中にさせるために山ほど本を読むウィッチャーか」ダンディリオンがあざけるように言った。「混み入った話ほど女魔法使いを惹きつけるものはないぞ、紳士諸君。そうだろう、ゲラルト。さあ、話してくれ……」

「おまえの順番は飛ばせ、ダンディリオン」ゲラルトが冷たくさえぎった。「アルカロイドが効いてきたようだ。舌がゆるんでる」

「そろそろ隠しごとはやめたらどうだ、ゲラルト」ゾルタンが顔をしかめた。「ダンディリオンの話は誰もが知ってることばかりだ。あんたが生き伝説である以上しかたない。あんたの冒険譚は人形劇でも繰り返し演じられてる。あんたとグィネヴィアという名の女魔法使いの話とか」

「イェネファーだ」レジスが小声で正した。「いちど見たことがある。記憶が正しければ、精霊を探す話だった」

「ぼくもその場にいた」ダンディリオンが得意げに口をはさんだ。「あのときは大笑いしたよ。なにしろ……」

「好きなだけ話せ」ゲラルトが立ちあがった。「密造酒をすすりながら、おもしろおかしく話せばいい。おれは散歩してくる」

「おい」ゾルタンがむっとした。「そう怒らなくても……」

「怒ったんじゃない、ゾルタン。小用だ。生き伝説も用は足す」

ひどく寒い夜だ。馬も足踏みしてぶるっと鼻を鳴らし、鼻孔から白い息を吐いている。月の光を浴びるレジスの小屋は、おとぎ話から出てきたように見えた。それとも魔女の小屋か。ゲラルトはズボンの前を閉じた。

すぐにあとを追ってきたミルヴァが遠慮がちに咳払いした。長い影はゲラルトの影の長さとほとんど変わらない。

「どうして戻らないの？　本気で怒った？」

「いや」

「だったらなんで月明かりのなかで突っ立ってんの？」

「数えている」

「は？」

「ブロキロンを発ってから十二日、そのあいだに進んだ距離は約百キロ。噂によればシリはニルフガード帝国の首都にいる。ここから四千キロ先だ。いまのペースでいけば、単純計算で首都に着くのに一年四カ月かかる。どう思う？」

「別に何も」ミルヴァは肩をすくめてまた咳払いした。「あたしはあんたみたいに計算が得意じゃない。読み書きもできない。ただのバカな田舎娘だ。あんたの相手はできないし、話し相手にもなれない」

「そう言うな」

「でも本当だ」ミルヴァはふいに顔をそむけた。「なんで日数と距離を数えたの？　あたしに何か言ってほしいから？　元気づけてほしいの？　恐怖を吹き飛ばして、折れた脚の痛みよりもつらい後悔の念を抑えてくれとでも言いたいの？　そんなのできないよ！　ほかを当たって。ダンディリオンが話してた人。賢くて、教養のある。あんたの恋人」

「あのおしゃべりめ」

「そう。でもたまにはまともなことをしゃべる。戻ろう。もう少し飲みたい」

「ミルヴァ」

「何？」

「なぜおれについてくる気になったのか、まだ話してもらっていない」

「きぎもしなかったくせに」

「今きいている」

「いまさら遅いよ。そんなこと、もうわからない」

「おお、やっと戻ったか」ゾルタンが二人をうれしそうに迎えた。いつもとずいぶん違う声だ。「驚くなかれ、レジスが旅をともにすることになった」

「本当か」ゲラルトは外科医をまじまじと見た。「なぜ急に」

「ゾルタンの話を聞いて、難民から聞いたよりも戦闘は激しく、ディリンゲンは火の海らしいとわかった」レジスは視線をそらさず答えた。「そんなところに戻るのは論外だし、この荒れ地に残るのも賢明とは思えない。それを言うならひとり旅も」

「そしてわしらが――会ったばかりでも――一緒に旅をしても安全な一団に思えたわけだ。ひと目見れば充分だった、だろう？」

「ふた目だ」レジスはほほえみ、「最初はきみたちが面倒を見ている女たちを見て。次はその子どもたち」

ゾルタンは大きなげっぷをし、桶の底から酒をすくいながら鼻で笑った。

「見た目は当てにならんぞ。女たちを奴隷として売り飛ばすつもりでないともかぎらん。パーシヴァル、この装置をなんとかしろ。栓を少しゆるめるとか。もっと飲みたいのに、なかなか垂れてこん」

「凝縮器が追いつかないんだ。酒がぬるくなる」

「問題ない。夜は寒い」

なまぬるい密造酒で会話は大いに弾んだ。ダンディリオン、ゾルタン、パーシヴァルは顔を赤くし、声はいよいよ変わって、吟遊詩人とノームにいたってはほとんどろれつがまわらなくなった。腹ペコ一団は冷たい馬肉にかぶりつき、小屋で見つけたワサビダイコンをかじったが、それは酒より刺激的でみな涙を浮かべ、ますます議論は盛りあがった。

旅の目的地がドワーフ族の永遠なる安息の地——マハカム山塊の飛び地——でないと知って、レジスは驚いた。ダンディリオンよりも饒舌になったゾルタンは、何があってもマハカムに戻るつもりはないと宣言し、マハカムの支配体制——とりわけマハカムと全ドワーフ族の長老ブルーヴァー・ホーグの政策と絶対支配——に対する恨みをぶちまけた。

「あのおならじじいめ！」ゾルタンはどなり、炉床に唾を吐いた。「見た目は生きてるのか剝製なのかわからん。めったに動かないのはさいわいだ、なにしろ動くたびに屁をひる男だからな。あごひげとほおひげが乾いたボルシチでくっついてるから何を言ってるかもわからん。それでもやつはすべてを支配し、誰もがやつの歌に合わせて踊らなきゃならん……」

「しかしホーグの政策を非難するのは難しい」レジスがさえぎった。「彼の断固とした政策によってドワーフ族はエルフ族から距離を置き、〈リス団〉とともに戦わなくてよくなった。おかげで大虐殺は終結し、マハカム討伐も行なわれなくなった。人間との思慮深いつきあいかたが実を結びつつある」

「とんでもない」ゾルタンは酒をあおった。「〈リス団〉について言えば、あの化石じいさんが思慮深かったわけじゃない。多くの若者が自由と奇襲隊の勇敢な冒険に憧れて鉱山や鍛冶場の仕事を投げ出し、エルフに加わったからだ。この現象が問題となって、ブルーヴァー・ホーグは若者たちを抑えつけた。あの男は人間が〈リス団〉に殺されてもなんとも思っちゃいなかった。そのせいで――あの悪名高き大虐殺を始め――ドワーフが弾圧されてもいっこうにかまわなかった。ホーグはなんとも思わなかったし、いまもそうだ。街に定住したドワーフを変節者とみなしているからだ。マハカム討伐について言えば、ふん、笑わせるな。そんな心配はないし、これまでもなかった。マハカムに手を出そうとする王などいないからだ。もっと言えば、あのニルフガードさえ――たとえ連中が石塊を取り巻く谷間を掌握したとしても――マハカムだけには手を出さん。なぜだかわかるか？　教えてやろう。それはマハカムが鉄鋼山だからだ。それもただの古い鉄鋼じゃない。あそこには石炭があり、磁鉄鉱がある。つまり無尽蔵の鉱床だ。マハカム以外はどこも湿地鉄鋼しかない」

「それにマハカムには熟練の技と工学がある」パーシヴァル・シャタンバックが話に加わった。「冶金学に製錬術！　どこかのお粗末な製錬所とは違う、巨大な火炉がある。はねハンマーに蒸気ハンマー……」

「また始まった。パーシヴァル、そのくらいにしておけ」ゾルタンがパーシヴァルに満杯のフラスコを渡しながら言った。「おまえの技術と工学の話はみんなを死ぬほど退屈させる。そんなことは誰だって知ってる。だが、マハカムが鉄鋼を輸出していることを知る者はそうはいない。北方諸国だけでなく、ニルフガードにも輸出している。うっかり手を出そうものなら、われわれは作業場を破壊し、鉱床を水びたしにする。そうなったらあんたら人間はカシの棍棒や石器やロバのあご骨で戦わなければならなくなる」

「ブルーヴァー・ホーグとマハカムの体制が気に入らないと言いながら、今度はいきなり〝われわれ〟か」ゲラルトが指摘した。

「そりゃそうだ」ゾルタンは熱っぽい口調で、「連帯ってものがあるだろう？　もちろん自尊心の問題もある。わしらは高慢ちきなエルフよりも賢い。それは否定できん、だろう？　この二、三百年のあいだ、エルフどもは人間などまったくいないふりをしていた。

空を見あげ、花のにおいを嗅ぎ、下品に化粧を塗りたくった目を人間の存在からそらしてきた。だが、その戦略に効果がないとわかると、いきなり立ちあがって武器を取った。連中は殺し、殺されると決めた。では、われわれは？　ドワーフはどうだ？　われわれは順応した。間違っても服従したんじゃない。そこを勘違いするな。われわれはあんたがたを服従させたんだ。経済的に」

「正直なところ、きみたちドワーフが順応するのはエルフが順応するより簡単だった」レジスが口をはさんだ。「エルフをひとつにするのは土地と領土だが、ドワーフの場合は族だ。きみたちドワーフ族はどこにいようと、そこが故郷となる。たとえどこかのとびきり短絡的な国王がマハカムを攻撃したとしても、きみたちは鉱山を水びたしにし、後ろ髪ひかれることなく別の場所に移動する。どこか別の遠く離れた山脈へ。あるいは人間の住む街へ」

「それのどこが悪い？　あんたがたの街に暮らすのも悪くない」

「貧民窟でも？」ダンディリオンがまたもやフラスコの中身を飲み干し、大きく息をついた。

「貧民窟のどこが悪い？　まあ、どうせなら同族のなかで暮らしたいがな。融合には何が必要だ？」

「おれたちをギルドに加えてくれさえすればな」パーシヴァルが袖で鼻をぬぐった。

「いずれそうなる」ゾルタンは自信たっぷりに言った。「加われないなら自分たちのやりかたを通せばいいし、新しいギルドを作ってもいい。健全な競争が判断をくだすだろう」

「そうなると街にいるよりマハカムにいるほうが安全だ」とレジス。「街はいつ炎に包まれるかわからない。山のなかで戦況を見守るほうが賢明ではないか」

「そうしたい者はそうすりゃいい」ゾルタンはまたもや桶から酒をすくった。「わしには自由のほうが大事だ。マハカムにはそれがない。あのおいぼれがどんな統治をするかわかったもんじゃない。あの男は最近、〝公衆問題〟なるものをみずから制定した。たとえば、ズボン吊りを身につけていいかどうか……コイをその場で食べるべきか、煮こごりが固まるまで待つべきか……オカリナを何百年も続くドワーフの伝統に合わせて演奏するべきか、それとも腐敗し堕落した人間文化の破壊的影響に合わせるべきか……生涯妻の申請を提出するのに何年働かなければならないか……どっちの手で尻をふくべきか……鉱山からどれだけ離れたら口笛を吹いていいか……その他もろもろの重要問題について。いや、諸君、わしはカーボン山に戻るつもりはない。採鉱場で一生過ごしたくはない。四十年も地下にもぐるなんぞまっぴらだ——坑内爆発で吹き飛ばされないとしてだがな。わしらには別の計画がある、そうだろ、パーシヴァル。わしらはすでに未来を確かなものに……」

「未来、未来……」パーシヴァルが目盛りつきフラスコをからにし、洟をかんでから少しとろんとした表情でゾルタンを見た。「捕らぬタヌキの皮算用はよせ、ゾルタン。いつやつらにつかまるかわからん、そうなったらおれたちの未来は絞首台か……。それともドラーケンボーグか」

「黙れ」ゾルタンがぴしゃりとさえぎり、パーシヴァルを恐ろしい形相でにらみつけた。

「このおしゃべりが！」

「スコポラミンのせいだ」レジスがぼそりとつぶやいた。

パーシヴァルはだらだらとしゃべりつづけ、ミルヴァはふさぎこみ、ゾルタンはいちど話したのも忘れてマハカムの長老――老いぼれホーグ――の話をし、ゲラルトはいちど聞いたのも忘れて耳を傾けた。レジスも、いまや酔っぱらい集団のなかでしらふなのは自分だけという事実に動じるでもなく聞き入り、ときおり意見を差しはさんだ。そしてダンディリオンはリュートを鳴らして歌った。

かわいい女は高慢ちき　それも無理ない
高いほど　木によじのぼるのは楽でない……

「くだらない」ミルヴァのひとことにも詩人はかまわず続けた。

娘のあつかい　木と同じ
斧を取り出し　いちにのさん……

「カップ……」パーシヴァルがしゃべり出した。「つまり酒杯《ゴブレット》だ……。白色蛋白石《ミルキーオパール》の塊から彫り出したやつで……。大きさはこれくらい。モントサルヴァットの頂《いただき》で見つけた。縁には碧玉《へきぎょく》が嵌められ、脚は金製で、それはそれはすばらしい……」

「これ以上やつに飲ませるな」とゾルタン。

「待て、待て」ダンディリオンが興味を示した。こちらもやや言葉がもつれている。「その伝説のゴブレットはどうなった？」

「ラバと交換した。荷物を運ぶのにラバが必要だった。鋼玉石やら結晶性炭素やら。おれは……ええと……。そいつを山ほど……ヒック……どっさり山ほど持っていて、ラバなしには動かせなかった……。なんでおれにそんなゴブレットが必要だ？」

「鋼玉石？　炭素？」

「ああ、俗にいうルビーとダイヤモンドだ。そりゃあたいそう……ヒック……役に立つ……」

「だろうな」

「……ドリルの先とか、やすりとか。軸受けとか。それが山ほどあって……」

「聞いたか、ゲラルト」ゾルタンが片手を振った。座っているのにいまにも倒れそうだ。「パーシヴァルはちびだから、すぐに酔っぱらう。やつは山盛りのダイヤモンドの夢を見てる。気をつけろ、パーシヴァル、おまえの夢は実現せん！　せいぜい半分がいいところだ。それもダイヤの半分って意味じゃないぞ！」

「夢、夢」ダンディリオンがまたもつぶやいた。「それで、きみはどうだ、ゲラルト。またシリの夢を見たか？　いいか、レジス、ゲラルトは予言めいた夢を見る！　シリは〈運命の子〉で、ゲラルトは運命によってその子と結びつくと決められてる。だから夢に見るんだ。ついでに言えば、ぼくたちはエムヒル皇帝からシリを取り戻すためにニルフガードに向かってる。あの男はさらったシリを妃にしようとしてる。でも、あのげす男にそんな真似はさせない。気づかれないうちにぼくらが救い出す！　ほかにも話はあるが、それは秘密だ。恐ろしく深くて暗い秘密で……。ひとことも言うな、いいか？　誰にもだぞ！」

「何も聞いちゃいない」ゾルタンはふてぶてしくゲラルトを見て言った。「どうやらハサミムシが耳に入った（盗み聞きをするの意）ようだ」

「たしかにハサミムシ病が流行っている」レジスも口を合わせ、耳の穴をほじる真似をした。

「これからニルフガードに行くことは……」ダンディリオンはバランスを取ろうとゾルタンに寄りかかり、一緒に倒れそうになった。「さっきも言ったように秘密だぞ。これは極秘任務なんだ！」

「たしかに極秘だ」レジスは、いまや怒りで顔面蒼白のゲラルトをちらっと見ながらうなずいた。「どんな疑りぶかい人間も、きみたちが向かう方角を分析して旅の目的を当てることはまずできまい」


「ミルヴァ、どうした？」

「話しかけるな、この酔っぱらい」

「おい、ミルヴァが泣いてるぞ！　おい、見ろ……」

「うるさいって言ってるだろ！」ミルヴァは涙をふきながらどなった。「眉間をなぐられたいか、このへぼ詩人……。グラスをちょうだい、ゾルタン……」

「えっと、どこに置いたか……。ああ、ここだ。すまんな、外科医よ……。それでシャタンバックのやつはどこに行った？」

「外に出ていった。少し前に。ダンディリオン、〈運命の子〉の話をしてくれる約束だ」

「わかった、わかった、レジス。あと一杯飲んだら……全部話す……。シリのこと、ゲラルトのことを……。くわしく……」

「〝娼婦の息子に混乱を！〟」

「黙れ、ドワーフ！　小屋の外で寝てる子どもたちが目を覚ます！」

「落ち着け、弓名人。ほら、飲め」

「やれやれ」ダンディリオンがうつろな視線で小屋を見まわした。「レテンホーヴ伯爵夫人がこんなぼくを見たら……」

「誰だと?」

「なんでもない。ちくしょう、この密造酒はまったく舌をゆるませる……。ゲラルト、もう一杯どうだ。ゲラルト?」

「ほっときな」ミルヴァが言った。「眠らせてやりなよ」

村はずれの納屋は音楽で揺れていた。そのリズムは納屋に着く前から彼らの心をつかみ、興奮で満たした。馬が納屋に近づくにつれ、彼らは自然に鞍の上で揺れはじめた。最初はドラムとウッドベースの鈍いリズムに合わせ、近づくにつれてフィドルと管楽器が奏でる曲のビートに合わせて。夜は寒く、満月の光を浴びる納屋は壁板のすきまから漏れる明かりをまとい、まるでおとぎ話に出てくる魔法の城のようだ。

喧噪とともに、飛びはねる二人組の影にさえぎられたまぶしい光が戸口からあふれ出た。なかに入ると、音楽が長い不協和音になって途絶えた。汗まみれで踊っていた農民たちが分かれて壁や柱の脇に集まり、汚れた床が現れた。ミスルと並んで歩いていたシリは恐怖に見開かれた若い女たちの目を見やり、男や少年たちの〝なんでもこい〟と言いたげな鋭い、決然とした視線に気づいた。ささやきとうなりはしだいに広がり、バグパイプのひかえめな高音よりも、昆虫のうなりのようなバイオリンとフィドルの余韻よりも大きくなった。ささやきが聞こえる。〈ネズミ〉……。〈ネズミ〉……。盗賊団……。

「恐れるな」ギゼルハーが大声で呼びかけ、呆然とする楽団にふくらんだ財布をチャリンと放り投げた。「おれたちは楽しむためにここに来た。村祭りは誰でも参加自由、だろう？」

「ビールはどこだ」ケイレイが小袋を揺らしながら言った。「もてなしはどうした？」

「それに、なんでこんなに静かなの？」イスクラが周囲を見まわした。「あたしたちは踊るために山からおりてきたんだ。通夜に来たんじゃないよ！」

ようやく一人の男がにらみ合いをやめ、泡があふれる陶器のジョッキを手にギゼルハーに歩み寄った。ギゼルハーは頭をさげてビールを飲み、うやうやしく、礼儀正しく礼を述べた。数人の農民が〝いいぞ！〟と叫んだが、それ以外は黙りこんだままだ。

「ねえ、みんな。もっと景気よくやろうよ！」

イスクラはそう言って手を叩き、壁にぴたっと押しつけられた、ジョッキが並ぶ重いカシのテーブルに軽々と飛び乗った。村の若者たちがあわててジョッキをつかんだが、いくつかは女エルフに思いきり蹴り落とされた。

「さあ、楽師たち」イスクラがこぶしを腰に当て、髪を揺らした。「あんたたちの腕前を見せて。音楽スタート！」

そう言うや、すぐにかかとでリズムを刻みはじめた。ドラムがそのリズムをなぞり、ウッドベースとオーボエが続いた。バグパイプとフィドルが旋律を奏で、色をつけ、ステップと速さを合わせろとイスクラに挑むと、派手な身なりのチョウのように軽いエルフはやすやすと曲に乗り、リズミカルに動きはじめた。村人たちの手拍子が始まった。

「ファルカ！」イスクラが濃い化粧で強調した目を細めて呼んだ。「あんた、剣さばきは速いけど、ダンスはどうなの？　あたしのステップについてこられる？」

シリはミスルから腕をほどき、首のスカーフをはずしてベレー帽と上着を脱ぐと、テーブルにひょいと跳び乗り、イスクラの隣に立った。村人たちは歓声をあげ、ドラムとベースが低くリズムを刻み、バグパイプがむせぶように泣いた。

「弾いて、楽師たち！」イスクラが叫んだ。「元気よく！　情熱的に！」

イスクラが両手を腰に当て、上を向いて足を踏み鳴らし、跳ねるようにかかとで速いリズミカルなスタッカートを刻むと、シリはそのリズムに魅入られたかのようにステップを真似た。イスクラが笑い声をあげ、飛びあがってテンポを変えると、シリは頭を振って額から髪を払い、イスクラの動きを完璧に再現した。二人の娘は鏡を見ているかのように同時にステップを踏んだ。村人たちが叫び、喝采した。フィドルとバイオリンがつんざくような曲を歌い、ウッドベースの規則正しい重苦しい響きと甲高いバグパイプの音色を引き裂いた。

二人はピンと背筋を伸ばしたまま腰に手を当て、肘を触れ合わせて踊った。かかとの鉄がリズムを刻むと、テーブルは揺れ、震え、獣脂ロウソクと松明《たいまつ》の光のなかにほこりが舞いあがった。

「もっと速く!」イスクラが楽師をけしかけた。「もっと激しく!」

それはもはや音楽ではなく、狂乱だった。

「踊れ、ファルカ! ダンスに身をゆだねて!」

かかと、つま先、かかと、つま先、前にステップ、ジャンプ、肩を揺らし、こぶしを腰に、かかと、かかと。テーブルが揺れ、光がちらつき、人が揺れ、すべてが揺れ、納屋全体が踊って、踊って、踊って、踊る……。観衆が叫び、ギゼルハーが叫び、アッセが叫び、ミスルが笑い、手を叩き、誰もが手を叩いて足を踏み鳴らし、納屋が震え、大地が震え、世界が土台から揺れる。世界? なんの世界? いまや世界などない。あるのは踊り、踊りだけ……。かかと、つま先、かかと……。イスクラの肘……。高まる熱気、クライマックスへ……。あるのはフィドルと管楽器とベースとバグパイプの激しい演奏だけ。ドラマーがドラムスティックを上下に動かす。でもそれは形ばかりで、いまやスティック自体がリズムを叩きだしていた。イスクラとシリがかかとを打ちつける。テーブルが音を立てて揺れ、納屋全体がうなり、揺れるまで……。リズム……リズムが二人で、音楽が二人で、二人が音楽。イスクラの黒髪が額と肩に落ちかかる。フィドルの弦が情熱的な曲を奏で、最高潮に達し、血がこめかみで脈打つ。

身をゆだねて。すべてを忘れて。

あたしはファルカ。昔からずっと！　踊って、イスクラ！　手を叩いて、ミスル！　バイオリンと管楽器がつんざくような高音で曲を終え、イスクラとシリが肘をつけ合いながら同時に力強くかかとを鳴らし、ダンスの終わりを告げる。息を切らし、震え、興奮した二人はいきなりしがみつき、抱き合い、汗と熱と幸福感をわかち合う。納屋のなかに大きなどよめきと拍手喝采が沸き起こる。

「ファルカ、やるじゃん」イスクラが息を切らす。「強盗に飽きたら、あたしたち、世界を旅して踊り子で稼げるかもしれない……」

シリも息を切らす。言葉はひとつも出せず、ひきつったように笑うだけだ。涙が片頬を伝う。

観衆のなかでいきなり声があがり、騒ぎが始まる。ケイレイがたくましい男をぐいと突き、男がケイレイを突き返し、たちまち二人は群衆に囲まれ、こぶしが飛び交う。リーフが輪のなかに飛びこみ、松明の明かりのなかで短刀がひらめく。

「だめ！　やめて！」イスクラが鋭く叫ぶ。「ケンカはだめ！　今夜はダンスの夜だよ！」シリの手を取ってテーブルから飛び降りる。「弾いて！　あたしたちについてこられるやつは誰でも加わって！　さあ、勇気があるのは誰？」

ベースが単調な低音を響かせ、長く、むせび泣くようなバグパイプが入りこみ、フィドルの切り裂くような高いメロディが加わる。村人たちが笑い、つつき合い、ためらいを捨てはじめる。肩幅の広い金髪の男がイスクラの手を取る。続いて細身の若者がシリの前でおずおずとお辞儀する。シリはつんと頭をそらすが、すぐに笑みを浮かべて受け入れる。若者はシリの腰に手をまわし、シリは若者の肩に手を置く。触れたとたん、火のついた矢じりにつらぬかれたような感覚が体を突き抜け、シリは脈打つ欲望に満たされる。

「さあ景気よく、音楽！」

納屋が音で震動し、リズムとメロディで震える。

シリが踊る。

4

吸血鬼――別名ユピル――は〈混沌〉によってよみがえった死者。最初の人生を失った吸血鬼は夜、二度目の人生を楽しむ。月光のなか墓を抜け出し、月光のもとでのみ活動し、眠る乙女や若者を起こさずに襲い、血を吸う。

――『フィシオロゴス』

村人たちは大量のニンニクを食べ、大いなる確信のもと、首にニンニク首輪をかけた。女のなかには身体の穴という穴にニンニクを丸ごと詰める者もいた。村じゅうからすさまじいニンニクのにおいがしていれば、安全で、吸血鬼も悪さをしないと信じていた。だから、吸血鬼がそんなまじないを少しも恐れず、真夜中に飛んできて歓喜に歯ぎしりし、村人をからかい、笑い出したときの彼らの驚きは並大抵ではなかった。「前もって香辛料をまぶしてあるとは都合がいい」吸血鬼は言った。「いますぐむさぼり食ってやろう。わたしは味つき肉のほうが好みだ。塩とコショウも振りかけてくれ、それからカラシも忘れるな」

——シルヴェスター・ブギアルド著『リベル・テネブラルム
——科学で説明できない、本当にあった不吉な話の本』

月がまぶしく光る夜
吸血鬼が舞いおりる
シュッシュッとマントをひるがえし……
娘さん、怖くはないか？

——民謡

いつものように日の出の気配を感じた鳥たちがいっせいに鳴きだし、灰色の霧深い夜明けを満たした。真っ先に出発の用意を始めるのは決まってカーナウの無口な女と子どもたちだ。エミール・レジスも同じようにすばやく、きびきびと旅の杖を持ち、革のかばんを肩にかけて支度を整えた。だが、前夜に飲みすぎた面々はそうはいかなかった。朝の冷気は酒飲みたちを目覚めさせ、生き返らせたが、マンドラゴラ酒の影響までは消せなかった。ゲラルトは小屋の隅でミルヴァの膝を枕に寝ていた。ゾルタンとダンディリオンは山積みになったマンドラゴラの根の上で抱き合い、壁の薬草束が揺れるほど大いびきをかき、パーシヴァルはレジスがいつもブーツをふくのに使っているゴザをかぶり、小屋の外にあるエノキの木の下で丸まっていた。五人は種類は違えど、あきらかな疲労の症状を呈し、全員が激しい喉の渇きをいやしに泉に向かった。

それでも霧が消え、赤い太陽がフェン・カーンのマツとカラマツの梢で燃えるころには全員が歩き出し、土壙のあいだをさっそうと進んでいた。先頭はレジスで、パーシヴァルとダンディリオンが景気づけに〝三姉妹と鉄の狼〟を題材にしたバラッドを歌いながら続き、そのあとからゾルタン・シヴェイが栗毛の若馬を引いてどすどすと歩いてゆく。ゾルタンは巨石の前を通りすぎるたびに、レジスの庭で見つけた節くれだったトネリコの杖で叩いては遠い昔に死んだエルフたちの冥福を祈った。すると肩にとまる陸軍元帥ウィンドバッグが羽をばたつかせてはときおり気乗りしない、不明瞭な、どこかうわの空の金切り声をあげた。

マンドラゴラ酒の影響がいちばん強く残ったのはミルヴァだ。いかにもつらそうに青い顔で汗をかき、頭痛持ちの熊のようなのろい動きで、黒馬の鞍に座らせたおさげ髪の少女のおしゃべりにも応じない。だからゲラルトは話しかけなかった。彼自身も絶好調ではなかった。

立ちこめる霧と、二日酔いまじりの大声で〈鉄の狼の冒険〉を歌っていたせいで、一行はいきなり現れた農民集団にぎょっとした。だが、農民たちはずっと前から歌声を聞きつけ、地面から突き出す巨石群のなかで身じろぎもせず立っていた。灰色の手織りの外套を着ていたために完全に風景にまぎれ、ゾルタンが墓石と間違えてあやうくなかの一人を杖でなぐるところだった。

「ヨーホーホー！　許せよ、みなの衆！　気づかなかった。やあやあ、ごきげんよう！」

十数人の農民はゾルタンの挨拶にもごもご応じ、うさんくさそうに目を細めた。全員がショベルやツルハシ、二メートル近いとがった杭を持っている。

「やあやあ」ゾルタンはまたも呼びかけた。「チョトラ川ぞいの野営地から来たとお見受けするが。そうかな？」

それには答えず、一人が仲間たちに向かってミルヴァの馬を指さした。

「あの黒馬。見たか」

「黒だな」別の男がうなずき、唇をなめた。「たしかに黒馬だ。あれなら使える」

「なんだ？」農民たちの表情としぐさを見てゾルタンがきいた。「あの黒馬か。あれがどうした？　ただの馬だ、キリンじゃないぞ。驚くことは何もない。わがよき友よ、この墓場になんの用だ？」

「そういうあんたたちは？　そっちこそこんなところで何をしている？」男が疑わしげに一団を見た。

「わしらはこの土地を買った」ゾルタンは男の目を正面から見つめ、墓石を杖で叩いた。

「実際に歩いて広さをごまかされなかったかを確かめている」

「おれたちは吸血鬼を追っている！」

「なんだと？」

「吸血鬼だ」年かさの男が垢《あか》でごわごわになったフェルト帽の下の額を掻きながら繰り返した。「ここのどこかにねぐらがあるはずだ、いまいましいやつめ。ここに先をとがらせたヤマナラシの木を持ってきた。あの悪党を探し出し、二度と目覚めないよう突き刺してやる！」

「そして壺のなかには司祭からもらった聖水がある！」別の男が勢いこんで容器を指さした。「これを血吸い男に振りかけ、火傷させるんだ！」

「ハハハ」ゾルタンはにっこり笑った。「なるほど、狩りの準備は万端のようだ──本格的で、よく考えられている。吸血鬼だと？　あんたら運がいい。なにしろここには吸血鬼の専門家であるウィッ……」

そこでゾルタンはゲラルトに嫌というほど足首を蹴られて言葉を切り、小さく毒づいた。

「吸血鬼を見たのは誰だ？」ゲラルトは視線で仲間たちを黙らせながら男にたずねた。

「なぜここで吸血鬼を探そうと思った？」

農民たちはひそひそささやき合った。

「見た者はいない」ようやくフェルト帽の男が答えた。「聞いた者もいない。夜中に空を飛ぶ男をどうやって見る？　コウモリの羽で音もなく飛ぶ男をどうやって聞く？」

「見てはいないが、恐ろしい証拠がある」別の男が言った。「満月以来、あの化け物は夜ごとおれたちの仲間を一人ずつ殺した。すでに二人がずたずたに引き裂かれた。女と若い男だ。なんと恐ろしい！　二人は無残にもずたずたに引きちぎられ、血を吸いつくされた！　どうしろというんだ？　ぼんやり突っ立って三日目の夜を待てというのか」

「別の人喰いではなく、吸血鬼のしわざだと誰が言った？　この墓場を掘り返すというのは誰の指図だ？」

「尊い司祭さまだ。博識で敬虔な人物で、神のご加護によりおれたちの野営地にたどり着いた。司祭はすぐに吸血鬼のしわざだと言った。おれたちが祈りを捧げず、教会に寄進しなかった罰だと。いま司祭は祈りの言葉を唱え、野営地でありとあらゆる悪魔ばらいを行なっている。そして不死の怪物が昼間に眠る墓を探せと命じられた」

「それがここか」

「吸血鬼の墓が埋葬地になくてどこにある？　しかもここはエルフの墓地だ。エルフが神を信じぬ堕落した種族で、死後、二人に一人が地獄に送られていることくらいどんな子どもでも知っている！　すべてはエルフのせいだ！」

「エルフと理髪外科医だな」ゾルタンが真顔でうなずいた。「それは本当だ。どんな子どもでも知っている。それで、その野営地というのはここから遠いのか」

「いや、それほど……」

「べらべらしゃべるな、じいさん」ひげ面にふぞろいの前髪を垂らした不愛想な男が制した。「どんな連中かわかったもんじゃない。見るからにあやしい一団だ。さあ、始めよう。あの馬さえもらえば、あとはどこへ行こうがかまわん」

「そうだな」と年配の男。「ぐずぐずしてはいられん。時間がない。馬を渡せ。その黒馬を。吸血鬼を探すのに必要だ。子どもを鞍から降ろせ、娘っ子」

さっきからぼんやりと空を見つめていたミルヴァが、恐ろしい形相で見返した。

「あたしに言ってんの、おっさん？」

「ほかに誰がいる？　黒馬を渡せ、それが要るんだ」

ミルヴァが汗ばむ首をぬぐって歯ぎしりした。疲れた目に浮かぶ表情がいよいよ険しくなった。

「どういうことだ、あんたがた」ゲラルトが場の緊張をやわらげようと笑みを浮かべた。「なぜこの馬が必要だ？　やけにていねいな頼みようじゃないか」

「ほかにどうやって吸血鬼の墓を見つけるというんだ？　黒い若馬で墓地を走りまわると馬は吸血鬼の墓の横で立ちどまり、そこから一歩も動かない。誰だって知ってる。そこで吸血鬼を掘り返し、ヤマナラシの杭を突き刺す。ぐだぐだ言うな、こっちは切羽詰まってるんだ。生きるか死ぬかの問題だ。いいからその黒馬をよこせ！」

「ほかの色ではだめか」ダンディリオンが取りなすようにペガサスの手綱を農民に差し出した。

「だめだ」

「そりゃ、お気の毒だね」ミルヴァが歯のすきまから言葉を絞り出した。「あたしの馬は渡さない」

「渡さないとはどういうことだ？　いまの話が聞こえなかったのか、娘っ子？　黒馬でなけりゃだめだと言っただろう！」

「だとしても渡す気はない」

「もっとおだやかにいこうじゃないか」レジスがやさしく口をはさんだ。「つまりミス・ミルヴァは見ず知らずの人間に馬を渡したくない……」

「当たり前だ」ミルヴァは心底、嫌そうに唾を吐いた。「考えただけでぞっとする」

「双方に都合のいい方法がある」レジスは淡々と述べ、こう提案した。「ではミルヴァ本人に馬で墓場を走りまわってもらったらどうだ」

「墓場を駆けまわるなんて誰がやるか、バカじゃあるまいし！」

「誰もおまえになんか頼んじゃいない、この小娘！」ぎざぎざ前髪の男が言った。「これは勇敢で強い男の仕事だ。女は台所でかまどのまわりを動きまわってりゃいい。まあ、たしかにあとでは女が役に立つかもしれん。生娘の涙は吸血鬼退治にきわめて有効だ。振りかけると吸血鬼は燃え木のように燃えあがるというからな。もっとも涙は正真正銘、生娘のものでなければならない。おまえはとてもそんなふうには見えん。つまり、役立たずってことだ」

男の言葉にミルヴァはさっと一歩前に出るや、稲妻のような速さで右こぶしを突き出した。がつっと音がして男の頭がのけぞり、ひげの生えた喉とあごが無防備にさらされたところでミルヴァはさらに一歩踏みこみ、身体をひねりながら喉もとに手のひらの付け根をまっすぐ叩きこんだ。男はよろよろと後ろによろけ、脚をもつれさせて倒れ、後頭部を墓石にごつっと打ちつけた。

「これで役に立つのがわかったか」ミルヴァはこぶしをさすりながら怒りに震える声で言った。「さあ、勇敢なのは誰で、台所にいるのは誰か。たしかに、なぐり合いほどわかりやすいものはない。勇敢で強いやつが立ち、女々しい腰抜けが地面に倒れる。そうだろ、あんたたち」

農民たちは答えもせず、口をあんぐりと開けてミルヴァを見た。フェルト帽の男が倒れた男の脇にひざまずき、そっと頬を叩いたが、反応はない。

「死んでる」男は顔をあげ、わめきたてた。「殺された。なんてことを、娘っ子。いきなりなぐって殺すなんて、どういうつもりだ?」

「殺すつもりはなかった」ミルヴァは両手をおろし、ぞっとするほど青い顔でつぶやくと、誰も予想しなかった行動に出た。顔をそむけてよろめき、墓石に額を押しつけて激しく吐きはじめたのだ。

「どんな様子だ」

「軽い脳震盪《のうしんとう》だ」レジスがかばんを閉じて立ちあがった。「頭蓋骨は無事だ。意識も戻った。記憶も確かだし、自分の名前も言える。いい傾向だ。ミルヴァが吐くまでもなかった——さいわいにも」

ゲラルトは、巨石のすそに座って遠くを見つめるミルヴァを見ながらつぶやいた。

「ミルヴァはあのくらいで動揺するようなやわな娘ではない。おそらく昨日の酒のせいだ」

「ミルヴァは前にも吐いたことがある」ゾルタンがぼそりと言った。「一昨日の夜明けごろ。まだみんなが寝ているときに。トゥーロッホでくすねたキノコのせいだな。わしも二日間、腹の調子が悪かった」

レジスは灰色がかった眉毛の下から奇妙な表情でゲラルトを見て謎めいた笑みを浮かべ、黒い羊毛マントを身体に巻きつけた。ゲラルトはミルヴァに近づき、咳払いした。

「気分はどうだ」

「最悪だ。あいつは？」

「大丈夫だ。もう気がついた。だが、レジスが安静を命じた。農民たちが寝板をこしらえている。それを二頭の馬に渡して野営地まで運ぶ」

「あたしの馬を使って」

「ペガサスと栗毛を使う。やつらのほうがおとなしい。さあ立て。出発だ」


旅の一団は人数が増えて葬列のようになり、葬列のような速度でのろのろ進んだ。

「この吸血鬼話をどう思う？」ゾルタンがゲラルトに話しかけた。「信じるか」

「犠牲者を見ていない。なんとも言えん」

「嘘っぱちだ」ダンディリオンが自信たっぷりに言った。「農民たちは死体が引き裂かれたと言った。吸血鬼はそんなことはしない。彼らは動脈に噛みついて血を吸い、牙の跡をふたつ、くっきり残す。血を吸われてもまず死なない。まっとうな本にそう書いてあった。白鳥のような処女の首に噛み跡がある挿絵も載っていた。そうだろう、ゲラルト？」

「おれに何がわかる？　挿絵も見ていないのに。処女にまつわる話もよくはわからん」

「とぼけるな。きみが吸血鬼の噛み跡を知らないはずがない。これまで吸われた人間がずたずたにされたところを見たことあるか」

「いや。それはありえない」

「上級吸血鬼の場合は、たしかにありえない」エミール・レジスが静かに言った。「わたしが知るかぎり、アルプ、カタカン、ムーラ、ブルクサ、ノスフェラトゥは犠牲者を切断しない。だがフレダーやエキマは吸ったあとの人間に対してきわめて残酷だ」

「おみごと」ゲラルトはしんから賞賛の目でレジスを見た。「吸血鬼の全種類がそろっていた。しかもおとぎ話にしか出てこない想像上の吸血鬼はひとつもない。驚くべき知識だ。ならば、この気候風土ではエキマとフレダーに出くわさないことも知っているだろう」

「じゃあ、どういうことだ？」ゾルタンがトネリコの杖を振りまわし、不満そうに鼻を鳴らした。「この気候風土で誰が女と若者をばらばらにした？　その二人がとっさに絶望にかられてわが身を切り裂いたか？」

「可能性のある生き物をあげればかなりの数になる。狂暴な野犬の群れは戦時によく見られる災難だ。こうした犬どもが何をしでかすかは想像もつかない。恐ろしい怪物の犠牲者と見なされるものの半数が、実は狂暴な野犬の群れのしわざだと言われている」

「つまり怪物のせいではないってことか」

「そうではない。可能性はある。ストリガ、ハーピー、グレイヴェル、グール……」

「だが吸血鬼ではないと？」

「おそらく」

「農民たちは司祭とかなんとか言ってたな」とパーシヴァル。「司祭ってのは吸血鬼にくわしいのか」

「それぞれの分野にそれなりの権威者がいる。彼らの意見はたいてい聞くに値するが、残念ながら全員がそうではない」

「とりわけ避難民とともに森をうろついているようなたぐいはあやしい」ゾルタンは鼻で笑った。「せいぜい、どこかの山奥からやってきた、ろくに字も読めない隠者か世捨て人だろう。そいつが、レジス、あんたの墓地に農民捜索隊を送り出した。あそこでマンドラゴラを集めているときに吸血鬼を一匹でも見たことがあるか？　小さいのでも。ほんのちびっこいのでも」

「いや、一度もない」レジスは微笑を浮かべた。「それも当然だ。吸血鬼は——さっきの話にもあったように——暗闇のなかコウモリの羽で音もなく飛ぶ。気づかないのも無理はない」

「そして人は現実には存在しないものをいとも簡単に見るものだ」とゲラルト。「若いころ、村長以下、村じゅうで目撃され、まことしやかに語られる幻《まぼろし》や迷信を追いかけ、なんども時間と労力を無駄にした。かつて吸血鬼が出るという噂の城に二カ月住んだことがある。吸血鬼はいなかった。まあ、報酬は悪くなかったが」

「とはいえ吸血鬼の噂が本物だった経験もあるはずだ」レジスがゲラルトを見ずに言った。「その場合、きみの時間と労力は無駄ではなかった。怪物はきみの剣で死んだのか？」

「そのようだ」

「いずれにせよ農民たちは運がいい」とゾルタン。「その野営地でマンロ・ブルイスたちを待とう。少し休むのも悪くない。女と青年を殺したのがなんであれ、野営地にウィッチャーが現れたらそんなチャンスもなかろう」

「そのことだが、おれの素性と名前は明かさないでくれ」そう言ってゲラルトは口もとを引き締めた。「とくにおまえだ、ダンディリオン」

「わかった」ゾルタンはうなずいた。「あんたにはあんたの理由があるんだろう。事前に言ってくれてよかった。ほれ、野営地が見えてきた」

「音も聞こえる」さっきからずっと黙っていたミルヴァが言い添えた。「怖いくらいの騒ぎだ」

「聞こえてくるのは難民野営地特有の日常協奏曲だな」ダンディリオンがいかにも知ったふうに言った。「例のごとく、演奏者は数百人の人間と、同じ数の牛と羊とガチョウだ。独奏者は口論する女たちと泣きわめく子どもたち、ときを告げるオンドリに、ぼくの聞き間違いでなければ尻をアザミでつつかれたロバ。曲名はさしずめ『人間共同体における生存闘争』だ」

「協奏曲には音だけでなくにおいもつきものだ」レジスがりっぱな鼻の穴をふくらませた。「この共同体からは生存闘争の過程に不可欠な煮キャベツのおいしいにおいがする。そこにときおり身体機能の結果、あちこちで――たいていは野営地の周辺で――生み出される特徴的なにおいが加わる。どうしても理解できないのは、なぜ生存闘争が〝便所を掘りたがらない〟という現象に表れるかということだ」

「何を小難しいことをべらべらと」ミルヴァが顔をしかめた。「三ダースの気取った単語は三つの単語でこと足りる。要するに〝クソとキャベツのにおいがする〟ってことだ！」

「クソとキャベツは切っても切れない仲だ」パーシヴァルが簡潔に言ってのけた。「片方がもう片方を押し出す。永久機関みたいなもんだ」

悪臭のする騒々しい野営地の焚火や馬車、退避小屋のあいだに足を踏み入れたとたん、一行は二百人を超える避難民の視線を集め、注目はたちまち驚くべき結果となった。とつぜん叫び、泣きわめく者、いきなり誰かの首に抱きつく者、激しく笑い出す者もいれば激しくすすり泣く者もいて、それはもう大騒ぎだ。男に女、子どもの悲鳴が入り乱れ、最初は何が起こったかわからなかったが、ようやくすべてが判明した。一緒に旅をしていたカーナウの女二人がそれぞれ、てっきり死んだか、戦乱のどさくさで行方不明になったと思っていた夫と弟を見つけたのだ。再会の喜びと涙はいつまでも終わりそうになかった。

「これほど陳腐で通俗的なことが起こるのは現実世界だけだ」ダンディリオンが感動的な場面を指さし、確たる口調で言った。「ぼくがバラッドをこんな場面で締めくくろうものなら、どんな笑いものになるか」

「たしかに」ゾルタンがうなずいた。「だが、こんな陳腐さはうれしいじゃないか。運命が奪うだけでなく、何かをあたえてくれると元気が出る。さて、これで彼女たちとはおさらばだ。これまでずっと守り、みちびき、ようやくここまで連れてきた。さあ、行こう、これ以上ここにいてもしかたない」

ゲラルトは一瞬、少し待とうと言いかけた。女のせめて一人でもゾルタンにひとこと感謝と礼を言いたいのではないかと思ったからだ。だが、その気配もないのを見て、そんな考えは捨てた。女たちは愛する人との再会に大喜びで、ゲラルトたちのことはすっかり忘れていた。

「何を期待してる?」ゾルタンがゲラルトをじっと見た。「感謝の花びらに埋もれるとでも思ったか。ハチミツみたいに甘い言葉をかけられるとでも? やめとけ、わしらはもう用なしだ」

「そのようだ」

だが、さほど行かないうちに甲高い小さな声がして一行は足を止めた。おさげ髪のそばかす少女が息を切らして駆けてきた。片手に野花の大きな花束を持っている。

「ありがとう。あたしと弟と母さんの面倒を見てくれて」少女が高い声で言った。「いろいろ親切にしてくれて。これ、みなさんにあげようと思って摘んだの」

「ありがとな」とゾルタン。

「あなたたちは親切よ」少女はおさげ髪の先を口にくわえながら、「おばさんが言ったことは信じない。あなたたちは〝下品な穴掘りずんぐり男〟じゃないし、あなたは〝地獄から来た灰色髪の変人〟じゃない。そしてあなたは、ダンディリオンおじさん、〝大食いの腰抜け〟じゃない。おばさんの言うことはほんとじゃなかった。そしてあなたは、マリアおばさん、〝弓矢を持ったふしだら女〟じゃない。あなたはマリアおばさんで、あたしはあなたが好き。あなたのためにいちばんきれいな花を摘んだの」

「ありがとう」ミルヴァがいつもとは少し違う声で言った。

「わしらみんなから礼を言う」とゾルタン。「おい、パーシヴァル、この下品な穴掘りずんぐり男、この子に何か別れの品を贈れ。記念品だ。ポケットのどこかに余分の石が入ってないか」

「ある。これを、お嬢ちゃん。こいつはベリリウム・アルミニウム環状ケイ酸塩で、一般的には……」

「エメラルドだ」ゾルタンが言いなおした。「子どもを混乱させるな、どうせ覚えられん」

「わあ、きれい！　なんてきれいな緑色！　本当にありがとう！」

「楽しんでくれ、この石が幸運をもたらさんことを」

「くれぐれもなくさないように」ダンディリオンがつぶやいた。「その小石は小さな農場ひとつぶんの価値がある」

「うるさい」ゾルタンは少女からもらったヤグルマギクの束を縁なし帽に飾りながら言った。「ただの石だ、特別でもなんでもない。体に気をつけてな、嬢ちゃん。さあ、出発だ。浅瀬のそばでブルイスとヤーゾンたちを待とう。そろそろ追いつくころだ。まだ現れないとは妙だな。あいつらからカードをあずかっておくのを忘れた。やつらのことだ、どこかに座りこんで〈バレル〉をやってるに違いない！」

「馬に餌が必要だ。そして水も。川に向かおう」とミルヴァ。

「どこかで手料理にありつけるかもしれない」とダンディリオン。「パーシヴァル、野営地の周囲をちょっと偵察して、自慢の鼻をきかせてこい。料理がいちばんおいしいところで食べよう」

意外にも川に通じる道には柵がめぐらされ、見張りが立っていた。水飲み場を見張る農民は馬一頭につき一ファージングを要求した。ミルヴァとゾルタンは怒りを剝き出しにしたが、人目を集めたくないゲラルトは二人をなだめ、そのまにダンディリオンがポケットの奥から硬貨を数枚、取り出した。

やがてパーシヴァル・シャタンバックが不機嫌な顔で戻ってきた。

「食べ物は見つかったか」

パーシヴァルは鼻をほじり、かたわらを通りすぎる羊の毛で指をぬぐって答えた。「ああ。でも払えるかどうか……。ここは何から何までカネがかかる。その値段ときたら、たまげるほどだ。小麦と大麦は一キロあたり二クラウン。薄いスープ一杯が二ノーブル。チョトラ川のドジョウ鍋一杯ぶんがディリンゲンのスモークサーモン半キロと同じ値段で……」

「馬のまぐさは？」

「カラスムギひと袋が一サラー」

「いくらだと？」ゾルタンがどなった。「いま、いくらと言った？」

「〝いくら、いくら〟」ミルヴァがはねつけた。「いくらだか馬にきいてみなよ。青草をちびちび食ませてたんじゃ馬は死んじまう！　そもそもここには草もない」

自明の事実を議論しても意味がない。カラスムギを売る農民との激しい交渉も徒労に終わった。男はダンディリオンから最後の硬貨をせしめ、ゾルタンからは罵声を浴びせられたが、少しも動じる様子はない。馬は夢中でかいば袋に鼻づらを突っこんだ。

「この白昼泥棒め！」ゾルタンは通りすぎる馬車の車輪を杖で叩いて怒りをぶちまけた。「タダで呼吸させてくれるだけありがたいってもんだ。息を吸うたび半ペニー払わんでいいとは！　クソして一ファージング払わんでいいとはな！」

「より高度な生理的欲求には値段がある」レジスが真顔で言った。「杭のあいだに張られた防水布が見えるか？　そしてその横に立つ農民。あの男は自分の娘を商売にしている。値段は交渉しだいだ。さっきはニワトリを一羽、受け取っていた」

「あんたらの種族に未来はないな」ゾルタンは顔をゆがめた。「地上のどんな知的生物も、飢えや貧困や不幸に見舞われたらふつうは結束する。つらいときは身を寄せ合い、助け合うほうが生き延びられる。だが、あんたら人間は他人の不幸から金儲けすることしか考えん。腹が減ったら食べ物を分け合うのではなく、弱い者を食い物にする。狼の世界ならそれでいい。そうすることで強い個体が生き延びる。だが、そうした種族はたいてい体の大きい雑種が生き残り、それ以外の個体を支配するもんだ。ま、せいぜい自分たちで結論を出し、将来を占うがいい」

ダンディリオンはドワーフ族の大がかりな詐欺や利己主義の例をあげて強く反論したが、ゾルタンとパーシヴァルは唇で同時に長々とおならを真似た音を立てて黙らせた。論争相手に嫌悪を示すときの、ドワーフ族とノーム族に共通するしぐさだ。

そこへさっきのフェルト帽の老人——吸血鬼ハンター——が数人の農民をしたがえて現れ、口論は中断した。

「クロッギーのことだ」なかの一人が言った。

「何も買う気はない」ゾルタンとパーシヴァルが声をそろえてはねつけた。

「あんたたちに頭を割られた男のことだ」別の男が早口で説明した。「結婚をひかえていた」

「それになんの文句もない」ゾルタンがぶすっと答えた。「新郎新婦に幸あれ。健康と幸せと繁栄を」

「そして小さいクロッギーがたくさん生まれんことを」とダンディリオン。

「待て」農民が言った。「笑うかもしれんが、どうやって結婚させろというんだ？　頭をなぐられてからあいつはすっかりぼんやりして、夜と昼の区別もつかない」

「そこまでひどくはない」ミルヴァが地面を見つめたままつぶやいた。「よくなってるように見えた。その、今朝早く見たときよりずっと」

「今朝どうだったかは知らんが、さっき見たときは立てかけた轅《ながえ》に向かって〝なんと美しい〟と言っていた」男が言い返した。「だが、それはいい。手短に言う。カネを払え」

「なんだって？」

「騎士が農民を殺したら賠償金を払わなければならない。法律にそう書いてある」

「あたしは騎士じゃない！」

「まずそれがひとつ」ダンディリオンがミルヴァを弁護した。「次に、あれは事故だ。三つめにクロッギーは生きている。だからカネを払う必要はない。せいぜい補償金、つまり損害賠償だが、四つめ――ぼくらは文無しだ」

「ならば馬を渡せ」

「あんた」ミルヴァが恐ろしげに目を細めた。「頭がいかれてんじゃないの、この田舎っぺ。いいかげんにしなよ」

「くそ野郎《マザーファッカー》！」オウムのウィンドバッグが甲高く叫んだ。

「おお、まさに鳥坊の言うとおりだ」ゾルタンが腰帯に差した斧をとんとんと叩きながらゆっくりと言った。「いいか、耕作人たちよ、わしも金儲けのことしか考えない者どもの母親《マザー》は気に食わん――たとえそいつらが友人の割れた頭で儲けようとしていても。さっさとうせろ。すぐに立ち去れば追いはせん」

「払わないのならしかるべき筋に調停を頼むまでだ」

歯ぎしりして戦斧に手を伸ばしかけたゾルタンの肘をゲラルトがつかんだ。

「落ち着け。どうするつもりだ？　全員を殺す気か」

「殺す？　手脚をとことん不自由にしてやりゃ充分だ」

「やめとけ」ゲラルトはシッとたしなめ、男に向きなおった。「あんたのいうしかるべき筋とは誰だ？」

「野営地の長老ヘクター・ラーブス。焼き討ちされた村のひとつ、ブレザの村長だ」

「会わせてくれ。和解の道があるはずだ」

「いまは手が離せない」男は答えた。「魔女裁判に立ち会っている。ほら、カエデの木のそばに人だかりが見えるだろう。吸血鬼に手を貸した魔女がつかまった」

「また始まった」ダンディリオンがあきれたように鼻を鳴らし、両手を広げた。「聞いたか？　墓場を掘り返していないときは吸血鬼仲間の魔女探し。なあ、きみたち、土を耕し、種をまき、刈り取るのはやめてウィッチャーにでもなったらどうだ？」

「好きなだけ笑うがいい」男が言った。「だが、ここには司祭がいる。司祭はウィッチャーよりずっと信用できる。その司祭が、吸血鬼はいつも魔女と手を組んで悪さをすると言った。魔女が吸血鬼を呼び出して獲物を指さし、見られないようにほかの者たちの目を見えなくすると」

「そしてまさにそのとおりになった」と別の男。「野営地で裏切り者の魔女をかくまっていたが、司祭が魔術を見破った。これから魔女を火あぶりにするところだ」

「そんなことだと思った」ゲラルトはつぶやき、「わかった、裁判を見てみよう。そしてクロッギーに降りかかった不幸な事故について長老と話し、しかるべきつぐないを考える。いいな、パーシヴァル。おまえのポケットにはまだ石ころが入っているはずだ。さあ、案内してくれ」

一行は枝を広げるカエデに向かって歩き出した。たしかにカエデの下では興奮した人々がひしめいていた。ゲラルトはわざと歩く速度を落とし、農民のなかでいちばんまともそうな男に話しかけた。

「つかまった魔女とは誰だ？　本当に黒魔術を行なっていたのか」

「それは、ええと、わからねえ」男は口ごもった。「女は見ず知らずの宿なしだ。おれに言わせりゃ頭がいかれてる。大人のくせに子どもみたいに幼いガキとしか遊ばないし、何をきいてもひとこともしゃべらない。吸血鬼と交わって村人に呪いをかけたって、みんな言ってる」

「本人以外のみんなだな」ゲラルトのかたわらを無言で歩いていたレジスが言った。「女は何をきかれてもしゃべらないのだから。わたしが思うに」

くわしい話を聞き出すまもなくカエデの木に着き、ゾルタンがトネリコの杖を振りまわして群衆をかき分けた。

十六歳くらいの娘が袋を山積みにした馬車の木枠に両手を広げた状態で縛りつけられていた。つま先がもう少しで地面に届きそうだ。ちょうど彼らが着いたときシュミーズとブラウスが引きちぎられ、細い肩があらわになった。縛られた娘は白目を剝き、含み笑いとすすり泣きが混ざったような声を発している。

馬車の真横で火が燃えていた。一人がさかんに炭を熾《おこ》し、別の一人がやっとこで赤く燃える熾のなかに蹄鉄を入れている。司祭のうわずった声が群衆の頭上に響いた。

「いまわしき魔女よ！　神を信じぬ女よ！　真実を吐け！　さあ、見よ、みなの者、この女は悪魔の薬草におぼれている！　見よ！　顔じゅうに妖術が書かれている！」

叫んだ司祭は顔が燻製魚のようにどす黒い、やせて、しなびた男で、がりがりの身体にだぼだぼの黒い長衣をまとい、首には聖職者の記章が光っている。ゲラルトにはどの宗派かわからなかった。もとより専門ではない。近ごろ急速に台頭してきた宗教に興味はないが、この司祭はどこかの新興宗教に属しているようだ。古くからある宗派は娘をつかまえて馬車に縛りつけ、迷信深い群衆をあおったりはしない。もう少し役に立つことをするはずだ。

「太古の昔から女は諸悪の根源だ！〈混沌〉の道具で、世界と人類を滅ぼす陰謀の手先だ！　女は肉欲のみに支配される！　だからみずから悪魔に身を捧げる――貪欲な衝動と異常な欲望を満たすために！」

「どうやら女のことをくわしく学べそうだ」レジスがつぶやいた。「これはれっきとした医学的恐怖症だ。信心深い男はしばしば〝歯のある膣《ヴァギナ・デンタタ》〟を夢に見る」

「いや、もっと悪い」とダンディリオン。「あの男は起きているときもふつうの〝歯のないヴァギナ〟の夢を見ていそうだ。そして精液が脳みそに悪影響をあたえたらしい」

「そうは言っても、その報いを受けるのはあの頭の弱そうな娘だ」

「誰かがあの黒服のくそ野郎を阻止しないかぎり」ミルヴァがうなった。

　ダンディリオンが期待をこめてゲラルトを見たが、ゲラルトは目をそらした。

「この災難と不幸を引き起こしたのが女の魔術でなくてなんであろう」司祭の叫びは続いた。「女魔法使い以外にサネッド島で王たちを裏切り、レダニア王の暗殺をたくらむ者がどこにいる！　ドル・ブラサンナのエルフの魔女以外に〈リス団〉を送りこむ者がどこにいる！　女魔法使いとつきあうとどんな災難が降りかかるか、これであきらかだ！　魔女どもの汚らわしき行為を大目に見たらどうなるか！　魔女たちの身勝手に、傲岸な思いあがりに、財産に目をつぶったらどうなるか！　それは誰のせいだ？　諸国の王だ！　うぬぼれた王たちは神々を拒否し、聖職者を追放し、地位を奪い、議会の席を取りあげ、唾棄すべき女魔法使いどもに栄誉と金《きん》を惜しみなくそそいだ。その結果がこれだ！」

「なんと！　そうきたか。読みが違ったな、レジス。ヴァギナではなく政治の話のようだ」とダンディリオン。

「そしてカネだ」とゾルタン。

「まこと汝《なんじ》らに告ぐ」司祭が声を張りあげた。「ニルフガードと戦う前に、まずわれらの家からこのいまわしきものどもを駆逐しようではないか！　この膿《うみ》を熱い鉄で焼き切るのだ！　炎の洗礼にさらすのだ！　魔術に手を染める女は誰であれ生かしてはおけぬ！」

「生かしてなるものか！　女をあぶれ！」群衆が叫んだ。

馬車に縛られた娘はヒステリックに笑い、白目を剝いた。

「わかった、わかった、そうあわてるな」そのときまで黙っていた、むっつり顔の巨体の農民が声をあげた。まわりには同じように無言の男といかめしい顔の女が数人、取り巻くように立っている。「ここまで聞かされたのはわめき声だけだ。わめくだけならカラスでもできる。そなたからは、敬虔なる司祭よ、カラスの鳴き声よりもっと身のある話を聞きたい」

「わたしの言葉にけちをつける気か、長老ラーブス？　司祭の言葉に？」

「けちをつけているのではない」巨体の長老は地面に唾を吐き、ごわごわした膝丈ズボンを引きあげた。「その娘はみなしごで、浮浪者で、わしの家族ではない。吸血鬼の手先と証明されれば煮るなり焼くなりするがいい。だが、わしがここの長老であるあいだは、罰せられるのは罪人だけだ。娘を罰したければまず罪を立証せよ」

「望むところだ！」司祭は叫び、さっき火に蹄鉄を入れていた手下に合図した。「とくと証明してやる！　よいか、ラーブス、そしてここにいるみなの衆よ！」

司祭の手下が馬車の後ろから曲がった取っ手のついた、黒ずんだ小鍋を持ってきて地面に置いた。

「これが証拠だ！」司祭が大声とともに鍋を蹴り倒すと、薄い液体が地面にこぼれ、ニンジンのかけらと何かわからない葉野菜の切れ端と小さな骨が数本、砂の上に残った。「魔女は魔法薬を煎じていた！　吸血鬼の恋人のもとに飛んでゆける霊薬を。吸血鬼とみだらに交わり、さらなる罪を産むために！　魔法使いのやりかたと所業は知っている。あの煎じ薬が何でできているかも！　魔女は猫を生きたままゆでたのだ！」

群衆から〝おお〟とか〝ああ〟といった恐怖の声が漏れた。

「なんと恐ろしい」ダンディリオンが身震いした。

「動物を生きたままゆでるだと？　あの娘はかわいそうだが、ちょっとやりすぎじゃ……」

「黙って」ミルヴァがたしなめた。

「これが証拠だ！」司祭が湯気のあがる湯だまりから小さな骨を拾い、かかげた。「これこそ議論の余地はない！　猫の骨だ！」

「ありゃ鳥の骨だな」ゾルタンが目をすがめ、そっけなく言った。「カケスかハトか。娘はスープを作っていた――それだけだ」

「黙れ、この異教徒め！」司祭がどなった。「わたしを冒瀆する気か？　聖なる手で神の罰を受けたいか！　誰がなんと言おうと煎じ薬に使われたのは猫だ！」

「猫だ！　猫に決まってる！」司祭を囲む農民たちがわめいた。「娘は猫を飼っていた！　黒猫だ！　みんな知ってる！　猫は娘の行くところどこにでもついてまわっていた！　それがいまはどこにいる？　消えちまった！　鍋のなかに！」

「料理されたんだ！　魔法薬の材料として煮出された！」

「そうだそうだ！　猫を薬に入れたんだ！」

「これ以上の証拠はない！　魔女を火にかけろ！　その前に拷問だ！　洗いざらい白状させろ！」

「クソッタレー！」ウィンドバッグ陸軍元帥が甲高く叫んだ。

「あの雄猫は残念だったな」ふいにパーシヴァルが声をあげた。「そりゃすばらしい猫だった、しなやかで、丸々と太って。毛は無煙炭みたいにつやつやで、瞳は金緑玉のようで、ひげは長く、しっぽは機械工の道具みたいに太くて！ 猫にほしいものが全部そろってた。さぞネズミを山ほどつかまえただろうな！」

群衆が静まりかえった。

「どうしてわかる、ノームのだんな？」誰かがきいた。「猫がそんなふうだと、どうしてわかる？」

パーシヴァルは鼻をほじり、ズボンで指をぬぐった。

「そこの荷車の上に座っているからだ。あんたたちの後ろの」

農民たちはいっせいに振り向き、くだんの猫が袋の山の上に座っているのを見てぶつぶつつぶやいた。当の猫は注目の的になってもまったく動じず、後ろ脚を宙にあげて臀部をなめはじめた。

「これではっきりした」ゾルタンが沈黙を破った。「あんたの議論の余地なき証拠が嘘っぱちだってことがな、司祭さまよ。次の証拠はなんだ？ 雌猫か？ そりゃあいい。雄と雌を一緒にすれば仔がひと腹生まれる。そうすりゃ穀物庫のまわりにはネズミ一匹、近づかんだろう」

数人の農民が鼻で笑い、長老ラーブスを含む何人かがかかっと笑った。司祭の顔は怒りで真っ青だ。

「ただではすまんぞ、この罰当たりめ！」司祭がゾルタンに指を突きつけた。「おお、異教の小鬼よ！　闇の生き物よ！　どうやってここに来た！　おまえも吸血鬼の仲間か？　いや待て、おまえの尋問は魔女を罰してからだ！　まずは魔女裁判だ！　蹄鉄は炭火で焼けている。醜い皮膚が焦げはじめたら罪人は告白する！　魔術を使った罪を白状するはずだ。自白より確実な証拠がどこにある？」

「ああ、ああ、きっと自白するだろうよ」とヘクター・ラーブス。「そして赤く焼けた蹄鉄をあんたの足の裏に押し当てたら、司祭よ、雌馬との不道徳な関係を白状するんじゃないのか。ああ、胸くそ悪い！　あんたは敬虔かもしれんが、言うことはまるでごろつきだ！」

「いかにも、わたしは敬虔な人間だ！」司祭はしだいに大きくなる村人たちのつぶやきに負けじと声を張りあげた。「わたしは神の審判を信じる！　神の裁きを！　その魔女に神《しん》明裁判《めいさいばん》を……」

「いい考えだ」ゲラルトが群衆から一歩前に出、大声で制した。

司祭はゲラルトをにらみ返し、農民たちはつぶやくのをやめ、口をぽかんと開けて白髪《はくはつ》の男を見つめた。

「神明裁判こそ何より確実で公正だ」ゲラルトは静まりかえった群衆に向かって繰り返し

た。「神明裁判による審判は一般裁判所でも有効で、独自の原則がある。女や子ども、老人などの弱者に対して告発がなされた場合、弁護人が代理人になれるというものだ。そうだな、長老ラーブス？　そこでおれがその役を引き受ける。円を描いてくれ。娘の罪を確信し、神明裁判を恐れぬ者は前に出て、おれとともに闘ってくれ」

「ふん！」司祭はゲラルトをにらんだまま吐き捨てるように言った。「こざかしい真似はよせ、気高き旅人よ。挑戦する気か？　おまえが剣客で人殺しなのは一目でわかる！　その罪深き剣で神明裁判を行なうつもりか」

「剣が気に入らんのなら、司祭よ」ゲラルトの脇に立つゾルタンがゆっくりと言った。「この男が気に食わんのなら、わしが受けて立つ。わしを相手に娘を告発する者には、もちろん戦斧を取ってもらう」

「もしくは弓であたしと勝負だ」ミルヴァが目を細めて一歩前に出た。「百メートル離れた位置から一矢ずつ」

「見たか、みなの衆、魔女の擁護者のいかにたちまちのうちに現れるかを」司祭は叫び、顔をそむけてずるがしこい笑みを浮かべた。「いいだろう、ならず者ども、おまえたち三人をこれから行なう神明裁判に招待する。魔女の罪を立証し、同時におまえたちの徳をためそうではないか！　だが剣も戦斧も、槍も矢もいらぬ！　原則を知っていると言ったな？　わたしだって知っている！　炭火のなかで赤く光る蹄鉄を見よ。炎の洗礼だ！　来たれ、魔術の僕《しもべ》ども！　蹄鉄を火のなかから取り出し、わたしのところに持ってきて火傷の跡がなかったならば魔女は無実だ。だが、神明裁判がそれ以外の結果をもたらしたならば、娘とおまえたちは全員、死罪だ！　いいな！」

ラーブス長老とその一派の怒りに満ちたつぶやきは、司祭の背後に集まる村人の熱狂的な声にかき消された。群衆は早くも極上の気晴らしとお楽しみのにおいを嗅ぎ取っていた。

ミルヴァがゾルタンを見て、ゾルタンがゲラルトを見た。ゲラルトはまず空を見あげ、それからミルヴァを見た。

「きみは神を信じるか」ゲラルトが押し殺した声でたずねた。

「信じる」ミルヴァは燃える炭を見ながら小声で返した。「でも、神様が赤く焼けた蹄鉄に触れたがってるとは思えない」

「火からあの男まで三歩も離れちゃいない」ゾルタンが歯のすきまからささやいた。「わしがなんとかやってみる。これでも鋳造所《ちゅうぞうしょ》で働いていた男だ……。だが、わしのためにあんたたちの神に祈ってくれればありがたい……」

「待て」レジスが片手をゾルタンの肩に置いた。「祈りの言葉は待ってくれ」

そう言って炎に歩み寄ると、司祭と群衆に頭をさげ、いきなり身をかがめて片手を焼けた炭火のなかに突っこんだ。人々はいっせいに声をあげ、ゾルタンは毒づき、ミルヴァはゲラルトの腕をきつく握った。レジスは身を起こし、手にした真っ赤な蹄鉄を平然と見おろして悠然と司祭に近づいた。司祭はあとずさり、後ろに立つ農民にぶつかった。

「わたしの間違いでなければ、司祭よ、こういうことか？」レジスが蹄鉄をかかげた。

「これが炎の洗礼か？　ならば神の審判は明白だ。娘は無実で、その弁護人も無実。そして、わたしもまた無実だ」

「そ……そ……その手を見せろ……」司祭は口ごもり、「焼けていないのか？」

レジスは例の歯を見せない笑みを浮かべると、蹄鉄を左手に持ち替え、まったく無傷の右手をまず司祭に見せ、それからみんなに見えるよう高くかかげた。群衆がどよめいた。

「この蹄鉄は誰のだ？」レジスがたずねた。「持ち主に返そう」

名乗り出る者はいない。

「悪魔の奇術だ！」司祭が叫んだ。「おまえこそ魔法使いか悪魔の化身だな！」

レジスは蹄鉄を地面に放り投げると、くるりと背を向け、冷たく言い放った。

「ならば悪魔ばらいをするがいい」「遠慮はいらない。だが、神明裁判は行なわれた。その審判に異議を申し立てるのは、たしか異端者ではなかったか」

「死ね。消えてしまえ！」司祭はレジスの鼻先で魔除けを振りまわし、反対の手で何やらあやしげな印《いん》を結びながらわめいた。「地獄へ堕ちろ！　おまえの足もとの地面がばらばらに裂けんことを……」

「いいかげんにしろ！」ゾルタンが怒りの声をあげた。「おい、みんな！　長老ラーブス！　いつまでこの猿芝居を見てるつもりだ？　いつまであんたらは……」

だが、その声はつんざくような悲鳴にかき消された。

「ニルフガーーード！」

「西から騎兵隊！　騎馬隊だ！　ニルフガードが攻めてくる！　みんな、逃げろ！」

野営地はたちまち大混乱におちいった。群衆はいっせいに馬車や避難小屋に駆け出し、たがいを突き飛ばし、踏みつけあった。そのとき誰かの悲鳴が空に響いた。

「馬が！」ミルヴァがこぶしと足蹴りでまわりに空間をあけながら叫んでいた。「あたしたちの馬が、ウィッチャー！　ついてきて、早く！」

「ゲラルト！」ダンディリオンが叫んだ。「助けてくれ！」

群衆が大波のように彼らを押しのけ、引き離し、ミルヴァはまたたくまに運び去られた。ダンディリオンの襟首をつかんでいたゲラルトは魔女呼ばわりされた娘が縛られている馬車にかろうじてしがみつき、押し流されずにすんだが、いきなり馬車がぐらりと動きだし、二人は地面に投げ出された。馬車の娘は縛られたまま頭をびくっと動かし、狂ったように笑い出した。馬車が遠ざかるにつれて笑い声は小さくなり、騒乱のなかに消えた。

「踏まれる！」ダンディリオンが地面から叫んだ。「つぶされる！　助けてくれーーー！」

「クソッタレーー！」どこか見えないところから陸軍元帥ウィンドバッグの金切り声が聞こ

えた。

ゲラルトは顔をあげて砂を吐き、混乱の場面を見た。

パニックにおちいっていないのは四人だけだった。もっとも、そのなかの一人はほかにどうしようもなかっただけだ。司祭がヘクター・ラーブスに首根っこをつかまれ、もがいていた。あとの二人はゾルタンとパーシヴァルだ。パーシヴァルがさっと司祭の長衣の裾をめくりあげると、ゾルタンがやっとこで火のなかの赤く焼けた蹄鉄をつかみ、司祭のももひきに落とした。ラーブスの首締めを振りほどいた司祭は尻から煙を出しながら流れ星のようにすっとんで逃げ、やがてその悲鳴も人ごみの喧噪にかき消えた。ラーブスとパーシヴァルとゾルタンが炎の洗礼の成功を祝い合っているところへ恐怖におちいった農民の新たな波が襲いかかり、すべては土ぼこりのなかに消えた。それ以上、ゲラルトには何も見えなかった。見る時間がなかったのではない。驚いて逃げ出した豚に足をすくわれて倒れたダンディリオンを助けるのに忙しかったからだ。ゲラルトが身をかがめて友人を立たせたそのとき、がたごとと脇を駆け抜ける馬車からまぐさ台がはずれ、背中に落ちてきた。重みでゲラルトは地面に押さえつけられ、台を払いのけるまもなく十数人が台の上を走り抜けた。ようやく台から這い出たとき、次の馬車がバキッと音を立てて真横でひっくり返り、野営地で一キロ当たり二クラウンする薄黄色の小麦粉三袋がゲラルトの頭に落ちてきた。袋は破れ、世界は白い靄のなかに消えた。

「さっさと立て！」激しく痛む膝を両手でつかんだ。

「立て、ゲラルト！」ダンディリオンがどなった。

「立てない」ゲラルトは貴重な小麦粉で前が見えず、激しく痛む膝を両手でつかんだ。

「おれにかまわず逃げろ。ダンディリオン……」

「きみを置いてゆけるか！」

野営地の西端から鉄の蹄と馬のいななきが混じり合った、ぞっとするような悲鳴が聞こえた。悲鳴と蹄の響きがふいに大きくなり、金属どうしがぶつかり合う音が加わった。

「戦闘だ！　戦が始まった！」ダンディリオンが叫んだ。

「誰が誰と戦っている？」ゲラルトは目から必死に小麦粉ともみ殻を払いながらたずねた。すぐそばで何かが燃え、熱気と嫌なにおいの煙が押し寄せた。蹄の音が近づき、地面が揺れた。土ぼこりのなかに最初に見えたのは上下に動く何十もの馬の蹴爪《けづめ》だ。それが周囲をぐるりと取り巻いている。ゲラルトは痛みをこらえて叫んだ。

「馬車の下に！　馬車の下にもぐれ、ダンディリオン、踏みつぶされる！」

「じっとしていよう……」地面に這いつくばるダンディリオンが泣きそうな声で言った。

「このままじっとしていよう……。馬は地面に倒れている人間を決して踏まないとどこかで聞いた……」

「すべての馬がそう聞いてるとは思えん」ゲラルトは大きく息を吐いた。「馬車の下にもぐれ！　早く！」

そのとき、人間のことわざを知らない一頭の馬がゲラルトの側頭部を蹴って脇を駆け抜けた。彼の目のなかで天空のすべてがぱっと赤と金色に光り、次の瞬間、地面と空が底なしの闇にのみこまれた。

洞窟のなかにいた〈ネズミ〉は、周囲の壁にわんわんと反響する長い悲鳴にびくっとして跳びあがった。アッセとリーフは剣をつかみ、イスクラはごつごつしたでっぱりに頭をぶつけて毒づいた。

「なんだ?」ケイレイがどなった。「どうした?」

外では太陽が輝いていたが、洞窟のなかは暗く、〈ネズミ〉は夜なかじゅう追っ手から逃げ、鞍に座りつづけて疲れきった身体で眠りこんでいた。ギゼルハーが松明《たいまつ》を燃える熾火に突っこんでかかげ、いつものように仲間と離れて眠るシリとミスルに近づいた。うなだれて座るシリにミスルが腕をまわしていた。

ギゼルハーは火のついた松明をさらに高くかかげた。ほかの仲間も近づき、ミスルがシリの裸の肩に毛皮をかけた。

「いいか、ミスル」〈ネズミ〉のリーダーがあらたまった口調で言った。「おまえたちがひとつの寝床で何をしようとおれは一度も干渉しなかった。下品な、からかうような言葉はひとことも言わなかった。いつも目をそらし、気づかないふりをしていた。それはおまえたち二人のことで、おまえたちの趣味だ。おれたちには関係ない――こっそり静かにやっているかぎり。だが、今回はちょっとやりすぎだ」

「バカ言わないで」ミスルがかっとなって言い返した。「何を言いたいの……？　シリは夢を見て叫んでただけだ！　悪夢を見て！」

「わめくな。ファルカ？」

シリがうなずいた。

「そんなに怖い夢だったのか。どんな夢だ？」

「そっとしてやって！」

「おまえは黙ってろ、ミスル。ファルカ？」

「誰か、あたしの知ってる誰かが、馬に踏まれた」シリはつっかえながら言った。「蹄に……踏みつぶされるのを感じた……。その人の痛みを感じた……。頭と膝に……。いまも感じる。起こしてごめんなさい」

「謝ることはない」ギゼルハーがミスルの険しい表情を見た。「謝るのはこっちだ。悪かった。夢か。誰だってそんな夢は見る。誰だって」

シリは目を閉じた。ギゼルハーの言うとおりとは思えなかった。

ゲラルトは誰かに蹴られて目覚めた。

気がつくと、ひっくり返った荷馬車の車輪に頭をもたせて横たわり、隣でダンディリオンが背を丸めていた。ゲラルトを蹴ったのは綿入りの上着と丸い兜を身に着けた歩兵で、その隣にもうひとりの兵が立っている。二人とも馬の手綱を握り、鞍には石弓と盾がかかっていた。

「何をする?」

片方の兵士が肩をすくめた。ダンディリオンはじっと盾を見ている。ゲラルトはとっくに気づいていた。盾に描かれたユリ。テメリア王国の紋章だ。周囲に群がる騎乗の弓兵たちもユリの紋章を帯び、その大半が馬をつかまえたり死体から身ぐるみはいだりするのに忙しく、後者の多くはニルフガードの黒マントを着ている。

襲撃のあと、なおもくすぶる野営地の焼け跡には、殺戮をまぬがれ、さほど遠くまで逃げなかった農民たちが戻りはじめていた。テメリアのユリをつけた騎乗の弓兵が、そんな彼らを大声で呼び集めている。

ミルヴァ、ゾルタン、パーシヴァル、レジスの姿はどこにもなかった。

魔女裁判の立役者である黒い雄猫が荷馬車の脇に座り、緑がかった金色の目でゲラルトを冷ややかに見ていた。不思議だ――ふつうの猫はウィッチャーの存在には耐えられないものだが……。めずらしい現象に考えをめぐらすまもなくゲラルトは兵士の矢の先でつつかれた。

「立て、そこの二人！　おい、灰色髪のほうは剣を持ってるぞ！」

「武器を捨てろ！」もう片方の兵の声に周囲が注目した。「剣を地面に捨てろ。いますぐ。この平剣で刺されたいか？」

ゲラルトはおとなしくしたがった。頭ががんがんしていた。

「おまえたちは誰だ」

「旅人だ」ダンディリオンが答えた。

「そうだろうな」兵は鼻で笑った。「故郷に戻る途中か？　軍旗から逃げ、軍服を捨てて？　この野営地にはニルフガードに恐れをなし、携行パンにうんざりした旅人が山ほどいるんだ！　そのなかには古い仲間もいる。同じ連隊にいた者もな！」

「そんな旅人にはいまごろ別の旅が待ってるだろうよ」連れの兵がかかっと笑った。「短い旅だ！　首吊り縄までのな！」

「ぼくらは脱走兵じゃない！」とダンディリオン。

「おまえたちが何者かはいまにわかる。士官の前で釈明すれば一発だ」

馬にまたがる弓兵の輪のなかから、りっぱな羽根つき兜と鎧をまとった騎兵ひきいる軽騎兵団が現れた。

ダンディリオンは騎士団をしげしげと見るや、粉をはたいて服のゆがみを直し、片手に唾を吐きかけて乱れた髪をなでつけた。そしてあらかじめ警告した。

「ゲラルト、きみは黙っていろ。ここはぼくが話す。彼らはテメリアの騎士で、ニルフガード軍を撃退した。ぼくらには手を出さない。騎士との接しかたは知っている。こっちが庶民ではなく、同等だとわからせるのが重要だ」

「ダンディリオン、頼むから……」

「恐れるな、すべてうまくゆく。騎士と貴族に話すのは得意だ――テメリアの半分はぼくを知っている。おい、道をあけろ、しもじもの者は脇にどけ！　上官と話したい！」

兵士たちはためらいがちな視線を向け、構えた槍をあげて場所をあけた。ダンディリオンとゲラルトが騎士団に近づいた。吟遊詩人は粉まみれでぼろぼろの丈長上着《チュニック》にはどこかそぐわぬ傲慢な表情を浮かべ、悠然と歩いてゆく。

「止まれ！」鎧姿の兵が叫んだ。「それ以上、近づくな！　何者だ？」

「誰に名乗らねばならぬ？」ダンディリオンは両手を腰に当てた。「どんな理由で？　罪なき旅人を脅すとは、どこの貴族だ？」

「質問をするな、ごろつきめ！　答えろ！」

ダンディリオンは首をかしげ、騎士団の盾と陣羽織の紋章を見た。

「金地に赤いハートが三つ。ということはオーブリー家か。盾形紋地の上部三分の一に三本のしめ縄《レイブル》、つまりきみはアンゼルム・オーブリーの長男だ。お父上のことはよく知っている。そしてきみは――耳ざわりな騎士よ――銀色の盾には何が描いてある？　ふたつのグリフィンの頭のあいだに黒線が一本？　ペイプブロック家の紋章だな、ぼくの間違いでなければ。そしてぼくはこうしたことではめったに間違わない。黒線はペイプブロック家に特有の辛辣さを表しているそうだ」

「頼むからよせ」ゲラルトがうめいた。

「われは名高き詩人ダンディリオン！」詩人はウィッチャーを完全に無視し、得意満面で言った。「知らぬはずはなかろう？　司令官に、領主に会わせてくれ。同等の人間以外と話すことには慣れていない！」

騎士たちは動かなかったが、表情はいよいよ険しくなり、飾り立てた轡《くつわ》をつかむ鉄の籠手にはますます力がこもった。ダンディリオンは気づく様子もなく、横柄な口調で続けた。

「おや、どうした？　何をじろじろ見ている？　そう、きみに話しているんだ、〈黒線〉卿！　なんだ、そのしかめつらは？　目を細めて下あごを突き出すと男らしく、勇敢に、堂々と、恐ろしげに見えると誰かから教わったのか？　だまされたな。いまのきみは一週間、便秘に悩む男のようだ！」

「捕らえろ！」三つハートの盾を持つ男――アンゼルム・オーブリーの長男――が歩兵にどなり、ペイプブロック家の〈黒線〉が馬に拍車をかけた。

「捕らえろ！　ごろつきどもを縛れ！」

二人は手首と鞍頭をつなぐ縄に引かれながら馬の後ろを歩き、ときに走った。騎兵たちは馬にも囚人にも容赦なかった。ダンディリオンは二度つまずき、腹ばいで引きずられて泣き叫び、そのたびに立たされ、槍の柄で乱暴に小突かれ、また歩かされた。土ぼこりで息が詰まって前も見えず、涙が出て鼻はつんとなり、喉はからからだ。

唯一の救いは、引かれてゆく方角が南だったということだ。ようやくゲラルトは目的の方角へ向かっていた。それもかなりの速度で。だが、うれしくはなかった。こんな旅になるとは思ってもみなかった。

目的地に着いたのは、ダンディリオンが罵声と慈悲を乞う言葉を叫びすぎて声がかれ、ゲラルトがいよいよひどくなる肘と膝の痛みに耐えきれず、過激で無謀な手段を考えはじめたときだった。

破壊され、半分焼け落ちた砦の周囲に軍の野営地が広がっていた。円陣を組む衛兵や馬をつなぐ杭、煙をあげる焚火の先に三角旗をかかげた騎士のテントが見え、焦げて壊れた柵の向こうに広がる騒がしい敷地を囲んでいる。この広場が過酷な旅の終着点らしい。

馬の水桶を見たとたん、ゲラルトとダンディリオンはたがいの縄を引き合った。騎兵たちは最初、二人を水のそばに行かせまいとしたが、アンゼルム・オーブリーの息子はダンディリオンと父親が知り合いだということを思い出したらしく、なさけをかけた。二人はやっとのことで馬のあいだを進み、縛られた手で水を飲み、顔を洗った。そしてすぐに縄を引かれ、現実に引き戻された。

「こんどは誰を連れてきた？　また密偵ではなかろうな」ぜいたくな金箔張りのエナメル鎧をまとった、長身で細身の騎士が豪華なタシット（大腿部を守る防具）を槌矛《つちほこ》でとんとんと叩いた。

「密偵か、そうでなければ脱走兵です」アンゼルム・オーブリーの息子が答えた。「チョトラ川ぞいの野営地でニルフガード軍の襲撃を一掃した折りに捕らえました。見るからにあやしい連中です！」

金ぴか鎧の騎士はあきれたように鼻を鳴らしてダンディリオンをじっと見つめ、若いがいかめしい顔をさっと輝かせた。

「バカなことを。縄をほどけ」

「ニルフガードの密偵です！」ペイプブロック家の〈黒線〉卿がいきりたった。「とくにこいつはやくざ者のように無礼です。詩人だとかなんとか、この悪党めが！」

「それは本当だ」金ぴか鎧の騎士は笑みを浮かべた。「その男は吟遊詩人ダンディリオン。彼のことは知っている。縄をはずせ。連れの男も」

「本気ですか、伯爵」

「命令だ、ペイプブロック卿」

「ぼくが役に立つとは思わなかっただろう？」ダンディリオンが縄でしびれた手首をさす

りながらゲラルトに言った。「これでわかったはずだ。わが名声はわれに先んじ、あまねく知られ、尊敬されている」

ゲラルトは無言で手首と、痛む肘と膝をさすった。

「部下たちの行き過ぎた熱意を許してもらいたい」〝伯爵〟と呼ばれた騎士が詫《わ》びた。「彼らの目にはいたるところにニルフガードの密偵が見え、派遣されるたびにあやしげな人物を連れてくる。要するに逃げまどう民衆のなかで目立つ人物だ。そなたは、マスター・ダンディリオン、たしかに目立つ。どうしてまた避難民にまぎれてチョトラ川へ？」

「ディリンゲンからマリボルへ向かっていたところ、この騒ぎに巻きこまれました、こちらの……同業者とともに」ダンディリオンはしらじらとでまかせを並べた。「彼のことはご存じでしょう。名を……ギラルダスと申します」

「もちろん読んだことがある。会えて光栄だ、マスター・ギラルダス」騎士は得意げに応じた。「わたしはギャラモン伯爵ダニエル・エチェヴェリ。それにしてもマスター・ダンディリオン、そなたがフォルテスト王の宮廷で歌ったときから実に多くのことが変わったものだ」

「まったくです」

「こんなことになると誰が予想しただろう」伯爵は顔をくもらせた。「ヴェルデンは皇帝エムヒルに支配され、ブルッゲは壊滅も同然で、ソドンは火の海……。そしてわれわれは退却の一途をたどり……。いや、すまぬ、つまり〝戦略的退却〟という意味だ。ニルフガード軍は手当たりしだい焼き払い、略奪している。いまやイナの川岸まで到達せんとし、メイエナとラズワンの要塞をほぼ包囲したというのに、テメリア軍は〝戦略的退却〟を続け……」

「チョトラ川ぞいで貴軍のユリ紋の盾を見たときは、てっきり突撃が行なわれたものとばかり」

「反撃と大規模な偵察だ」ダニエル・エチェヴェリはダンディリオンの言葉を正した。「わが軍はイナ川を渡り、火を放つニルフガードとスコイア＝テルの奇襲団をいくつか始末した。アルメリアの要塞はわれわれが解放してなんとか残ったが、カルカノとヴィドートの砦は灰燼に帰し……。南部じゅうが血に染まり、燃え、煙が立ちこめ……。ああ、しかしこのような話は退屈だな。ブルッゲとソドンの状況は嫌というほどご存じのはずだ。なにせ、かの地から避難民とともにさまよってこられたのだから。それをわが勇敢なる部下が密偵と間違えるとは！　いまいちど詫びを言う。ついては夕食に招待させていただきたい。貴族や士官たちもさぞ喜ぶだろう、両詩人よ」

「まことに光栄ですが、伯爵」ゲラルトはぎこちなくお辞儀した。「急いでおります。行かねばなりません」

「遠慮はいらぬ」ダニエル・エチェヴェリはにっこり笑った。「ありふれた質素な兵士の食事だ。鹿肉にライチョウ、チョウザメにトリュフ……」

「辞退するのは無礼だ」ダンディリオンはごくりと唾をのみ、ゲラルトに意味ありげな視線を向けた。「さっそくまいりましょう、伯爵。あの青と金の豪勢なテントですか」

「いや。あれは司令官のテントだ。空色と金色は司令官の祖国の色だ」

「ほう？」ダンディリオンは驚いた。「てっきりこれはテメリア軍だと思っていました。そしてあなたが司令官だと」

「これはテメリア軍に配属された連隊だ。わたしはフォルテスト王の連絡将校で、テメリア貴族の多くが派遣部隊とともにここで軍務に当たっている。派遣部隊は、形式上ユリ紋の盾を持っているが、部隊のほとんどは別国の臣民だ。テント正面の軍旗が見えるか」

「獅子」ゲラルトが足を止めてつぶやいた。「青地に金獅子。あれは……あの紋章は……」

「シントラの紋章だ」伯爵が言った。「彼らは現在ニルフガードに占領されているシントラ王国からの移住者だ――ヴィセゲルド元帥の指揮のもとに」

ゲラルトは〝どうしても急ぎの用で鹿肉とチョウザメとトリュフにはつきあえない〟と言おうとして背を向けたが、遅かった。鎧の上に金鎖つきの青いマントをはおった、体格のいい、腹の出た白髪頭の騎士が数人の男をしたがえて近づいていた。

「あれが、詩人よ、そのヴィセゲルド元帥だ」とダニエル・エチェヴェリ。「僭越ながら、司令官、紹介したい人が……」

「それにはおよばぬ」ヴィセゲルド元帥はしゃがれ声でさえぎり、突き刺すようにゲラルトを見た。「紹介はもうすんでいる。シントラのキャランセ女王の宮廷で。あれはパヴェッタ王女婚約の席だった。十五年前のことだが、よく憶えている。おまえはどうだ、ごろつきウィッチャー？　わたしを憶えているか」

「もちろん憶えている」ゲラルトはうなずき、おとなしく両手を突き出した。

歩兵が両腕を縛られたゲラルトとダンディリオンをテントの丸椅子に座らせるあいだ、ギャラモン伯爵ことダニエル・エチェヴェリは二人の弁護をこころみた。そしていまヴィセゲルド元帥の命令で兵士が去ったところで、ふたたび説得を始めた。

「あれは吟遊詩人ダンディリオンです、元帥。彼のことは知っています。全世界が知っている。こんな不当なあつかいを受ける人物ではない。騎士の言葉に誓って、彼はニルフガードの密偵ではありません」

「早まった誓いを立てるものではない」ヴィセゲルドは二人の囚人をにらんだまま、うなるように言った。「その男は詩人かもしれんが、ごろつきウィッチャーとともに捕らえられたとなれば信用ならん。きみはまだ、どんな鳥を罠にかけたかわかっていないようだ」

「ウィッチャー？」

「いかにも。ゲラルト――別名〈狼〉。このろくでなしこそパヴェッタの娘にしてキャランセの孫娘のシリラ――いまや噂の渦中にあるシリ――の所有権を主張する男だ。若いきみは、伯爵、多くの宮廷で広く取りざたされたあの醜聞は記憶になかろうが、わたしはたまたまその場に居合わせた」

「彼とシリラ王女にどのような関係が？」

「その悪党は」ヴィセゲルドはゲラルトを指さし、「キャランセ女王の娘パヴェッタと、南方から来たどこの馬の骨ともしれぬ男ダニーの結婚に一役買った。その不釣り合いな結婚から不埒な陰謀の主役たるシリラが生まれた。ダニーとかいうならず者は結婚に協力する代償としてこのウィッチャーに生まれてくる娘を渡すと約束したのだ。〈驚きの法〉を知っているか」

「いえ、あまり。でも続けてください、元帥」

「そのウィッチャーは」またもヴィセゲルドはゲラルトに指を突きつけた。「パヴェッタの死後、その娘を奪おうとして、キャランセ女王に追いはらわれた。だが、この男は時機を待っていた。ニルフガードとの戦争が勃発してシントラが陥落すると、混乱に乗じてシリをさらい、われわれが捜していることを知りながらかくまいつづけた。そしていよいよ飽きるやエムヒルに売り飛ばしたのだ！」

「嘘だ、とんでもない言いがかりだ！」ダンディリオンが大声をあげた。「嘘っぱちだ！」

「黙れ、ペテン師め、さるぐつわを噛まされたいか。状況を考えてみよ、伯爵。この男はかつてシリラを手にし、いまはエムヒル・ヴァル・エムレイスが手にしている。そしてこの男はニルフガード襲撃隊の先鋒で捕らえられた。これはどういう意味だ？」

ダニエル・エチェヴェリは肩をすくめた。

「どういう意味だ？」ヴィセゲルドはゲラルトに顔を寄せて繰り返した。「さあ、この悪党。言え！　いつからニルフガードに情報を流している、このクズめ」

「情報などどこにも流していない」

「ムチ打たれたいか！」

「好きなだけやればいい」

「マスター・ダンディリオン」ギャラモン伯爵がふいに言葉をはさんだ。「説明してもらったほうがよさそうだ。それも早ければ早いほどいい」

「そうするつもりだった」ダンディリオンは堰を切ったようにまくしたてた。「でも、元師にさるぐつわをすると脅されたもんだから！　ぼくらは無実です。さっきの話はまったくのでっちあげで、中傷もいいところだ。シリラはサネッド島で誘拐され、ゲラルトは彼女を守ろうとして重傷を負った。誰にきいてもいい。そのとき島にいた魔法使いなら誰だって知っている。レダニアの国務大臣シギスムンド・ディクストラも……」

そこでダンディリオンは、ディクストラが弁護側の証人にふさわしくなく、サネッド島の魔法使いを引き合いに出しても状況は少しもよくならないことを思い出して口をつぐみ、あわてて言葉を継いだ。

「とにかくこんなバカげた話はない。ゲラルトがシントラでシリをさらっただなんて！　シントラの街が侵略されたあと、ゲラルトはリヴァデルをさまよっていたシリを見つけ、かくまった――あなたがたからではなく、シリを追っていたニルフガードの密偵から！　ぼく自身その密偵たちにつかまり、シリの居場所を吐けと拷問された！　でもぼくはひとこともしゃべらなかった。いまや連中は墓のなかだ。やつらは誰を敵にまわしたかを知らなかった！」

「しかし、そなたの勇気は無駄だった」伯爵が口をはさんだ。「エムヒルはついにシリラを手に入れた。知ってのとおりエムヒルはシリと結婚し、ニルフガードの皇后にする気だ。もっかエムヒルはシリをシントラとその周辺国の女王と宣言し、それによって厄介な問題を起こしている」

「エムヒルは誰であろうと、自分が望む人物をシントラの玉座につけることができる」とダンディリオン。「どこから見てもシリには王位につく権利がある」

「権利だと？」ヴィセゲルドがゲラルトに唾を飛ばしながらどなった。「いったいなんの権利だ？　エムヒルはシリをめとるだろう。それがあの男の選択だ。気まぐれと思いつきでシリと、彼女とのあいだに生まれる子どもに財産と称号をあたえるかもしれない。シントラとスケリッジ諸島の女王か？　ブルッゲの女公爵か？　ソドンの女領主か？　いいとも。好きなだけわれわれをひざまずかせるがいい！　いっそのこと〈太陽の女王〉と〈月の領主〉はどうだ？　あのいまわしき、けがれた血脈に玉座の権利などない！　リアノンから始まるあの一族の母系は、ことごとく呪われた、腐った毒ヘビだらけだ。従兄弟と寝たシリラの曾祖母アダリアしかり、次々に結婚相手を変えてみずからを卑《いや》しめたシリラの高祖母〈不純なるムリエル〉しかり！　あの一族の母系からは近親婚による庶子と雑種が次々に生まれている！」

「もう少しおだやかに話したらどうです、元帥」ダンディリオンが諭すように言った。「テントの前では金獅子の旗がひるがえっている。なのにあなたはシリの祖母でシントラの雌獅子と呼ばれたキャランセを――その名のもとにマルナダルとソドンの戦いで貴軍の多くが血を流した人物を――庶子呼ばわりしようとしている。そんなことをして貴軍の兵が忠誠を尽くすとは思えません」

ヴィセゲルドはダンディリオンとの距離を二歩で詰め、飾り襟をつかんで椅子から持ちあげた。さっきまで赤いしみがぽつぽつと出ているだけだった元帥の顔が、いまは紋章に使われるような深い赤だ。ゲラルトが本気で友人を心配しはじめたとき、運よく副官がテントに現れ、斥候が持ち帰った緊急かつ重大な知らせを興奮した口調で元帥に伝えた。ヴィセゲルドはダンディリオンを荒々しく椅子に押し戻して出ていった。

「やれやれ……」ダンディリオンは頭と首をまわし、鼻から大きく息を吸った。「もう少しで息が止まるかと思った……。縄を少しゆるめてもらえませんか、伯爵」

「いや、マスター・ダンディリオン。それはできない」

「こんなたわごとを信じるのですか？　ぼくらが密偵だなんて？」

「わたしが何を信じるかは関係ない。縄はほどけない」

「わかりました」ダンディリオンは咳払いした。「いったい元帥はどうしたんです？　なぜ急にヤマシギをねらって旋回するハヤブサみたいにぼくに食ってかかったんですか」

ダニエル・エチェヴェリは苦笑いを浮かべた。

「兵士の忠誠に言及したとき、そなたははからずも傷口に塩をすりこんだのだ」

「どういうことです？　なんの傷です？」

「シリラ死亡の知らせが届いたとき、兵士たちは心からその死を嘆いた。その後、新たな情報が伝わった。キャランセの孫娘は生きて、ニルフガードでエムヒル皇帝の寵愛を受けていると。それが兵士の大量逃亡につながった。ここの男たちはシントラのために、キャランセの血を守るために戦う決意で故郷と家族を離れ、ソドンとブルッゲ、そしてテメリアに逃げてきたことを忘れないでもらいたい。彼らの望みはシントラから侵略者を追い出し、祖国を解放し、キャランセの血を引く者に王座を取り戻させることだった。それがどうだ？　キャランセの血は勝利と栄光のなかシントラの玉座に戻ったものの……」

「……シリラをさらったエムヒルの手のなかのあやつり人形としてだった」

「エムヒルはシリラを妻にするつもりだ。シリラを自分の隣に座らせ、彼女の称号と領地を公認しようとしている。これがあやつり人形に対するあつかいだろうか？　シリラが皇帝宮殿にいるところをコヴィリの特使が目撃し、幽閉されているような様子ではなかったと証言した。シントラ王位の唯一の継承者であるシリラがニルフガードの同盟者としてその地位につこうとしている――これが兵士のあいだに広まった情報だ」

「ニルフガードの工作員がばらまいた情報です」

「わかっている」伯爵がうなずいた。「だが、兵士たちはそのことを知らない。脱走兵をつかまえたら首吊りに処するが、逃げる者の気持ちはわからないでもない。彼らはシントラ人だ。テメリアではなく、祖国のために戦いたいのだ。彼ら自身の旗のもとで。テメリアの指揮ではなく、シントラの指揮のもとで。彼らはここで――この軍で――金獅子がテメリアのユリの前にひざまずかねばならない現実を見た。ヴィセゲルドひきいる八千の兵のうち、生粋のシントラ人は五千。残りはテメリアの予備隊とブルッゲとソドンから志願した騎士で構成されていた。だが、現在の兵は六千。そして逃亡兵のすべてがシントラ人だ。ヴィセゲルドの軍勢は戦闘が始まる前から減ってしまった。これが元帥にとってどういう意味かわかるか」

「面目は丸つぶれだ。地位も失いかねない」

「そのとおり。今後さらに二、三百の兵が脱走すれば、フォルテスト王は司令杖を取りあげるだろう。いまやこの軍勢を〝シントラ軍〟とは呼べない。ヴィセゲルドは動揺し、これ以上の逃亡を食いとめたがっている。だから、シリラとその祖先の堕落にまつわる、疑わしくもふしだらな噂を広めているのだ」

「それをあなたはいかにも不快そうに聞いていた、ギャラモン伯爵」ゲラルトは思わず口にした。

「気づいたか」ダニエル・エチェヴェリはかすかに笑みを浮かべた。「元帥はわたしの血筋を知らない……。わたしはこのシリラという娘と血のつながりがある。ギャラモン伯爵夫人のムリエル――〈美しき不純〉の名で知られるシリラの高祖母はわたしの高祖母でもある。彼女の恋愛遍歴にまつわる伝説はいまもわが一族の語り草だ。とはいえ、元帥から祖先の近親相姦的傾向と乱交をなじられるのは耐えがたい。だが、騒ぎたてるつもりはない。わたしは軍人だ。二人とも、これでわたしの立場がわかったか」

「わかった」とゲラルト。

「いや、ぼくにはわからない」とダンディリオン。

「ヴィセゲルド元帥はテメリア軍の一角をになう本部隊の司令官だ。そしてエムヒルの手のなかにいるシリラは本部隊に対する脅威であり、ひいてはテメリア軍全体の脅威だ――

わが国王と領土に対する脅威であるのは言うまでもない。わたしは元帥が広めるシリラの噂に反論する気も、わが司令官の権威を問いただす気もない。それどころか、シリラが王座につく権利のない庶子であると主張する彼に協力するのも辞さない。わたしは元帥に盾つくつもりもなければ、彼の判断や命令に疑問をさしはさむつもりもない。むしろそれを支持する。そして必要とあらば実行する」

ゲラルトがゆがんだ笑みを浮かべた。

「これでおまえもわかっただろう、ダンディリオン。伯爵は一瞬たりともおれたちを密偵だと疑ってはいなかった。そうでなければこんなふうに何もかも話すはずがない。伯爵はおれたちが無実だと知っている。しかし、ヴィセゲルドがおれたちを処刑しても伯爵は指一本動かさない」

「それは……つまり、ぼくたちは……」

ギャラモン伯爵は視線をそらし、つぶやいた。

「元帥は怒っている。彼の手に落ちたのは不運だった。とくにきみは、ウィッチャー。マスター・ダンディリオンはなんとかなるとしても……」

そこへ赤い顔のヴィセゲルドが雄牛のような荒い息で戻ってきた。元帥はテーブルに近づき、広げた地図に槌矛を叩きつけてからゲラルトのほうを向き、穴が開くほどじっと見た。ゲラルトは視線をそらさなかった。

「斥候が捕らえた手負いのニルフガード兵が包帯を破り捨て、連行される途中、出血多量で死んだ」ヴィセゲルドがゆっくりと言った。「同胞の敗北と死に寄与するより死を選んだのだ。利用するつもりだったが、逃げられた。血の跡だけを残してわれわれの指からすり抜けた。敵ながらよく訓練されていた。ウィッチャーどもが王室の子を育てるときにそのような習慣を教えこまなかったのが残念だ」

ゲラルトは無言だが、視線をそらしはしなかった。

「どうだ、怪物。この化け物よ。悪魔の申し子よ。シリラをさらってから何を教えこんだ？　どう育てた？　誰の目にもあきらかだ！　あの草むらのヘビは生きて、なんでもないかのようにニルフガードの玉座でくつろいでいる！　エムヒルの床《とこ》に連れていかれても、なんでもないかのように喜んで脚を広げるに違いない、あのふしだら女め！」

「怒りにわれをお忘れのようだ」ダンディリオンがぼそりと言った。「すべてを子どものせいにするのが騎士道精神ですか、元帥？　エムヒルが力ずくで奪った子のせいにすることが？」

「力にあらがう道もある！　騎士道精神にのっとった高潔なやりかたが！　あの娘が本当に王室の血を引いているなら、なんらかの方法を見いだしたはずだ！　短刀を見つけることもできただろう！　ハサミか、割れたガラスか。いや、編み棒でもいい！　自分の歯で手首を切り裂くことだってできたはずだ、あの雌犬め！　靴下で首を吊ることだってな！」

「それ以上は聞きたくない、元帥」ゲラルトが静かに言った。「ひとことたりとも」

ヴィセゲルドはぎりぎりと歯ぎしりして身をかがめ、怒りに震える声で言った。

「聞きたくないか。ちょうどいい。これ以上おまえに言うことは何もない。最後にひとつだけ。十五年前、シントラでは運命についてひとしきり語られた。当時はくだらないと思ったが、あれがおまえの運命だったのだ、ウィッチャー。あの夜からおまえの運命はさだめられ、星々のあいだに黒いルーン文字で書かれていた。パヴェッタの娘シリがおまえの運命だ。おまえの死だ。パヴェッタの娘シリのせいで、おまえは絞首刑だ」

5

旅団は第四騎馬隊の配属隊として〈ケンタウロス作戦〉に参加した。援軍としてヴェルデン軽騎兵の三分隊が到着し、ヴリームド戦闘部隊に配属された。エイダーンでの作戦を踏襲し、残る旅団で四騎兵大隊からなる戦闘部隊を二個構成、それぞれをシーヴァーズ、モータイセンと命名した。

八月四日の夜、ドライショット近くの集結場から出発。戦闘隊の命令は以下のとおり――

ヴィドート・カルカノ・アルメリア領域を占拠し、イナ川の渡し場を掌握せよ。敵軍と見たら叩きつぶせ、ただし抵抗拠点は避けよ。火を放て、とくに夜間は第四騎馬隊に道を照らすために。民衆を恐怖におとしいれ、彼らの混乱を利用し、敵の後衛に通じるあらゆる幹線路を封鎖せよ。退却する敵軍をおとり包囲で本物の包囲網へ追いこめ。民間人と戦争捕虜から数人ずつを選んで処刑し、恐怖を引き起こし、狂乱をあおり、敵の士気をくじけ。
旅団は上記の任務に軍人らしく専念、遂行した。
――エラン・トラヘ著
『皇帝と祖国に捧ぐ――第七ディアラン騎馬旅団の輝かしき炎の足跡《そくせき》』

ミルヴァに、馬に追いつき、助ける時間はなかった。盗まれるところを目撃しながら、なすすべもなかった。最初は恐怖にかられた半狂乱の群衆に押しやられ、次は疾走する馬車に行く手をはばまれ、最後はメーメーと啼く毛むくじゃらの群れにはまりこみ、雪の吹きだまりのなかを進むように羊をかき分けなければならなかったからだ。そのあとチョトラ川ぞいでは土手の湿地帯に茂る丈の高いイグサのなかに飛びこみ、土手に群がる避難民を――女や子どもも容赦なく――斬り殺すニルフガード軍の剣先をかろうじてかわした。そのまま川に飛びこみ、半分歩き半分背泳ぎで、流れに運ばれる死体にまぎれて向こう岸にたどり着いた。
そうして追跡を始めた。ローチ、ペガサス、栗毛の若馬、そして鞍に値千金の弓をつけた大事な黒馬を農民たちに盗まれた。逃げた方角はわかっている。悪いけど、ほかのみんなには自力でなんとかやってもらうしかない――ミルヴァは濡れたブーツでびしゃびしゃ走りながら思った――いまはあたしの大事な弓と馬を取り戻すのが先だ!

最初に救い出したのはペガサスだった。ダンディリオンの馬はかかとで脇腹を蹴られても動じず、慣れない乗り手のあわてふためいたどなり声にも無頓着で、駆け出すふうもなくカバノキのあいだをとことこ走っていた。仲間から大きく後れを取った哀れな男は物音に気づき、肩ごしにミルヴァを見たとたん、迷わず馬から飛び降り、ズボンを両手で引きあげながら下草に飛びこんだ。ミルヴァはたぎるような復讐心を抑えて男を追わず、ひと息にペガサスの背に飛び乗った。勢いよく鞍に座ったとたん、鞍袋にくくりつけてあったリュートの弦がビーンと音を立てた。馬のあつかいに長けたミルヴァは、ペガサスを全速力で走らせた――実際はペガサスが全速力と考える、ゆっくりした駆け足で。

だが、このペガサス流全速力でも充分だった。厄介な一頭が逃げる馬泥棒をてこずらせていた。ウィッチャーの臆病な馬ローチ。ゲラルトがことあるごとに〝別の馬に替えてやる、いっそロバかラバか雄ヤギのほうがましだ〟とののしる、なんとも腹立たしく、あつかいにくい赤褐色の雌馬。ミルヴァが追いついたのはローチが下手な手綱さばきに怒り、泥棒を地面に振り落としたときだった。あとの泥棒二人は馬から降り、興奮して跳ねまわるローチをなだめるのに必死で、気づいたときはペガサスにまたがるミルヴァが駆けこみ、一人の顔面を蹴りつけて鼻の骨を折っていた。男が泣き叫び、〝神様!〟とわめいて地面に倒れるのを見てミルヴァはその顔に気づいた。クロッギー。なんと運の悪い――とりわけミルヴァと相性の悪い――男だろう。

だが、ミルヴァもまた運に見放された。厳密には運が悪かったというより、〝農民二人くらい簡単にぶちのめせる〟という、あてにならない経験にもとづく過信と思いこみのせいだ。馬から降りたとたんミルヴァは片目にこぶしを打ちこまれ、気がつくと地面に倒れていた。腹を切り裂いてやろうとナイフを抜いたとたん、こんどは太い棒で頭をなぐられ、その衝撃で棒が折れて、木の皮と腐木で前が見えなくなった。驚き、視界をさえぎられながらもミルヴァは、折れた棒きれを振りおろす馬泥棒の片膝を必死につかんだ。と、ふいに相手がうめき声をあげて膝をついた。もうひとりの男も叫び、両手でかばうように頭をおおっている。目をこすって見ると、灰色の馬に乗った男がこれでもかとムチを振るっていた。ミルヴァは飛び起き、かがみこむ農民の首に強烈な蹴りを入れた。馬泥棒はあえぎ、下腹をさらして脚をばたつかせた。ミルヴァはすかさず、怒りのすべてをこめて股間を蹴りつけた。男は身体を丸め、両手で股間をつかむと、カバノキから枯れ葉が落ちるほどすさまじく泣きわめいた。

そのまに灰色馬の男は鼻血を流すクロッギーともうひとりの泥棒にムチを振りまわし、森の奥に追いはらった。そして、地面でもがく男を打ちすえようと戻ってきたところで手綱を引いた。ミルヴァが黒馬をつかまえ、矢をつがえた弓を構えていた。弦の引きは半分ほどだが、矢じりはまっすぐ男の胸をねらっている。

騎乗の男と若い女はつかのまにらみあった。やがて男がゆっくりと腰帯から長い矢柄のついた矢を抜き、ミルヴァの足もとに投げて静かに言った。

「矢を返す機会があると思っていた、エルフ」

「あたしはエルフじゃない、ニルフガード人」

「おれもニルフガード人じゃない。弓をおろしてくれ。きみの不幸を祈るなら、やつらがきみを蹴るのを黙って見ていることもできた」

「あんたが誰で、何を祈るか知ったことじゃないけど、おかげで助かった」ミルヴァは歯のすきまからうなるように言った。「大事な矢も。それから、この前あたしが中途半端にぶちのめした、あのろくでなしを追いはらってくれて」

股間を蹴られた馬泥棒は身を丸めたまま落ち葉に顔をうずめ、嗚咽を漏らしたが、騎乗の男は見向きもせずにミルヴァを見た。

「馬をつかまえろ。おれたちは川から離れたほうがいい、それも急いで。軍勢が両川岸の森をしらみつぶしに探している」

「おれたち？」ミルヴァは顔をしかめ、弓をおろした。「あんたと一緒に？　いつから同志になったの？　仲間のつもり？」

「あとで話す」男は自分の馬をあやつりながら栗毛馬の手綱をつかんだ。「時間があれば」

「言っとくけど時間はない。ウィッチャーとほかのみんなが――」

「わかっている。だが、おれたちが殺されたり、捕らえられたりしたら誰も助けられない。馬をつかまえて森に逃げるぞ。急げ！」

たしか名前はカヒル――ミルヴァは倒木のあとにできた穴に並んで座る男を見ながら思い出した――ニルフガード人ではないと言い張る、妙なニルフガード人。カヒル。

「てっきり死んだと思ってた」ミルヴァがつぶやいた。「乗り手のいない栗毛馬が駆け抜けていったから……」

「ちょっとした事件に巻きこまれた」カヒルはそっけなく答えた。「狼男みたいに毛深い三人の山賊に待ち伏せされた。馬は逃げた。山賊は逃げなかったが、やつらは徒歩だった。新しい馬を手に入れるのに手間取ってずいぶん遅れた。ようやく今朝、追いついた。野営地の脇で。谷底の川を渡り、向こう岸で待っていた。きみたちが東に向かうのはわかっていた」

ハンノキに隠した馬の一頭がいななき、脚を踏み鳴らした。夕闇が迫っていた。やぶ蚊が耳もとでうるさくうなった。

「森が静かになった」カヒルが言った。「軍勢は去った。戦闘は終わりだ」

「それを言うなら〝殺戮は終わり〟だ」

「わが騎馬隊が……」そこでカヒルは口ごもり、咳払いした。「帝国騎馬隊が野営地を襲ったところへ南から軍勢が現れた。たぶんテメリア軍だ」

「戦闘が終わったんなら戻らなきゃならない。ウィッチャーとダンディリオンとほかのみんなを捜さなきゃ」

「暗くなるまで待ったほうがいい」

「ここはなんだかおっかない」ミルヴァは弓をぎゅっと握り、つぶやいた。「なんてさびれた場所なんだ。ぞっとする。静かだけど、さっきから茂みのなかでカサカサ音が……。グールは戦場に引き寄せられるってゲラルトが言ってた……。農民たちは吸血鬼の話をしてたし……」

「きみはひとりじゃない」カヒルがぼそりと言った。「ひとりはもっと怖い」

「だろうね」ミルヴァは同情するようにうなずいた。「なんたってあんたは二週間近く、あたしたちを追ってたんだ。たったひとりで。まわりに味方がいるのに、ずっととぼとぼあたしたちのあとをついてきた——どんなにニルフガード人じゃないと言い張っても、連中はあんたの同胞でしょ？　わかんないよ。どうして仲間の軍に戻らず、ウィッチャーのあとをつけるのか。なんで？」

「話せば長い」

長身のスコイア＝テルが身をかがめて顔を近づけると、柱に縛られたストライケンは恐怖にまばたきした。この世に醜いエルフはいないと言われる。エルフはみな見目がよく、生まれつき美しいと。この〈リス団〉の伝説の司令官もおそらく生まれたときは美しかったのだろう。だが、いまその顔には無残にも深い傷が斜めに走り、額と眉、鼻と頰がゆがみ、エルフらしい美貌はかけらもなかった。

ゆがんだ人相のエルフは倒木の幹に座り、ふたたび捕虜に顔を寄せた。

「おれはアイセングリム・フルチアーナ。人間と戦いつづけて四年、奇襲団をひきいて三年。戦闘中に倒れた弟を土に埋め、四人の従兄弟と四百人以上の戦友を失った。この戦いのなかで、おまえの皇帝のことは同盟者としてあつかってきた――いくどとなく密偵に情報を流し、工作員を助け、指示された人物を抹殺することで証明してきた」

そこで口をつぐみ、手袋をした手で合図すると、そばに立っていた別のスコイア＝テルがカバの皮でできた小さな水筒を手に取った。水筒からは甘いにおいがした。

「ニルフガードは味方だと思ってきた」傷のあるエルフは繰り返した。「それはいまも変わらない。だから最初は〝罠だ〟という情報提供者の警告を信じなかった。まさかおれがニルフガードの使者との密談の場で捕らえられるなどとは。信じなかったが、生来おれは用心深い。時間よりも少し早く、念のために部下を連れて約束の場所に向かった。なんとも驚き、落胆したことに、そこには使者ではなく、魚網に縄、さるぐつわのついた革マスクに、ひもと留め金のついた拘束衣を手にした六人の悪党が待っていた。ニルフガードの工作員が拉致に使うお決まりの道具だ。ニルフガードはこのおれ——フルチアーナを生きたまま捕らえ、さるぐつわをかませ、拘束衣で縛ってどこかへ移送しようとしていた。実に不可解な事件だ。なんらかの説明がほしい。さいわい、その場に送りこまれた——首謀者とおぼしき——一人を生け捕りにできた。説明してくれるはずだ」

ストライケンは歯ぎしりし、エルフのゆがんだ顔を見ないよう顔をそむけた。カバ皮の水筒と、そのまわりでうなる二匹のスズメバチのほうがまだましだった。

「さて」フルチアーナは汗ばむ首をスカーフでぬぐって続けた。「少しおしゃべりしよう、〈マスター人さらい〉よ。会話をとどこおりなく進めるため、いくつかはっきりさせておく。水筒にはカエデ糖蜜が入っている。この会話が相互理解と、隠しごとのない率直な精神で進まない場合、目と耳を慎重に避けてその頭にたっぷりと糖蜜を塗りつける。そしておまえをアリ塚——具体的には健気な働き者が忙しく這いまわるこのアリ塚——に寝かせる。念のために言っておくが、この方法は、とびきり強情でなかなか口を割らない人間《ド＝イネ》や密告者《アン＝ギヴァレ》にも有効だった」

「わたしは帝国諜報部の人間だ！」ストライケンは青ざめた。「帝国軍諜報部の士官で、エイドン子爵ヴァティエル・ド・リドーの部下だ！名前はヤン・ストライケン！断じてこのような――」

「実に気の毒だが」フルチアーナがさえぎった。「この糖蜜が大好きな赤アリたちは子爵の名を聞いたことがない。始めよう。おれの拉致を誰が命じたのかをきく気はない。きかずともわかっている。最初の質問だ。おれをどこへ連れてゆくつもりだった？」

ニルフガードの諜報員は縛られた縄をほどこうともがき、頭を振りうごかした。すでにアリが頬を這いまわっているような気がしたが、口はつぐんだままだ。

「残念だ」フルチアーナが沈黙を破り、水筒を持つエルフに合図した。「蜜を垂らせ」

「ヴェルデンのナストログ城塞に運ぶつもりだった！」ストライケンが叫んだ。「リドー子爵の命令で！」

「けっこう。そこで何をされるはずだった？」

「尋問を……」

「何をきかれるはずだった？」

「サネッド島の事件について！　ほどいてくれ、頼む！　すべて話す！」

「当然だ」エルフは伸びをしてため息をついた。「なにしろもう始めたのだから。そしてこのような場合はたいてい、最初がいちばん難しい。続けろ」

「ヴィルゲフォルッツとリエンスの潜伏場所を聞き出せと命じられた！　そしてシラクの息子カヒル・マー・ディフリンの居場所を！」

「笑わせる。ヴィルゲフォルッとリエンスのことを聞き出すためにおれに罠を？　おれがやつらの何を知っている？　どうしておれとやつらが結びつく？　しかもカヒルだと？　ますます笑わせる。あの男をおまえに送りこんだのはおれだ、だろう？　指示どおりに。手足を縛って。荷物は届かなかったということか？」

「約束の場所に送りこまれた一団は惨殺され……。そのなかにカヒルはおらず……」

「なるほど。それでリドー卿は不審に思ったのか。だが、卿は奇襲隊に別の使者を送りこんで説明を求めもせず、すぐにおれに罠をしかけた。そして、おれに鎖をつけてナストログへ引き立て、サネッド島の事件について尋問せよと命じた」

ストライケンは無言だ。

「意味がわからなかったか？」フルチアーナは頭をさげ、醜い顔を近づけた。「さっきのは質問だ。そしてこういう意味だ――これはいったいどういうことだ？」

「知らない……。誓ってわたしは……」

フルチアーナが手で合図し、指さすと、ストライケンはわめき、手足をばたつかせて〈太陽神〉をののしり、無実を訴え、泣き、頭を振りまわし、顔じゅうにたっぷり塗られた糖蜜を吐き出した。四人のスコイア＝テルによってアリ塚に運ばれそうになってようやく話す覚悟を決めたが、口を割った結果はアリよりも恐ろしいものだった。

「司令官……。このことが誰かに知れたらわたしの命はない……。でも、あなたには話す……。わたしは極秘命令を見た。盗み聞きをした……それをすべて話す……」

「当然だ」フルチアーナはうなずいた。「アリ塚の最長記録は一時間四十分、デマウェンド王の特別部隊の士官だった。だが、それでも結局は話した。よし、始めろ。さっさと、わかりやすく、的確に」

「皇帝はサネッド島で裏切られたと思っている。裏切ったのはロゲヴィーンのヴィルゲフォルツという魔法使いと、その手下のリエンス。だが、いちばんの裏切り者はカヒル・マー・ディフリン・エプ・シラクだ。ヴァティエルは……ヴァティエル子爵はあなたたちスコイア＝テルも──意図的ではないにせよ──謀反に手を貸したのではないかと疑っている……。だからあなたを捕らえ、ひそかにナストログに連行するよう命じた……。フルチアーナ卿、わたしは秘密情報部で二十年働き……ヴァティエル・ド・リドーは三番目の上司で……」

「もっとわかりやすく話してくれ。それから震えるのはやめろ。おまえが腹を割って話せば、これから先、あと数人の上司に仕えられるかもしれない」

「完全な極秘にされていたが、わたしは……わたしはヴィルゲフォルツとカヒルがサネッド島で誰をつかまえようとしていたのかを知っていた。それは成功したようだ。その証拠に彼らはあの……例の……シントラの王女をロク・グリム宮殿に連れてきた。この手柄によって、てっきりカヒルとリエンスは男爵の称号を、魔法使いヴィルゲフォルツは最低でも伯爵の称号を得ると思った……。しかし皇帝はモリフクロウ――スケレン卿――を召喚し、彼とヴァティエル卿にカヒルを捕らえるよう命じた……。そしてリエンスとヴィルゲフォルツを……。サネッド島とあの事件について何か知っていそうな者は誰であれ拷問せよと……。あなたも含め……。あれが背信行為だったのは疑うべくもない。にせ王女がロク・グリム宮殿に連れてこられたことは……」

ストライケンは糖蜜におおわれた唇のすきまからせわしなく、あえぐように息を吸った。

「縄をほどけ。そして顔を洗わせろ」フルチアーナが部下に命じた。

命令はただちに実行され、数分後、待ち伏せにしくじった首謀者はスコイア＝テルの伝説の司令官の前で頭を垂れて立っていた。フルチアーナはストライケンを冷ややかに見て言った。

「糖蜜を耳から完全に掻き出せ。そしてベテラン諜報員らしく耳を立てて、よく聞け。これからおまえに、皇帝に対するおれの忠誠を証明する。皇帝が知りたがっていることを包み隠さず話す。おまえはそれを一言一句たがえずヴァティエル卿の前で復唱しろ」

ストライケンはうなずいた。

「ブラースのなかごろ――人間暦でいえば六月初旬――おれはフランチェスカ・フィンダベアの名で知られる魔法使いエニッド・アン・グレアナから連絡を受けた」フルチアーナが始めた。「それからまもなく、エニッドの命令でリエンスとかいう男がおれの奇襲団にやってきた。男はロゲヴィーンのヴィルゲフォルツの御用聞きで、魔法使いだと言った。極秘に作成された実行計画は、サネッド島で会議が行なわれているあいだに多くの魔法使いを殺すというものだった。皇帝エムヒル、ヴァティエル・ド・リドー、ステファン・スケレンが全面協力するという話だった。そうでなければ——相手が魔法使いであろうとなかろうと——ド＝イネに協力する計画におれが同意するはずがない。これまで嫌というほど多くの罠を見てきた。ブレメルヴルド岬に舟が到着した時点で帝国の関与を確信した。乗っていたのは特権と特命を帯びたシラクの息子カヒル。その特命にしたがい、おれは奇襲団のなかからカヒルの命令だけに忠実な特殊分隊を選抜した。分隊の任務が……島から……ある人物を捕らえ、連れ去ることなのは知っていた」

「カヒルが乗ってきた舟でサネッド島に向かった」一瞬のまのあとフルチアーナは続けた。「リエンスの護符を使い、魔法の霧で舟を取り巻いた。舟で島の下に広がる洞穴に入り、そこからガルスタング宮殿の下にある地下墓地に向かった。そこですぐに何かがおかしいと感じた。リエンスがヴィルゲフォルツからテレパシーでなんらかの合図を受け取っていた。いつ戦いが始まってもおかしくなかった。さいわい準備はできていた。地下墓地を離れたとたん、地獄のような状況におちいったからだ」

フルチアーナは思い出すのもつらそうに傷だらけの顔をゆがめた。

「最初はうまくいったが、やがて状況は交錯した。王づきの魔法使い全員は殺せず、大量の負傷者が出た。陰謀に加担した魔法使いも何人かが命を落とし、それ以外はわが身を守ろうと瞬間移動《テレポート》しはじめた。とつぜんヴィルゲフォルツが消え、リエンスが消え、エニッド・アン・グレアナもあとに続いた。エニッドが消えるのを見て、これが退却の合図だとわかった。だが、おれは退却命令を出さず、任務遂行のためにただちに出発したカヒルとその分隊の帰りを待った。そして帰ってこないのを見て捜しに行った」

「分隊は誰ひとり生きては戻らなかった」フルチアーナはニルフガード諜報員の目をのぞきこんだ。「全員が無残に殺された。乱闘のあいだに爆発し、がれきの山となったトル・ララの塔に通じる階段でカヒルを見つけた。負傷し、意識がなかった。任務に失敗したのはあきらかだった。カヒルが捜していた獲物は影も形もなく、すでにアレッザとロクシアから国王軍がなだれこんでいた。カヒルを国王軍の手に渡してはならないのはわかっていた。そんなことになればニルフガードが作戦に関与していた証拠になる。そこでカヒルを抱えて地下墓地に駆け戻り、洞穴に向かい、舟で逃げた。残った奇襲隊員は十二人で、大半が負傷していた。

風は追い風だった。ヒルンダムの西側に上陸し、森に隠れた。カヒルは包帯をはぎ取ろうとしながら、緑色の目の狂気じみた少女のこと、シントラの仔獅子、仲間を殺戮したウィッチャー、〈カモメの塔〉、鳥のように飛んでいった魔法使いのことをわめきつづけた。皇帝命令を並べたて、馬を要求し、〝島に戻せ〟と命じたが、その状況では狂人のたわごとしか思えなかった。知ってのとおり、すでにエイダーンでは戦闘が激しくなっていた。だから人数の減った奇襲隊をすばやく再編し、ド＝イネに対する戦いを再開するのがより重大だと思った。

連絡情報の隠し場所でおまえの極秘命令を見つけたとき、カヒルはまだ一緒にいた。おれは驚いた。たしかにカヒルは任務に失敗したが、謀反への関与を示すものは何もなかったからだ。だが、それは考えないことにした。それはそっちの問題で、おまえたちがどうにかすると判断した。カヒルはなんの抵抗もせず、あきらめ顔でおとなしく縛られた。おれはカヒルに棺に入るよう命じ、知り合いのホーカーに頼んで指定された場所へ運ばせた。正直、護衛をつけてこれ以上奇襲隊の人数を減らしたくなかった。受け渡し場所でおまえの仲間を殺したのが誰かは知らない。わかっているのは場所だけだ。だから、おまえの仲間がまったくの行きずりで殺されたという話が納得できないのなら、仲間のなかに裏切り者を探せ。なにしろ場所と時間を知っているのはおれとおまえだけだ」

フルチアーナは立ちあがった。

「これで全部だ。ここで話したことはすべて本当だ。ナストログの地下牢でこれ以上のことを話すつもりはない。尋問官や拷問者を満足させるような嘘や会話は有害無益だ。これ以上のことは知らない。間違ってもヴィルゲフォルツとリエンスの居場所など知らないし、おまえの背信容疑が晴れるかどうかも知ったことではない。それから改めて言っておく。

シントラの王女のことは――本物であれにせ者であれ――何も知らない。知っていることはすべて話した。これでリドー子爵もステファン・スケレンも二度とおれを罠にかけようとは思わないだろう。ドⅡイネは長いあいだおれを捕らえ、殺そうとしてきた。だから、罠をしかけるやつは誰であろうと容赦なく殺す癖がついた。今後は、おれに罠をしかけるやつがヴァティエルやスケレンの手下ではないかと調べることだけにはならないはずだ。おれにはそんなことを調べる時間もないし、調べたくもない。言っていることはわかるな？」

ストライケンはうなずき、ごくりと唾をのみこんだ。

「さっさと馬をつかまえて、おれの森から出ていけ、密偵」

「あんたを絞首台に送ろうとしてたってこと？」ミルヴァがつぶやいた。「これで少しわかったけど、全部じゃない。だったらどこかに隠れてりゃいいのに、なんでウィッチャーのあとをつけてるの？　ゲラルトは本気であんたを憎んでる……。なのに二度もあんたの命を救って……」

「三度だ」

「あたしが見たのは二度だ。サネッド島でゲラルトを半殺しにしたのがあんたじゃなかったとしても――最初はそう思ったけど――あの人の剣の前には二度と立たないほうがいい。

あんたたちのあいだには、あたしにはわからないいろんな恨みがあるみたいだけど、あんたはあたしの命を救ってくれたし、正直そうだ……。だから、カヒル、はっきり言っとく――ゲラルトが大事なシリをニルフガードに連れ去ったやつらのことを話すときは火花が散るまで歯ぎしりする。唾を吐きかけたら湯気が出るほど怒る」

「〝シリ〟」カヒルがおうむ返しに言った。「いい響きだ」

「知らなかったの？」

「知らなかった。帝国では〝シリラ〟とか〝シントラの仔獅子〟とか呼ばれていた……。前に一緒にいたとき……あの子はひとこともしゃべらなかった。おれが命を助けたのに」

「こんな話、誰にもわかりっこない」ミルヴァはいらだちの声をあげた。「あんたたちの運命はこんがらがってるよ、カヒル、もつれてからみ合ってる。あたしの頭じゃ理解できない」

「それできみの名前は？」いきなりカヒルがたずねた。

「ミルヴァ……。マリア・バリング。でもミルヴァと呼んで」

「ゲラルトは間違った方角に向かっている、ミルヴァ」しばらくしてカヒルが言った。「シリはニルフガードにはいない。人さらいはあの子をニルフガードに連れてはいかなかった。そもそもあれが人さらいだとして」

「どういうこと？」

「話せば長い」

「あらまあ」フリンギラは戸口に立って小首をかしげ、驚きの表情で友人を見た。「どうしたの、その髪、アシーレ？」

「洗ったのよ」アシーレ・ヴァル・アナヒッドはそっけなく答えた。「そして整えたの。こちらに来て座って。さあ、椅子をお空け、マーリン。しっ！」

フリンギラはアシーレの髪を見つめたまま、黒猫がしぶしぶのいた椅子に座った。

「そんなに見ないで」アシーレはふくらませた髪とつやのある巻き毛に触れながら言った。「ちょっと変えることにしたの。あなたの真似をしただけよ」

「あたしは〝変わり者の反逆者〟で通っているけれど」フリンギラ・ヴィゴはくすっと笑い、「あなたがそんな姿でアカデミーや宮廷に現れたら……」

「宮廷にはめったに行かないし、アカデミーにはそのうち慣れてもらうわ」とアシーレ。「いまは十三世紀。そろそろ、おしゃれが女魔法使いの軽薄さと浮ついた精神の表れだなどという迷信に異議を唱えてもいいころよ」

「爪のおしゃれもね」フリンギラは何ものも見逃さない緑色の目をかすかに細めた。「次は何かしら、アシーレ？　見違えたわ」

「ちょっと魔法を使えば、これが分身じゃないとわかるはずよ」アシーレは冷たくささやぎった。「なんなら魔法をかけて確かめて。それから本題に移りましょう。あなたに頼んだ例の……」

「セネシャル・シラク・エプ・グリュフィドがあなたに依頼した件ね」黒髪の魔法使いフリンギラ・ヴィゴは、椅子からどいてほしいくせに甘えるふりをしてふくらはぎにすりより、喉をごろごろ鳴らして背を丸める猫をなでながら、顔もあげずに言った。

「そう」アシーレがつぶやいた。「セネシャルはやつれはてた姿で現れ、息子の命を救うためにわたしに仲裁を頼んだ。皇帝エムヒルが彼女の息子カヒルを捕らえ、拷問し、処刑せよと命じたの。ほかにこんなことを頼める親類縁者がどこにいる？　シラクの妻でカヒルの母マーは妹の末娘で、わたしの姪よ。それでも口約束はしなかった。わたしはいま身動きが取れない。ある事情で注目を集めるわけにはいかないの。それについては説明するわ。でも、それはあなたに頼んだ情報を受け取ってから」

フリンギラはひそかにほっとした。友人アシーレが〝絞首刑〟の烙印を押されたシラクの息子カヒルの一件にかかわるのではないかと恐れていたからだ。それと同じくらい、拒めない協力を頼まれることを恐れていた。

「七月中旬、ロク・グリム宮殿じゅうが〝シントラの王女〟なる十五歳の娘を見て驚いた」フリンギラは始めた。「エムヒルは謁見のあいだじゅう、娘を〝王妃〟と呼んで丁重にあつかい、すぐにも結婚かという噂までささやかれた」

「聞いたわ」アシーレは、フリンギラをあきらめてアシーレ自身の肘かけ椅子に陣取ろうとする猫をなでた。「このあからさまな政略結婚はいまも噂の種よ」

「でも、前ほどではなくなった。なぜならシントラの王女様はダルン・ロワンに移されたから。知ってのとおり、ダルン・ロワンは国事犯が送られる場所よ。皇帝妃候補が送られることはまずないわ」

アシーレは無言だ。やすりをかけ、マニキュアを塗ったばかりの爪をしげしげと見ながら辛抱づよく続きを待った。

「憶えているはずよ――三年前、エムヒルがあたしたち魔法使いを呼び出し、北方諸国内にいるある人物の居場所を突きとめよと命じたことを」フリンギラが続けた。「そしてそれができなかったと知った彼がどんなに怒ったかも。〝これほど遠い場所から、しかも防護壁を回避して居場所を突きとめるなど不可能だ〟と説明したアルブリヒは厳しく叱責された。でも、話はそれだけじゃなかった。ロク・グリムでの謁見の一週間後、アルダースバーグでの勝利を祝う席で、あたしとアルブリヒは城の広間で皇帝陛下じきじきに声をかけられる栄誉に浴した。話の主旨は取るに足らないものだった。いわく〝そなたたちはみな他人を食い物にするヒルで、たかり屋で、役立たずだ。そなたたちの手品には大金をかけたが、めぼしい成果は何もない。嘆かわしき魔法アカデミーが総力をあげて取り組んでなしえなかったことを、どこにでもいる占星術師は四日で達成した〟」

アシーレ・ヴァル・アナヒッドは不愉快そうに鼻で笑い、猫をなでた。

「その奇跡の功労者がほかでもない悪名高き占星術師エグザルシシウスであることはすぐにわかったわ」とフリンギラ。

「捜索の対象は皇帝妃候補のシントラの娘ね。エグザルシシウスは娘を見つけた。それで？　国務長官に任ぜられた？　それとも〈実行不能業務省〉の長官？」

「いいえ。翌週、地下牢に放りこまれた」

「これがシラクの息子カヒルとなんの関係があるの？」

「待って。そうせかさないで。ここが大事なところよ」

「ごめんなさい。続けて」

「あたしたちが三年前に捜索を始めたとき、エムヒルから渡されたものを憶えてる？」

「ひと房の髪の毛」

「そう」フリンギラは小さな革箱に手を伸ばした。「それがこれ。六歳の少女の金髪。残りを取っておいたの。そして、ダルン・ロワンに隔離されている〝シントラの王女〟の世話役がリデルタル伯爵夫人のステラ・コングレーヴであることは知っておいて損はないわ。ステラはいろんな理由であたしに借りがある。だから王女の髪をもういちど手に入れるのは簡単だった。それがこれよ。少し色が濃いけど、髪の色は年齢とともに濃くなる。でも、このふたつはまったく違う人間のものだった。ちゃんと調べたわ。この点は確かよ」

「こんなことじゃないかと思った——シントラの娘がダルン・ロワンに閉じこめられていると聞いたときに」とアシーレ。「エグザルシシウスは完全にしくじったか、エムヒルに身代わりをあてがうという陰謀に巻きこまれたかのどちらかね。カヒル・エプ・シラクの首がかかるような陰謀に。ありがとう、フリンギラ。これですべてはっきりしたわ」

「すべてではないわ」フリンギラは首を振った。「まず、シントラの娘を見つけたのも、ロク・グリムに連れて行ったのもエグザルシシウスではなかった。彼が天宮図で占星術を始めたのは、エムヒルが身代わりをあてがわれたことに気づき、本物の王女の捜索を始めたあとよ。そしてあの愚かな老師はその腕前もしくはペテンにおいて単純なあやまちを犯し、地下牢に入れられた。彼は、エムヒルの求める人物が半径約百五十キロの放射円内にいると告げた。そこはティル・トチャル山塊とヴェルダの水源よりも遠くにある砂漠で、殺伐とした荒れ地だった。そこに送りこまれたステファン・スケレンが見つけたのはサソリとハゲタカだけだった」

「エグザルシシウスにそれ以上を期待するのが間違いよ。でも、それはカヒルの運命とは関係ないわ。エムヒルは短気だけれど、証拠もなしに軽々しく拷問や死刑を宣告する人間ではない。あなたが言ったように、誰かが本物の代わりににせ王女をロク・グリムに届けようと画策した。誰かが身代わりという案を思いついた。つまりそこには陰謀があり、カヒルはそれに巻きこまれた。たぶんそうとは知らずに。つまり彼は利用された」

「そうだとしたら、目的が達せられるまで利用されたはずよ。カヒルみずからエムヒルに身代わりを届けたはずでしょう？　でも彼は跡形もなく消えた。なぜ？　カヒルの失踪が疑われないわけがないのに。エムヒルがひと目でペテンに気づくのではないかと恐れたから？　たしかに皇帝はひと目で気づいた。気づかないはずがないわ、だってエムヒルの手もとには――」

「ひと房の髪があった」アシーレが口をはさんだ。「六歳の少女の髪が。エムヒルがその子を捜しはじめたのは三年前どころではなくて、フリンギラ、もっと前からよ。カヒルは何かとてもいまわしい……あの子がまだおもちゃの馬にまたがって騎士ごっこをしていたころに始まった何かに巻きこまれたようね。ふむ……。そのふたつの髪束をあずからせて。徹底的に調べたいの」

フリンギラ・ヴィゴはゆっくりうなずき、緑色の目を細めた。

「わかった。でも、気をつけて、アシーレ。危ないことに巻きこまれちゃだめ。人目を引きかねないわ。あなたは話の最初に、注目されたくないと言った。理由を聞かせてくれる約束よ」

アシーレ・ヴァル・アナヒッドは立ちあがって窓に歩み寄り、夕日に輝くニルフガードの尖塔とその上にそびえる小尖塔――〈黄金塔の街〉と呼ばれる帝国の首都――を見つめたまま言った。

「あなたが前に言ったことを憶えているわ——どんな境界線も魔法を分かつことはできない。魔法はあらゆる境界を越えた、崇高な価値を持つべきだと。必要なのはある種の……秘密組織……。修道会か結社のような……」

「準備はできているわ」ニルフガードの魔法使いフリンギラ・ヴィゴが短い沈黙を破った。「決心はついている。いつでも結構よ。あなたの信頼と選ばれた栄誉に感謝するわ。その会はいつ、どこで開かれるの、神秘的で謎めいた友人アシーレ？」

ニルフガードの魔法使いアシーレ・ヴァル・アナヒッドは口もとにかすかに笑みを浮かべて振り向いた。

「もうじきよ。すぐに何もかも説明するわ。でも、その前に……。あなたのお抱え帽子屋の住所を教えてくれない？」


「焚火ひとつなけりゃ人っ子ひとりいない」ミルヴァは月明かりに光る川向こうの暗い岸を見ながらささやいた。「野営地には二百人もいたのに。無事に逃げられたのは一人もいなかったってこと？」

「皇帝軍が勝ったとしたら、全員を捕虜として連れていったか」カヒルがささやき返した。「テメリア軍が優勢だったとしたら、難民を連れて移動したかだ」

二人は川岸と沼地をおおうアシ原に近づいた。ミルヴァが何かを踏んで飛びのき、ヒルだらけの腕が泥から突き出ているのを見て悲鳴を押し殺した。

「ただの死体だ」カヒルがミルヴァの手をつかんでつぶやいた。「ニルフガード兵だ。ディアラン」

「誰だって？」

「第七ディアラン騎馬隊の兵だ。袖に銀サソリの記章が……」

「勘弁してよ……」ミルヴァは身震いし、汗ばむ手で弓を握りしめた。「いまの音、聞こえた？　いまの、何？」

「狼だ」

「それともグールか……地獄の申し子か。野営地はきっと死体の山だ……。冗談じゃないよ、夜なかに川を渡るなんて！」

「わかった、夜明けまで待とう……。ミルヴァ？　なんだ、この奇妙なにおいは……？」

「レジス……」ニガヨモギとセージ、コリアンダーとアニシードのにおいに、ミルヴァは思わず叫びそうになった。「レジス？　あんたなの？」

「ああ、わたしだ」理髪外科医が暗がりから音もなく現れた。「心配していた。だが、どうやらひとりじゃなさそうだな」

「ああ」ミルヴァはカヒルが剣を抜いているのに気づき、彼の腕から手を放した。「ひとりじゃないし、彼もこれからはひとりじゃない。でも——誰かじゃないけど——話せば長い。レジス、ゲラルトは？　ダンディリオンは？　ほかのみんなは？　どうなったか知ってる？」

「ああ、知っている。馬は見つかったか」

「うん、ヤナギの並木に隠してある……」

「ではチョトラ川にそって南へ向かおう。いますぐ。真夜中までにアルメリアに着かなければならない」

「ウィッチャーと詩人は？　生きてるの？」

「ああ。だが、少しばかりまずい状況だ」

「どんな？」

「話せば長い」


ダンディリオンはうめき、少しでも楽な姿勢を取ろうと身をよじったが、やわらかい木の削りくずとおがくずの山のなかでいぶされるハムよろしく縛りあげられて横たわっていてはどうしようもなかった。

「その場で絞首刑にはならなかった。望みがある証拠だ。まだ望みはある……」

「頼むから黙ってろ」ゲラルトは静かにあおむけに横たわり、薪小屋の屋根の穴から月を見あげて言った。「ヴィセゲルドがなぜその場でおれたちを絞首刑にしなかったか。夜明けに全軍が終結して出発する前に公開処刑にするつもりだからだ。見せしめのために」

答えはなく、ダンディリオンの不安そうなあえぎだけが聞こえた。

「おまえはまだ踏台を免れる望みがある」ゲラルトは慰めるように言った。「ヴィセゲルドはおれに対する私怨を晴らしたいだけだ。おまえにはなんの恨みもない。おまえの友人の伯爵がいまに助けてくれる」

「くだらない」意外にもダンディリオンは冷静に、きわめて理性的に答えた。「よせ、よせ、そんな気休めは。ぼくを子どもあつかいするな。見せしめのためなら一人より二人のほうがいい。それに、個人的な復讐の目撃者を生かしておくやつがどこにいる。いや、ゲラルト、ぼくらは二人そろって首吊り刑だ」

「もういい、ダンディリオン。おとなしく横になって何か案を出せ」

「どんな？」

「どんなのでもだ」

だが、ダンディリオンのおしゃべりのせいで考えはまとまらなかった。ぐずぐずしているひまはない――ゲラルトは思った。ヴィセゲルドの部隊にひそんでいるはずのテメリア軍情報員が、いつ小屋に駆けこんでこないともかぎらない。情報員はサネッド島のガルスタング宮殿で起こったことをあれこれ聞きたがるだろう。おれは詳細を知らないが、情報員がそう納得するまでには相当ひどい目にあわされるはずだ。おれの運命は、復讐欲にかられ、おれを捕らえたことをまだ公表していないヴィセゲルドにかかっている。情報員は怒れる元帥の手から囚人――すなわちおれたち――を解放し、本営に連れていくつもりかもしれない――最初の尋問のあとでまだ囚人が生きていればの話だが。

そうしているまにダンディリオンが名案を思いついた。

「ゲラルト！　重要な情報を知っているふりをしたらどうだ？　本当に諜報員か何かのふりをするんだ。そして――」

「ダンディリオン、頼む」

「だめか？　だったら見張り兵を買収しよう。カネなら少しある。ブーツの裏地にダブロン金貨が縫いこんである。こんなときのために……。これで見張りを引き寄せて……」

「あり金全部取られて、ぶちのめされるのがおちだ」

ダンディリオンは不満そうにつぶやき、それきり口をつぐんだ。広場のほうから叫び声と蹄の音が聞こえ――もっと悪いことに――豆スープのにおいがしてきた。一瞬ゲラルトは、その一杯のためなら世界じゅうのチョウザメとトリュフを捧げてもいい気分になった。小屋の外に立つ見張りはだらだらと話し、含み笑いをもらし、ときどき咳をしては痰《たん》を吐いた。代名詞とののしり語だけで会話するという特異な能力から判断するに、全員が職業軍人だ。

「ゲラルト」

「なんだ」

「ミルヴァはどうしてるだろうな……。ゾルタン、パーシヴァル、レジス……。みんなを見たか」

「いや。あの小競り合いのあいだに斬り殺されたり馬に踏まれたりした可能性は否定できん。野営地は膝の高さまで死体だらけだった」

「ぼくは信じない」ダンディリオンは希望をこめて断言した。「まさかゾルタンとパーシヴァルみたいに悪知恵の働くやつらが……。あのミルヴァが……」

「思いこみはよせ。たとえ生きていたとしても助けにはこない」

「なぜ？」

「理由は三つある。ひとつ、みな自分の問題を抱えている。ふたつ、おれたちは数千人の兵がいる野営地のどまんなかの小屋で縛られて横たわっている」

「じゃあ三つめは？　きみは三つと言った」

「三つめは」ゲラルトは疲れた声で答えた。「ひと月に奇跡が起こる確率は、カーナウの女が行方不明の夫を見つけたときでゼロになった」

「あそこに見えるのがアルメリア要塞だ」レジスが点々と見える焚火を指さした。「現在、メイエナに集結したテメリア軍が野営している」

「ゲラルトとダンディリオンはあそこに捕らえられてんの？」ミルヴァが鐙に立って言った。「はん、たしかにまずい状況だ……。大量の武装兵と見張りがいたるところにいる。簡単には忍びこめない」

「その必要はない」レジスが馬から降りると、ペガサスは長々といななき、必死に首をそらした。薬草のにおいが鼻を刺激するのだ。

「忍びこむ必要はない」レジスが繰り返した。「わたしにまかせろ。きみたちは馬を連れて、あの川が光っている場所で待っていてくれ。見えるか？〈七山羊座〉のいちばん明るい星の下あたりだ。ゲラルトを助け出したらそこへ向かわせる。そこが合流場所だ」

「なんという自信だ？」カヒルは馬を降り、近づいたミルヴァにつぶやいた。「誰の手も借りず、自分ひとりで助け出すつもりらしい。聞いたか？　あれは誰だ？」

「正直わからない」ミルヴァも小声で返した。「でも、どうしようもない状況になったら頼りになる。昨日も目の前で火のなかから真っ赤に焼けた蹄鉄を素手で取り出して……」

「魔法使いか」

「そうではない」聴覚の鋭いレジスがペガサスの背後から答えた。「わたしの素性がそんなに気になるか？　きみの素性は何もたずねていないはずだが」

「おれはカヒル・マー・ディフリン・エプ・シラク」

「これはどうも。みごとだ」レジスが皮肉まじりに言った。「ニルフガードの姓を名乗る口調にまったくニルフガードなまりがない」

「おれは――」

「やめて！」ミルヴァが制した。「いまはのんびり言い合ってる場合じゃないよ、レジス。ウィッチャーが助けを待ってる」

「動くのは真夜中だ」レジスは冷たく答え、月を見あげた。「だから話す時間はある。いったいこの男は誰だ、ミルヴァ？」

「この人は危ないところを助けてくれた」ミルヴァは少し声をこわばらせ、カヒルを弁護した。「ゲラルトに会ったら、進む方向が違うと言うつもりらしい。シリはニルフガードにはいない」

「まさに天のお告げだ」レジスが口調をやわらげた。「それで、その根拠はなんだ、シラクの息子カヒル？」

「話せば長い」


ダンディリオンがしばらく黙っていると、ふいに一人の番兵の罵声が途切れ、別の一人のかすれ声が聞こえた。うめきのような。見張りは三人いるはずだ――ゲラルトは耳を澄ましたが、三人目の声はまったく聞こえない。

息を詰めて待ったが、やがて聞こえてきたのは救出者が小屋の扉をぎいっと開く音ではなかった。あろうことか安らかないびきの合唱だ。番兵がそろって任務中に眠りこんでいる。

ゲラルトはふっと息を吐いて小さく毒づき、イェネファーのことを考えようとしたそのとき、首のメダルがいきなり振動し、あたりにニガヨモギ、バジル、コリアンダー、セージ、アニシード、その他もろもろのにおいが立ちこめた。

「レジス？」ゲラルトは呆然とつぶやき、動かない頭をおがくずの山から持ちあげようとした。

「レジスだ」ダンディリオンがごそごそ身をよじってささやき返した。「ほかにこんなにおいのする者はいない……。どこだ？　真っ暗で見えない――」

「静かに！」

メダルの振動が止まり、ダンディリオンの安堵のため息に続いて刃が縄を切るかすかな音が聞こえた。血行が戻ったとたん、ダンディリオンは痛みにうめいたが、律気《りちぎ》にこぶしを口に入れて抑えこんだ。

「ゲラルト」レジスのぼんやりと揺れる影がかたわらに現れ、すぐに縄を切りはじめた。「野営地の警備は自力で突破してくれ。東に向かい、〈七山羊座〉の明るい星をめざせ。イナ川に向かってまっすぐだ。そこでミルヴァが馬と一緒に待っている」

「起きるのに手を貸してくれ……」

ゲラルトはまず片脚で立ち、次にこぶしを嚙みながら反対の脚で立った。ダンディリオンのほうはすっかり血行が戻り、やがてゲラルトも動けるようになった。

「どうやって脱出する?」ふいにダンディリオンがたずねた。「扉の番兵はいびきをかいているが、いつ目を覚ますか……」

「大丈夫だ」レジスがささやいた。「だが、出るときは用心しろ。今夜は満月で、広場は焚火で明るい。夜中でも野営地は人の動きがあるが、かえって好都合かもしれん。衛兵伍長は、番兵にいちいち誰何《すいか》するのにうんざりしている。行け。幸運を祈る」

「きみは、レジス?」

「心配いらない。わたしを待つな。そして振り返るな」

「でも――」

「ダンディリオン」ゲラルトがささやいた。「心配するなと言われんだ」

「さあ、行け。幸運を。また会う日まで、ゲラルト」

そこでゲラルトは振り向いた。

「助けてくれて感謝する。だが、おれたちは二度と会わないほうがいい。わかるな?」

「よくわかっている。さあ、急げ」

番兵は倒れこんだままいびきをかき、舌なめずりしながら眠っていた。ゲラルトとダンディリオンはわずかに開いた扉からすり抜けるように外に出たが、誰もぴくりとも動かない。ゲラルトが眠る二人から手つむぎの分厚い肩マントを無造作に引きはがしても、まったく反応しなかった。

「ふつうの眠りじゃないな」ダンディリオンがささやいた。

「もちろん違う」ゲラルトは小屋の暗い陰に身をひそめ、あたりを見まわした。

「なるほど。レジスは魔法使いか」ダンディリオンがため息まじりに言った。

「いや。魔法使いではない」

「炎のなかから蹄鉄を取り出し、番兵を眠らせ……」

「くだらないおしゃべりはやめて集中しろ。まだ自由になったわけじゃない。肩マントをはおって広場を横切る。誰かに止められたら兵士のふりをしろ」

「わかった。何か起こったら――」

「頭の弱い兵のふりをする。行くぞ」

二人は赤々と燃える火鉢と焚火に集まる兵士から距離を取りながら広場を突っ切った。兵士があちこちうろつき、二人くらい増えても目立たない。誰にもあやしまれず、何もきかれず、止められもせず、二人はすばやく難なく柵を通りすぎた。

すべてがうまく行った。というより、うまく行きすぎてゲラルトは不安になった。嫌な予感がする。野営地の中心から遠ざかるにつれて不安は小さくなるどころかますます大きくなった。何もおかしいところはない――繰り返し自分に言い聞かせた。夜でもせわしない軍野営地のまんなかだから人目を引かなかっただけだ。心配があるとすれば、誰かが薪小屋の戸口で眠りこむ番兵に気づいて警報を鳴らすことだけだ。いよいよ境界線に近づいた。当然ながら見張り兵が目を光らせている。野営地の中心から離れてゆくという状況は、どう考えてもまずい。ゲラルトはヴィセゲルドの部隊に脱走病が蔓延しているのを思い出した。番兵たちは野営地から逃げようとする者をしっかり見張れと命じられているに違いない。

月はダンディリオンが手探りしなくてもいいほど明るかった。つまりゲラルトには昼と同じくらいあたりがよく見えるということだ。おかげで二カ所ある歩哨地を避け、騎乗の巡視兵が通りすぎるのを茂みのなかでやり過ごした。真正面にハンノキの茂みが見えた。しかも歩哨地の外側にある。なおもすべてが順調だった。順調すぎるほどに。

致命的だったのは二人が軍のしきたりを知らなかったことだ。

二人は隠れ場所になりそうな暗くて低いハンノキの木立に近づいた。だが太古の昔から、茂みのなかにはいつ抜き打ちで見まわりにくるかわからない意地悪な上官の見張りを仲間にまかせ、任務をさぼって眠る当番兵が必ずいるものだ。

ゲラルトとダンディリオンが木立に達する寸前、目の前にいくつかの黒い人影と槍先の影がぬっと立ちはだかった。

「合言葉は？」

「シントラ！」

ダンディリオンのとっさの答えに兵士たちはそろってくっと笑った。

「おい」一人が言った。「おまえたちが考えつくのはその程度か？　もっと独創的なことを思いつくやつがいればよかったな。だが〝シントラ〟でないのはたしかだ。家が恋しくなったか？　そうだな、料金は昨日と同じだ」

ダンディリオンは歯ぎしりし、ゲラルトは状況と勝算をはかりにかけた。結果は——万事休す。

「どうした」番兵がせかした。「通りたけりゃカネを払え、そうすりゃ目をつぶってやる。急げ、いつ衛兵伍長がやってくるかわからんぞ」

「がってんだ」ダンディリオンはなまりと口調を変えて答えた。「ちょっと座ってブーツを脱がせてくれ、そこに……」

最後まで言い終わらないうちに四人の兵はダンディリオンを地面に押し倒し、二人が片脚ずつ自分の脚で押さえつけてブーツを引っ張った。合言葉をたずねた男がブーツ脚部の裏地を引き破ると、何かがチャリンと散らばった。

「金貨だ！」リーダーが叫んだ。「反対側のブーツも脱がせろ！　伍長を呼べ！」

だが、それ以上ブーツを引っ張る者もいなければ伍長を呼びに行く者もいなかった。見張り兵の半数が膝をついて枯れ葉のなかに散らばったダブロン金貨を探り、残りはもう片方のブーツをめぐって激しい争いを始めたからだ。いちかばちかだ——ゲラルトはリーダーのあごにこぶしを打ちこみ、倒れるところを側頭部に蹴りを入れた。金貨探しに夢中の兵たちは気づきもしない。ダンディリオンは言われるまでもなくはね起き、足布をはためかせて茂みに駆け出した。ゲラルトが走って追いかけた。

「助けてくれ！」夜警のリーダーが地面から叫ぶ声は、やがて「伍長ーーーー！」という仲間の声と一緒になって響きわたった。

「このブタ野郎！」ダンディリオンが走りながらどなり返した。「この悪党ども！　人のカネを盗みやがって！」

「無駄口を叩いてる場合か、このバカ！　森が見えるか？　あそこに急げ」

「そいつらを止めろ！　つかまえろーー！」

二人は走った。怒りにまかせて悪態をつくゲラルトの耳にどなり声と口笛、いななきと蹄の音が聞こえた。後ろから。そして前からも。驚きは長くは続かなかった。一度よく見れば充分だ。さっきまで安全な隠れ場だと思っていた森が波のようにうねりながら押し寄せていた。森と思ったのは騎馬隊の壁だった。

「止まれ、ダンディリオン！」ゲラルトは猛追してくる騎乗巡視兵を振り返り、切り裂くような指笛を鳴らした。そして声をかぎりに叫んだ。

「ニルフガード！　ニルフガードがやってくる！　戻れ！　野営地に戻れ、このバカども！　警報を鳴らせ！　ニルフガードだ！」

二人を追っていた巡視隊の先頭兵が手綱を引いて急停止し、ゲラルトが指さすほうを見て恐怖の悲鳴をあげ、馬の向きを変えようとした。そこでゲラルトは思った——シントラの獅子とテメリアのユリのためにはもう充分、貢献した。彼は巡視兵に飛びかかり、やすやすと鞍から引きずりおろした。

「飛び乗れ、ダンディリオン！　しっかりつかまれ！」

二度言われるまでもなく詩人は飛び乗った。馬は二人ぶんの重みでわずかに沈んだが、二組のかかとで蹴られ、すぐに全速力で駆け出した。迫りくるニルフガードの大軍は、いまやヴィセゲルドの部隊よりはるかに大きな脅威だ。ゲラルトは両軍勢が衝突しそうな場所を避けるべく円形の歩哨所ぞいを走った。だが、すぐそばまで来ていたニルフガード兵は見逃さなかった。ダンディリオンの悲鳴に振り向くと、ニルフガード軍の暗い壁から追っ手の黒い触手が伸びているのが見えた。ゲラルトはとっさに馬を野営地に向け、逃げる番兵たちを追い越した。ふたたびダンディリオンが叫んだが、こんどは叫ぶまでもなかった。ゲラルトの目にも野営地から駆けてくる騎馬隊が見えた。警報を受けたヴィセゲルドの部隊が驚くべき速さで馬にまたがっていた。こうしてゲラルトとダンディリオンは両軍勢にはさまれた。

逃げられない——ゲラルトはふたたび向きを変え、いまにもぶつかりそうな金づちと鉄《かな》床《とこ》のすきまからすり抜けようとするかのように限界まで馬を駆り立てた。なんとか逃げられるかもしれない――そんな望みを抱いた瞬間、矢羽が夜の闇をしゅっと切り裂いた。こんどばかりはダンディリオンの本物の絶叫が響きわたり、指がゲラルトの脇腹にくいこんだ。ゲラルトの首に温かいものが伝った。

「つかまれ！」ゲラルトはダンディリオンの肘をつかみ、背中にぐいと引き寄せた。「手を放すな、ダンディリオン！」

「殺《や》られた！」ダンディリオンが死人にしてはやけに大声でわめいた。「血が！　死ぬ！」

「しっかりつかまってろ！」

両軍から降りそそぐ矢と石弓矢はダンディリオンには災難だったが、救いでもあった。矢の雨を浴びた軍勢は騒然となって勢いを失い、衝突寸前だった両前線の間隙はしばし空いたままで、二人を乗せた馬は鼻息荒くそのすきまを通って袋小路から抜け出した。ゲラルトは容赦なく馬を駆り立てた。安全な森は目の前だが、背後からはなおも蹄の響きが迫ってくる。馬はうなり、よろけながらも止まりはしなかった。だから、ダンディリオンがいきなりうめいて後ろに倒れ、その拍子にゲラルトを鞍から引きずり出さなければ逃げられたかもしれない。ゲラルトが反射的に手綱を引くと、馬は後ろ脚で立ちあがり、二人は低いマツ林のなかに転げ落ちた。地面に投げ出されたダンディリオンはじっと横たわり、つらそうにうめいた。頭と左肩をおおう血が月光を浴びて黒く光っている。

背後では軍勢が鈍い音を立てて衝突し、悲鳴があがった。だが、激しい戦闘のなかでもニルフガードの追っ手は二人を忘れておらず、なおも三人の騎馬兵が猛然と追ってきた。沸きあがる冷たい怒りと憎しみの波にゲラルトは勢いよく立ちあがると、敵の注意をダンディリオンからそらすべく騎兵の前に飛び出した。身を挺して友人を守ろうとしたのではない。ただ目の前の敵を殺したかった。

先頭の騎兵が戦斧を振りかざして飛びかかったが、まさか相手がウィッチャーとは知るよしもない。ゲラルトは一撃をひょいとかわすと、鞍から身を乗り出すニルフガード兵のマントをつかみ、反対の手で兵士の太い腰帯をつかんでひねり、鞍から引きずりおろして地面に押さえつけた。そのとき初めて武器を持っていないことに気づいた。敵の首をつかんだが、喉当てにはばまれて首を絞めることができない。もがく兵が籠手でゲラルトの頬を切り裂いた。ゲラルトは全身で相手の動きを封じ、兵士の幅広の腰帯からとどめの短剣《ミゼリコード》を探り出して鞘から引き抜いた。地面の男は短剣が奪われたのを感じて泣き叫んだ。ゲラルトは、なおも抵抗する銀サソリのついた腕をかわし、剣を振りあげた。

ニルフガード兵が叫んだ。

ゲラルトはその開いた口にとどめの短剣を沈めた。柄《つか》まで深々と。

立ちあがると、乗り手のいない馬と死体と騎兵隊が戦闘に向かって遠ざかってゆくのが見えた。野営地から来たシントラ軍はニルフガードの追っ手を始末し、ダンディリオンにも、低いマツ林の薄暗い地面で取っ組み合っていた二人にも気づかなかった。

「ダンディリオン！　どこをやられた？　矢はどこに当たった？」

「頭に……。頭に突き刺さって……」

「バカ言うな！　まったく運のいいやつだ……。矢はかすっただけで……」

「血が……」

ゲラルトは胴着を脱いでシャツの袖を引き破った。石弓の矢じりはダンディリオンの耳の上からこめかみに痛々しい切り傷を残していた。ダンディリオンは震える手でしきりに傷口をさわり、両手と袖口にたっぷり飛び散った血をうつろな目で見ている。そこでゲラルトは自分がいま、人生で初めてケガをして痛みのなかにいる人間を手当てしていることに気づいた。生まれて初めてこれだけ大量の自分の血を見る人間を。

「起きろ」ゲラルトは詩人の頭にシャツの袖をてばやく荒っぽく巻きつけた。「これくらいなんでもない。ダンディリオン、ただのかすり傷だ……。さあ、立て、早くここから逃げなければ……」

暗闇のなか戦いは激しさを増し、武器のぶつかる音と馬のいななき、悲鳴がますます大きくなった。ゲラルトはすばやくニルフガードの馬を二頭つかまえたが、一頭で充分だった。ダンディリオンはよろよろと立ちあがったものの、すぐにまたへたりこみ、うめき、哀れっぽくすすり泣いた。ゲラルトはダンディリオンを立たせ、揺すって意識を戻し、鞍に抱えあげた。

そして手負いの吟遊詩人の後ろに座って馬に拍車をかけ、〈七山羊座〉のいちばん明るい星がかかる東に向かって駆け出した。上空にはすでに夜明けの薄青い筋が浮かんでいた。

「もうすぐ夜が明ける」ミルヴァが空ではなく、光る川面を見て言った。「ナマズが小魚を追いまわしてる。でも、ゲラルトもダンディリオンも影も形も見えない。ああ、もしかしてレジスがしくじったんじゃ――」

「縁起でもないことを言うな」取り戻した栗毛馬の腹帯を締めながらカヒルがつぶやいた。

ミルヴァは幸運のまじないに何か叩けそうな木を探してあたりを見まわした。

「……でもなんとなく……あんたのシリとかかわった人はみんな断頭台に頭をのせてる気がする……。あの娘は不幸をもたらす……。不幸と死を」

「唾を吐け、ミルヴァ」

ミルヴァは迷信にしたがって素直に唾を吐いた。

「それにしても寒い、凍えそうだ……。喉もからからだけど、川岸には腐れかけの死体があった。うう……気持ち悪い……。吐きそう……」

「さあ、これを飲め」カヒルが水筒を手渡した。「そしてもっと近くに座れ、そのほうが暖かい」

浅瀬でまたもやナマズがヒメハヤの群れに突進し、小魚の群れは水面近くで銀色の雹《ひょう》のようにちりぢりになった。月光の筋をよぎったのはコウモリか、それともヨタカか。

「明日がどうなるかなんて誰にもわからない」ミルヴァはカヒルにすり寄り、物思わしげにつぶやいた。「誰があの川を渡って、誰が死ぬかなんて」

「なるようになる。そんなことは考えるな」

「あんた、怖くないの？」

「怖い。きみは？」

「あたしは気分が悪い」

長い間《ま》。

「ねえ、カヒル、どこでシリと出会ったの？」

「最初か？　三年前だ。シントラをめぐる戦いのさなか。おれはあの子を街から連れ出した。炎に囲まれるあの子を見つけた。おれはあの子を抱え、火のなかを、炎と煙のなかを馬で駆け抜けた。あの子自身が炎のようだった」

「それで？」

「炎を手に持つことはできない」

「ニルフガードにいるのがシリじゃないとしたら」長い沈黙のあと、ミルヴァが言った。

「いったい誰？」

「わからない」

レダニアの要塞からエルフとその他破壊活動分子のための収容所に変わったドラーケンボーグでは、収容所となって三年のあいだにいくつもの恐ろしい慣習が生まれた。そのひとつが夜明けの絞首刑で、もうひとつは死刑宣告された囚人を大きな雑居房に集め、そこから夜明けに絞首台に連れてゆくというものだ。

部屋には十数人の死刑囚が集められ、毎朝二人か三人――ときには四人――が処刑された。それ以外の者は自分の順番を待つ。長いあいだ。ときには一週間も。死刑囚は〈道化〉と呼ばれた。死刑囚部屋がつねに陽気な雰囲気だったからだ。まず、食事どきには所内で〝ディクストラ・ドライ〟とあだ名されるとびきり薄くて酸っぱいワインが出された。ワインを楽しめるのがレダニアの諜報部長のおかげであることは公然の秘密だ。次に、ここに来ればもう地下の恐ろしい〈清めの部屋〉に連行されて尋問される心配もなく、看守から暴行を受けることもない。

慣習はその晩も守られた。エルフが六人、ハーフエルフとハーフリングが一人ずつ、人間が二人とニルフガード人が一人の大部屋は陽気だった。死刑囚たちは一枚の共用ブリキ皿に注がれたディクストラ・ドライを、手を使わずにぴちゃぴちゃ飲みあげた。こうすると薄くてまずいワインでも少しは酔える。壊滅したイオルヴェス奇襲団の一員で、つい最近〈清めの部屋〉で激しい拷問を受けたエルフだけが表情と威厳を崩さず、柱に熱心に〝自由か死か〟と彫りこんでいる。部屋の柱には同じような銘が何百と刻まれていた。それ以外の死刑囚は慣習にのっとり、ドラーケンボーグの名もなき囚人によって作られた『道化賛歌』を繰り返し歌った。収監部屋の囚人たちは夜中に死刑囚房から流れてくる歌詞を覚えた――自分が唱歌隊に加わる日を思いながら。

首吊り台で道化が踊る
調子よく身をぴくつかせ
悲しみと美の歌うたい
道化はおおいに楽しむよ
どんな死体も思い出す
足台が蹴り飛ばされて
その目が太陽向いたとき

かんぬきがガチャガチャと揺れて鍵がこすれる音がし、道化たちは歌うのをやめた。夜明けに看守が現れたら、それが意味するのはひとつしかない。もうじき唱歌隊から数人の歌い手が失われるということだ。質問はただひとつ——次はどの歌い手が？

数人の看守がいっせいに入ってきた。全員が、絞首台に連行される囚人の手を縛るための縄を持っている。なかの一人が洟をすすって棍棒を脇にはさみ、巻紙を広げて咳払いした。

「エチェル・トロゲルトン！」

「ト、ト、トロイルサン」イオルヴェス奇襲団のエルフが小声で訂正し、もういちど柱に彫りこまれた文句を見てよろよろと立ちあがった。

「コスモ・バルデンヴェグ！」

名を呼ばれたハーフリングがごくりと唾をのんだ。ナザリアンはバルデンヴェグがニルフガード秘密情報機関の指示で破壊工作を実行し、投獄されたのを知っていた。だがバルデンヴェグは頑として罪を認めず、騎兵隊の馬を盗んだのは金欲しさに自分の意志でやったことで、ニルフガードは関係ないと言いつづけた。どうやら信じてはもらえなかったようだ。

「ナザリアン！」

ナザリアンはおとなしく立ちあがり、看守に両手を突き出した。三人が部屋から連れていかれると、残った〈道化〉がふたたび歌い出した。

首吊り台で道化が踊る
陽気に身体をぴくつかせ
やがて歌は風に乗り
歌声あたりに響いては……

夜明けは赤紫色に光り、美しい晴天の到来を告げていた。

『道化賛歌』は間違っている——ナザリアンは思った。死刑囚は陽気なジグを踊れない。彼らが吊るされるのは横梁のある絞首台ではなく、地面に埋めこまれたなんの変哲もない柱だ。足もとに蹴り飛ばされる足台はなく、あるのは使いこまれた、低くて実用的な四角いカバの木材だけ。前年に処刑された名もなき囚人が歌を作ったとき、そんなことは知るよしもなかった。ほかの囚人と同様、彼は死の寸前まで執行のくわしい状況を知らなかった。ドラーケンボーグで公開処刑は行なわれない。処刑はたんなる処罰で、残忍な復讐ではない。これもまたディクストラの名言だ。

イオルヴェス奇襲団のエルフは看守の手を振りほどき、ためらいもなく木台にのぼると、首に縄をかけさせた。

「万歳——！」

言葉が終わらぬうちに木台が蹴りのけられた。

背の低いハーフリングには木台が二個、縦に積まれた。破壊工作の容疑者は大げさな泣きごとひとつ言わず、短い脚で力強く台を蹴り、柱からがくんと垂れさがった。頭がだらりと肩に倒れた。

ナザリアンは看守につかまれたとたん態度を変え、しゃがれ声で叫んだ。

「話す！　証言する！　ディクストラ部長に重要な情報がある！」

「少し遅かったな」ドラーケンボーグの政治問題担当の副官で、処刑立会人のヴァスコイネが疑わしげに言った。「首吊り縄を見ると毎秒ごとに空想が湧きあがってくるものだ！」

「嘘じゃない！」ナザリアンは執行人の腕のなかでもがき、懇願した。「確かな情報だ！」

一時間もたたないうちにナザリアンは隔離室に座り、人生の喜びに浸っていた。使者が股間をぼりぼりとかきながら準備万端で馬の横に立ち、ヴァスコイネはこれからディクストラに届ける報告書に目を通していた。

つつしんでご報告申しあげます。王室役人を襲撃した罪で死刑宣告されたナザリアンという罪人が次のように証言しました――本年七月の新月の夜、ライエンスなる人物の命令で、ミレットとハーフエルフのシュヒルとともにドリアン市の法律家コドリンガーとフェンの殺害に加担した。ミレットはその場で殺されたが、ハーフエルフのシュヒルが二人の法律家を殺し、屋敷に火を放った——と。悪党ナザリアンはすべての罪をこのシュヒルなる男にかぶせ、自分は殺していないと罪を否認し、反論していますが、絞首台を恐れるゆえと思われます。しかし、閣下にご報告したいのは、法律家が殺害される前に罪人たち（つまりナザリアン、ハーフエルフのシュヒル、ミレット）が法律家コドリンガーと密談していたリヴィアのゲラルトなるウィッチャーを追っていたということです。罪人ナザリアンはその目的を知りません。ライエンスなる男も、ハーフエルフのシュヒルもナザリアンには何も明かさなかったからです。しかし、秘密の会合の報告を受けたライエンスは二人の法律家を消すよう命じました。

さらに罪人ナザリアンは、仲間のシュヒルが法律家の屋敷から何かを盗み、それがのちにカレラスの〈ずるギツネ〉という宿屋にいたライエンスに届けられたと証言しました。そこでライエンスとシュヒルが何を話したのかナザリアンは知りませんが、三人は翌日——新月の四日後——ブルッゲに向かい、扉に真鍮のハサミのついた赤レンガの家から娘を誘拐しました。ライエンスが魔法薬で娘を眠らせ、シュヒルとナザリアンが馬車で急ぎヴェルデンのナストログの城塞に運びました。そしてここがご注目いただきたいところですが、彼らは城塞のニルフガード軍司令官に〝これがシントラのサイリラだ〟と断言して拉致した娘を引き渡したと言うのです。司令官はこの知らせに大いに満足したと、悪党ナザリアンは証言しました。本報告書を極秘文書として使者に託します。書記が正確な複写を終えしだい、追って包括的尋問報告書をお送りします。罪人ナザリアンをどう処すべきか、つつしんで閣下のご指示をたまわりたくお願い申しあげます——もっと多くを思い出すよう牛追いムチで打つか、それとも規則どおりに絞首刑に処するか。

あなたの忠実なる僕《しもべ》

ヴァスコイネは報告書に仰々しく署名し、封をして使者に託した。

その日の夜、ディクストラは報告書の内容を知り、翌日の昼にはフィリパ・エイルハートの耳にも伝わった。

ゲラルトとダンディリオンを乗せた馬が川岸のハンノキから現れたとき、ミルヴァとカヒルはいまかいまかとハラハラして待っていた。イナ川の流れに乗って遠くから戦の音が聞こえていた。

ミルヴァはダンディリオンを鞍から降ろすのに手を貸しながら、ゲラルトがカヒルを見て身をこわばらせたのに気づいた。だが、ミルヴァもゲラルトも何も言わなかった。ダンディリオンがいまにも死にそうにうめいて失神したからだ。二人はダンディリオンを砂地に寝かせ、丸めたマントを頭の下に敷いた。ミルヴァが血に染まったままにあわせの包帯を換えようとしたとき、誰かの手が肩に触れ、なじみのあるニガヨモギとアニシードと薬草のにおいがした。レジスがいつものようにふいに、どこからともなく現れた。

「代わろう」そう言って大きな医者かばんから器具やこまごました道具を取り出した。「ここからはわたしが」

レジスが傷から包帯をはがすと、ダンディリオンは切なげにうめいた。

「大丈夫だ」レジスが傷を洗浄しながら言った。「なんでもない。ただの血だ。ちょっとした出血にすぎん……。きみの血はいいにおいがする、詩人よ」

そのとき、ゲラルトはミルヴァが予想だにしなかった行動に出た。馬に近づき、あおりの下に結わえつけてあった鞘からニルフガードの長剣を抜いたのだ。

「ダンディリオンから離れろ」ゲラルトはうなり、レジスの前に立ちはだかった。

「いいにおいの血だ」レジスはゲラルトに一瞥もくれずに繰り返した。「感染症のにおいがしない――頭部負傷で感染があると、あとが厄介だ。大動脈と大静脈は損傷なし……。ちょっと痛いぞ」

ダンディリオンはうめき、鋭く息を吸った。ゲラルトの握った剣が震え、川に反射する光できらめいた。

「あと数針だ」レジスはゲラルトも剣も無視しつづけた。「がんばれ、ダンディリオン」

ダンディリオンはがんばった。

「もう終わる」頭に包帯を巻きながら外科医ははげました。「心配するな、ダンディリオン、まったく問題ない。まさに詩人にふさわしい傷だ。頭に名誉の負傷をした戦の英雄のようで、きみを見る乙女の心はロウのように溶けるだろう。ああ、まさしく詩人にふさわしいケガだ。これが腹部の傷だとそうはいかない。肝臓は切り裂かれ、腎臓と腸はめちゃめちゃで、胃の中身と糞便はあふれ出し、腹膜炎が……よし、終わった。いいぞ、ゲラルト」

レジスが立ちあがったとたん、ゲラルトは稲妻のような速さで外科医の喉に剣を押し当て、ミルヴァに鋭く命じた。

「離れろ」

首に刃先を押し当てられたレジスはぴくりともしない。ミルヴァはレジスの目が暗がりのなかで猫のような不思議な光を放つのを見て息をのんだ。

「やれ」レジスが淡々と言った。「刺すがいい」

「ゲラルト」ダンディリオンがぎょっとして地面から呼びかけた。「気でも狂ったか？　レジスはぼくたちを絞首台から助け出し……。ぼくの傷を縫合し……」

「野営地であたしたちと少女を助けてくれた」ミルヴァがつぶやいた。

「黙れ、みんな。おまえたちはこいつが何者かを知らない」

レジスは動かない。そのときミルヴァは気づいた。もっと早く気づくべきだった。レジスには影がなかった。

「たしかにきみたちはわたしが何者かを知らない」レジスがゆっくりと言った。「そろそろ知るころだ。わたしはエミール・レジス・ロヘレック・タージフ＝ゴドフロイ。きみたちの計算でいけば四百二十八年、エルフ暦で数えれば六百四十二年、この世に生きている。きみたちが〈天体の合〉と呼ぶ大変動のあとにここに閉じこめられた、不幸な生き残りの末裔だ。ひかえめに言えば、怪物と見なされている。血を吸う悪魔だ。そしていま、わたしのような怪物を殺して生計を立てるウィッチャーと出会った。そういうことだ」

「それで充分だ」ゲラルトは剣をおろした。「充分すぎる。消えろ、エミール・レジス。名前はどうでもいい。ここから立ち去れ」

「驚いた」レジスがあざけるように言った。「わたしを見逃すのか？　人々をおびやかす吸血鬼を？　ウィッチャーはこうした危険を排除するあらゆる機会を利用すべきではないのか」

「うせろ。消えろ、いますぐ」

「どれくらい遠くまで？」レジスがゆっくりたずねた。「しょせんきみはウィッチャー、わたしのことを知っている。自分の問題が解決したら――片をつけなければならないことに片をつけたら――このあたりに戻ってくるだろう。きみはわたしがどこに住み、どこで過ごし、どうやって暮らしを立てているかを知っている。わたしを追う気か」

「できないことはない。賞金がかかっていれば。おれはウィッチャーだ」

「幸運を祈る」レジスはかばんを閉じて肩マントを広げた。「ごきげんよう。ああ、最後にもうひとつ。わたしの首にいくらかかれば、きみはその気になる？　わたしの値段はいくらだ？」

「べらぼう《ブラッディ》に高い」

「うれしいことを言ってくれるじゃないか。正確には？」

「さっさと行け、レジス」

「言われなくてもそうする。その前に値をつけてくれ。頼む」

「ふつうの吸血鬼なら上等の乗用馬一頭ぶんだ。だが、おまえはふつうじゃない」

「いくらだ」

「おそらく誰も払えない」ゲラルトが氷のように冷たい声で答えた。

「わかった。ありがとう」吸血鬼は初めて牙を剝き出してほほえんだ。それを見てミルヴァとカヒルはあとずさり、ダンディリオンは恐怖の叫びをこらえた。

「さらばだ、レジス。幸運を祈る」

「さらばだ。幸運を」

エミール・レジス・ロヘレック・タージフ＝ゴドフロイは肩マントを揺らし、これみよがしに身体に巻きつけて消えた。文字どおり、こつぜんと。

「次はおまえの番だ、ニルフガード人」ゲラルトは抜いた剣を持ったまま くるりと振り向いた。

「やめて」ミルヴァが怒って制した。「こんなことはもうたくさんだ。馬に乗って。さっさとここを離れよう！ 川向こうから叫び声が聞こえる。いつ誰かが追ってくるかわからない！」

「こいつと一緒に行く気はない」

「だったらひとりで行けばいい！」ミルヴァがどなった。「違う道を！ あんたの気分につき合わされるのはまっぴらだ、ウィッチャー！ あんたは命の恩人のレジスを追いはらった、それはあんたの勝手だ。でもカヒルはあたしの命を救ってくれた、だから仲間だ！ カヒルが敵ならあんたはアルメリアに戻ればいい。勝手にしろ！ お友達が首吊り縄を持って待ってるよ！」

「わめくな」

「ぼんやり突っ立ってないで、ダンディリオンを馬に乗せるのに手を貸して」

「みんなの馬を取り戻したのか。ローチも？」

「取り戻してくれたのはあいつだ」ミルヴァはカヒルのほうにあごをしゃくった。「さあ、行くよ」

イナ川を歩いて渡り、右岸にそって馬を進めた。浅いよどみを抜け、湿地帯と古い川床を抜け、カエルの鳴き声と姿の見えないマガモとシマアジの声が響く沼地とぬかるみを抜けて。赤い光で夜が明け、ハスの花が浮かぶ小さな湖の表面がまぶしくきらめくころ、イナ川の支流がヤルーガ川に流れこむ地点に向きを変えた。一行は緑色の浮草が生い茂る沼地に木々がまっすぐに伸びる、暗くて陰気な森を進んでいた。

先頭のミルヴァはゲラルトと馬を並べ、小声でずっとカヒルのことを話した。ゲラルトは石のように押し黙り、ダンディリオンをささえながらついてくるカヒルを一度も振り返らなかった。ダンディリオンはときおり小さくうめき、毒づき、頭が痛いとぼやきながらも足手まといになることなく、りっぱについてきた。ペガサスと鞍にくくりつけていたリュートが戻ってずいぶん元気になったようだ。

昼ごろ、ふたたび日の当たる湿地帯に出た。その向こうには広く悠然たる大ヤルーガ川が流れている。乾いた川床を進み、浅瀬とよどみを渡ったところに島のような場所があった。何本もの支流が流れる沼地と茂みのなかで、そこだけぽつんと乾いている。島には低木とヤナギが茂り、鵜《う》の糞石で白く乾いた地面から高い木が何本か生えていた。

アシのあいだに、流れで打ちあげられたとおぼしき小舟を最初に見つけたのはミルヴァだった。カワヤナギのあいだに休憩するのにぴったりの乾いた空き地を見つけたのもミルヴァだ。

一行は歩みを止めた。ゲラルトはカヒルと話すときだと判断した。面と向かって、一対一で。

「おれはサネッド島でおまえの命を助けた。哀れに思ったからだ、この若造め。それが最大のあやまちだった。今朝早く、おれはひとりの上級吸血鬼を見逃がした。そいつが間違いなく何人かの人間を襲うとわかっていても。殺すべきだった。だが、あんなやつにかまってはいられない。おれの頭にはシリを苦しめた人間をつかまえることしかない。おれはシリを痛めつけたやつらに血で贖《あがな》わせると誓った」

カヒルは無言だ。

「ミルヴァから話を聞いた。新たな事実がわかっても何も変わらない。結論はひとつだ。おまえはどんなにがんばってもサネッドからシリをさらえなかった。いま、おまえはおれのあとをつけている。いずれシリに行き着くだろうと。そうすればおまえは皇帝の許しを得、絞首台送りにならずにすむからだ。こんどこそシリをつかまえられるだろうと」

カヒルは無言だ。ゲラルトは居心地が悪かった。耐えがたいほど。

「おまえのせいでシリは夜中に叫んでいた」ゲラルトは吐き捨てるように言った。「子どもの目におまえはさぞ悪魔のように大きく見えただろう。だが、しょせんあのときのおまえはただの道具で、皇帝の哀れな手先にすぎなかった――いまもそうだ。おまえが何をしてシリの悪夢になったかは知らない。最悪なのは、それなのになぜおまえを殺せないのか、自分でもわからないことだ。何がおれを押しとどめているのか」

「それはおそらく、これほど置かれた状況が違っても共通する何かがあるからだ――おれとあなたには」カヒルがぼそりと言った。

「どんな」

「あなたと同じように、おれもシリを救いたい。あなたと同じように、誰が驚き、あきれてもかまわない。あなたと同じように、この気持ちを誰かに弁解するつもりはない」

「それで全部か」

「いや」

「よし、続けろ」

「シリはほこりっぽい村を馬で駆けている」カヒルはゆっくり語りはじめた。「六人の若者と一緒に。そのなかに短髪の娘がいる。シリは納屋のテーブルの上で踊り、幸せで……」

「ミルヴァからおれの夢を聞いたのか」

「いや。何も聞いていない。おれを信じるか」

たと同じように、おれはもうひとつ夢を見た。あなたが誰にも話していない夢だ。なぜならあなたがそれを人に話すとはとても思えない」

「忘れていた――あなたがおれを信じられず、信用できないことを。当然だ。でも、あな

カヒルはうなだれ、かかとで砂をこすった。

「信じない」

セルヴァディオはたまたま運がよかった。ロレドに来たのは、とくに誰かの動向を探るためではない。だが、この村が〈山賊のねぐら〉と呼ばれるのには理由があった。〈山賊道〉の途中にあるロレドは上《かみ》ヴェルダ全域から強盗や盗賊が立ち寄っては略奪品を売り、交換し、糧食や道具をそろえ、同業者だけでくつろぎ、楽しむ場所だ。村はなんどか焼き払われたが、そのたびにわずかな永住者と大勢の寄留者が建てなおした。彼らは山賊稼業で生計を立て、おかげさまでかなりうまくやっていた。そして詮索屋やセルヴァディオのような情報屋がそこに行けば必ずなんらかの情報が手に入り、それを長官に届ければ数フロリンになることもあった。

セルヴァディオは今回、数フロリン以上を期待していた。〈ネズミ〉の一団が村に現れたからだ。

まずギゼルハーが両脇にイスクラとケイレイをしたがえて現れた。その後ろからミスル

と、ファルカと呼ばれる新入りの灰金色の髪の少女が続き、最後にアッセとリーフが乗り手のいない馬を数頭引いてくる。売りさばくつもりでどこからか盗んできたのだろう。〈ネズミ〉たちは疲れ、ほこりまみれだったが、馬の上ではきびきびと、たまたま顔を合わせた仲間や知り合いからの呼びかけに熱心に応じていた。馬から降り、ビールがまわると、さっそく商人や故買人相手に声高に交渉を始めた。加わらなかったのはミスルと、剣を斜めに背負った灰金髪の娘だけだ。二人は、いつものように村を緑一色にする露店のあいだを歩きはじめた。ロレドには市《いち》の日があり――山賊たちが訪れるのを見越して――とびきり高級で種類も豊富な商品が並ぶ。今日はそんな日だ。

セルヴァディオはこっそり二人のあとをつけた。カネを手に入れるには情報が必要で、情報を手に入れるには盗み聞きが欠かせない。

二人は色とりどりのスカーフやビーズ、刺繍の入ったブラウスや鞍敷、馬用の豪華な額革を見てまわった。商品をあれこれ手には取っても買いはしない。ミスルはずっと灰金髪の少女の肩に片手をのせている。

セルヴァディオは革細工屋に並ぶ革ひもや腰帯を見るふりをしながらそっと近づいた。何か話しているが、声が小さくて聞き取れない。かといってこれ以上、近づく勇気はなかった。気づかれて警戒されたらおしまいだ。

二人は綿菓子屋に近づき、ミスルが雪のように白い棒つきの綿菓子をふたつ買って、ひとつを灰金髪の娘に渡した。娘がそっとかじり、白い綿筋が唇にくっついた。ミスルがやさしくぬぐってやると、少女はエメラルドグリーンの目を大きく見開き、ゆっくりと唇をなめ、甘えるように小首をかしげた。セルヴァディオは肩甲骨のあいだに震えと寒気が走るのを感じ、ちまたで噂の女盗賊二人組を思い出した。

セルヴァディオはひそかに立ち去るつもりだった。めぼしい情報はなさそうだ。たいしたことは話していない。ふと見ると、すぐそばで盗賊団の年配者が集まり、ギゼルハートとケイレイたちがときおり小さな樽の蛇口の下にジョッキを当てながら騒々しく言い合い、値切り合戦をしていた。あっちのほうが何か聞き出せそうだ——セルヴァディオは思った。〈ネズミ〉の誰かが口をすべらすかもしれない。進行中の計画とか、通り道とか、目的地とか。何かひとことでも聞き出し、それを長官づきの兵や、〈ネズミ〉にただならぬ関心を示すニルフガードの密偵たちにころあいを見て渡せば、報酬はそっくり自分のものだ。その情報を利用して長官がうまい罠をしかけでもすれば、かなりの大金が転がりこむかもしれない。そうなったら女房に羊革の外套でも買ってやるか——セルヴァディオは熱心に思いをめぐらした。子どもたちにもようやく靴とおもちゃを買ってやれる……。そして自分には……。

娘二人組は棒つきの綿菓子をなめ、かじりながら露店のあいだをぶらぶら歩いている。ふとセルヴァディオは二人が見られ、指さされているのに気づいた。指さす一団が誰かはすぐにわかった。カワウソの皮の名で知られるピンタ一味の追いはぎと馬泥棒たちだ。泥棒団は大声でやじを交わし、どっと笑った。ミスルは目を細め、灰金髪の娘の肩に片手を置いた。

「仲のいいキジバトちゃん！」泥棒の一人があざけった。古い麻縄をほぐしたような口ひげのひょろりとした男だ。「見ろ、睦言を交わし合ってるぞ！」灰金髪の少女が身をこわばらせ、ミスルが肩に置いた手に力をこめた。泥棒仲間がいっせいにくすくす笑った。ミスルがゆっくり顔を向けると、何人かが笑うのをやめた。だが、麻縄口ひげ男は酔っているのか、よほど想像力が欠如しているのか、険悪な空気には気づかない。

「おまえたち、どっちか男がほしいんじゃないか」口ひげ男が近づき、卑猥な動きをしてみせた。「男と一発やっちまえば、そんな変態趣味はたちまち治る！　おい！　おまえに話してるんだ、この――」

男が触れるまもなく灰金髪の少女が襲いかかるクサリヘビのように身をかがめ、放した綿菓子が地面に落ちるより先にひらりと剣を抜いて斬りつけた。口ひげ男はよろけながら七面鳥のようにごろごろ喉を鳴らし、断ち切られた首から血しぶきが長々とほとばしった。少女はふたたび身をかがめると、軽やかに二歩近づいて剣を振りおろした。血糊が波のように屋台に飛び散り、男はどさっと倒れ、周囲の砂がたちまち赤く染まった。誰かが悲鳴をあげた。泥棒仲間が身を乗り出してブーツの横から剣を抜いたとたん、男はギゼルハーのムチの金属柄でなぐられ、くずおれた。

「死体はひとつで充分だ！」〈ネズミ〉のリーダーが叫んだ。「自業自得だ。そいつは因縁をつけた相手が誰かを知らなかった！　さがれ、ファルカ！」

その声に灰金髪の少女はようやく剣をおろした。ギゼルハーが財布を取り出し、振ってみせた。

「同業者の掟にしたがい、殺された男にはカネでつぐなう。公正に、そいつの体重に応じて、シラミだらけの死体の一キロにつき一サラー！　これでケンカは終わりだ！　そうだな、同志よ。ピンタ、いいな？」

ギゼルハーの後ろにイスクラ、ケイレイ、リーフ、アッセが立った。石のように険しい顔で、それぞれが剣を握っている。

「いいだろう」仲間に囲まれたオタペルトが答えた。革の丈長上着《チュニック》を着た、О脚で背の低い男だ。「あんたの言うとおり、ギゼルハー。ケンカは終わりだ」

セルヴァディオはごくりと唾をのみ、騒ぎに集まる野次馬にまぎれこんだ。〈ネズミ〉にも、ファルカと呼ばれる灰金髪の少女にもつきまとう気はとっくに失せていた。長官から約束された報酬は思ったほど高くはなさそうだ。

ファルカがおとなしく剣を鞘に納め、あたりを見まわした。その表情のとつぜんの変わりようにセルヴァディオは啞然とした。

「あたしの綿菓子」少女は砂まみれになった砂糖菓子を見つめ、めそめそと言った。「綿菓子が落ちた……」

ミスルが少女を抱きしめた。

「また買ってやるよ」

ゲラルトは陰気な顔でヤナギの下の砂地に座り、糞まみれの木にとまる鵜を見ながらむっつりと考えこんでいた。

二人きりの会話のあとカヒルは茂みのなかに消え、それきり戻ってこない。ミルヴァとダンディリオンは食べるものを探し、流れに打ちあげられた小舟の網の下に銅鍋と野菜の入ったかごを見つけた。二人は小舟のなかにあった籐かごを川ぞいの水路にしかけて川岸まで歩き、棒でイグサを叩いて魚を罠に追いこみはじめた。ダンディリオンは元気を取り戻し、名誉の包帯を巻いた頭でクジャクのように得意げに歩きまわっている。

ゲラルトは不機嫌そうに考えこんだままだ。

ミルヴァとダンディリオンは魚罠を引きあげて毒づいた。期待したナマズやコイは一匹もおらず、うごめいているのは銀色の小魚ばかりだ。

ゲラルトが立ちあがった。

「二人とも来い！　そんな罠はほっといて、こっちに来い。話がある」

「おまえたちは家に帰れ」濡れて魚のにおいをさせながら近づいた二人に、ゲラルトはだしぬけに言った。「北のマハカムへ向かえ。おれはここからひとりで行く」

「なんだって？」

「そろそろ別れるころだ。パーティは終わりだ、ダンディリオン。おまえは家に帰って詩を作れ。ミルヴァが森を案内してくれる……。どうした？」

「どうもしない」ミルヴァは肩からさっと髪を振り払った。「なんでもない。さあ、話して、ウィッチャー。あんたの話を聞きたい」

「ほかに言うことはない。おれは南へ、ヤルーガ川の向こう岸へ行く。ニルフガードの領土を通って。長く危険な旅だ。ぐずぐずしてはいられない。だからひとりで行く」

「厄介な荷物は捨てるってことか」ダンディリオンがうなずいた。「足手まといで、面倒ばかり起こす足かせはいらない。つまり、ぼくだ」

「そしてあたし」ミルヴァがちらっと横を見た。

「よく聞け」ゲラルトは少し口調をやわらげた。「これはおれ個人の問題だ。おまえたちには関係ない。おれ個人の問題でおまえたちを危険にさらしたくはない」

「これはきみだけの問題だ」ダンディリオンがゆっくりと繰り返した。「誰も必要ない。連れは邪魔で、旅を遅らせるだけだ。誰の助けも必要ないし、誰かを当てにする気もない。それにきみは孤独を愛する。ほかに何か忘れてることは？」

「ある」ゲラルトはむっとして言い返した。「おまえはからっぽの頭を脳みそのつまった頭と交換するのを忘れている。あの矢があと数センチ右にずれていたら、いいか、いまごろミヤマガラスがおまえの目をほじくり返していただろう。おまえは詩人で想像力がある。だったらそんな場面を想像してみろ。もういちど言う——おまえは北へ戻れ、おれは反対方向に行く。おれひとりで」

「じゃあ行けばいい」ミルヴァがぴょんと立ちあがった。「行くなと泣きつくつもりはない。とっとと行っちまえ、ウィッチャー。さあ、ダンディリオン、何か作ろう。腹ペコだ、こいつの話を聞いてると吐き気がする」

ゲラルトは顔をそむけ、糞まみれの枝の上で羽を広げて乾かす緑色の目の鵜を見つめた。そのとき強い薬草のにおいがして、ゲラルトは激しく毒づいた。

「そんなにおれを怒らせたいか、レジス」

どこからともなく現れた吸血鬼は怒れるウィッチャーの横に平然と腰をおろし、静かに言った。

「詩人の包帯を取り替えに来た」

「だったら詩人のところに行け。だが、おれには近づくな」

レジスは離れるそぶりも見せずにため息をつき、からかいまじりに言った。

「ダンディリオンとミルヴァとの会話を聞いていた。きみには人を説得する真の才能があるようだ。世界じゅうがきみをつかまえようとしているのに、きみは助けを申し出る仲間や同志をないがしろにする気か」

「世界がひっくり返ったようだ。吸血鬼から人間とのつきあいかたを教わるとはな。おまえに人間の何がわかる、レジス？　おまえにわかるのは血の味だけだ。どうしておれはまだおまえに話してるんだ？」

「世界はひっくり返った」レジスは真顔で言った。「たしかにきみはわたしに話している。ついでに助言も聞いてみるか」

「いや、聞く気はない。聞く必要もない」

「たしかに。忘れていた。きみにとって助言は余計で、味方も余計だ。きみは旅の仲間がいなくてもやってゆける。なにせきみの旅の目的は私的で個人的なものだ。さらに言えば、目的の本質はそれをきみがひとりで、自分の手でやりとげるところにある。賭け、危険、苦難、疑念との絶えざる闘いはきみだけの重荷でなければならない。なぜならそれらはきみが求める苦行と贖罪の要素だから。言わば炎の洗礼だ。きみは炎をくぐりぬけようとしている。炎は燃えるが、同時に浄化もする。きみはそれをひとりでやろうとしている。もし誰かが手を出し、助けたら――炎の洗礼の、痛みの、苦行のほんのかけらでも誰かが引き受けたら――それもまたきみをだめにするからだ。手を貸す者は、きみが望む贖罪の一部を奪い、手を出した責めを負うことになる。要するにこれはきみだけの贖罪でなければならない。清算すべき債務を負うのはきみだけで、なおかつきみは債権者を増やして負債を大きくしたくないと思っている。わたしの論理は正しいか」

「おまえが正気であることを考えると、驚くほど正しい。おまえを見ると腹が立つ、吸血鬼。おれの贖罪のことはほっといてくれ。負債のことも」

「わかった」レジスは立ちあがった。「よく考えるがいい。だが、いずれにせよ助言をあたえる。罪の意識というものは、贖罪や浄化のための炎の洗礼を求める心と同じように、独りじめできるものではない。人生は銀行と同じではない。人生には他人に借りを増やすことで清算される負債もある」

「頼むから消えろ」

「仰せのままに」

レジスはゲラルトから離れ、ダンディリオンとミルヴァに近づいた。包帯を替えるあいだ、何を食べるかの議論になった。ミルヴァが魚罠から小魚を振り落とし、成果をしげしげと調べた。

「これっぽっちじゃどうしようもない。枝に刺して火であぶるしかなさそうだ」

「それじゃだめだ」ダンディリオンがきれいになった包帯の頭を振って反対した。「これだけでは腹いっぱいにならない。スープにしよう」

「魚のスープ？」

「そう。小魚がこれだけあるし、塩もある」ダンディリオンは手もとの材料を指折り数えた。「タマネギ、ニンジン、パセリの根にセロリ。そして鍋。全部を一緒にしたらスープのできあがりだ」

「何か風味づけがあるといいんだけど」

「それなら問題ない」レジスがかばんをごそごそ探り、ほほえんだ。「バジルにピメント、コショウ、ベイリーフ、セージに……」

「わかった、わかった」ダンディリオンが片手で制した。「それだけあれば充分だ。スープにマンドラゴラはいらない。ではさっそく始めよう。魚のわたを出してくれ、ミルヴァ」

「自分でやりなよ！　ふん！　女がいるから炊事をやらせようったってそうはいくか！　あたしは水を運んで火を熾《おこ》す。あんたがドジョウのはらわたまみれになればいい」

「あれはドジョウじゃない」レジスが正した。「ウグイ、ローチ、スズキにヘダイだ」

「へえ、魚にくわしいんだな」ダンディリオンが思わず口をはさんだ。

「たいていのことは知っている」レジスは自慢するでもなく、淡々と答えた。「これまであれこれと知識をたくわえてきた」

「そんなになんでも知ってるんなら、はらわたの抜きかたも知ってるでしょ」ミルヴァはもういちど火に息を吹きこんで立ちあがった。「あたしは水をくんでくる」

「鍋いっぱいの水を運べるか？　ゲラルト、手を貸せ」

「そのくらいなんでもない」ミルヴァは鼻で笑った。「それにウィッチャーの助けはいらない。その人には自分だけの――個人的な――用事があるんだから。誰も邪魔するんじゃないよ！」

ゲラルトは聞こえないふりをして顔をそむけ、ダンディリオンとレジスは手際よく小魚の下処理を始めた。

「ずいぶんと薄いスープだな」ダンディリオンが火の上に鍋をかけながら言った。「もっと大きい魚があればいいんだが」

「これでどうだ」いきなりカヒルが一キロ以上ありそうなカワカマスのえらをつかんでヤナギのあいだから現れた。魚は尾びれをばたつかせ、口をぱくぱくさせている。

「おお！　なんとりっぱな！　どこでつかまえた、ニルフガード人？」

「おれはニルフガード人じゃない。ヴィコヴァロ出身で、名前はカヒル――」

「わかった、わかった、みんな知ってる。で、どこでそいつを見つけた？」

「カエルを餌にしかけをこしらえ、川岸の下のくぼみに投げ入れたらすぐに食いついた」

「たいしたもんだ」ダンディリオンは包帯を巻いた頭を振り、「しまった、いっそステーキがほしいと言っておけば、魔法のように牛が出てきたかもしれない。だが、あるもので始めよう。レジス、小魚の頭からしっぽまで丸ごと鍋に入れてくれ。カワカマスのほうはていねいな下ごしらえが必要だ。やりかたは知ってるか、ニルフ——いや、カヒル？」

「ああ」

「じゃあ始めよう。おい、ゲラルト、いつまでそこに座ってすねてるつもりだ？　野菜の皮をむけ！」

　ゲラルトは素直に立ちあがって作業に加わったが、カヒルからはわざとらしく距離を取った。ナイフがないと文句を言いかけたゲラルトに、ニルフガード人——もとい、ヴィコヴァロ人——のカヒルが自分のブーツからナイフを取って渡すと、ゲラルトはぼそりと礼を言って受け取った。

　共同作業は手際よく進んだ。小魚と野菜でいっぱいの鍋はすぐに沸騰し、あくが出はじめた。レジスはミルヴァが削り出したスプーンで器用にあくを取りのぞき、カヒルがカワカマスを下処理して切り分け、ダンディリオンがカマスの尾びれ、背びれ、ひれ骨、歯の生えた頭を鍋に入れ、かきまぜた。

「うーん、うまそうなにおいだ。全部煮えたらいらないものを漉《こ》そう」

「ちょっと、まさか足布を使うんじゃないよね？」次のスプーンを削りながらミルヴァが顔をしかめた。「ざるがなくてどうやって漉すの？」

「親愛なるミルヴァ、それを言ってはいけない！」レジスはほほえみ、「ないものはあるもので簡単に代用できる。これぞ純粋なる創意工夫と前向き思考の神髄だ」

「あんたの小難しいおしゃべりはもううんざりだ、吸血鬼」

「おれの鎖かたびらで濾せ。かまわん。あとで洗えばいい」とカヒル。

「前にも洗ってよ。じゃなきゃ食べない」

濾す作業は順調に進んだ。

「さあ、カワカマスをだしに入れろ、カヒル」ダンディリオンが指図した。「いいにおいだ。これ以上、薪をくべるな。あとは静かに煮るだけだ。ゲラルト、どこにスプーンを突っこんでる！　いま混ぜるんじゃない！」

「どなるな。知らなかった」

「知らなかったというのは」──レジスは笑みを浮かべ──「うっかり行動の言いわけにはならない。知らないとき、疑問があるときは助言を求めるのがいちばん……」

「黙れ、吸血鬼！」ゲラルトは立ちあがり、みんなに背を向けた。それを見てダンディリオンが鼻で笑った。

「ほうら怒った、見ろ」

「ウィッチャーらしいや」ミルヴァが口をとがらせた。「いつも口ばっかり。どうしていいかわからなくなると、とにかくしゃべって腹を立てる。まだわからない？」

「ずっと前からわかっている」カヒルがぼそりと言った。

「コショウを足せ」ダンディリオンがスプーンをなめ、舌なめずりした。「それから塩をもう少し。よし、いいぞ。鍋を火からはずせ。うわ、あちちっ！ 手袋がないと……」

「おれはある」とカヒル。

「わたしに手袋は不要だ」そう言ってレジスが反対側から鍋をつかんだ。

「ようし」ダンディリオンがズボンでスプーンをぬぐった。「さあ、みんな、座って。たっぷり楽しんでくれ！ おいゲラルト、特別招待状でも待ってるのか。先触れとファンファーレがほしいか」

全員が鍋を囲んで砂地に座った。それからしばらくのあいだ、聞こえるのは遠慮なくスープをすする音とスプーンをふうふうと吹く音だけだった。スープが半分になると、カマスの身をていねいにほじり出す作業が始まり、スプーンが鍋の底に当たるまで続いた。

「ああ、満腹」ミルヴァがうなった。「スープってのはいい考えだったね、ダンディリオン」

「まったくだ」レジスがうなずいた。「きみはどうだ、ゲラルト？」

「〝ありがとう〟」ゲラルトはつらそうに立ちあがり、ふたたび痛み出した膝をさすった。

「これで満足か？ それともファンファーレが必要か」

「いつもこの調子だ」ダンディリオンが片手を振った。「気にするな。いずれにせよ、きみたちは運がいい。ぼくは彼が恋人イェネファーとケンカしているところに居合わせたことがある。漆黒の髪の、色白の美女だ」

「口をつつしめ」レジスがたしなめた。「ゲラルトが問題を抱えているのを忘れてはいけない」

「問題は解決するためにある」カヒルがげっぷをこらえて言った。

「もちろんそうだ。でも、どうやって？」とダンディリオン。

焼けた砂の上でくつろぐミルヴァが鼻で笑った。「吸血鬼は物知りだ。きっと知ってる」

「大事なのは何を知っているかではなく、状況をどううまく分析するかだ」レジスは淡々と、「そして状況を分析すれば、われわれは解決できない問題に直面しているという結論に達する。どう考えてもこの計画が成功するとは思えない。シリが見つかる確率はゼロだ」

「よく言うよ」ミルヴァが冷やかした。「もっと前向きに考え、創意工夫するべきじゃないの？　ざるのときみたいに。足りないものがあれば代用品を探す。あたしはそう思う」

「つい最近までシリはニルフガードにいると思っていた」レジスが続けた。「目的地にたどり着き、彼女を救い出す――もしくはさらう――のは不可能に思えた。だがカヒルの話によれば、いまシリの居場所はまったくわからない。向かう方角すらわからないときに創意工夫の話をしても意味がない」

「じゃあどうすんの？」ミルヴァがさっと身を起こした。「ゲラルトはあくまで南に行くって……」

「ゲラルトにとって」——レジスは声を立てて笑い——「羅針盤の先がどこを向いているかは重要ではない。何もせずじっとしているのでないかぎり、どの方角を選ぼうと同じ。これこそウィッチャーの原則だ。世界は悪に満ちている、だからとにかく前に進み、途中で出くわす〈悪〉を倒せばそれでいい。それが〈善〉に寄与する道だ。あとのことはどうにかなる。言い換えれば、動いていることがすべてで、目的はどうでもいい」

「そんなの嘘だ。だってシリはゲラルトの目的でしょ？　どうでもいいなんてどうして言えるの？」とミルヴァ。

「冗談だ」レジスはゲラルトの背中に向かって片目をつぶった。「それも下手な冗談だった。謝る。きみの言うとおりだ、親愛なるミルヴァ。たしかにシリは目的だ。彼女の居場所がわからなければ、それを突き止め、それにもとづいて行動するのが道理だ。わたしが思うに、〈運命の子〉の一件には魔法と運命と超自然的要素が息づいている。そしてわたしはそうしたことがらにきわめてくわしく、必ずや力になってくれる人物を知っている」

「本当か」ダンディリオンが目を輝かせた。「誰だ？　どこにいる？　ここから遠いのか？」

「ニルフガードの首都より近い。というより目と鼻の先だ。アングレン。ヤルーガ川岸のこちら側。カエド・ドゥの森に拠点を置く〈ドルイド集団〉だ」

「さっそく行こう！」

「誰もおれの意見はきかんのか」ゲラルトがむっとした。

「きみの？」ダンディリオンが振り向いた。「きみは自分が何をしているかわかっていない。さっきむさぼり食ったスープの借りも返していない。ぼくらがいなかったらきみは飢えていた。きみが動くのを待っていたらぼくらも飢えていた。あの鍋いっぱいのスープは協力の結果だ。力を合わせたからこそできた。共通の目的で結ばれた友情の共同努力のたまものだ。わかるか、友よ？」

「わかるもんか」ミルヴァが顔をしかめた。「ゲラルトはいつだって〝おれが、おれが、おれだけで、たったひとりで〟の一匹狼だ！　でも、見てのとおり狩りひとつできないし、森のことも知らない。狼は一匹で狩りはしない！　絶対に！　一匹狼なんて、ふん、笑わせる。そんなの何も知らない街の人間のたわごとだ。でもゲラルトはそれがわかってない！」

「いや、わかっている」レジスがいつもの歯を見せない笑みを浮かべた。

「ゲラルトはバカに見えるだけだ」ダンディリオンはうなずき、「だが、いつか脳みそをしっかり働かせるときが来るのをぼくは願いつづけている。きっと何かしら役立つ結論にたどり着くのを。ひとりでやる価値があるのは自慰ぐらいだと気づくかもしれない」

　カヒル・マー・ディフリン・エプ・シラクはあえて沈黙を守った。

「おまえたちみんな、くそくらえだ」ついにゲラルトがスプーンをブーツ脇に差しこみながら言った。「おまえたちも、共通の目的で結ばれたバカどもの協力精神もくそくらえだ、何も知らんくせに。そしておれもくそくらえだ」

カヒルにならってこんどは全員がわざと黙りこんだ。ダンディリオンも、ミルヴァことマリア・バリングも、エミール・レジス・ロヘレック・タージフ＝ゴドフロイも。

「どうしておれはこんな連中と一緒にいるんだ？」ゲラルトは首を振った。「これが戦友か！　勇者団か！　おれが何をした？　リュートを抱えたへぼ詩人。気が荒くておしゃべりなハーフドルイドの女に、五百年近く生きる吸血鬼。そしてニルフガード人じゃないと言い張るくそニルフガード人」

「そしてそれをひきいるのは良心の呵責と決断力の欠如に苦しむウィッチャー」レジスが静かに締めくくった。「あやしまれないよう、お忍びで旅を続けたほうがよさそうだ」

「そして笑われないように」ミルヴァが言い添えた。

6

女王は答えた——「慈悲を乞うならわたしではなく、おまえが魔法で苦しめた者たちに乞え。おまえにはそのような行ないをする勇気があった。ならば追っ手と正義がまぢかに迫ったいまも勇気を持つがいい。わたしにおまえの罪は許す力はない」すると魔女は猫のように威嚇し、邪悪な瞳をひらめかせた。「わたしの終わりは近い」魔女は叫んだ。「だが、おまえの終わりも近い、おお、女王よ。おまえが恐ろしき死を迎えるとき、ララ・ドレンとその呪いを思い出すだろう。そして知っておくがいい——わが呪いが十世代にわたっておまえの子孫に降りかかることを」しかし、女王の胸の奥で勇敢なる心が鼓動するのを見たとたん、悪いエルフの魔女はののしりも、呪いの脅しもやめ、泣いて救いと慈悲を求めること雌犬のごとく……。

——『ララ・ドレンの物語』人間版

……だが、その願いはド＝イネ——無慈悲で冷酷な人間——の石のように冷たい心を溶かしはしなかった。いまやわが身ではなく、まだ見ぬ子の命乞いをするララが馬車の扉をつかんだとき、女王の命令で残忍な死刑執行人が剣を振りおろし、ララの指を断ち切った。その晩、冷たい霜がおりるころ、ララは森深き丘の頂上で、最期の息で小さな娘を産み、わずかに残るぬくもりで赤ん坊を守った。すると冷たい冬の夜、一面の吹雪だった頂《いただき》にとつぜん春が訪れ、フェイネウェッドの花が咲いた。いまもその花はふたつの場所でしか咲かない。ドル・ブラサンナとララ・ドレン・エプ・シアダルが死んだ丘の頂上だけだ。

——『ララ・ドレンの物語』エルフ版

「言ったでしょ。さわらないでって」あおむけに寝ていたシリが怒った。

葉っぱの先でシリの首をくすぐっていたミスルはその手を引っこめ、刈りあげたうなじを両手にのせて隣にごろりと寝転がり、空を見つめた。

「近ごろ変だよ、若ハヤブサ」

「あなたにさわられたくないだけ！」

「ちょっとしたおふざけだ」

「わかってる」シリは口をとがらせた。「おふざけ。いつだって〝おふざけ〟。でも、おふざけを楽しむのはもうやめたの、わかる？　あたしにはもう楽しくもなんともないんだから！」

ミスルは横たわったまま、雲の筋がちぎれ飛ぶ空を長いあいだ黙って見ていた。ハゲタカが一羽、木々の上空で舞っている。

「あんたの夢」しばらくしてミスルが言った。「あの夢のせいだろ？　毎晩のように叫んで目を覚ます。前に耐え抜いたことが夢に出てくるんだ。あたしにも憶えがある」

シリは無言だ。

「あんたは自分のことを何も話さない」ふたたびミスルが沈黙を破った。「何を耐えてきたのか。どこから来たのか。残してきた人がいるのか……」

シリはさっと首に手を当てたが、こんどはテントウムシがとまっただけだ。「ていうか、いると思ってた……。何人かいた」シリはミスルを見ずに、静かに言った。「あたしを見つけてくれる人がいるって……。こんな世界の果てでも、あたしを見つけたいと思えば見つけてくれる人がいるって……。その人たちがまだ生きていればだけど。ねえ、あたしの何がほしいの、ミスル？　すべてを打ち明けてほしいの？」

「そうじゃない」

「よかった。何を話しても、どうせちょっとしたおふざけだから。あたしたちがわかち合ってるのは全部そう」

「わからない」ミスルは顔をそむけた。「一緒にいるのがそんなに嫌なら、どうして出ていかないのか」

「ひとりになりたくない」

「それだけ？」

「それが大きい」

ミスルは唇を嚙んだ。だが、何かを言うまもなく口笛が聞こえ、二人ははじかれたように立ちあがると、マツの葉を払い落とし、馬に向かって駆け出した。

「おふざけの始まりだ」ミスルが剣を抜きながら鞍に飛び乗った。「あんたが何よりも楽しむようになったおふざけだ、ファルカ。あたしが気づかないとでも思った？」

シリは怒りにまかせて馬の腹を蹴った。峡谷の端を猛然と走る二人の耳には、街道の反対側のやぶから駆け出す〈ネズミ〉仲間のウォーッという猛々しい叫びが聞こえていた。挟み撃ちの始まりだ。


私的な謁見が終了した。エイドンの子爵にして皇帝エムヒル・ヴァル・エムレイスの軍課報部長ヴァティエル・ド・リドーは図書室を出る際、〈花の谷の女王〉に宮廷儀礼の慣習よりも深く頭をさげた。同時にそのお辞儀は非常に慎重で、動きはぎこちなく、こわばっていた。帝国課報部長の目はエルフの女王の足もとに寝そべる二匹のオオヤマネコから一瞬たりとも離れなかった。金目のヤマネコは一見ものうげで無気力そうだが、ヴァティエルはそれがかわいい愛玩動物ではなく油断ならない用心棒で、必要以上に女王に近づこうものならたちまち血まみれのずたずたにされかねないことを知っていた。

〈谷間のヒナギク〉――エニッド・アン・グレアナの名で知られるフランチェスカ・フィンダベアはヴァティエルの背後で扉が閉まるのを待ってオオヤマネコをなで、声をかけた。

「いいわよ、アイダ」

謁見のあいだ、透明の魔法で身を隠していた〈青色山脈〉の高貴なる民《アエン・シーデ》で魔法使いのアイダ・エミアン・エプ・シヴニーが図書室の隅に現れ、ドレスと朱色の髪をなでつけた。二匹のヤマネコは目をかすかに見開いただけだ。あらゆる猫と同様、彼らには見えないものが見える。単純な魔法にはだまされない。

「この〝諜報員の行列〟にはうんざり」フランチェスカは黒檀の椅子で身を伸ばし、あざけるように言った。「つい先日はケイドウェンのヘンセルト王が〝領事〟を送りつけ、ディクストラがドル・ブラサンナに〝通商代表団〟を派遣したかと思ったら、こんどは諜報部長のヴァティエル・ド・リドーがじきじきに！　ああ、それからさっきは〈帝国の取るに足らない男〉――ステファン・スケレンもあたりをうろついていたけれど、謁見は認めなかったわ。わたしは女王で、スケレンは取るに足らない男。地位はあっても取るに足らないのは変わらない」

「ステファン・スケレンはわたしたちのところにも現れ、少しは運に恵まれた」アイダ・エミアンがゆっくりとした口調で言った。「フィラヴァンドレルとヴァナダインと話ができたぶんだけ」

「そしてヴァティエルと同じようにヴィルゲフォルツ、イェネファー、リエンス、そしてカヒル・マー・ディフリン・エプ・シラクの居所をたずねた？」

「ところが、驚くなかれ、スケレンはイスリン・エグリ・エプ・エヴェニエンの予言の原版に強い関心を示したわ、とりわけアエン・ヘン・イチェル――古き血――の部分に。それからトル・ララ――〈カモメの塔〉――と、かつて〈カモメの塔〉とトル・ジレル――〈ツバメの塔〉――をつないでいた伝説の〈門《ポータル》〉にも。人間の考えそうなことね、エニッド。ひとつうなずくだけで、わたしたちが解読に何世紀も費やしてきた謎と秘密を簡単に教えると思うなんて」

フランチェスカは片手をかかげ、指輪をしげしげと見つめた。

「フィリパはスケレンとヴァティエルの異様な関心ぶりを知っているのかしら。そして二人が仕えるエムヒル・ヴァル・エムレイスの関心を」

「知らないとは思わないほうがいい」アイダがじっと見返した。「わたしたちが知っていることをフィリパやモンテカルヴォの秘密組織に黙っているのも危険よ。隠していても不利なだけ……。わたしたちも組織は実現させたいわ。わたしたち――エルフの魔法使い―

――は信用されたいし、二股をかけていると疑われたくもない」

「でもげんに二股かけているわ、アイダ。そして炎とたわむれている――ニルフガードの〈白炎〉と……」

「炎は燃えるけれど浄化もする」アイダが厚化粧の目で女王を見あげた。「これは切り抜けなければならない試練よ。危険は冒さなければならないわ、エニッド。結社は存在すべきであり、機能させなければならない。全力で。予言に出てきた一人を含む十二人の女魔法使いで。二股だろうと信頼を得なければ」

「もし罠だとしたら？」

「構成員についてはあなたのほうがくわしいはずよ」

フランチェスカはしばらく考えてから始めた。「シーラ・ド・タンカーヴィレはどこにも忠誠心を持たない、謎めいた世捨て人。トリス・メリゴールドとキーラ・メッツは忠実だったけれど、フォルテスト王がテメリアからすべての魔法使いを追い出したいまは国を持たない状態で、マルガリータ・ラウクス＝アンティレは自分の学園のことしか頭にない。もちろん現時点でトリス、キーラ、マルガリータの三人はフィリパの強い影響下にあり、そのフィリパは謎の人物。サブリナ・グレヴィシグはケイドウェンにおける政治的影響力を手放すつもりはないけれど、結社を裏切るつもりもない。サブリナは結社があたえる力に強く魅せられているわ」

「アシーレ・ヴァル・アナヒッドはどう？　そして、モンテカルヴォで顔を合わせるもうひとりのニルフガードの魔法使いは？」

「その二人のことはほとんど知らないけれど、ひとめ見ればわかるわ」フランチェスカはほほえんだ。「そのドレスを見れば」

アイダ・エミアンは化粧したまつげを伏せたが、質問はせず、しばらくして言った。

「となれば翡翠《ヒスィ》の小像しかないわ。イスリンの予言で語られる、いまも不確かで謎めいた翡翠の像。そろそろ本人の考えを聞くころよ。そして何が待ち受けているかを本人に話したほうがいい。解縮に手を貸しましょうか」

「いいえ、それはわたしひとりで。解縮の反応がどんなものかは知ってるでしょう。立会人は少なければ少ないほど自尊心が傷つく痛みは小さい」

フランチェスカ・フィンダベアは視界と音をさえぎる保護フィールドで宮廷の中庭全体が完全に隔離されているのをもういちど確かめてから、凹面鏡のついたロウソク台の黒いロウソク三本に火をつけた。ロウソク台はエルフ版黄道図——ヴィッカ——の八つの記号を描いた円形モザイクタイルのうち、ベレテイン、ラマス、ユールの三カ所に置いてある。黄道円のなかにはもうひとつ、魔法のシンボルを配した小さなモザイク円が五芒星を取りかこむように描かれていた。フランチェスカは小円で囲まれた三つのシンボルの上に小さな鉄の三脚をひとつずつ置き、それぞれに水晶をひとつずつ注意深く載せた。水晶の底面が三脚の表面にぴったりはまったということは配置が正確である証拠だ。それでもエルフの女王はすべてをなんども確かめた。不測の事態はなんであれ避けたい。

そばにある噴水から水がちょろちょろ流れ、大理石のナイアス像が手にした水差しから水が噴き出ている。水は四本に分かれて水だまりに流れ落ち、金魚がすり抜けるスイレンを揺らした。

フランチェスカは宝石箱を開け、光沢のある翡翠の小像を取り出すと、五芒星の中心に正確に置いた。それから身を引き、テーブルの魔法書をもういちど見て深く息を吸い、両手をあげて呪文を唱えた。

ロウソクの火がぼっとまぶしく燃えあがり、水晶の切子面がまぶしい火花のような光線を放った。光線は翡翠の像に向かって飛び出し、たちまち像の色を緑から金に変え、やがて透明にした。まわりの空気が魔力でちらちら光り、保護フィールドにぶつかった。一本のロウソクから火花が飛び散り、敷石の上でいくつもの影が躍ってモザイクが動き、なかの形が変わりはじめた。フランチェスカは両手をあげたまま、呪文を唱えつづけた。

小像は脈打ち、振動しながら稲妻のような速さで大きくなり、煙がもくもくと床を這うようにその構造と形を変えた。水晶が放つ光が空気を切り裂き、光線のなかで何かが動き、凝結して塊が浮かんだかと思うと、やがて魔法円の中央にいきなり人体が現れた。黒髪の女がぴくりともせずに床に横たわっている。

ロウソクが筋状の煙を吐いて燃え、水晶の光が消えた。フランチェスカは両手をおろして指の力を抜き、額の汗をぬぐった。

黒髪の女が床の上で身を丸め、叫びはじめた。

「おまえの名は？」フランチェスカが荒い息でたずねた。

女はぶるぶると身を震わせ、わめき、両手で腹部をつかんだ。

「おまえの名は？」

「イェ……イェネ……イェネファーーーー！！　あぐうぅぅ！」

フランチェスカはほっとして息を吐いた。女は両こぶしを床に打ちつけ、えずき、身をよじってわめきつづけた。フランチェスカはじっと待った。平然と。さっきまで翡翠の小像だった女は苦しんでいた。当然の反応だ。だが、女の精神は損傷を受けていない。

「さあ、イェネファー」フランチェスカは長い沈黙のあと、うめきをさえぎるように呼びかけた。「もうそれくらいでいいんじゃない？」

イェネファーはいかにもつらそうに四つんばいになり、手首で鼻をぬぐってぼんやりあたりを見まわした。その視線は誰もいないかのようにフランチェスカをすどおりし、水を吐き出す噴水を見て止まり、輝いた。イェネファーはやっとのことで噴水に這い寄り、縁から身を乗り出してばしゃっと水だまりに倒れこんだ。水にむせ、吐き散らし、咳きこんでは吐き、ようやくスイレンをかき分けて大理石のナイアス像までたどり着くと、台座にもたれて座りこんだ。水が胸もとまで来ていた。

「フランチェスカ……」イェネファーはつぶやき、首から下げた黒曜石に触れながら、さっきより少しはっきりした視線でエルフの女王を見た。「あなた……」

「わたしよ。何を憶えている？」

「あなたはわたしを小縮した……。なんてひどい、わたしを縮めるなんて！」

「あなたを小縮し、そして解縮した。何を憶えている？」

「ガルスタング……。エルフ。シリ。あなた。そして五十トンもの重みが頭上に落ちてきて……。あれがなんだったのか、いまわかったわ。あれは小縮の魔法……」

「記憶は正常そうね。けっこう」

イェネファーはうつむき、金魚がぶつかってくる太もものあいだを見てつぶやいた。

「池の水を変えて。たったいまおしっこしたから」

「かまわないわ」フランチェスカはほほえんだ。「でも、水中に血が流れていないかだけは確かめて。小縮は腎臓に損傷をあたえるそうだから」

「腎臓だけ？」イェネファーはおそるおそる息を吸った。「身体じゅうで損傷を受けていない器官はひとつもない……そんな気分よ。なんなの、エニッド、こんな目にあわせるなんて、いったいわたしが何をしたと……」

「池から出て」

「嫌。ここがいい」

「そうでしょうね。いわゆる脱水症状よ」

「脱水どころか劣化よ。破壊よ！　どうしてこんなことを！」

「出て、イェネファー」

イェネファーは両手で大理石のナイアスにつかまり、よろよろと立ちあがると、スイレンを振り落とし、水のしたたるドレスを力まかせに引き破ってほとばしる水の下に裸で立った。それから身体を洗い流し、ごくごくと水を飲んだあと、池から上がって縁に座り、濡れた髪をしぼってあたりを見まわした。

「ここは？」

「ドル・ブラサンナ」

イェネファーは鼻をぬぐった。

「サネッド島の抗争は続いているの？」

「いいえ。ひと月半前に終わったわ」

「わたしはあなたをひどい目にあわせたようね」しばらくしてイェネファーが言った。

「よほど怒らせたに違いないわ、エニッド。でもこれでおあいこよ。あなたはみごとに復讐を果たした。でも、これはあんまりよ。あっさり首を断ち切ることもできたでしょうに」

「とんでもない」エルフの女王は顔をしかめた。「あなたを小縮し、ガルスタング宮殿から連れ出したのはあなたの命を救うためよ。でも、その話はまたあとで。さあ、このタオルを。それからシーツも。もっとまともな、お湯がたっぷり入った浴槽で身体を洗ったあとには新しいドレスが用意してあるわ。それ以上わたしの金魚をいじめないで」

アイダ・エミアンとフランチェスカはワインを、イェネファーは砂糖水と人参ジュースを――がぶがぶと――飲んでいた。

「つまりこういうことね」フランチェスカの話を聞いたイェネファーが総括した。「ニルフガードはライリアを打ち負かし、ケイドウェンと手を組んでエイダーンを破壊し、ヴェンガーバーグを焼き払い、ヴェルデンを征服し、いまこのときもブルッゲとソドンを叩きつぶしている。ヴィルゲフォルツは跡形もなく消え、ティサイア・ド・ブリエスは自害し、あなたは〈花の谷〉の女王となった。皇帝エムヒルは、わたしのシリと引き換えにあなたに冠と笏《しゃく》を授けた。そしてエムヒルは長いあいだ追いつづけたあの子をついに手にし、いまや好きなように利用している。あなたはわたしを縮め、ひと月半のあいだ翡翠の小像にして箱に閉じこめた。そしてわたしから感謝の言葉を待っている」

「感謝されてしかるべきよ」フランチェスカ・フィンダベアは冷たく答えた。「サネッドにいたリエンスという男はあなたにゆっくりと残酷な死をあたえなければ気がすまず、それにヴィルゲフォルツが手を貸すと申し出た。リエンスはガルスタングじゅうを捜しまわったけれど、あなたを見つけることはできなかった。すでに翡翠の小像になってわたしの胸の谷間にいたから」

「そして四十七日のあいだ、あの小像だった」

「そう。その間、誰かにきかれたらいつだって〝ヴェンガーバーグのイェネファーはドル・ブラサンナにはいない〟と答えることができた。イェネファーのことをきかれたのであって、小像のことではなかったから」

「解縮しようと思ったのは、どんな心境の変化？」

「大いなる変化よ。すぐに説明するわ」

「その前に教えて。ウィッチャーのことよ、サネッド島にいた。ゲラルト。アレッツザであなたに紹介した――憶えているでしょう。彼はどうしてる？」

「落ち着いて。生きてるわ」

「このとおり落ち着いているわ。教えて、エニッド」

「あなたのウィッチャーは人が一生かかってもやれないことを一時間でやってのけた。簡潔に言えば、ディクストラの片脚を折り、アルトード・テラノヴァの首をはね、スコイア＝テルを十人斬り殺した。ああ、それから忘れるところだった――彼はキーラ・メッツのよからぬ情熱も掻きたてた」

「なんていやらしい」イェネファーは顔をしかめた。「でも、いまごろキーラは立ちなおっているはずよ。彼を恨んでいないといいんだけど。彼がキーラの欲望に火をつけたあとで手を出さなかったのは時間がなかったからで、間違っても彼女の魅力が足りなかったからじゃない。わたしの代わりにキーラを安心させておいて」

「わたしに頼まなくても自分でやる機会がくるわ」〈谷間のヒナギク〉は冷ややかに返した。「それもすぐに。でも、とぼけるのはそれくらいにして気になる話に戻りましょう。あなたのウィッチャーはシリを守りたいあまり性急な行動に出た。彼はヴィルゲフォルツに戦いを挑み、ヴィルゲフォルツは彼をしたたかに打ちすえた。ヴィルゲフォルツがウィッチャーを殺さなかったのは時間がなかったからで、間違っても力が足りなかったからじゃない。どう？　これでもまだ無関心をよそおうつもり？」

「いいえ」イェネファーのしかめつらに、もはやあざけりの表情はなかった。「いいえ、エニッド。気になってしかたないわ。どれだけわたしが気にしているか、いまに何人かにとくと思い知らせてやる。本気よ」

フランチェスカはイェネファーの脅しにもからかいにも動じなかった。

「トリス・メリゴールドが瀕死のウィッチャーをブロキロンに瞬間移動《テレポート》させた。わたしが知るかぎり、いまも木の精の治療を受けている。回復しているようだけど、森の外には出ないほうが賢明ね。ディクストラの密偵とあらゆる国王の軍諜報部が彼を追っている。それを言うならあなたも追われる身よ」

「なぜわたしがそんな注目の的に？　ディクストラのどこも折った覚えは……。ああ、言わないで、当ててみましょうか。わたしはサネッド島から跡形もなく消えた。わたしが縮められてあなたのポケットに入っているとは誰も思わなかった。共謀者とともにニルフガードに逃げたと誰もが信じた。もちろん真の陰謀者は別よ。でも彼らは間違いを正しはしない。戦争が激化するなか、デマはつねにその刃を研いでおかなければならない武器だから。そして四十七日後の今日、あなたがその武器を使うときがきた。ヴェンガーバーグのわが家は焼け落ち、わたしは追われる身。スコイア＝テル奇襲団に加わる以外に残された道はない。もしくは別の方法でエルフの自由を求める闘いに加わるしか」

イェネファーは人参ジュースをひとくち飲み、さっきからおだやかな顔で黙ったままのアイダ・エミアン・エプ・シヴニーの目を見つめた。

「さあ、マダム・アイダ――〈青色山脈〉から来たアエン・シーデの自由な女エルフ、わたしの予測は正しい？　なぜさっきから黙っているの？」

「それはマダム・イェネファー、まともなことが言えないときは何も言わない主義だから」赤毛のエルフが答えた。「どんなときも、根拠のない憶測をめぐらし、くだらないおしゃべりで不安をごまかすより黙っているほうがましよ。エニッド、そろそろ本題に入ったらどう？　マダム・イェネファーにことの次第を話してあげて」

「全身を耳にしているわ」イェネファーはビロードのひもから下がる黒曜石をいじりながら言った。「話して、フランチェスカ」

〈谷間のヒナギク〉は組み合わせた手にあごをのせた。

「今日は満月から数えて二度目の夜。もうじきわたしたちはフィリパ・エイルハートの本拠地モンテカルヴォ城にテレポートする。あなたが興味を持つに違いない、ある組織の会議に参加するために。あなたはかねてから魔法は最高の価値を有し、どんな議論や対立、政治的選択や個人的関心、恨みや感情、敵意も越えたものだという意見の持ち主だった。そんなあなたのことだから、先ごろある組織が創設されたと知ったらきっと喜ぶわ。魔法の利益だけを守るために生まれた一種の秘密結社で、目的は魔法が世界の階層においてしかるべき地位を確保すること。この結社に新しい会員を推薦できるという特権を行使し、わたしは二人の候補者を立てた。アイダ・エミアン・エプ・シヴニーとあなたよ」

「なんて思いがけない栄誉かしら。魔法で意識を奪われた状態から、一気に個人的恨みや憤りを超越した選ばれし者たちの全能結社に誘われるなんて」イェネファーは皮肉っぽく言った。「わたしがふさわしいの？　わたしにそんな気骨があるかしら――わたしからシリを奪い、愛する人を容赦なく打ちすえ、わたしを小縮した人に対する恨みを忘れられるほど――」

「あなたには間違いなくそれだけの気骨があるわ、イェネファー」エルフの女王がさえぎった。「あなたのことは知っているし、そのような強さを備えていることも知っている。あなたには野心があり、それがふいに目の前に現れた名誉と地位向上に関する疑念を晴らすであろうことも。でも、どうしてもというのならはっきり言うわ――わたしがあなたを推薦するのは、あなたが結社にふさわしい人物で、その大義に重要な貢献をする人だと考えるからよ」

「ありがとう」イェネファーの唇から皮肉な笑みがゆっくりと消えた。「うれしいわ、エニッド。まさに野心とうぬぼれと自己崇拝の気持ちがあふれていまにも爆発しそうよ。たとえ、あなたがわたしではなくドル・ブラサンナ、もしくは〈青色山脈〉のエルフを推薦しない理由がいまだにわからなくても」

「理由はモンテカルヴォでわかるわ」フランチェスカはそっけなく答えた。

「できればいま教えて」

「話しておあげなさい」アイダ・エミアンがつぶやいた。

「理由はシリよ」しばらく考えたあと、フランチェスカは謎めいた瞳でイェネファーを見あげた。「結社はシリに関心を持っている。そしてあなたほどあの子をよく知る人はいない。それ以外のことは向こうに着いてから」

「いいわ」イェネファーは肩甲骨をぼりぼりと掻いた。小縮によって乾燥した肌がまだ耐えがたいほどかゆかった。「じゃあ、ほかの会員を教えて。あなたがた二人とフィリパ以外の」

「マルガリータ・ラウクス＝アンティレ、トリス・メリゴールド、キーラ・メッツ。コヴィリのシーラ・ド・タンカーヴィレ。サブリナ・グレヴィシグ。さらにニルフガードの女魔法使いが二人」

「〈世界女共和国〉？」

「そんなところね」

「あの人たちはいまもわたしをヴィルゲフォルツの共犯者と思っている。そんなわたしを受け入れるかしら」

「彼女たちはわたしを受け入れた。あとはあなたしだいよ。シリとの関係をきかれるわ。十五年前――あなたのウィッチャーのおかげで――シントラで始まったできごとから、ひと月半前の事件にいたるまで。正直で誠実な態度が何より求められるわ。それが結社に対する忠誠の裏づけになる」

「裏づけだなんて誰が言ったの？　忠誠を語るのは早すぎやしない？　組織の規則や綱領もわからないのに……」

「イェネファー」エルフの女王はかすかに眉を寄せた。「わたしはあなたを結社に推薦するけれど、何かを強いるつもりはない。とりわけ忠誠を強いる気はないわ。それはあなたの自由よ」

「ようやく話が見えてきたわ」

「あなたの言うとおりかもしれない。でも、あくまで選択は自由よ。個人的な意見を言えば、あなたには心から結社への参加を勧めるわ。いい？　そうすることであなたは事件のただなかにいきなり飛びこむよりも——そうしたい気持ちはわかるけれど——はるかに効率よくシリを救える。あの子を救うにはわたしたちが力を合わせるしかない。シリの命が危険にさらされているわ。モンテカルヴォで話を聞けば、わたしの言うことが本当だとわかるはず……。イェネファー、気になるのはあなたのその目の光よ。逃げ出さないと約束して」

「いいえ」イェネファーはビロードのひもの先についた星形の石を握り、首を横に振った。「約束はできない」

「警告しておくわ、イェネファー。モンテカルヴォの固定〈門《ポータル》〉にはどれも歪曲遮断機能が備わっていて、フィリパの許可なく出入りする者は誰であろうとディメリティウムが張りめぐらされた地下牢に放りこまれる。つまり、適切な構成物質《コンポーネント》なしには自分の〈瞬間《テレ》移動門《ポータル》〉を開けることができないの。あなたの〝星〟を没収したくはない。あなたには能力を最大限に生かしてもらわなければならないから。でも、もし何か小細工をこころみれば……。イェネファー、わたしは——というより結社は——あなたに女ひとりでシリを救い、復讐を求めるような愚かな真似をさせるわけにはいかない。わたしはいまもあなたの基盤《マトリクス》と魔法アルゴリズムを持っている。再度あなたを縮め、翡翠の小像にできる。こんどは数カ月でも。必要とあらば数年でも」

「警告をありがとう。それでも約束はできない」

フリンギラ・ヴィゴは平静をよそおっていたが、内心は不安と緊張でいっぱいだった。これまでいくどとなく、型にはまった意見や固定観念を無批判に受け入れるニルフガードの若い魔法使いたちを叱ってきた。ふだんから、噂と宣伝で塗り固められた北方諸国の女魔法使いにまつわる派手なイメージ――化粧が上手で、傲慢で、虚栄心が強く、倒錯の域を越えるまでに奔放――を一笑に付してきた。しかし、いまこうしてテレポートを繰り返してモンテカルヴォ城に近づくにつれ、秘密結社の会場で待ち受けるものに対する不安はつのるばかりだ。想像は勝手にふくらみ、乳首を赤く塗った剝き出しの胸にダイヤの首飾りをつけた信じられないほどきらびやかな女や、アルコールと麻薬の影響で濡れた唇と光る目の女たちが思い浮かぶ。フリンギラの心の目のなかで、その集会はすでに度を越した、狂気の音楽と媚薬と風変わりな装身具をつけた男女の奴隷が入り乱れる卑猥な乱痴気騒ぎになっていた。

最後の〈門〉を抜けたとき、フリンギラはドレスの四角く開いた胸もとをおおうエメラルドの首飾りを片手できつく握り、魔法の風のせいで乾いた唇とうるむ目で二本の黒い大理石の柱のあいだに立っていた。隣に姿を現したアシーレ・ヴァル・アナヒッドも動揺しているようだが、アシーレが落ち着かないのはおそらく、簡素ながら品のいい青紫色のドレスにひかえめなアレキサンドライトの小さな首飾りという、新調したばかりの慣れない身なりのせいだ。

フリンギラの不安はたちまち消えた。大広間はひんやりと静かで、魔法のランタンが灯っていた。太鼓を叩く裸の奴隷も、股間にスパンコールをつけてテーブルで踊る娘もいなければ、ハシシや媚薬のにおいもしない。ニルフガードの女魔法使い二人を出迎えたのは、上品な身なりで、威厳があり、礼儀正しく、てきぱきした女城主フィリパ・エイルハートだった。ほかの女たちも近づいて自己紹介し、フリンギラは安堵のため息をついた。北方諸国の女魔法使いは美しく、色あざやかで、宝飾品できらめいていたが、ひかえめな化粧をほどこした目に薬物や色情症の形跡はまったくなく、胸を剝き出している者もいない。それどころか、そのうちの二人は襟の高いきわめてつつましい身なりだ。いかめしい顔のシーラ・ド・タンカーヴィレは黒いドレス。青い目とみごとなとび色の髪の若いトリス・メリゴールドは青いドレス。黒髪のサブリナ・グレヴィシグと金髪のマルガリータ・ラウクス＝アンティレ、キーラ・メッツの胸もとは深く開いているが、それでもフリンギラよりわずかに広い程度だ。

ほかの参加者を待つあいだ上品な会話が交わされ、全員が自己紹介を終えた。フィリパ・エイルハートの如才ない発言と気づかいは、その場の堅苦しい雰囲気を氷解させた。溶けずに残ったのは料理が並ぶテーブルに山盛りにされた牡蠣《かき》の下の氷くらいだ。学者であるシーラ・ド・タンカーヴィレは同じく学者のアシーレ・ヴァル・アナヒッドとすぐに共通の話題を見出し、フリンギラは快活なトリス・メリゴールドとたちまち意気投合した。会話のかたわら、女たちは旺盛に牡蠣を食べた。例外は生粋のケイドウェンの森育ちであるサブリナ・グレヴィシグだけで、無礼にも〝あのぬるぬるしたおぞましい食べ物〟とさげすみ、冷たい鹿肉のプラム載せをほしがった。フィリパ・エイルハートはこの侮辱にも昂然と動じず、呼び鈴を引いた。やがてひそかに音もなく肉料理が運びこまれ、フリンギラはたいそう驚いた。まあ、よりどりみどりね。

柱のあいだの〈門〉がぱっと燃えあがり、音を立てて振動した。サブリナ・グレヴィシグが驚きの表情を浮かべ、キーラ・メッツは牡蠣とナイフを氷の上に落とし、トリスが息をのんだ。

〈門〉から三人の女魔法使いが現れた。三人のエルフだ。一人は濃い金髪で、一人は朱色、最後の一人は漆黒。

「ようこそ、フランチェスカ」フィリパは一瞬いぶかしげに目を細めたが、その声にはなんの感情もなかった。「ようこそ、イェネファー」

「二人ぶんの席を埋める特権により、候補者を連れてきました」フランチェスカと呼ばれた金髪の女が歌うように言った。フィリパの驚きに気づいているのはあきらかだ。「ヴェンガーバーグのイェネファーは紹介するまでもないでしょう。こちらはマダム・アイダ・エミアン・エプ・シヴニー、〈青色山脈〉のアエン・セヴェルネです」

アイダはかすかに首を傾け、豊かな赤い巻き毛が流れるような淡黄色のドレスに当たって音を立てた。

「これで全員？」フランチェスカがあたりを見まわした。

「あとはヴィルゲフォルツだけよ」サブリナ・グレヴィシグが小声ながら怒りもあらわに皮肉り、イェネファーに疑いの目を向けた。

「そして地下室に隠れるスコイア＝テル」キーラ・メッツのつぶやきをトリスが目でたしなめた。

フィリパが紹介するあいだ、フリンギラはフランチェスカをまじまじと見つめた。〈谷間のヒナギク〉こと、エニッド・アン・グレアナ、高名なドル・ブラサンナの女王にして国を取り戻したばかりのエルフの女王。フランチェスカの美しさにまつわる噂は大げさではなかった。

赤毛で目の大きいアイダ・エミアンはニルフガードの二人の魔法使いを含め、全員の関心を集めた。〈青色山脈〉の自由エルフは人間とも、人間の近くに暮らすエルフとも接触しない。自由エルフのなかでも数少ないアエン・セヴェルネ——賢者——は謎の多い伝説の存在だ。エルフのなかでもアエン・セヴェルネと親密な者はほとんどいない。アイダが一団のなかで目立つのは髪の色のせいだけではなかった。賢者の装身具にはひと粒の金属も貴石もない。身につけているのは真珠と珊瑚《サンゴ》と琥珀だけだ。

だが、誰よりも強い反応を引き起こしたのは三人目のイェネファーだった。黒と白のドレスをまとった漆黒の髪の魔法使いは、最初の印象に反してエルフではなかった。彼女がモンテカルヴォ城に現れたのは意外で、必ずしも歓迎されるものではなかったようだ。フリンギラは数人の女たちから反感と敵意を感じ取った。

ニルフガードの二人が紹介されるあいだ、イェネファーのスミレ色の目はフリンギラをじっと見ていた。その目は疲れ、まわりには化粧でも隠せない黒い隈ができている。

「初対面ではないわね」ビロードひもから下がる星型の黒曜石に触れながらイェネファーが言った。

そのとたん、予感を秘めた重い沈黙が室内をおおった。

「前に会ったことがあるわ」ふたたびイェネファーが言った。

「記憶にないけれど」フリンギラは目をそらさず答えた。

「そうでしょうね。でも、わたしは人の顔と特徴をよく憶えるたちなの。あなたをソドンの丘で見たわ」

「そういうことなら間違いないわ」フリンギラ・ヴィゴは誇らしげに頭をあげ、全員を見渡した。「たしかにあたしはソドンの戦いの場にいました」

すかさずフィリパ・エイルハートが反応を制した。

「わたしもあの場にいました。多くの記憶もある。でも、いまこの部屋で無理に記憶を呼び起こしたり、いらぬ詮索をしたりしてもなんの利益もありません。ここでわたしたちがやろうとしていることは、忘れ、許し、和解することでより望ましい責務を果たします。同意いただけるかしら、イェネファー？」

黒髪の魔法使いは額から巻き毛を振り払った。

「ここであなたがやろうとしていることがはっきりしたら、何に同意できるかを話すわ、フィリパ。そして何に同意できないかを」

「そういうことならさっそく始めましょう。さあみなさん、ご着席を」

円卓には――一席を除き――名札が置かれていた。フリンギラはアシーレ・ヴァル・アナヒッドの右隣に座り、右側の空席をひとつへだててシーラ・ド・タンカーヴィレ、サブリナ・グレヴィシグ、キーラ・メッツが座った。アシーレの左にはアイダ・エミアン、フランチェスカ・フィンダベア、イェネファー。アシーレの真正面がフィリパ・エイルハートで、その右にマルガリータ・ラウクス＝アンティレ、左にトリス・メリゴールドが座った。

どの椅子にもスフィンクスをかたどった肘かけがついている。

まずフィリパが歓迎の言葉を繰り返し、すぐに説明を始めた。アシーレから前回の会合についてくわしく聞いていたフリンギラに耳新しい情報はなかった。出席者全員が結社に加わる意思を示したことにも、皮切りの議論にも驚かなかったが、ニルフガード帝国と北方諸国間の戦争――とりわけ、数年前に帝国軍がテメリア軍と衝突したソドンとブルッゲにおける戦闘――に関する意見にはいくらか動揺した。結社は政治的中立をかかげてはいるが、魔法使いたちはそれぞれの立場を隠せない。なかにはニルフガードの接近に不安を抱く者もいた。フリンギラの心境は複雑だった。これほど教養高い女たちに、帝国が北方諸国に文化と繁栄、秩序と政治的安定をもたらしたことを理解できないはずがない。でも一方で、もし他国軍が故郷に迫ってきたら自分はどう反応するだろうと思わずにはいられなかった。

だが、フィリパ・エイルハートは軍事問題の議論にそれ以上、耳を貸さなかった。

「この戦の結末は誰にも予測できません。そもそもそのような予測は意味がない。そろそろこの問題を冷静に見てもいいころです。まず、戦争はそれほど大きな悪ではない。それよりもわたしが恐れるのは過剰人口がもたらす影響です。いまの農業と工業の成長段階では飢饉を招きかねません。次に、戦争は王たちの政治の延長であるということです。いまの統治者の何人が百年生きるか？　ひとりもいない――それはあきらかです。どれだけの王朝が存続するか？　予想もつきません。百年たてば、こんにちの領土や王朝の対立、いまある野心と願望は歴史書の塵《ちり》になる。われわれがみずからを守らなければ——何もせずにこの戦に引きずりこまれれば——われわれもまた塵になるだけです。しかし、軍旗の少し先を見れば——鬨《とき》の声と愛国主義に耳をふさげば——われわれは生き残る。いいえ、生き残らなければならない。なぜならわれわれには責務があるからです。王たちとその利益や、どこか特定の王国だけに限定された責務ではありません。全世界に対する責務です。進歩のための。進歩をともなう変化のための。われわれは未来に責任があるのです」

「ティサイア・ド・ブリエスの考えは違ったわ」とフランチェスカ・フィンダベア。「彼女はつねに一般人に対する責務を考えていた。未来ではなく、いま目の前にある責務を」

「ティサイア・ド・ブリエスは死んだ。生きていたらこの場にいたはずよ」

「おそらく」〈谷間のヒナギク〉は笑みを浮かべた。「でも、戦が飢饉と過剰人口の特効薬だという理論に同意したとは思えない。ここで使う言葉には気をつけて、誉れ高きみなさん。わたしたちは理解を助けるために一般語で議論している。でもわたしにとっては異国語で、ますます理解しがたいものになりつつあるわ。わたしの母語に〝一般人〟という表現は存在せず、〝一般エルフ〟という表現もない。その死が惜しまれるティサイア・ド・ブリエスはふつうの人々の運命を案じていた。わたしにとっては、ふつうのエルフの運命こそが重要よ。将来を見すえ、今日をカゲロウのようなものと見なす考えには拍手を送るけれど、残念ながら今日がなければ明日はなく、明日がなければ未来はない。あなたがた人間は、戦の混乱で焼かれ、灰になったライラックの木を見てわたしが涙を流すのをくだらないと思うかもしれない。たしかにライラックの木はどこにでもある。その木がなければ別の木がある。ライラックがなくなればアカシアがある。植物のたとえで悪いけれど、あなたがた人間にとっての政治問題は、エルフにとって物質的な生存問題と同じよ」

「政治に興味はないわ」魔法学校の学長マルガリータ・ラウクス＝アンティレが声をあげた。「わたしがこの身を捧げて教育する生徒たちが祖国への愛を謳うスローガンに目をくらまされ、傭兵のように利用されることは望まない。〝あなたたちの祖国は魔法〟――わたしはそう教えている。あの子たちが戦争に巻きこまれ、新たなソドンの丘に立たせられたら、勝ち負けに関係なく彼女たちは失われるでしょう。あなたの懸念はわかるけれど、エニッド、ここに集まったのは魔法の将来を議論するためで、種族の問題を論じるためではないわ」

「ここに集まったのは魔法の将来を議論するためだとしても」とサブリナ・グレヴィシグ。「魔法の将来は魔法使いの地位で決まるわ。わたしたちの地位で。わたしたちの重要度で。わたしたちが社会で演じる役割によって。信頼、敬意と信用、魔法使いが有益だという社会的認識、魔法は不可欠だという信念によって。それを勝ち得なければ、あとは地位を失って象牙の塔に引きこもるか、奉仕するしかない。それはソドンの丘での奉仕かもしれないし、傭兵として……」

「あるいは召使や使い走りとして？」トリス・メリゴールドが美しい髪を肩から払って口をはさんだ。「皇帝が指を動かせばすぐに跳びあがれるように背を曲げて？　もしニルフガードが全土を征服したら、それこそ〈ニルフガードの平和〉によってわたしたちが任ぜられる役割よ」

「もしそうなれば」フィリパがもしを強調した。「いずれにせよ残された道はあまりありません。わたしたちは仕えなければならない。ただし、仕える相手は魔法よ。王たちでも皇帝でもなければ、いまの政治でもないし、種族融合のためでもない。なぜならそれもいまの政治目的に支配されるものだから。この結社は、みなさん、こんにちの政治や日々変化する前線に合わせるために設立されたわけではありません。カメレオンのように肌の色を変え、目の前の状況にふさわしい解決策をやっきになって探すためでもない。この組織は能動的であるべきですが、果たすべき役割はそれと正反対でなければならない。そして、いま手もとにあるあらゆる手段を使って実行しなければなりません」

「つまり世のなかの流れに能動的に働きかけろということね」シーラ・ド・タンカーヴィレが顔をあげた。「公正な手段で？　それとも卑劣なやりかたで？　そこには違法な手段も含まれるの？」

「どの法のこと？　大衆を支配する法律？　わたしたちが立案し、宮廷法学者に書きとらせた法典のなかの？　わたしたちが縛られるのはひとつの法だけよ。わたしたちだけの！」

「わかったわ」コヴィリの魔法使いシーラが笑みを浮かべた。「そういうことなら世の流れに積極的に働きかけましょう。王たちの政治が気に入らなければ変えればいい。そういうことね、フィリパ？　それとも王冠をかぶった愚か者たちをいますぐ倒し、王座から引きずりおろして追放するべき？　そしてただちに権力を手にするの？」

「過去にはわたしたちに都合のいい王を権力の座につけたこともあったわ。でも、残念ながら魔法を王座につけたことはなかった。魔法に絶対権力をあたえたことはこれまで一度もなかった。そろそろそのあやまちを正すときよ」

「それはご自分のこと？」サブリナ・グレヴィシグがテーブルに身を乗り出した。「レダニアの王座のことかしら？　女王陛下フィリパ一世？」そして夫君はディクストラ？」

「わたしのことではないし、レダニア王国のことでもない。王国――いままさに発展しつつあるコヴィリ王国よ。これからニルフガードと同等の力を持ち、揺れつづける世界の振り子についに均衡をもたらすであろう帝国。コヴィリの皇子を女魔法使いと結婚させることで魔法を王座につけ、魔法が君臨する帝国を作るのです。そう、聞き間違いではありません。みなさんは正しい方向を見ています。この円卓の空席は結社の十二番目の魔法使いが座る場所。彼女を王座につけるのです」

シーラ・ド・タンカーヴィレが沈黙を破った。

「なんて大それた計画かしら」その声にはあざけりの響きがあった。「たしかに、ここにいる全員にふさわしい大事業ね。このような結社を立ちあげるのにこれほど確固とした理由はないわ。つまり、これよりも卑近な任務は――たとえ現実性と実現性が危ぶまれるものでも――わたしたちにはふさわしくない。それは釘を打ちこむのに天体観測器を使うようなものだ。いや、それよりも最初から完全に不可能な任務に身を置いたほうがいい――そういうことね」

「なぜ不可能だと思うの？」

「勘弁してちょうだい、フィリパ」サブリナがため息をついた。「魔法使いと結婚したがる国王がどこにいるの？　女魔法使いを王座に迎える社会なんてどこにもないわ。古くからの慣習が認めない。くだらない慣習だけど、それでも存在することに変わりはない」

「そこには技術的な問題もあるわ」マルガリータ・ラウクス゠アンティレが言葉を継いだ。「コヴィリの王家に嫁ぐ魔法使いは、われわれとコヴィリの王家両方の立場から見た多くの条件を満たさなければならない。その条件はたがいに相容れず、あきらかに矛盾する。それがわからない、フィリパ？　わたしたちにとって、この人物は魔法の教育を受け、魔法に身を捧げ、みずからの役割を理解し、如才なく、誰にも気づかれず、疑われず演じなければならない。なんの指図も、後見も、革命時に反乱者が必ず最初に怒りの矛先を向ける陰の大物の存在もなく。そしてコヴィリ王国もまた、われわれからなんの圧力もなく、みずから王位継承者の妻として彼女を選ばなければならない」

「そのとおり」

「では、選択の自由をあたえられたコヴィリが誰を選ぶというの？　何代にもわたって王族の血が流れる王家の娘。若い皇子にふさわしい若い娘。子を産める娘――なぜならこれは王朝の話だから。そんな前提条件になるとあなたは対象外ね、フィリパ。わたしも、キーラも、このなかでいちばん若いトリスでさえも。わが学園の修練生も対象にはならない。わたしたちの興味を引くものは何もないわ。あの子たちはほんのつぼみで、どんな色の花弁をつけるかもわからない。あの子たちの誰かがこのテーブルの十二番目の席に座るとはとても思えない。つまり、コヴィリ王国が狂気をわずらい、皇子を女魔法使いと結婚させたいとでも思わないかぎり、ふさわしい女性を見つけることはできない。となれば、誰がこの〈北の女王〉になるというの？」

「その血管に数代におよぶ偉大な王朝の血が流れる王族の娘よ」フィリパが静かに答えた。「とても若く、子どもも産める。とびぬけた魔力と予言力を持ち、予言のとおり〈古き血〉を引く娘。指図も後見も、追従者も陰の大物もなく、冷静に自分の役割を演じられる娘。なぜならそれこそ彼女の運命が求めるものだから。そしてその真の能力は今もこれからもわたしたちしか知らない。シントラのパヴェッタ王女の娘で、〈シントラの雌獅子〉

と呼ばれたキャランセ女王の孫娘、シリラ。〈古き血〉、〈北の冷たい炎〉、何世紀も前にその出来《しゅったい》を予言された破壊者にして修復者。シントラのシリ――〈北の女王〉。彼女の血から〈世界の女王〉が生まれる」

〈ネズミ〉が待ち伏せ場所から飛び出すのを見て、馬車を護衛していた二人の騎乗者は即座に馬の向きを変えて猛然と駆け出したが、逃げられる相手ではなかった。ギゼルハーがリーフとイスクラをしたがえて退路を断ち、短いもみ合いのあと、二人の護衛を斬り刻んだ。ケイレイとアッセとミスルは、馬車につながれた四頭のまだら馬を必死に守る別の二人を襲った。シリはがっかりし、激しい怒りにかられた――あたしには誰も残してくれなかった。あたしが殺す相手は一人もいない。

だが、一人だけ残っていた。軽武装で俊足の馬にまたがり、先駆けで馬車の先頭を走っていた男。逃げられたのに逃げなかった男が馬の向きを変え、剣を振りあげてまっすぐシリに向かってきた。

シリはわざと――自分の馬の速度を少しゆるめて――男を近づけた。男が鐙《あぶみ》に立って剣を振りおろした瞬間、シリは鞍から身を乗り出して剣の下でさっと頭をさげ、鐙を踏んで鞍に座りなおした。すかさず男がふたたび剣を振りおろすと、シリはこんどは自分の剣で斜めに受け、鋼《はがね》がすべってはずれると同時に下からの短い突きで男の手を斬りつけ、顔めがけて斬りかかるふりをした。男が反射的に左手で顔をかばった瞬間、シリはくるりと剣を回転させ、男の脇の下を突いた。ケィア・モルヘンで何時間も訓練した攻撃だ。ニルフガードの男は鞍からすべり落ち、地面に膝をついて上体を起こすと、断ち切られた動脈から噴き出す血を必死に押さえながら獣《けもの》じみた声をあげた。シリはいつものように、なりふり構わず死にあらがう人間の姿に魅せられたようにしばらく男を見つめた。そうして男が失血死するのを見届けると、振り向きもせずに走り去った。

待ち伏せは終わり、護衛隊は殺された。アッセとリーフが前の二頭の手綱をつかんで馬車を止めた。色あざやかなお仕着せを着た左側の若い騎手頭が右側の馬に押されて地面にひざまずき、泣いて慈悲を乞うていた。御者も手綱を投げ出し、祈りを捧げるかのように両手を組み合わせて命乞いしている。ギゼルハー、イスクラ、ミスルが馬で駆け寄り、ケイレイが馬から降りて扉を引き開けた。シリも近づき、血のついた剣を持ったまま馬から降りた。

馬車のなかには古めかしい裾の長いドレスと帽子を身に着けた太った中年婦人が、厚手のレース襟が首まである黒いドレスを着た、ひどく青白い顔の娘の手をつかんでいた。シリは娘のドレスについているブローチに目を留めた。なんてきれいなブローチ。

「ああ、まだら馬！」イスクラが歓声をあげた。「なんて美しい！　四頭あれば数フロリンが手に入る！」

「そして引き具をつければ御者が街まで引いてくれる」ケイレイが女と娘を見て、にやりと笑った。「そして丘まで来たら、この美しいご婦人ふたりが役に立つってわけだ！」

「追いはぎのおかた！」古めかしいドレスの女が泣きついた。シリが手にした血まみれの剣よりケイレイの不気味な笑みに恐怖を抱いたようだ。「あなたがたの道義心にかけて！このお嬢様にひどい真似はなさいますな！」

「おい、ミスル」ケイレイがさげすむような笑みを浮かべた。「おまえの道義心が求められてるぞ！」

「黙れ」ギゼルハーが馬の背で顔をしかめた。「おまえの冗談は笑えない。それから、ご婦人、心配するな。おれたちは〈ネズミ〉だ。女とは戦わない。傷つけもしない。リーフ、イスクラ。馬から引き具をはずせ！ ミスルはおれたちの馬をつかまえろ。行くぞ！」

「おれたち〈ネズミ〉は女とは戦わない」ケイレイは黒いドレスの娘の青ざめた顔を見ながら、またもにやりと笑った。「たまに楽しむだけだ――女にその気があれば。さて、あんたはどうだ、お嬢ちゃん？ 脚のあいだがうずうずしないか？ 恥ずかしがるな。小さい頭でうなずくだけでいい」

「な、なんて無礼な！」古めかしいドレスの女がつかえながら叫んだ。「名門男爵家のご令嬢に向かってなんという口のききかたを、この盗賊！」

ケイレイは高笑いし、うやうやしくお辞儀した。

「どうかお許しを。これは失礼。おたずねすることもかなわぬか？」

「ケイレイ！」イスクラがどなった。「ふざけるのはやめてさっさと来いよ！　馬から引き具をはずすのを手伝って！　ファルカ！　さあ早く！」

シリは馬車の扉に描かれた紋章をじっと見ていた。黒地に銀の一角獣《ユニコーン》。ユニコーン――あたしは前にこんなユニコーンを見たことがある……。いつ？　前世で？　それともただの夢？

「ファルカ！　どうした？」

あたしはファルカ。でも、ずっとそうだったわけじゃない。ずっとじゃない。

シリはわれに返り、唇をきつく結んで思った――あたしはミスルにやさしくなかった。ミスルを怒らせた。謝らなきゃ。

シリは馬車の昇り段に片足をのせると、青白い娘のドレスについたブローチを見つめ、いきなり言った。

「それ、ちょうだい」

「なんてことを」中年婦人が息をのんだ。「いったい誰に話しているとお思い？　高貴なるカサディ男爵のお嬢様よ！」

シリはあたりを見まわし、誰も聞いていないのを確かめてから吐き捨てるように言った。

「男爵の娘？　ちっぽけな称号だね。たとえ伯爵夫人でもあたしの前ではお尻が地面に着くくらい低くお辞儀しなきゃならないんだ。さあ、ブローチをちょうだい！　何をぐずぐずしてんの？　胴着《ボディス》もろとも引きちぎられたい？」

フィリパの宣言のあと、円卓を包んだ沈黙はたちまちどよめきに変わった。女たちはたがいに驚きと不信の声をあげ、説明を求めた。予言書に書かれた〈北の女王〉――シリラもしくはシリ――についてはかなりくわしい者もいれば、名前を聞いたこともない者もいた。フリンギラ・ヴィゴは何も知らなかったが、思い当たる節はあり、あれこれと憶測をめぐらした――おもに例のひと房の髪について。だが、そのことを小声でアシーレにたずねても、アシーレは無言で黙っているように命じただけだ。やがてフィリパがふたたび口を開いた。

「われわれの多くはサネッド島でトランス状態のシリが予言を告げ、大混乱を引き起こしたのを目撃しました。わたしたちのなかにはシリと近い――非常に近い――人がいます。とくにあなた、イェネファー。あなたに話してもらう番よ」

イェネファーがシリのことを話すあいだ、トリス・メリゴールドはじっとその顔を見ていた。冷静で淡々とした話しぶりだが、イェネファーとは旧知の仲だ。そんな見せかけにはだまされない。さまざまな場面で彼女を見てきた。心労のあまり疲れ果て、病気になりかけたことも、実際にそうなったこともあった。イェネファーがいまふたたびそのような状況にあるのは疑いようもない。打ちひしがれ、疲れ、具合が悪そうだ。

イェネファーが話す内容も人物もよく知るトリスはひそかに聴衆の様子を観察した。とくにニルフガードから来た二人に目を凝らした。すっかり生まれ変わったアシーレ・ヴァル・アナヒッドはめかしこんでいるが、慣れない化粧と流行のドレスに居心地が悪そうだ。フリンギラ・ヴィゴはアシーレより若くて人なつこく、生来の品のよさとさりげない優雅さを備えている。目は緑色で、まっすぐにおろした髪はイェネファーと同じ漆黒だが、それほど豊かでも長くもない。

シントラのパヴェッタ王女と、魔法でアーケオンに変えられた若者の悪名高き恋愛に始まるイェネファーの話は長く、こみいっていたが、ニルフガードの二人はそんなシリにまつわる複雑な話の流れを見失っているふうには見えなかった。イェネファーはゲラルトの役割と〈驚きの法〉、ゲラルトとシリの運命的な結びつきをくわしく語った。シリとゲラルトがブロキロンの森で出会ったこと、戦争のこと、シリの行方がわからなくなり、やがて見つかったこと、ケィア・モルヘンのこと。シリを追うリエンスとニルフガードの諜報員のこと。シリがメリテレ寺院で受けた教育。そしてシリの謎に満ちた能力について。

話を聞く二人の表情はまったく読めない——アシーレとフリンギラを見ながらトリスは思った。まるでスフィンクス。でも、あきらかに何かを隠している。なんなの？　驚き？

エムヒルがニルフガードに誰を連れてきたのか、あの二人が知っていたはずがない。それとも、とうの昔からすべて知っていたの？　もしかしてわたしたちよりもくわしく？　イェネファーの話は、もうじきシリがサネッドに着いた場面にさしかかる。そしてシリがトランス状態で告げた予言が大混乱を引き起こした場面に。ゲラルトがこれでもかと打ちすえられ、シリが拉致されたガルスタングでのすさまじい戦いの場面に。

そうなったらもうごまかせない――トリスは思った――きっと化けの皮がはがれる。サネッド島の事件の背後にニルフガードがいたことはみな知っている。全員の視線が向けられたら、ニルフガードのおふたりさん、もう逃げられないわ。話してもらうしかない。そこでいくつかの事実が語られ、おそらく何かがわかるはず。たとえばイェネファーがどうやってサネッドから消え、なぜフランチェスカとともにここモンテカルヴォに現れたのか。〈青色山脈〉のアエン・セヴェルネことエルフのアイダ・エミアンが何者で、ここでどんな役まわりを演じるのか。フィリパ・エイルハートがディクストラではなく魔法に献身と忠誠を宣言しているのに、どうしてまだ何かを隠しているような気がするのか……そしていまなお接触している相手は誰なのか。

そしてわたしはついにシリの本性を知ることになるだろう。シリ――彼女たちにとっては〈北の女王〉でも、わたしにとっては灰金色の髪をしたケィア・モルヘンのウィッチャー少女。いまも妹のように思える少女が本当は誰なのか。

怪物や化け物を殺して生計を立てるウィッチャーという職業についてはいくらか聞いたことがある。フリンギラ・ヴィゴはイェネファーの話と声に耳を傾け、じっと顔を見つめた。そんな表情にだまされはしない。イェネファーと、誰をも魅了する少女――シリ――のあいだに強い感情の結びつきがあることはあきらかだ。おもしろいことに、イェネファーと彼女が語ったウィッチャーとの関係も同じくらい明白で同じくらい強い。フリンギラがそんなことを考えはじめたとき、いきなり大声があがった。

集まった魔法使いのなかに、サネッド島の反乱のあいだ敵味方だった者がいるのは知っていた。だから、話をするイェネファーに敵意に満ちた厳しい意見が飛んでもフリンギラは驚かなかった。いよいよ激しい論争になるかと思われたとき、フィリパ・エイルハートがテーブルをどんと叩いて制し、テーブルのカップがカチャカチャ鳴った。

「そこまで！　静かに、サブリナ！　サブリナをけしかけないで、フランチェスカ！　サネッドとガルスタングのことはもうたくさん。すでに歴史よ！」

歴史――フリンギラは自分でも驚くほど胸の痛みを覚えた。でもそれは――たとえ対立する陣営にいたにせよ――彼女たちが加担した歴史だ。彼女たちは歴史に名を刻んだ。自分たちが何を、どのような理由でやっていたかを知っていた。でも、あたしたち帝国の魔法使いは何も知らない。まさに使い走りのようなものだ。お使いの用件はわかっていても理由はわからない。この結社が発足するのはいいことだ——フリンギラは思った。どんな結末になるかは誰にもわからない。でも、いまここからすべてが始まる。

「続けて、イェネファー」フィリパがうながした。

「ほかに言うことはないわ」黒髪の魔法使いは唇を引き締めた。「さっきも言ったとおり、わたしはティサイア・ド・ブリエスにシリをガルスタングに連れてくるよう命じられた」

「死んだ人のせいにするのは簡単よ」サブリナが歯を剝いたが、フィリパが鋭い視線で黙らせた。

「アレツザの問題にかかわりたくはなかった」イェネファーは青ざめ、見るからにつらそうだ。「わたしはシリを連れてサネッド島から逃げたかった。でも、ティサイアに説得された——シリがガルスタングに現れたら多くの人が驚き、シリの予言は事態を鎮静させると。でも彼女を責める気はないわ。そのときはわたしも同じ考えだったから。わたしたちはあやまちを犯した。でも、わたしのあやまちのほうが大きかった。あの子をリタにあずけておけば……」

「起こったことはしかたない」とフィリパ。「誰だってあやまちは犯すわ。ティサイア・ド・ブリエスでさえ。ティサイアが初めてシリに会ったのはいつ？」

「会議が始まる三日前」マルガリータ・ラウクス＝アンティレが答えた。「ゴルス・ヴェレンで。わたしもそのとき初めて会った。そしてひと目でただならぬ人物だとわかったわ！」

「きわめてただならぬ人物よ」そのときまで黙っていたアイダ・エミアン・エプ・シヴニーが口を開いた。「その子にはただならぬ血の遺産が集まっている。ヘン・イチェル――古き血。保持者の尋常ならざる能力を決定づける遺伝物質。その子がこれから演じる重要な役割を決定づけるもの。というより演じなければならない役割を」

「それが、エルフの伝説と神話と予言が求めるものだから？」サブリナ・グレヴィシグが皮肉っぽくたずねた。「今回の件は最初からおとぎ話と幻想のにおいがすると思ってた！これではっきりしたわ。親愛なるみなさん、もっと重要で、合理的かつ現実的な討論をしませんこと？」

「わたしは厳格なる合理性を認めます――すなわち、あなたがたの種族の大いなる優位性の力と源泉を」アイダ・エミアンはかすかに笑みを浮かべた。「しかし、必ずしも合理的な分析と説明が通用するとはかぎらない力を使えるかたがたが集うこの場で、エルフの予言を無視するのはいささかふさわしくないように思えます。わたしたちの種族も、わたしたちの能力も合理性からその力を得ているわけではない。にもかかわらず何万年も存続しつづけています」

「でも、いま話題になっている〝古き血〟という遺伝物質はさほどしぶとくはなかった」とシーラ・ド・タンカーヴィレ。「エルフの伝説と予言さえ――わたしは無視しないけれど――〈古き血〉は完全に消滅したと見なしている。死に絶えたと。そうでしょう、レディ・アイダ？　もはやこの世に〈古き血〉は存在しない。その血の最後の保持者はララ・ドレン・エプ・シアダル、そしてわたしたちはみなララ・ドレンとロドのクレゲナンの伝説を知っている」

「みなではないわ」アシーレ・ヴァル・アナヒッドが初めて口を開いた。「あなたがたの神話はざっと読んだけれど、その伝説は出てこなかった」

「伝説ではなく、実際にあった話よ」フィリパが言った。「そしてここにはララとクレゲナンの物語だけでなく、そのあとどうなったのかもよく知る人物がいる。きっとみなさん、興味があるはずよ。聞かせていただけるかしら、フランチェスカ？」

「その口ぶりからすると」――エルフの女王は笑みを浮かべ――「あなたもこの話にはかなりくわしいようね」

「ええ、かなり。でもあなたに話してもらいたいの」

「結社に対するわたしの誠実と忠誠をためすためね」エニッド・アン・グレアナはうなずいた。「いいでしょう。どうかみなさん、気を楽に。長い話になるわ」

「ララとクレゲナンの物語は本当にあった話よ――いまではおとぎ話ふうの脚色が多くなってそうは見えないけれど。人間版とエルフ版では伝説にも大きな違いがある――どちらにも狂信的愛国主義と種族間の憎悪の要素が含まれてはいても。だからできるだけ脚色は避け、事実だけを話します。ロドのクレゲナンは魔法使いだった。ララ・ドレン・エプ・シアダルはエルフの女魔法使いで、アエン・セヴェルネで、賢者で、われわれエルフにも謎の〈古き血〉の保持者だった。のちに恋愛に発展した友愛は当初、両種族から歓迎された。でもすぐに二人の結びつきに反対する者たちが現れた。人間の魔法とエルフの魔法が混じり合うことを敵視し、背信行為だと見なす者たちが。あとから思えば、そこにはねたみそねみという個人的な反目感情も働いていた。結局クレゲナンは暗殺され、ララ・ドレンは追われ、娘を産み落としたあと荒れ地で衰弱死した。赤ん坊は奇跡的に助かり、レダニアのセロー女王に引き取られ――」

「それはララを助けるのを拒み、厳冬のなかに追い出したセローがララの呪いを恐れたからよ」キーラ・メッツが口をはさんだ。「セローがその子を養子にしなかったら、恐るべき惨事が彼女と一族全体に降りかかって――」

「それこそまさにフランチェスカがはぶいた空想的脚色の部分よ」フィリパ・エイルハートがさえぎった。「事実だけに注目しましょう」

「〈古き血〉が流れる賢者に予言能力があるのは事実よ」アイダ・エミアンがフィリパを見あげた。「そして、伝説のどの版にも出てくる予言が喚起する主題は考察に値する」

「それはいまもそうだし、過去もそうだった」フランチェスカがうなずいた。「ララの呪いにまつわる噂は決して消えなかった。そして十七年後、セローが養子にした幼い娘リアノンが伝説的美貌の母親をもかすませる美しい娘に成長したとき、ふたたび呼び起こされた。リアノンが正式にレダニア国王女の称号を得ると、有力な一族が次々に結婚を望んだ。あまたの求婚者のなかからリアノンがテメリアの若き国王ゴィデマーを選んだとき、呪いの噂は結婚をさまたげるほどではなかったけれど、婚姻のわずか三年後には誰もが知るところとなった。〈ファルカの乱〉のあいだに」

ファルカのことも〈乱〉のことも知らないフリンギラがいぶかしげに眉をあげると、フランチェスカが気づいて説明を加えた。

「北方諸国にとって、それは百年以上たっても記憶から消えない、悲劇的で血にまみれたできごとだった。北方とほとんど接触のなかった当時のニルフガードではおそらく何も知られていないはずだから、いくつかの事実を短く述べます。ファルカはレダニアのブリダンク国王の娘で、ブリダンクが美貌のセロー——のちにララの娘を引き取ったセロー——の魅力に負けて解消した、前の結婚で生まれた子どもよ。離婚の理由を長々と述べた記録はあるけれど、ブリダンクの最初の妻——どんなに人間の特徴が強くても疑いなくハーフエルフのコヴィリの貴婦人——の現存する細密画のほうがより多くを物語っているわ。そこには、錯乱した世捨て人のような目と溺死体のような髪とトカゲの口を持つ女が描かれている。要するに、醜い女が一歳になる娘ファルカとともにコヴィリに送り返されたということね。そして二人とも忘れ去られた」

「二十五年後、ファルカは反乱を起こし、人々の記憶によみがえった」しばらくしてエニッド・アン・グレアナことフランチェスカは続けた。「実父とセローと二人の義理の兄弟をその手で殺したと言われている。武装反乱は当初、テメリアとコヴィリの貴族階級の支持のもと、法律上最初に生まれた娘ファルカが当然の権利として王位を継承しようと起こしたものだった。でもそれはすぐに圧倒的比率を占める農民層の暴動に姿を変えた。両方とも身の毛もよだつような残虐行為に出た。ファルカは〝血に飢えた悪魔〟という伝説になったけれど、実際は暴動と叛旗に書かれた謳い文句を制御できなくなっただけだった。〝王たちに死を〟、〝魔法使いに死を〟、〝僧侶に、貴族に、郷士に、富める者たちすべてに死を〟。すぐにそれは〝万人に、あらゆるものに死を〟となり、血に濡れた悪しき暴徒を抑えることはできなかった。やがて反乱は他国にも広がり……」

「それについてはニルフガードの歴史家も書いているわ」サブリナ・グレヴィシグがあざけるように言葉をはさんだ。「レディ・アシーレとレディ・フリンギラも読んでいるはずよ。簡潔に、フランチェスカ。リアノンとホートボーグの三つ子の話に進んでちょうだい」

「そのつもりよ。ララ・ドレンの娘でセローの養女、そしていまやテメリア国王ゴイデマーの妻となったリアノンは〈ファルカの乱〉のさなか、ふとしたことで捕らえられ、ホートボーグ城に幽閉された。そのときリアノンは身ごもっていた。反乱が鎮圧され、ファルカが処刑されたあとも城は長く包囲され、ようやくゴイデマーが城を強襲して妻と三人の子どもを救い出した。すでに歩いていた娘が二人と、ようやく歩きはじめた息子が一人。リアノンは正気を失っていた。激怒したゴイデマーは人質全員を拷問にかけ、うめき声の混じる供述書の切れ端からもっともらしい事実を作りあげた。

醜い母親からよりもエルフの祖母からより強く容姿を受け継いだファルカは、あらゆる指揮官に――貴族から平民の大尉、悪党にいたるまで――惜し気もなく魅力を振りまき、彼らの信頼と忠誠を確かなものにした。やがてファルカは身ごもり、子を産んだ――ホートボーグに幽閉されていたリアノンが双子を産んだときときっかり同じ時刻に。ファルカは自分の娘をリアノンの双子と一緒に育てるよう命じた。のちにファルカは〝わが子の乳母になれるのは女王だけ。そしてわたしが勝利の果てに打ち立てる新しい世界では同じような運命がすべての女王と王女を待ち受けるだろう〟と言ったとされている。

問題は〝三つ子〟のうちどれがファルカの子か、誰も――母親のリアノンでさえ――知らなかったことよ。娘のどちらかだという説が有力だった。リアノンが産んだ双子は男と女だったと言われていた。確証がないのは、ファルカの大言壮語に反して、子どもたちがどこにでもいる農民階級の乳母に育てられたからよ。リアノンの狂気はようやく癒えたものの、そのあいだの記憶はほとんどなかった。たしかに彼女は出産した。たしかに三つ子はときおり彼女の寝台に連れてこられ、母親に顔を見せられた。でも、それ以上のことはわからなかった。

三つ子のうち、どの子が誰の子かを見きわめるために魔法使いが召喚された。ファルカの子がどの子かわかりしだい、ゴイデマーはその子を断固、公開処刑するつもりだった。でもわれわれはそれを許すわけにはいかなかった。反乱の鎮圧後、捕らえられた反逆者には口にできないほどの残虐行為が行なわれ、もう終わりにすべきときだった。二度目の誕生日を迎える前の子どもを処刑するなんて？　想像できる？　そんなことをしたら、いったいどんな伝説が生まれたことか！　いずれにせよ、すでにファルカには〝ララ・ドレンの呪いの結果生まれた怪物〟という噂が立っていた。もちろんでたらめよ。ファルカが生まれたのはララとクレゲナンが出会う前のことだから。でも、わざわざそんな計算をする者はいない。それにまつわる冊子やくだらない文書がオクセンフルト・アカデミーでひそかに出版された。でも、ここではゴイデマーがわたしたちに実行するよう命じた調査について――」

「わたしたち？」イェネファーが顔をあげた。「正確には誰？」

「ティサイア・ド・ブリエス、アウグスタ・ワグナー、レティシア・シャルボンヌ、ヘン・ゲディムデス」フランチェスカは淡々と答えた。「わたしはあとで調査団に加わった。魔法使いとしては若手だったけれど、わたしは純血のエルフ。そしてわたしの父は……わたしを娘と認めなかった実の父は……賢者だった。わたしは〈古き血〉の遺伝子がどんなものかを知っていた」

「その遺伝子がリアノンに見つかったのね、子どもたちより先に彼女とゴイデマー国王を調べたときに」とシーラ・ド・タンカーヴィレ。「そして三つ子のうちの二人に――程度の差はあれ――ファルカの子である可能性があった。どうやって子どもたちを王の怒りから救ったの？」

「簡単よ」エルフの女王はほほえんだ。「わからないふりをしたの。わたしたちはゴイデマーに、問題は複雑でいまも解析中で、この手の調査には時間がかかると告げた……。途方もない時間がかかると。短気ではあっても根は善良で高貴なゴイデマーはすぐに怒りを鎮め、わたしたちをせかしはしなかった。そのあいだに三つ子は成長し、宮廷じゅうを駆けまわり、国王夫妻と王宮全体に喜びをもたらした。アマヴェット、フィオナ、アデラ。三人の子どもは三羽のスズメのようだった。当然ながら三人はつねに目を配られ、しばしば疑いの声があがった。とくに誰かがいたずらをしたときは。フィオナが下にいた保安官の頭におまるの中身を窓からこぼしたとき、彼はフィオナを〝悪魔の申し子〟とののしり、職を辞した。しばらくしてアマヴェットが階段に獣脂を塗り、転んだ女官は腕に添え木を当てて〝呪われた血〟とかなんとかうめき、そのあとすぐに宮廷を去った。噂好きの平民たちはしばしばムチ打たれ、たちまち口をつつしむことを学んだ。由緒ある一族の男爵がアデラから尻に矢を射かけられたときは、しばらくこもりきりで――」

「子どものいたずら話はもうけっこう」フィリパがさえぎった。「ゴイデマーが真実を告げられたのはいつ？」

「最後まで告げられなかった。彼はいちどもたずねず、わたしたちもそのほうが都合がよかった」

「でも、どの子がファルカの子か知っていたんでしょう？」

「もちろん。アデラよ」

「フィオナではなく？」

「そう。アデラ。彼女は疫病で死んだ。悪魔の申し子、呪われた血、悪魔のようなファルカの娘は疫病が蔓延したとき――国王が止めたにもかかわらず――城壁外の診療所で司祭を手伝った。アデラは世話をしていた子どもの病気がうつり、死亡した。十七歳だった。一年後、血のつながらないアデラの兄アマヴェットはアンナ・カメニー伯爵夫人と恋仲になり、彼女の夫に雇われた暗殺者に殺された。その年、リアノンは愛する二人の子どもの死をひどく嘆き悲しみ、死亡した。そこでふたたびゴイデマーはわたしたちを呼び出した。シントラの国王コラムが有名な三つ子の最後の一人――フィオナ王女――に興味を示したからよ。息子とフィオナの婚姻を考えてはいたものの、コラムは例の噂も知っていた。だからフィオナがファルカの子だったら結婚させるつもりはなかった。わたしたちは面目を賭けてフィオナは嫡出子だと保証した。コラムが信じたかどうかはわからないけれど、若い二人は惹かれ合い、リアノンの娘フィオナ——すなわちシリの高祖母の母——はシントラ国の女王となった」

「あなたたちエルフの祝福された遺伝子をコラム王朝に引き入れたのね」

「フィオナは〈古き血〉の遺伝子——わたしたちが〝ララ遺伝子〟と呼ぶようになった——の保持者ではなかった」エニッド・アン・グレアナは静かに言った。

「どういうこと？」

「アマヴェットはララ遺伝子を持っていた。だからわたしたちは調査を続けた。うかつにも愛人と夫の両方に死をもたらしたアンナ・カメニーは喪に服しているあいだに双子を産んだ。男の子と女の子。父親はアマヴェットだったようね——なぜなら女の赤ちゃんは遺伝子の保持者だったから。娘はムリエルと名づけられた」

「〈不純なるムリエル〉のこと？」シーラ・ド・タンカーヴィレが驚きの声をあげた。

「そうなったのはずっとあとよ」フランチェスカは笑みを浮かべた。「最初は〈かわいらしいムリエル〉だった。たしかにムリエルは愛らしく、かわいらしい子どもだった。十四歳ですでに〈あどけない目のムリエル〉と呼ばれ、多くの男がその瞳に魅せられ、最終的にギャラモン伯爵ロバートが彼女を射止めた」

「双子の男の子は？」

「クリスピン。遺伝子保持者ではなかったから、なんの関心も持たれなかった。わたしの記憶が確かなら、どこかの戦場で命を落としたはずよ。戦好きだったから」

「ちょっと待って」サブリナが髪をかきむしった。「〈不純なるムリエル〉は〈予言者アダリア〉の母親じゃなかった？」

「そのとおり」とフランチェスカ。「興味深い人物よ、アダリアというのは。強力な〈源流〉で、女魔法使いにはうってつけだったけれど、残念ながら本人にその気はなく、王妃になることを選んだ」

「では遺伝子は？」とアシーレ・ヴァル・アナヒッド。「アダリアは持っていたの？」

「おもしろいことに持っていなかった」

「思ったとおりね」アシーレがうなずいた。「ララの遺伝子は例外なく女系にのみ受け継がれる。保持者が男の場合、その遺伝子は二代か、せいぜい三代目には消滅する」

「でも――」

「でも、それはのちに活性化する」フィリパ・エイルハートが言葉を継いだ。「その証拠に、遺伝子を持たなかったアダリアはキャランセの母親で、シリの祖母であるキャランセはララ遺伝子を持っていた」

「キャランセはリアノンのあと初めて現れた保持者だった」シーラ・ド・タンカーヴィレが議論に加わった。「あなたたちは間違いを犯したのね、フランチェスカ。遺伝子には二種類あった。ひとつは潜在的でおとなしい本物の遺伝子。あなたたちはアマヴェットの強くて顕著な遺伝子に気を取られた。でも、アマヴェットが持っていたのは遺伝子ではなく、活性因子だった。レディ・アシーレの言うとおりよ。男系が受け継ぐ活性因子はアダリアのなかでほんのかすかだったから、あなたたちはまったく気づかなかった。アダリアはムリエルの第一子で、二子以降には活性因子の形跡すらなかった。フィオナの潜在遺伝子もせいぜい男系の三世代目くらいで消えたはずだった。でもそうではなかった。理由もわかるわ」

「なんてこと」イェネファーが絞り出すようにつぶやいた。

「ちょっとついてゆけないわ」とサブリナ・グレヴィシグが言った。「遺伝学と家系図がこんなにこんがらがっては」

そこでフランチェスカは果物鉢を引き寄せ、片手を突き出して呪文を唱えた。

「無粋な念力で悪いけれど、この果物であなたの混乱を説明させて」そう言って笑みを浮かべ、赤いリンゴをテーブルから宙高く浮かばせた。「赤いリンゴがララ遺伝子、すなわち〈古き血〉。青いリンゴが潜在遺伝子で、ザクロがにせ遺伝子――すなわち活性因子よ。ではは始めましょう。この赤リンゴがリアノン。リアノンの息子アマヴェットはザクロ。アマヴェットの娘ムリエルと孫娘アダリアもザクロだけれど、最後のほうだからとても弱い。そしてこれがリアノンの娘フィオナの筋を表す青リンゴ。フィオナの息子で、シントラの国王コルベットは青。そのコルベットとケイドウェンのエレンのあいだに生まれた息子ダゴラドも青。見てのとおり、二世代続いて男だけ。だから潜在遺伝子はとても弱く、消滅する。そうして、このいちばん下でザクロと青リンゴ――すなわちマリボルの王女アダリアが持つ活性因子とシントラ国王ダゴラドが持つ潜在遺伝子――が結びつく。この二人の娘がキャランセ。赤いリンゴ。復活した、強力なララ遺伝子よ」

「フィオナの潜在遺伝子が近親婚を通してアマヴェットの活性因子と出会ったというわけね」マルガリータ・ラウクス＝アンティレがうなずいた。「誰も血縁関係に気づかなかったの？　このあからさまな近親婚に王家の紋章学者や年代記編者は誰も注意を払わなかったの？」

「それが見た目ほどあからさまではなかった。アンナ・カメニーは自分の双子が婚外子であることを公言しなかった。そんなことが知れたら彼女と子どもたちは夫の一族から紋章と称号と財産をはく奪されていたでしょう。もちろん絶えず噂はあったわ。農民階級だけにとどまらず。だから、近親婚でけがれたキャランセの結婚相手は噂が届かない、遠いエビングに探さなければならなかった」

「あなたのピラミッド型家系図にあとふたつ赤いリンゴを加えて、エニッド」マルガリータが言った。「ほら、レディ・アシーレが鋭く指摘したように、よみがえったララ遺伝子は女系をなめらかに動いているわ」

「そう。これがパヴェッタ──キャランセの娘。そしてパヴェッタの娘シリラ──〈古き血〉の唯一の継承者で、ララ遺伝子の保持者」

「唯一の？」シーラ・ド・タンカーヴィレがそっけなく聞き返した。「やけに自信たっぷりね、エニッド」

「どういう意味？」

シーラはいきなり立ちあがると、指輪をはめた指を果物鉢に向けてぱちんと鳴らして残りの果物を宙に浮かばせ、フランチェスカが作った系図を乱し、さまざまな色が混じり合う混沌に変えた。

「こういう意味よ」シーラはごたまぜになった果物を指さし、冷たく言った。「これが遺伝的に可能なあらゆる結合と組み合わせ。そしてこれを見ればよくわかる。つまり、何もわからないということよ。あなたたちのあやまちは、フランチェスカ、とんでもない結果を生み、間違いの雪崩を引き起こした。遺伝子は一世紀のときを経て偶然ふたたび出現した。そのあいだに何が起こったのかはまったくわからない。さまざまなできごとが秘密にされ、隠され、もみ消された。婚前子、婚外子、養子、あるいは取り替え子。近親婚。種族交配、忘れ去られた先祖の血の復活。手短に言えば、百年前、その遺伝子はあなたたちの手の届くところ──それどころか手のなか──にあった。それが手のなかからするりと逃げた。それがあやまちよ、エニッド、とんでもないあやまちだわ！　あまりに多くの混乱と事件が起こった。でも、そのでたらめな状況を制御し、干渉するものがあまりに少なすぎた」

「わたしたちはウサギを相手にしていたわけではない」エニッド・アン・グレアナは結んだ唇から言葉を絞り出した。「つがいにして小屋に入れられるようなものではなかった」トリス・メリゴールドの視線を追っていたフリンギラは、イェネファーがふいに彫刻された椅子の肘かけをつかむのに気づいた。

つまり、これがイェネファーとフランチェスカに共通することね――トリスは親友イェネファーの視線を避けたまま興奮ぎみに思った。なんて皮肉なだまし合いだろう。だって、結局のところ、つがいになることと繁殖を避けられなかったのだから。たしかに、シリとコヴィリの皇子の結婚は荒唐無稽のように見えるけれど、実際はきわめて現実的だ。そんなことはこれまでも行なわれてきた。誰であれ自分たちが望む者を王座に座らせ、自分たちが望み、自分たちに都合のいい結婚と王朝を作りあげてきた。呪文や媚薬や霊薬を駆使して。女王や王女たちはあらゆる計画や意図や合意に反し、とつぜん途方もない――ときに貴賤間の――結婚に踏み切った。そののち、子どもがほしいけれど持つべきではない者たちにはひそかに避妊薬が渡され、子どもはほしくないけれど持つべき者たちには約束された薬の代わりにカンゾウ水でできた偽薬が渡された。それが、あのありえない関係に帰結した。キャランセ、パヴェッタ……そしてこんどはシリ。イェネファーはこの件に関与した。いまそれを後悔している。無理もないわ。ああ、もしゲラルトがこのことを知ったら……。

スフィンクス——フリンギラ・ヴィゴは思った。椅子の肘かけに彫りこまれたスフィンクス。これこそ結社の記章にふさわしい。賢く、謎に満ち、寡黙。ここにいるのはみなスフィンクス。望みをやすやすとかなえるだろう。彼女たちにとって、コヴィリの皇子と大事なシリを結婚させるくらいなんでもない。彼女たちにはその力がある。熟練の技がある。そして財力も。サブリナ・グレヴィシグが首につけたダイヤの首飾りは森深い岩だらけのケイドウェン国の総収入と変わらないかもしれない。たやすく計画を実行できるはずだ。ただ、ひとつ問題は……。

ああ、これでようやく最初に始めるべき議題にたどり着いたわけね——トリス・メリゴールドは思った。すなわちシリがニルフガードのエムヒルの手のなかにいるという、暗澹たる、厳然たる事実。ここで温められている計画とはかけ離れた状況……。

「エムヒルが長年シリラを追い求めていたことに疑問の余地はありません」フィリパが続けた。「エムヒルの目的はシントラとの政治的同盟と、シリが合法的継承権を持つ領土の掌握だと誰もが思っていた。しかし本当の目的は政治ではなく、彼が皇帝の血に入れたがってやまない〈古き血〉の遺伝子であるという可能性も排除できません。わたしたちが知っていることをエムヒルが知ったら、予言がみずからの王朝で実現し、未来の〈世界の女王〉がニルフガードに生まれることを望むかもしれない」

「ひとつ訂正させて」サブリナ・グレヴィシグが口をはさんだ。「それを望むのはエムヒルではなくニルフガードの魔法使いよ。遺伝子を追求し、その重要性をエムヒルに気づかせることができたのは彼らしかいない。ここにいるニルフガードのおふたりはそれを確かめ、陰謀における自分たちの役割を説明したいんじゃないかしら」

「驚いた」フリンギラは思わず声に出した。「陰謀者と反逆者はそばにいるという証拠があるのに、陰謀の糸となると遠いニルフガードに探したがるあなたがたの傾向にはあきれるわ」

「無遠慮だけれど、もっともな意見ね」シーラ・ド・タンカーヴィレが反論しかけたサブリナを目で黙らせた。「あらゆる証拠が、〈古き血〉に関する事実がわれわれからニルフガードに漏れたことを示している。まさかヴィルゲフォルツのことをお忘れではないでしょうね、みなさん？」

「いいえ」サブリナの黒い瞳に一瞬、憎しみの炎が燃えあがった。「忘れるもんですか！」

「その件はいずれまた」キーラ・メッツが意地悪そうにちらっと歯を見せた。「でも、いまの問題はヴィルゲフォルツではなく、ニルフガードの皇帝エムヒル・ヴァル・エムレイスがシリを——つまりわたしたちにとって何より重要な〈古き血〉を——手中に収めているという事実よ」

「皇帝は何も手にしてはいない」アシーレがフリンギラを見ながら淡々と述べた。「ダルン・ロワンに囚われている少女は特殊な遺伝子の保持者ではない。どこにでもいるふつうの娘よ。シントラのシリでないことは疑うまでもない。ダルン・ロワンの娘は皇帝が捜していた娘ではない。なぜなら皇帝はあの遺伝子を持つ娘を捜していたのだから。彼は娘の髪の毛まで持っていた。わたしは髪を調べ、不可解な事実を見つけた。いまその謎が解けたわ」

「つまりシリはニルフガードにはいない」イェネファーがつぶやいた。「あそこにはいないのね」

「シリはニルフガードにはいない」フィリパが重々しく繰り返した。「エムヒルはかつがれ、にせ者をあてがわれた。わたしもつい昨日、知ったばかりよ。でも、レディ・アシーレの告白にはほっとしたわ。この結社が機能している証拠だから」

イェネファーは手と唇の震えを必死にこらえた。落ち着いて——そう自分に言い聞かせた。落ち着いて、気取《けど》られてはだめ、時機を待って。耳を澄まして。情報を集めて。スフィンクスに。スフィンクスになるのよ。

「つまりヴィルゲフォルツだったのね」サブリナがテーブルにこぶしを打ちつけた。「エムヒルではなくヴィルゲフォルツ。あの女たらし。あのハンサムな悪党！　エムヒルとわたしたちをペテンにかけたんだわ！」

イェネファーは深く息を吸って気を鎮めた。ぴっちりしたドレスが窮屈そうなニルフガードの魔法使いアシーレ・ヴァル・アナヒッドが若いニルフガード貴族について話している。イェネファーには誰のことかすぐわかり、思わずこぶしを握りしめた。羽根つき兜の黒騎士――シリの幻覚から生まれた悪夢……。イェネファーはフランチェスカとフィリパの視線を感じた。でもトリスは、さっきからどんなに注意を引こうとしても視線を避けている。ああ、なんてこと――イェネファーは必死に表情を保ちながら思った――どうしようもない状況だ。わたしはなんてひどい状況にあの子を巻きこんでしまったの？　これからどうやってゲラルトの目を見ればいいの……？

「つまり、またとない機会がやってきたってことね」キーラ・メッツがうわずった声で言った。「シリを救い出すと同時にヴィルゲフォルツをぶちのめす機会が。あの人でなしの尻の下の地面を焦がしてやるわ！」

「地面を焦がす前に居場所を見つけるのが先よ」イェネファーがどうしても好きになれない、コヴィリの魔法使いシーラ・ド・タンカーヴィレがからかいまじりに言った。「これまでのところ誰も成功していない。その捜索に時間と並々ならぬ能力をつぎこんだ、このなかのどなたかでさえ」

「ヴィルゲフォルツの数えきれないほどの潜伏場所のうち、二カ所は見つかったわ」フィリパが冷ややかに応じた。「残りはディクストラが必死に探しています。彼と手を切るつもりはないわ。魔法がうまくいかないとき、密偵と情報屋が役に立つときもあるから」


ディクストラと一緒にやってきた諜報員は地下牢をのぞきこむや、びくっと身を引き、青ざめて壁に寄りかかった。いまにも失神しそうだ。この腰抜けは事務仕事にまわそう――ディクストラは心のなかで決めたが、自分の目で独房を見たとたん考えを変えた。胃液がこみあげたが、部下の前で恥をさらすわけにはいかない。香水をしみこませたハンカチをポケットからゆっくり取り出して鼻と口に当て、石床に横たわる裸の死体に身を乗り出した。

「腹と子宮が切り裂かれている」無表情と冷静な口調をかろうじて保ちつつ、レダニアの諜報部長は所見を述べた。「みごとな手並みだ、まるで外科医のような。胎児が取り除かれたとき娘は生きていたが、ここでなされたのではない。みなこのような状態か？　レネプ、おまえにきいている」

「いえ……」諜報員は身震いして死体から目を引きはがした。「ほかは絞殺です。妊娠してはいませんでしたが……。これから死後検死を……」

「全部で何人だ？」

「この死体を除いて四人。誰ひとり身元はわかりません」

「それは違う」ディクストラがハンカチの奥から正した。「この娘はわかる。ラニエル伯爵の末娘ジョリーだ。一年前に跡形もなく姿を消した。ほかの死体も見てみよう」

「何人かは一部、焼けています」とレネプ。「身元の確認は難しいかと……。ただ、これ以外に……見つかったものが……」

「話せ。はっきりと」

「あの井戸のなかに骨が見つかりました」レネプが床に開いた穴を指さした。「大量の人骨です。回収も検分もまだですが、おそらくどれも若い女性のものと思われます。魔法使いの協力を仰げば身元がわかるかもしれません……いまも行方不明の娘を捜している親たちに知らせることも……」

「なんであろうとここで見つかったものについては口外無用だ」ディクストラがくるりと振り向いた。「誰にも。とりわけ魔法使いには話すな。ここを見たあとでは連中が信用できなくなってきた。レネプ、地上のほうはくまなく探したか？　捜索に役立つようなものは何も見つからなかったのか」

「いえ、何も」レネプはうなだれた。「連絡を受けて城へ急行しましたが、手遅れでした。

すべて焼け落ちていました。すさまじい猛火に焼きつくされて。魔法によるものであるのは疑いありません。焼け残ったのはこの地下牢だけです。理由はわかりませんが……」

「わたしにはわかる。導火線に火をつけたのがヴィルゲフォルツではなくリエンス、もしくは別のなんでも屋だったということだ。ヴィルゲフォルツがそんな失態を演じるはずがない。壁の煤《すす》しか残さない男だ。そうとも、あいつはあの炎が浄化し……足跡を消すと知っている」

「たしかに、ヴィルゲフォルツがここにいた証拠はまったくなく……」

「ならばでっちあげろ」部下のつぶやきに、ディクストラは顔からハンカチをはずして言った。「やりかたを教えなければならんか？　ヴィルゲフォルツがここにいたのはわかっている。死体のほかに地下牢に残っているものはあるか？　あの鉄扉の向こうはなんだ？」

「こちらへ、閣下。ご案内します」レネプが助手から松明《たいまつ》を受け取った。

鉄扉の奥は広々とした部屋で、地下牢のものすべてを灰にするはずだった魔法の火花がしかけられた場所であるのは疑うべくもなかった。呪文の言い間違いがそのもくろみを大きく阻害していたものの、なお火力は強く、激しかった。炎は壁の一面をおおう棚を焦がし、ガラス容器を破裂させて溶かし、すべてを悪臭のする塊に変えていた。部屋のなかで唯一無傷で残っていたのは、表面が金属のテーブルと床に固定された二脚の奇妙な椅子だけだ。奇妙だが、なんのための椅子かはあきらかだった。

「あの椅子は」レネプがごくりと唾をのみ、椅子とそこに取りつけられた金具を指さした。「両脚を……開いて……固定するためのものです。大きく開くための」

「人でなしめ」ディクストラが嚙みしめた歯のあいだから吐き捨てるように言った。「あの人でなしめが……」

「木の椅子の下にある溝に血と胎児と尿の痕跡がありました」レネプが静かに続けた。「鉄椅子のほうは新品で、使われていないようです。なんのためのものかはわかりませんが……」

「いや、わかる」ディクストラは言った。「鉄の椅子は特別な人物のために作られたものだ。ヴィルゲフォルツがその特別な能力を恐れる人物のために」

「ディクストラも、彼の諜報活動も軽んじるつもりはないわ」とシーラ・ド・タンカーヴィレ。「ヴィルゲフォルツが見つかるのは時間の問題でしょう。でも、ここにいる何人かが個人的な復讐心に取りつかれているのはさておき、彼がシリを手にしているとはとても思えない」

「ヴィルゲフォルツでなかったら誰？　シリはサネッド島にいた。わたしが知るかぎり、あの子を島から瞬間移動《テレポート》させた者はいない。ディクストラのもとにも、どの国王のもとにもいない、それは確かよ。〈カモメの塔《トル・ララ》〉の残骸のなかにもシリの死体はなかった」

「かつてトル・ララには非常に強力な〈移動門〉が隠されていた」アイダ・エミアンがゆっくりと言った。「その子はそこを通ってサネッドから逃げたのでは？」

イェネファーはまつげを伏せ、肘かけのスフィンクスの頭に爪を食いこませて自分に言い聞かせた――落ち着いて。とにかく落ち着いて。マルガリータの視線を感じたが、顔はあげなかった。

「シリが〈カモメの塔〉の〈門〉を通ったとしたら、残念ながらこの壮大な計画は忘れたほうがよさそうね」アレッツザ魔法学校の学長マルガリータがいつもと少し違う声で言った。「シリには二度と会えないかもしれない。いまや破壊されたトル・ララの〈門〉は損傷を受けていた。ゆがんでいたのよ。致命的に」

「いったいなんの話？」サブリナが怒りを爆発させた。「〈カモメの塔〉の〈移動門〉を見つけるには――そもそも気づくためには――第四レベルの魔法が必要なのよ！　そして〈門〉を作動させるには師範レベルの能力が！　ヴィルゲフォルツにその能力があるとは思えないし、ましてや十五歳の小娘にできるはずがない。よくもそんなことが考えられるものね。あなたたちはこの娘を誰だと思ってるの？　どんな潜在力があるというの？」

「娘にどんな潜在力があるかがそれほど重要か、マスター・ボンハート？」皇帝エムヒル

・ヴァル・エムレイスの管財官ステファン・スケレン――別名モリフクロウ――は伸びをした。「そもそもあったらどうだと言うのだ？　わたしなら近寄りたくない。わが望みがかなうなら百フロリン払う。なんなら娘を調べてもいい――殺したあとでも前でも、それはおまえしだいだ。いずれにしても値段は変わらない。誓って」

「もし娘を生きたまま引き渡したら？」

「それでも同じだ」

ボンハートと呼ばれた男は灰色の口ひげをひねった。かなりの長身だが、骸骨のようにやせている。反対の手はスケレンの目から隠そうとするかのように終始、剣の華美な柄頭に置かれていた。

「娘の首が必要ですか」

「いや」モリフクロウは顔をしかめた。「なぜわたしがそんなものを？　ハチミツに漬けろとでも？」

「証拠として」

「おまえの言葉を信じる。おまえの腕の確かさは有名だ、ボンハート」

「お認めいただき恐縮です」賞金稼ぎは笑みを浮かべた。それを見たとたん、酒場の外に武装した二十人を立たせているにもかかわらずスケレンの背筋を震えが駆けおりた。「もっと認められてもいいはずですが、ほめられることはほとんどありません。男爵とヴァルンハーゲン一族に〈ネズミ〉全員の首を届けなければ謝礼はもらえない。ファルカの首が必要ないとおっしゃるのなら〈ネズミ〉一団に加えても文句はありませんな」

「別口でカネを要求するつもりか。おまえの職業倫理はどうした？」

「管財官閣下」ボンハートは目を細めた。「わたしは人殺しで報酬を得るのではなく、人殺しによってなしうる奉仕に対してカネをもらうのです。あなたとヴァルンハーゲン一族の両方に捧げる奉仕に対して」

「いいだろう。自分が正しいと思うことをすればいい。懸賞金の回収はいつごろになる？」

「もうじき」

「というと？」

「〈ネズミ〉は山で越冬するべく〈山賊道〉に向かっている。そこを襲います。遅くとも二十日以内には」

「その道を通るのはたしかか」

「フェン・アスプラ近くで隊商と二人の商人を襲ったところを目撃されています。ティファイ付近をうろついたあとドルイに立ち寄り、村祭りで踊り明かしました。それからロレドにたどり着き、ファルカが男をずたずたに切り裂いた――いまも人々が歯を震わせて話すような恐ろしいやりかたで。このファルカが何者なのかをたずねた理由はそれです」

「おまえとファルカは似た者どうしかもしれない」ステファン・スケレンがからかった。

「いや、すまん。いずれにせよおまえは殺しではなく、奉仕によってカネを得る。おまえは、ボンハート、真の職人で本物の熟練者だ。それもひとつの職業、だろう？　誰かがやらねばならない仕事、そうだな？　誰かがそれにカネを払う、そして人はみな何かで生きてゆかねばならない、だろう？」

賞金稼ぎのボンハートは鋭い目でじっと見返した。モリフクロウの薄笑いが消えるまで。

「たしかに人はみな何かで生きてゆかねばなりません。これまで学んだことで稼ぐ者もいれば、しかたなくその職業で生きてゆく者もいる。しかし、人生においてわたしほど運のいい職人はそうはいないでしょう。なぜならわたしは心から楽しいと思える仕事で稼いでいる。娼婦だってこうはいきません」

議論で渇いた喉を軽い食事と飲み物でいやそうというフィリパの提案にイェネファーはほっとし、喜びと希望とともに受け入れた。だが、希望はすぐについえた。フィリパはイェネファーと話したそうにしていたマルガリータをさっさと部屋の隅に引っ張り、イェネファーのすぐそばまで来ていたトリス・メリゴールドにはフランチェスカが近づき、さりげなく会話を支配した。だがイェネファーはトリスのサファイア・ブルーの目に不安を見て取り、たとえまわりに誰もいなくても助けを求めるのは無駄だと確信した——すでにトリスはこの結社に心身を捧げている。そして、わたしの心がまだ揺れているのを間違いなく感じている。

トリスは〝ゲラルトは安全なブロキロンの森で、木の精のおかげで健康を取り戻しつつある〟と言ってイェネファーを元気づけようとし、いつものように彼の名前を口にしたとたん頰を赤くした。ゲラルトはトリスの腰を喜ばせたに違いない――イェネファーは意地悪く思った。トリスにとって彼のような男は初めてだ。すぐに忘れるとは思えない。結構なことだわ。

イェネファーはトリスの話にそっけなく肩をそびやかした。トリスもフランチェスカもふりだと思ったようだが、気にしなかった。ひとりになりたかったし、二人にもそれをわからせたかった。

二人もそれを察し、その場を離れた。

イェネファーは食べ物が並ぶテーブルの端に立ち、牡蠣に専念した。小縮の痛みが残っていたから、おそるおそる食べた。どんな反応が起こるか心配でワインも控えた。

「イェネファー」

振り向くと、フリンギラ・ヴィゴが笑みをたたえ、イェネファーが握る短刀を見おろしていた。

「どうやら牡蠣よりもあたしをこじ開けたいようね。まだ恨んでる？」

「結社が求めるのはたがいの忠誠よ。友情は強制ではない」イェネファーは冷たく答えた。

「たしかに強制ではないし強制すべきものでもないわ」ニルフガードの魔法使いは室内を見まわした。「友情は長い過程のすえに、もしくは自然に生まれるものよ」

「同じことは憎しみにも言えるわ」イェネファーは牡蠣の殻をこじ開け、海水と一緒に飲みこんだ。「盲目になる前に一瞬見ただけの人間をすぐに嫌いになることもある」

「あら、憎しみはもっと複雑よ」フリンギラは目を細めた。「まったく知らない誰かが丘のてっぺんに立ち、あなたの目の前であなたの友人をずたずたに引き裂いているところを想像してみて。あなたはその人たちをこれまで見たこともなく、その人たちのことは何も知らない――でも好きにはなれないでしょう」

「しかたないわ」イェネファーは肩をすくめた。「運命はいたずらをしかけるものよ」

「たしかに運命はいたずら好きの子どものように予測できないわ」フリンギラは静かに応じた。「友人が背を向け、敵が役に立つときもある。たとえばあなたは敵と面と向かって話ができる。邪魔をしたり、口出ししたり、盗み聞きしようとする者はいない。敵《かたき》どうしの二人にいったい何を話すことがあるのだろうと誰もがいぶかっている。どうせたいしたことじゃない。せいぜい陳腐なセリフを交わし、ときおり皮肉を言い合っているのだろうと」

「たしかに思いそうなことだし、実際にそのとおりだわ」イェネファーはうなずいた。

「つまり、とても重要でただならぬ話をしてもあやしまれないということよ」フリンギラはすっかりくつろいだ様子だ。

「なんのこと？」

「あなたが逃げようと考えていること」

次の牡蠣を開けようとしていたイェネファーはあやうく指を切りそうになった。こっそりあたりを見まわし、まつげの下からニルフガードの魔法使いをちらっと見ると、フリンギラ・ヴィゴはかすかに口もとをゆるめた。

「短刀を貸していただけるかしら。牡蠣を開けたいの。ここの牡蠣はすばらしいわ。これほど上等のものは南部ではなかなか手に入らない。とくに今のように戦で封鎖《ブロケイド》されているときは……。ブロケイドというのはとても迷惑なものね」

イェネファーは小さく咳をした。

「わかってるわ」フリンギラは牡蠣を飲みこみ、次に手を伸ばした。「ええ、フィリパがあたしたちを見ていることとは。アシーレも。結社に対するあたしの忠誠を心配しているようね。あたしのあやうい忠誠心を。アシーレはあたしが情に流されやすいと思っているの。それはさておき……。あなたの恋人は重傷を負った。あなたが娘のように大事にしている少女は姿を消し、もしかしたらどこかに幽閉され……命の危険にさらされているかもしれない。それともたんにいかさまゲームのカードとしてもてあそばれているだけ？ああ、あたしならとても耐えられない。あたしなら逃げるわ、いますぐに。短刀を返すわ。牡蠣はもう充分。太ったら困るから」

「ブロケイドというのは、いみじくもあなたが言ったようにとても迷惑よ」イェネファーはフリンギラの目をのぞきこみながらささやいた。「ひどい話だわ。やりたいことができないなんて。でも、ブロケイドは突破できる……手段さえあれば。わたしにはないけれど」

「あたしがその手段を差し出すとでも?」フリンギラは手に持ったざらつく牡蠣の殻をしげしげと見つめた。「あら、それは無理よ。あたしは結社に忠誠を誓っているし、結社は――当然ながら――あなたが愛する人を助けに駆けつけることを望んではいない。それにあたしはあなたの敵よ。まさか忘れたわけじゃないでしょう、イェネファー?」

「もちろん。どうして忘れられる?」

「友人にならこう警告するわ」フリンギラは小声で言った。「たとえその友人が瞬間移動魔法の構成物質《コンポーネント》を持っていたとしても、誰にも気づかれずにブロケイドを破ることはできない。操作に時間がかかるし、人目につきすぎる。目立たないけど強力な引力《アトラクター》のほうが少しはましだと。繰り返すけれど、あくまで少しよ。即席のアトラクターは――知ってのとおり――とても危険だから。友人になら、そんな危険は冒さないほうがいいと言うわ。でも、あなたは友人ではない」

フリンギラは手にした牡蠣の殻から海水をテーブルにひとしずく垂らした。

「さあ、これでつまらない会話は終わり。結社があたしたちに求めるのはたがいの忠誠よ。友情は、さいわいにも、強制ではない」


「彼女は瞬間移動したわ」イェネファーが消えたあとの混乱が収まってから、フランチェスカ・フィンダベアが淡々と告げた。「そう興奮しないで、みなさん。もうあとの祭りよ。イェネファーははるか遠くへ行ってしまった。しくじったわ。彼女の星形の黒曜石が魔法の反響を隠すかもしれないとは思ったけれど――」

「いったいどうやって？」フィリパが叫んだ。「たしかにイェネファーは反響を消せるし、彼女にとってはさほど難しくもない。でもどうやって〈門〉を開けたの？ モンテカルヴォには遮断壁《ブロケイド》がかかっているのに！」

「イェネファーのことは昔から嫌いだった」シーラ・ド・タンカーヴィレが肩をそびやかした。「生活態度も気に入らない。でも、彼女の能力だけは疑ったことはないわ」

「何もかもしゃべるつもりよ、あの女！」サブリナ・グレヴィシグがわめいた。「この結社のことをすべて！ きっとひとっとびに――」

「バカ言わないで」トリスがフランチェスカとアイダ・エミアンを見ながら声を荒らげた。

「イェネファーは決して裏切らない。彼女が逃げたのはわたしたちを裏切るためじゃないわ」

「トリスの言うとおりよ」マルガリータが賛同した。「イェネファーがなぜ逃げ出し、誰を助けに行ったのかはわかっているわ。二人を――イェネファーとシリが一緒にいるところを――見てきたわたしにはわかる」

「わたしには全然わからない！」サブリナの声にふたたび議論は白熱した。

アシーレ・ヴァル・アナヒッドは友人に顔を寄せてささやいた。

「なぜあんなことをしたのかはきかないわ。どんなふうにやったのかも。でも、ひとつだけきかせて。彼女はどこに向かったの？」

フリンギラ・ヴィゴはかすかに笑みを浮かべ、肘かけに彫りこまれたスフィンクスの頭をなでながらささやき返した。

「この牡蠣がどこの海岸から来たのか、どうしてあたしにわかる？」

7

イスリナ――本名イスリン・エグリ。エヴェニエンの娘。エルフの伝説の施療師で占星術師、予言者。その予見と予言で知られ、『イスリンの言葉』――イスリンの予言の書――はもっとも有名。これまでにいくどとなく書かれ、多くの版が世に出ている。『予言の書』は時代のときどきでもてはやされ、添えられた注釈やほのめかし、解説がその時代のできごとに当てはまることから、その鋭い洞察力に対する信頼が高まった。とりわけ北方戦争（一二三九～一二六八年）、大疫病（一二六八、一二七二、一二九四年）、両一角獣の血の戦い（一三〇九～一三一八年）、ハーク侵攻（一三五〇年）を予言したと信じられている。また〈大霜期〉の名で知られる十三世紀末の気候変動を予見したとも言われており、この現象は迷信では決まって世界の終末の徴《しるし》とされ、予言にある〈破壊者〉（別項参照）の到来と結びつけられてきた。イスリナの予言書にあるこの一節は悪名高き魔女狩り（一二七二～一二七六年）を引き起こし、〈破壊者〉の化身と間違われた多くの女と不幸な娘が命を落とした。こんにちでは多くの学者がイスリナは伝説上の人物で、その〝予言〟はつい最近でっちあげられた偽典であり、まことしやかに作られた文学的まやかしと見なしている。

——エフェンベルグ&タルボット著『世界大辞典』第十巻

さすらいの語り部ストリボグのまわりに集まった子どもたちは恐ろしいばかりの大声で不満を表した。ようやく、いちばん年上でいちばん力と度胸があり、ストリボグにキャベツのスープと揚げベーコンのかけらを散らしたジャガイモたっぷりの鍋を運ぶ役も務めた鍛冶屋の息子コナーが全員の代弁者兼代表者として一歩前に進み出た。

「どういうこと？　〝今日はここまで〟ってどういう意味？　そこで終わるなんてあんまりだ。続きはおあずけってこと？　そのあと何が起こったかを知りたい！　あんたが次に村にやってくるまでなんて待てない。半年先、一年先になるかもしれないんだから！　頼むから続きを話してくれよ！」

「もう日が沈む」老語り部は言った。「寝る時間だ、おまえたち。明日、おまえたちがあくびばかりして家の手伝いに文句を言いだしたら、父さん母さんはなんと言う？　わしにはわかる——ストリボグじいさんは夜中すぎまで子どもたちに話を聞かせ、歌を聴かせて寝かせなかった。だからこんどじいさんが村に来たら何もやるんじゃない、粥《かゆ》もゆで団子もベーコンも。顔を見たら追いはらえ、あの老いぼれの話からは不幸と災難しか――」

「そんなこと言わないって！」子どもたちはこぞって声をあげた。「だからもっと話して！　おねがーい！」

「ふうむ」老人はヤルーガ川対岸の、木々の梢《こずえ》の向こうに消えかかる太陽を見ながらつぶやいた。「よかろう。だが条件がある。おまえたちの誰か一人が小屋へ走り、わしの喉をうるおすためのバターミルクを取ってこい。そのあいだ残りの子たちは誰の話をしてほしいかを決める。たとえ朝まで話しつづけても全部を話すことはできん。今夜、誰の話をして、次に誰の話をするかを決めるんだ」

ふたたび子どもたちは競い合うように声を張りあげた。

「黙れ！」ストリボグが杖を振りまわしてどなった。「わしは選べと言ったんだ、カケスみたいにギャーギャー鳴けとは言っておらん！　さあ、どうする？　誰の話を聞きたい？」

「イェネファー」子どもたちのなかでいちばん幼くて背の低い、〝ちび〟というあだ名のニムエが膝の上で眠る子猫をなでながら甲高い声で言った。「あのあとイェネファーがどうなったかお話しして。どんな魔法を使って〈はげ山〉のま……まじょ……魔女集会から逃げてシリを助けに行ったのか。それを聞きたい。あたし、大きくなったら魔法使いになりたいんだもん！」

「なれるもんか！」粉屋の息子ブロニクがどなった。

「その前に鼻をふけ、ちび。洟垂らしを魔法使いの弟子にしてくれるところがどこにある！　ねえ、じいさん、イェネファーの話じゃなくてシリと〈ネズミ〉の話をしてくれよ。略奪と襲撃に向かう――」

「黙れ」コナーがむっつりと考え深げな顔で言った。「おまえらバカか。今夜もうひとつ話を聞くとしたら順序ってもんがある。ウィッチャーと仲間たちの話だ、一団がヤルーガを発って――」

「イェネファーの話がいい」ニムエが金切り声をあげた。

「あたしも」ニムエの姉オルラが声をそろえた。「イェネファーがウィッチャーをどれだけ愛してたかを知りたい。二人がどんなに愛し合っていたか。でも絶対に幸せな結末にして！　戦いの話なんか聞きたくない！」

「黙れ、このバカ、愛なんかどうでもいい。戦と闘いの話が聞きたい！」

「ウィッチャーの剣の話がいい！」

「いや、シリと〈ネズミ〉の話だ！」

「黙れ」コナーが怖い顔でみなを見まわした。「ぶったたかれたいか、このちびども！　順序があるって言っただろう。ウィッチャーの話の続きだ、ダンディリオンとミルヴァと一緒に旅して――」

「うん！」またもやニムエが叫んだ。「ミルヴァ、ミルヴァの話がいい！　魔法使いの弟子になれないんなら、あたし、弓使いになる！」

「これで決まりだ」とコナー。「ストリボグを見ろ、クイナみたいにこっくりこっくり居眠りしてる……。おい、じいさん！　起きろ！　ウィッチャーの話をしてくれ、ウィッチャーのゲラルトの話を。ゲラルトがヤルーガの川岸で仲間を作ったときの話を」

「その前に、あと少しだけほかの話も聞かせてよ」ブロニクが口をはさんだ。「このままじゃ先が気になってしかたない。あのあとどうなったのか。そうすりゃ次にあんたが村に戻ってきて、続きを話してくれるまでなんとか待てる。イェネファーとシリの話をあと少しだけ。お願いだ」

「イェネファーは」――ストリボグは含み笑いを漏らし――「魔法を使って〈はげ山〉と呼ばれる魔法の城から飛んでいった。そしてまっすぐ海にドボンと落ちた。険しい岩が突き出る荒れた海のなかに。だが、心配するな。魔法使いイェネファーにとってはなんでもない。おぼれもせずスケリッジ諸島にたどり着き、そこで仲間を見つけた。イェネファーは魔法使いヴィルゲフォルツに激しい怒りを抱いていたからな。シリをさらったのがヴィルゲフォルツだと確信したイェネファーはやつを追い詰め、目にもの見せ、シリを自由にすると誓った。さあ、ここまで。続きは次回のお楽しみだ」

「じゃあシリは？」

「シリは〝ファルカ〟と名乗りながら〈ネズミ〉たちとつるんでいた。強盗稼業の味を覚えたんだな。そのときシリのなかに激しい怒りと残虐性があったとは誰も知らなかったがね。シリの心にひそむ邪悪なものが現れ、しだいに強くなっていたんだ。ああ、あの子に殺しかたを教えるとは、ケィア・モルヘンのウィッチャーたちはなんと重大なあやまちを犯したことか！　そしてシリ本人は――死をまき散らしながら――自分が死神に追われているとは夢にも思わなかった。なにしろシリの跡をつけ、追っていたのは、あの恐ろしきボンハートだ。このボンハートとシリの出会いは運命づけられていた。だが、その話はまた次だ。今夜はウィッチャーの話をする約束だからな」

子どもたちはおとなしくなり、老ストリボグのまわりで肩を寄せ合うように座って耳を傾けた。夜が更け、小屋のそばに生い茂る――昼間はあんなにやさしい――タイマの低木やラズベリーの茂みやタチアオイがいきなり恐ろしげな森に変わった。あそこでカサカサ音を立てるのは何？　ネズミ？　それとも恐ろしい燃える目をしたエルフ？　ストリガ、それとも子どもの肉に飢えた魔女？　牛小屋で足を踏み鳴らすのは雄牛、それとも百年前にヤルーガ川を渡った無慈悲な侵略者の戦馬の蹄？　わらぶき屋根の上空をかすめ飛ぶのはヨタカか、血に飢えた吸血鬼か、それとも魔法の呪文で遠い海に向かって飛ぶ美しい女魔法使いか？

「ウィッチャーのゲラルトは仲間とともにアングレンの沼地と森に向かって出発した」ストリボグが語りはじめた。「言っておくが、当時のアングレンの森は本物の荒れ地でな。

ああ、いまとはまったく違う。いまあのような森はブロキロン以外どこにもない……。一行は東に向かって歩き出した。ヤルーガ川をさかのぼり、〈黒い森〉の原野に向かって。旅の初めは順調だったが、やがて、ああ……何が起こったかというと……」

こうして長いあいだ忘れ去られていた物語がひもとかれ、流れはじめた。そして子どもたちは聞き入った。

ウィッチャーは崖のてっぺんで丸太に座り、ヤルーガの川岸に伸びる湿地帯とアシの原を見渡した。太陽は沈みかけ、沼から飛び立ったツルの一群が上空を旋回している。

すべてがだめになった――ゲラルトは木こり小屋の残骸とミルヴァが熾《おこ》した焚火から立ちのぼる薄い煙の筋を見ながら思った。何もかも失敗に終わった。最初はうまくいっていた。仲間は妙な連中ばかりだが、それでもおれに協力してくれた。おれたちには目的があった。すぐ手の届くところに、はっきりと、具体的に。アングレンを通って東に向かい、カエド・ドゥをめざすという目的が。とても順調だった。だが、うまくゆかないと決まっていたのだ。あれは運が悪かったのか、それとも運命か？

ツルの群れがラッパのような声で鳴いた。

先頭を行くエミール・レジス・ロヘレック・タージフ＝ゴドフロイはゲラルトがアルメ

リア付近でつかまえたニルフガードの鹿毛の馬にまたがっていた。この馬は最初こそ吸血鬼と薬草のにおいにいくらか抵抗したが、すぐに慣れ、アブに刺されただけで驚いて前脚を突っ張る隣のローチよりよほどあつかいやすい。レジスとゲラルトの後ろから、包帯を巻いた戦士きどりのダンディリオンがペガサスで続いた。吟遊詩人は馬の背で先ごろの冒険譚を曲と韻に盛りこんだ英雄バラッドをこしらえた。バラッドの作者と演者が勇者のなかの勇者だったことを明確に物語る歌だ。ミルヴァとカヒル・マー・ディフリン・エプ・シラクがしんがりを務め、カヒルは一行のわずかな荷物を積んだ灰色の馬を引きながら、取り戻した栗毛馬に乗っていた。

ようやく川ぞいの湿地を離れ、乾いた丘陵地に向かいはじめた。小高い丘からは南に光る大ヤルーガ川、北には遠いマハカム山塊に連なる岩だらけの地形が見渡せる。天気はすばらしく、日差しは暖かく、耳もとでうなる蚊も嚙みはしない。ブーツもズボンもすっかり乾いた。日の当たる坂道ではキイチゴが黒い実をつけ、馬は草を食み、丘陵から流れ落ちる水は透明でマスが飛び跳ねている。夜になれば火を熾し、そのかたわらで横になることもできた。要するにすべてが申しぶんなく、たちまち明るい気分になってもおかしくなかったが、そうはならなかった。理由は最初の野営地であきらかになった。

「待て、ゲラルト」ダンディリオンがあたりを見まわして咳払いした。「野営地に戻る前に、ミルヴァとぼくから内密で話がある。その……つまり……レジスのことだ」

「ああ」ゲラルトは片手いっぱいの粗朶《そだ》を地面に置いて言った。「いまになって怖くなったか。ちょっと遅すぎたな」

「それを言うな」ダンディリオンは顔をしかめた。「ぼくらはレジスを仲間として受け入れた。彼はシリを捜すのに手を貸すと申し出た。ぼくを絞首台から救ってくれた、そのことは一生、忘れない。でも、いまいましいが、恐怖めいたものを感じている。意外か？でも、きみはこれまでずっと彼のような連中を追い詰め、殺してきたはずだ」

「おれはやつを殺さなかった。殺すつもりもない。こう言えば満足か？満足できなくても、悪いが、おまえたちの不安症を治すことはできない。妙な話、おれたちのなかでなんでも治せるのはレジスだけだ」

「よせ」またもダンディリオンは不満そうに、「イェネファーに話してるんじゃないんだ。持ってまわった言いかたはよせ。単純な質問には単純に答えてくれ」

「じゃあたずねろ。持ってまわった言いかたなしに」

「レジスは吸血鬼だ。吸血鬼が何を餌にしているか知らない者はいない。レジスが本当に空腹になったらどうなる？ああ、たしかにレジスは魚スープを食べた。あれからもふつうの人間と同じように飲み食いしている。でも……渇望を制御できるのか……。ゲラルト、まだ言わなきゃならないか？」

「おまえの頭から血がどくどく流れてもレジスは血の欲求を抑えた。包帯を巻いたあと、指をなめさえしなかった。満月の夜、やつの小屋でマンドラゴラ酒で酔いつぶれたとき、おれたちを襲おうと思えばいくらでも襲えたはずだ。その白鳥のような首に牙の跡がないか確かめたか」

「からかわないでよ、ウィッチャー」ミルヴァがうなるように言った。「あんたは誰より吸血鬼のことにくわしい。あんたはダンディリオンをからかってる。だったらあたしに教えてよ。あたしは森育ちで、学校にも行ってない。無学だ。でも、それはあたしのせいじゃないし、バカにされる筋合いはない。あたしだって——こんなこと言うのは恥ずかしいけど——ちょっとだけ……レジスが怖い」

「当然だ」ゲラルトはうなずいた。「彼はいわゆる上級吸血鬼で、きわめて危険な存在だ。やつが敵ならおれだって恐れただろう。だが、どういうわけかレジスは仲間になった。そしていまカエド・ドゥに案内してくれている——シリに関する情報を教えてくれそうなドルイドのいる場所に。おれは切羽詰まっている。この機会を逃したくないし、あきらめたくもない。だから吸血鬼の同行を認めた」

「理由はそれだけ？」

「いや、それだけじゃない」ゲラルトは重い口ぶりでようやく本心を明かした。「やつは……あの男はりっぱに振る舞っている。チョトラ川ぞいの野営地での魔女審判ではためらいもなく行動した。そのせいで素性がばれると知っていたにもかかわらず」

「あのときレジスは火のなかから赤く焼けた蹄鉄を取り出した」ダンディリオンが思い出した。「そしてひるみもせずに数秒間も手に持っていた。あんな真似は誰にもできない——たとえ焼けたジャガイモでも」

「レジスは火に強い」

「ほかに何ができる?」

「その気になれば姿を消せる。視線で魔法をかけ、人を深く眠らせることも。ヴィセゲルドの野営地で番兵にかけたのがそれだ。コウモリの姿になって空を飛べる。それができるのは満月の夜だけだと思うが、どうかな。あの男にはもうなんどか驚かされた。まだ何か隠し玉を持っているかもしれん。おそらく吸血鬼のなかでもかなり優秀だ。完璧に人間のふりをし、しかもそれを長年やりつづけている。つねに薬草を持ち歩き、本性を嗅ぎ取る馬や犬を惑わす。本来なら反応するはずのおれのメダルもやつには反応しない。とにかく一筋縄ではいかない男だ。もっと知りたければ本人にきけ。あいつは仲間だ。仲間のあいだで遠慮はよくない。とくにたがいの不信感や恐怖心はほっとくべきじゃない。野営地に戻ろう。粗朶を運ぶのを手伝ってくれ」

「ゲラルト」

「なんだ、ダンディリオン」

「もし……これは純粋に仮定の話だが……。もし……」

「わからん」ゲラルトは正直にはっきりと答えた。「おれがレジスを殺せるかどうか。そんな状況にならないことを心から願うだけだ」

ウィッチャーの助言を肝に銘じたダンディリオンは不安と疑念を払拭《ふっしょく》するべく、出発早々、行動に出た。いつもの見えすいた芝居で。

「ミルヴァ！」詩人は馬の背から吸血鬼をちらっと見て呼びかけた。「先に行って、自慢の弓で子ジカか野ブタでもしとめてくれないか。ブラックベリーとキノコ、魚と貝にはもう飽きた。たまには本物のかたまり肉を食いたい。きみはどうだ、レジス？」

「なんだと？」レジスが馬の首から顔をあげた。

「肉だ！」ダンディリオンはその言葉を強調した。「ミルヴァに狩りをしてくれと頼んでる。新鮮な肉を食べたくないか」

「ああ、そうだな」

「それと血だ。新鮮な血がほしくないか」

「血？」レジスは驚いて息をのんだ。「いや。血はけっこう。だが、きみがためしたいのなら遠慮なくやってくれ」

ゲラルト、ミルヴァ、カヒルは重く、ぎこちない沈黙を守った。

「言いたいことはわかる、ダンディリオン」レジスはゆっくりと答えた。「だが、安心してくれ。わたしは吸血鬼だが、血は飲まない」

沈黙は鉛のように重くなったが、ここで黙るダンディリオンではない。

「誤解だ」いかにも軽い調子で続けた。「そんなつもりで言ったんじゃ……」

「わたしは血を飲まない」とレジス。「もう長いあいだ。やめたのだ」

「やめたって、どういう意味だ？」

「文字どおりだ」

「いったいどういうことだか……」

「勘弁してくれ。個人的なことだ」

「でも……」

「ダンディリオン」ゲラルトが鞍の上で振り向いた。「レジスはいまおまえに〝うせろ〟と言ったんだ。ていねいな言葉で。いいからその口を閉じろ」

しかし、いったんまかれた不安と疑いの種は芽ぶき、大きくなった。野営をするころになっても雰囲気は重苦しく、張り詰めた空気はミルヴァが太ったカオジロガンをしとめてもやわらぎはしなかった。泥水のなかで魚をつかまえ、あぶり、小さな骨がきれいになるまで食べつくした。空腹は治まっても不安は残った。ダンディリオンがどんなにがんばっても会話ははずまない。おしゃべりは独りごとになり、さすがのダンディリオンもついには黙りこんだ。焚火を囲む、死んだような沈黙を乱すのは馬がまぐさを踏む音だけだ。遅い時間だったが誰も寝ようとはしなかった。ミルヴァは鍋を火にかけ、しわになった矢羽を湯気で伸ばし、カヒルはちぎれたブーツの留め金を修繕し、ゲラルトは木の枝を削っている。レジスはそんな彼らを順に見渡し、ようやく口を開いた。

「わかった。どうやら避けては通れないようだ。もっと早く説明しておけばよかったが……」

「誰もそんなことは思っていない」ゲラルトは熱心に削っていた枝を火に投げ入れ、顔をあげた。「説明などいらない。おれは時代遅れの人間だ。おれが片手を差し出して仲間だと認めたら、それは公証人の前で署名した契約書より効力がある」

「おれも時代遅れだ」カヒルがブーツにかがみこんだまま言った。

「あたしは時代遅れのやりかたしか知らない」ミルヴァは鍋からあがる湯気に次の矢をかざし、ぼそりと言った。

「ダンディリオンのおしゃべりは気にするな」とゲラルト。「黙っていられないだけだ。おまえは秘密を話す必要もないし、説明の必要もない。おれたちにも秘密はある」

「そうは言っても」──レジスは笑みをたたえ──「わたしの話は聞きたいはずだ、たとえ聞く義務がなくても。片手を差し出し、仲間と認めた相手には心を開くべきだとわたしも思う」

こんどは誰も口を開かなかった。

「まず言っておきたいのは、吸血鬼だからといってわたしを恐れる理由はないということだ」ややあってレジスが始めた。「わたしは人を襲わないし、夜なかに這いまわって人の首に牙を剝きもしない。それは、時代遅れな態度で接し合うわが仲間だけにかぎったことではない。わたしは血に触れない。いっさい。決して。血を飲むのは、それが自分にとって問題になった時点でやめた。深刻な問題で、克服するのに苦労した」

「実際、その問題は絵に描いたような好ましからざる性質を帯びはじめた」しばらくしてレジスは続けた。「わたしも若いころは……その……仲間たちと楽しみ、その点において多くの同輩となんら変わらなかった。想像はつくだろう、きみたちにも若いころがあったはずだ。しかし、人間社会には一定の規則と制限がある。親、後見人、目上の人や年配者——要するに倫理だ。われわれにはそのようなものがない。若者は完全に自由で、それをとことん追求する。独自の行動様式を作り出す。もちろん愚かな様式だ。まさに若さゆえの愚かさだ。〝飲まない？　それでよく吸血鬼を名乗れるな？〟〝飲まないだと？　そんなやつは誘うな、パーティが台無しだ！〟わたしはパーティを台無しにしたくなかったし、のけ者にされたくもなかった。だからパーティに出た。浮かれ、はしゃぎ、どんちゃん騒ぎに酒盛り三昧《ざんまい》。満月のたびに村へ飛び、手当たりにしだい飲んだ。不純で、もっとも質の悪い……その……液体を。誰のものかはどうでもよかった……そこに……その……ヘモグロビンが入ってさえいれば。とにかく、血なしにパーティは始まらない！　しかもわたしは吸血鬼の娘に対してもひどく臆病で、ほろ酔いにならないと声もかけられなかった」

レジスは考え深げに黙りこんだ。誰も答えない。ゲラルトは自分が飲みたい気分だった。

「生活はすさみ、ときとともにますますひどくなった」レジスは続けた。「飲みすぎて三晩も四晩も続けて墓に戻らないこともあった。わずかな量でわれを失い、当然ながらパーティから足を洗えるはずもなかった。友人たち？　想像どおりだ。忠告する者もいたが、そんな友人は突っぱねた。悪い仲間はわたしを墓から引きずり出して飲みに誘った。連中はわたしに……その……慰みものまで用意した。そしてわたしをだしに楽しんだ」

熱心に矢羽を整えるミルヴァが怒ったように何やらつぶやいた。カヒルはブーツの修繕を終え、眠りこんでいるようだ。

「やがてもっと深刻な症状が現れた。パーティと仲間が完全に二の次になりはじめたのだ。騒がずとも、仲間がいなくともいいことに気づいた。ほしいのは血だけ、それさえあればよかった、たとえそれが……」

「自分と自分の影だけのときでも？」とダンディリオン。

「もっと悪い。わたしには影さえない」

レジスは淡々と答え、しばし黙りこんだ。

「そのころ、ある吸血鬼の娘と出会った。たぶん本気だった――自分ではそう思っている。生活は落ち着いた。だが、長くは続かなかった。彼女はわたしのもとを去った。それから摂取量が倍に増えた。知ってのとおり、絶望と悲嘆は格好の言いわけになる。みなそう思っている。わたしもそうだと思っていた。だが、わたしは理論を実践していただけだった。こんな話は退屈か？　手短に言おう。ついにわたしは決して許されない行為に出るようになった――吸血鬼の誰もやらない行為に。血を飲んだ状態で空を飛ぶようになったのだ。その晩、わたしは悪友たちに〝血を調達してこい〟と村に送り出され、井戸に向かって歩いていた少女をねらいそこねた。そして猛スピードで井戸に激突した……。村人になぐり殺されかけたが、さいわいにも彼らはとどめの刺しかたを知らなかった。彼らはわたしに杭を打ちこみ、頭を切り落とし、全身に聖水をかけて土に埋めた。目覚めたときの気分が想像できるか」

「できる」ミルヴァが矢をにらみながら答え、全員が不思議そうに見返した。ミルヴァは咳払いして目をそらし、レジスが笑みを浮かべた。

「話はもうすぐ終わる。墓のなかでは考える時間がたっぷりあった」

「たっぷり？　どれくらいだ？」

レジスはゲラルトを見返して答えた。

「職業的好奇心というやつか。約五十年。生き返ったあと、生きかたをあらためると決めた。楽ではなかったが、やりとげた。それ以来いちども飲んでいない」

「一滴も？」ダンディリオンは口ごもったが、好奇心には勝てなかった。「まったく？　いちども？　でも……」

「ダンディリオン」ゲラルトがかすかに眉を吊りあげた。「よく考えろ。口を閉じて」

「すまない」詩人がぼそりとつぶやいた。

「謝らなくていい」レジスがなだめるように言った。「それから、ゲラルト、ダンディリオンを叱るな。知りたい気持ちはわかる。わたしは――つまり、吸血鬼と吸血鬼にまつわる神話は――人間に特有の恐怖をすべて具現化している。人間から恐怖を取り去ることはできない。恐怖は人間の精神のなかで、ほかのどんな感情より重要な役割を演じている。恐怖のない精神にはどこか欠陥がある」

「でも、きみのことは怖くない」ダンディリオンがいつもの調子でたずねた。「ぼくに欠陥があるってことか」

一瞬ゲラルトは、いきなりレジスが牙を剝いてダンディリオンの欠陥なるものを治すのではないかと思ったが、そうではなかった。この吸血鬼は芝居がかった真似をするような人物ではない。

「わたしが言っているのは意識と潜在意識の奥にひそむ恐怖のことだ」レジスはおだやか

に言った。「たとえは悪いが、カラスは棒にかかった帽子とマントを怖がらない。最初の恐怖を克服したら平気で舞いおりる。だが、案山子《かかし》がふいに風で動いたら逃げる」

「カラスの行動は生へのあがきとも取れる」闇のなかからカヒルが言った。

「あがきだかもがきだか知らないけど」ミルヴァは鼻で笑い、「カラスは案山子が怖いんじゃない。人が怖いんだ。石を投げたり矢を射かけたりするから」

「生へのあがきか」ゲラルトがうなずいた。「だが、これは人間の話で、カラスの話ではない。説明に感謝する、レジス、よくわかった。だが、人間の潜在意識の底を探りまわるのはよせ。ミルヴァの言うとおり、血に飢えた吸血鬼を見て人が恐怖におちいるのはおかしい話でもなんでもない。生きようとする意志の表れだ」

「〝達人はかく語りき〟」レジスはゲラルトに向かって小さく頭をさげた。「これぞまさに、高い職業倫理を持ち、妄想の恐怖と闘ってカネをもらうのをよしとしない達人の言葉だ。本物の、本当に危険な悪としか闘わない、誇り高きウィッチャーよ。なぜドラゴンや狼よりも吸血鬼が危険なのか、この職人が説明してくれるだろう。言っておくが、ドラゴンと狼にも牙はある」

「それは、ドラゴンと狼が牙を使うのは飢えをしのぐ、もしくは自己防衛のためで、間違ってもお楽しみや会話のきっかけや異性に対する意気地なさを克服するためには使わないからだ」

「人々はそのことを知らない」レジスが反論した。「きみは知っていたかもしれないが、それ以外はいま真実を知ったばかりだ。世間の多くは、吸血鬼が楽しみのためではなく、生きるために血を――血だけを――飲むと深く信じている。もちろん人間の血だ。血は命をあたえる液体で、それを失えば衰弱し、しだいに生命力が失われる。きみたちの理屈はこうだ――〝われわれ人間の血を吸う生き物は不倶戴天《ふぐたいてん》の敵である。そして、血が生きる糧であるという理由で人間を襲う生き物は二重に邪悪だ。なぜなら彼らは人間を犠牲にして生きる力を得、われわれ人間は彼らの繁栄のために死に絶えねばならぬのだから〟。要するに、そのような生き物はきみたち人間にとって――血が命の源だとわかってはいても――嫌悪すべき存在だ。このなかに血を飲みたい者はいるか？　まずいないだろう。世のなかには血を見ただけで力が抜け、失神する者もいる。女が月の数日間は不潔と見なされ、隔離されるような社会もあり――」

「野蛮な社会ではそうかもしれない」カヒルが口をはさんだ。「思うに、血を見て失神するのは北方諸国民だけだ」

「話がそれた」ゲラルトが目をあげた。「まっすぐの道から、複雑に入り組んだ、あやしげな哲学の道に迷いこんだようだ。おまえは、レジス、吸血鬼が人間を餌ではなく酒場と見なしていることをおれたちが知ったとして、何かが変わると思うか？　このどこに恐怖の不合理性がある？　吸血鬼は人間の血を吸う、この事実だけは弁解のしようがない。吸血鬼のウォッカ瓶となった人間は力を失う、これもまた明白な事実だ。血を飲み干された人間は――言うならば――完全に生命力を失う。つまり死ぬ。悪いが、死の恐怖と血に対する嫌悪をひとくくりにはできない。月のものであろうとなかろうと」

「あんたたちの話は賢すぎて頭が変になりそうだ」ミルヴァが鼻を鳴らした。「しかもその賢い話ときたら、どれも女のスカートのなかに行き着くときてる。哲学者が聞いてあきれるよ」

「血の象徴的意義はしばし脇に置いておこう」とレジス。「いま述べた神話にはたしかに事実にもとづく根拠がある。ここでは、事実もないのに誰もが信じている神話に目を向けよう。吸血鬼に嚙まれて死なかった者は吸血鬼になると誰もが思っている。だろう？」

「ああ。そのことを歌ったバラッドもあって――」

「基本的な算術はわかるか、ダンディリオン？」

「ぼくは一般教養の七科目をすべて学び、最優秀の成績を収めた人間だ」

「〈天体の合〉のあと、この世界には約千二百の上級吸血鬼が生き残った。まったく飲まない者の数は――かなり多く――若いころのわたしのように飲みすぎる者の数とほぼ同じだ。一般的に統計上の平均的な吸血鬼は満月のたびに血を飲む。満月はわれわれにとって聖なる日で、たいていは……その……飲んで祝う。人間暦で一年に満月が十二回あるとすると、理論上は年に一万四千四百人の人間が嚙まれる計算だ。〈合〉以来、ふたたび人間暦で数えれば、千五百年が過ぎた。単純計算するといま現在、地上には二千百六十万の吸血鬼がいることになる。この数字が急激な増加でさらに増えるとなると……」

「もういい」ダンディリオンがため息をついた。「そろばんがなくても数の想像はつく。というか、想像できないほどの数だ。つまり、吸血鬼に嚙まれたら感染するというのはたわごとでつくり話だと言いたいんだな」

「ありがとう」レジスは頭をさげた。「では次の神話に移ろう。〝吸血鬼とは、死んだのに完全に死んではいない人間〟というものだ。吸血鬼は墓のなかで腐敗もせず、崩壊して塵にもならない。ヒナギクのようにみずみずしく、血色のいい顔で横たわり、墓を抜け出して人間を嚙む機会をいまかいまかとねらっている。このような神話が、愛する人の死に対する潜在的かつ不合理な嫌悪から生まれるのでなくて、いったい何から生まれる？　きみたち人間は畏敬と思い出を胸に死者を囲み、不死を夢見る。きみたちの神話や伝説のなかでは必ず誰かが死を克服し、よみがえる。だが現実に尊敬されていた曾祖父がいきなり墓からよみがえり、ビールを注文したらパニックにおちいるだろう。当然だ。有機物というものは生命維持の過程が停止すれば腐敗し、不快な様相を呈する。死体はにおいを放ち、どろどろに溶ける。神話に不可欠な不死の魂《スピリット》は、腐臭を放つ遺骸を嫌悪もあらわに葬り去り、魔法のように消し去る《スピリット・アウェイ》――つまらないしゃれを許してくれ。ともかく、魂は清らかで、あがめやすい。そのいっぽうで人間は身の毛もよだつような魂をこしらえた――

天にも昇らず、遺骸を葬りもせず、においすらしない魂を。なんとおぞましく、異様なことか！　人間にとって、生ける死者はいまわしき存在のなかでもっともいまわしい。どこかの愚か者が〝死にぞこない〟なる言葉まで生み出し、きみたち人間はそれをしつこくわれわれに授けようとしている」

「人間は原始的で迷信深い種族だ」ゲラルトはかすかに頰をゆるめた。「死からよみがえる生き物をなかなか理解できず、ふさわしい名前をつけることもできない——たとえそれが杭を打ちこまれ、頭を切断されて五十年、土のなかに埋まっていたものであっても」

「まさしく」レジスは皮肉にも動じずに続けた。「きみたち突然変異した種族は爪、毛髪、皮膚を再生できるが、その点でさらに進化した種族がいるという事実を受け入れられない。それはきみたちが原始的だからではない。むしろ自己中心癖と自分たちが完璧だという思いこみのせいだ。自分たちよりすぐれたものはなんであれ、いまわしい逸脱なのだ。そしていまわしい逸脱は社会学的理由によって神話となる」

「なんの話かてんでわかんないけど」ミルヴァが矢の先で額から髪を払いながらぼそりと言った。「あんたがおとぎ話のことを話してるのはわかる。森育ちのバカ女でもおとぎ話くらい知ってる。だから、あんたが太陽を恐れないのが不思議だ、レジス。おとぎ話では、吸血鬼は太陽に当たると灰になる。これもやっぱりただの作り話？」

「ああ、そうだ」レジスはうなずいた。「きみたち人間は、吸血鬼が危険なのは夜だけで、朝日を浴びると灰になると信じている。太古の焚火のまわりで生まれたこの神話の根っこには人間の好光性――ぬくもりを好む性質――がある。つまり、昼行性にもとづく日周リズムだ。人間にとって夜は冷たく、暗く、不気味で、恐ろしく、危険に満ちている。かたや日の出は命の新たな勝利で、新たな一日で、存在の継続の象徴だ。夜明けは光と太陽を連れてくる。そして、きみたちに力をあたえる太陽の光は憎むべき怪物を破滅させる。吸血鬼は灰になり、トロールは化石化し、人狼は人間に戻り、ゴブリンは目をおおって逃げ出す。夜行性の捕食者はねぐらに戻り、脅威ではなくなる。日没までのあいだ世界はきみたち人間のものだ。もういちどはっきり言っておく――この神話は古代の焚火のまわりで生まれた。こんにちではただの神話にすぎない。いまきみたちは家に明かりをともし、暖める。いまなお太陽周期に支配されてはいても、夜を手なずけてきた。われわれ上級吸血鬼もまた太古の墓を離れて昼を手なずけた。これで類比《アナロジー》は完結だ。この説明で満足か、親愛なるミルヴァ？」

「全然」ミルヴァは矢を放り投げた。「でもなんとなくわかった。あたしはいま学んでる。いずれ賢くなるよ。社会学のなんたらとか、人狼と化石がどうしたとか、なんとかロジーがどうとか。学校ってとこはじっと話を聞いてムチ打たれるだけだ。あんたたちと学ぶほうがずっと楽しい。頭はちょっと痛いけど、ムチで叩かれることはない」

「ひとつだけ明白なのは、レジス、きみが太陽光を浴びても灰にならないということだ」

ダンディリオンが言った。「きみは火のなかから赤く焼けた蹄鉄を素手で取り出すのと同じくらい太陽熱に耐えられる。さっきの類比に戻るが、ぼくら人間にとってはつねに昼間が活動時間で、夜は休息時間だ。身体構造がそうなっている。たとえば昼間は夜間よりよく目が見えるというように。ゲラルトは夜でも昼と同じように見えるが、彼は変異体だ。吸血鬼においてもそれは変異したかどうかの問題か？」

「そう言えないこともない」レジスはうなずいた。「もっとも、変異がかなり長い期間におよべば、それは変異ではなく進化になる。しかし、身体構造についての考察はもっともだ。われわれにとって日光に順応するのはつらい試練だった。生き延びるためには、その点で人間のようにならねばならなかった。擬態——わたしはそう呼んでいる。これはそれなりの影響があった。たとえるならば、病人の床に横たわるようなものだ」

「なんだって？」

「将来的には日光が死をもたらすと信じるいくつかの理由がある。ひかえめに見積もって約五千年後、この世界には夜行生物——つまり夜に行動する生き物——しか生息しないという仮説がある」

「そんなに長く生きられなくてさいわいだ」カヒルがため息をついて大あくびをした。

「あんたはどうか知らないが、厳しい日周活動のせいでそろそろ夜の眠りがほしくなってきた」

「おれもだ」ゲラルトが伸びをした。「しかも致命的な太陽が顔を出すまでにあと二、三時間しかない。だが、睡魔に襲われる前に……。レジス、科学と知識の拡大のために、吸血鬼にまつわる神話で壊してもらいたいものがほかにもある。少なくともあとひとつはあるはずだ」

「たしかに、もうひとつある」レジスがうなずいた。「最後のひとつだが、だからと言って重要でないわけではない。人間の性的恐怖症の裏にある神話だ」

カヒルが小さく鼻で笑った。

「この神話は最後に残しておいた」レジスはカヒルを上から下へながめまわした。「さりげなく避けるつもりだったが、ゲラルトに問われたからには遠慮はしない。人間は性から生まれる恐怖にもっとも強く影響される。血を吸われた吸血鬼の腕のなかで失神する生娘。全身に唇を這わせる女吸血鬼のみだらな行為の餌食になる若者。きみたちが想像するのはそんなところだ。口による凌辱。吸血鬼は恐怖で人間を麻痺させ、口腔性交を強要する。というか、おぞましき口腔性交もどきだ。そしてそのような交わりには嫌悪をもよおさせる何かがある。それは結局のところ生殖とは無縁のものだから」

「よく言うな」ゲラルトがつぶやいた。

「生殖ではなく、官能の歓びと死を冠した行為。きみたちはそれを邪悪な神話に変えた」レジスは続けた。「きみたちは無意識にそのような行為を夢見るが、恋人にそれをするとなるとおじけづく。だから人は神話上の吸血鬼の話を楽しみ、結果として吸血鬼は魅惑的な悪の象徴になる」

「だから言ったろ?」ダンディリオンにレジスの話を解説してもらったとたん、ミルヴァが叫んだ。「あんたたちの頭にはそのことしかないって! 最初はどんなに賢ぶっても、いつも最後はやる話だ!」

遠くで聞こえるツルの声がゆっくり消えた。

翌日——ゲラルトは思い起こした——おれたちははるかにいい雰囲気で出発した。そして、まったく思いがけず、またも戦に追いつかれた。

そこはひとけのない深く広大な森におおわれた、戦略上重要とはとても思えない、侵略者の目を惹くようなものは何もない田舎道だった。ついにニルフガードに近づき、帝国の領土とこちら側をへだてるのは広い大ヤルーガの水流だけとはいえ、越えるには厳しい地形だ。そんな場所だから、なおさら彼らの驚きは大きかった。

夜は炎で地平線が燃え、昼間は黒煙の筋が青空を切り裂いていたブルッゲやソドンに比べると、その戦は壮観ではなかった。ここアングレンにそんな絵のような光景はない。もっと悲惨だ。カラスの群れがふいに不気味な声をあげて森の上空を旋回し、やがていくつもの死体に出くわした。身ぐるみはがれて身元はわからないが、身体には暴行の跡がはっきり残っていた。戦闘中に命を落とした者たちだ。それもただ死んだのではない。死体の多くは下草のなかに横たわっていたが、なかには手足を無残に切断され、木に腕や脚で吊るされた者もいた。燃えつきた薪の上で大の字に横たわる者。杭を打ちこまれた者。そして、におい。アングレン全体が突如、残虐行為のむごたらしく、吐き気のするようなにおいを放ちはじめていた。

ほどなく一行は谷間や生い茂る下草に隠れなければならなかった。前後左右の地面が馬の蹄で揺れ、騎馬隊が次から次へと土ぼこりを巻きあげて目の前を駆け抜けたからだ。

「まただ。またしても誰と誰が、どんな理由で戦ってるのかわからない」ダンディリオンが頭を振った。「こんどもまた、前と後ろに誰がいて、どっちに向かっているのかわからない。誰が攻撃して、誰が後退しているのか。やれやれ。前に言ったかもしれないが、ぼくに言わせれば、戦と燃える娼館はさして変わらな――」

「前にも言った」ゲラルトがさえぎった。「百回目だ」

「何をめぐって戦うというんだ？」ダンディリオンはぺっと唾を吐き、「ネズミサシの茂みと砂か？　このうるわしき田園地帯に、ほかにどんなめぼしいものがある？」

「茂みの死体にはエルフもいた」とミルヴァ。「スコイア＝テルの奇襲団はこの道を通る、いつだって。ここはドル・ブラサンナと〈青色山脈〉からの志願兵がテメリアに向かうときに使う道だ。誰かが道を封じようとしてる。あたしはそう思う」

「ここで〈リス団〉を待ち伏せるとは、いかにもテメリア軍のやりそうなことだ」とレジス。「だが、それにしては兵士の数が多すぎる。ニルフガード軍がヤルーガを渡ったのかもしれない」

「おれもそう思う」ゲラルトは言い、カヒルの石のような表情を見て顔をしかめた。「今朝見た死体にはニルフガードふうの戦闘の跡があった」

「戦闘中に残酷なのはおたがいさまだ」ミルヴァがきつい調子で、意外にもカヒルの肩を持った。「カヒルをにらまないでよ。いまじゃあんたも同じ恐ろしい運命に縛られてるんだ。カヒルだってニルフガードの〈黒歩兵隊〉の手に落ちたら死ぬし、あんただってついさっきテメリアの首吊り縄から逃げ出したばかりじゃない。目の前にどこの軍がいて後ろに誰がいるかとか、誰が味方で誰が敵かとか、誰が善人で誰が悪人かとか突きとめたって意味がない。いまは全員があたしたち共通の敵だ――軍服が何色だろうと関係ない」

「たしかにそうだ」

「妙だな」翌日、またもや通りすぎる騎馬隊を谷間に隠れてやり過ごしながらダンディリオンが言った。「軍勢が丘陵じゅうを走りまわっているのに、ヤルーガぞいでは木こりたちが何ごともなかったかのように木を切り倒してる。聞こえるだろう?」

「木こりではなく、軍の工兵かもしれない」とカヒル。

「いや、木こりだ」レジスが言った。「何ものもアングレンのお宝採取を邪魔できない」

「お宝?」

「あの木々をよく見るがいい」またしても吸血鬼は取るに足らない人間とか愚か者に教えを授ける知恵者のような口調で言い、ゲラルトはいらついた。「スギ、カジカエデ、アングレンマツ。どれも非常に貴重な材料だ。このあたりには材木港がいくつもあり、そこから丸太が川下に運ばれる。木こりはあちこちで木を切り倒し、昼も夜も斧の音がやむことはない。これがどんな戦かようやく見えてきた。知ってのとおりニルフガードはヤルーガ川河口、シントラとヴェルデン、そして上《かみ》ソドンを掌握した。いまごろはブルッゲと下《しも》ソドンの一部もおそらく同じ運命だ。つまり、アングレンから運ばれる材木はすでにニルフガード帝国の製材所や造船所をうるおしている。北方諸国はこれを阻止しようとし、ニルフガードはできるだけ多く伐採して運ぼうとしているようだ」

「そしてぼくらは例によって窮地におちいった」ダンディリオンがうなずいた。「カエド・ドゥに行くにはまさにアングレンの中心――すなわちこの材木戦争のまっただなか――を通らなきゃならない。別の道はないのか?」

おれは同じ質問をレジスにした——ゲラルトはヤルーガ川に沈む太陽を見つめながら思い返した——蹄の音が遠くに消えてあたりが静まり、ようやく旅を再開してからすぐに。

「カエド・ドゥに行く別の道？」レジスは考えこんだ。「丘陵地帯を避け、軍勢が通る道から離れた経路か。たしかに、そんな道もある。楽ではないし、安全でもない。しかも遠まわりだが、兵士に会うことはまずない」

「聞かせてくれ」

「南に向きを変え、ヤルーガの支流の浅瀬を渡る。イスギスだ。イスギスを知っているか、ウィッチャー？」

「ああ」

「あの森を馬で通ったことは？」

「もちろんある」

「その冷静な口調からすると、この案には賛成のようだな」レジスは咳払いし、「われわれは五人、そのなかにウィッチャーと戦士と弓の名手がいる。経験と剣が二本に弓が一丁。ニルフガードの奇襲部隊に立ち向かうには足りないが、イスギスを越えるには充分だ」

イスギスか——ゲラルトは思いをめぐらした。小さな湖が点在する八十平方キロほどの泥沼地。その沼地を分断するのは奇妙な木が生い茂る陰気な森だ。幹が鱗片におおわれ、タマネギのようにふくらんだ根もとが梢にいくにつれて細くなり、てっぺんがこんもりした平らな樹冠になった木……タコ足のようにねじくれた根におおいかぶさるように、裸の枝からひげ状の苔としなびた地衣類をぶらさげる不格好な低木……。ひげのような苔を揺らすのは風ではなく沼の瘴気だ。イスギスは泥の穴。〝くさい穴〟と言ったほうがふさわしい。

そして浮草と水草が茂る泥沼や大小の湖は生命の宝庫だ。イスギスをすみかにするのはビーバーやカエル、カメや水鳥だけではない。ハサミや触手、物をつかむのに適した手足で獲物を捕らえ、切り裂き、水に沈め、バラバラにする、はるかに危険な生き物がうじゃうじゃしている。こうした生物は数知れず、すべてを見分けられる者はいない。たとえウィッチャーでも。ゲラルトもイスギスで狩りをしたことはめったになく、低地アングレンでは一度もなかった。低地アングレンはほとんど住人がおらず、沼地の縁に暮らすわずかな人間は昔から怪物を風景の一部と見なしてきた。怪物に近づかないようにはしても、ウィッチャーを雇ってまで殺してもらおうとはまず思わない。とはいえ皆無ではなく、だからこそゲラルトはイスギスとそこにひそむ危険を知っていた。

剣が二本と弓が一丁……。そして経験——おれのウィッチャーとしての専門知識。全員が無事に切り抜けなければならない。とくにおれが先頭を行き、あらゆるものに目を光らせているときは。腐木の幹、雑草の山、低木、草むら、そしてランのような植物。イスギスでは、ただのランに見えるものが猛毒のクモガニだったりする。ダンディリオンが勝手に動きまわり、うっかり何かにさわらないよう見張らなければならない。とりわけここは、葉緑素中心の食生活を肉片で補おうとする植物には事欠かない。そうした植物の枝が人の皮膚に触れるとクモガニの毒と同じくらい危険だ。もちろん瘴気も。毒ガスは言うまでもない。口と鼻を守る手段を見つけなければ……。

「どうした?」レジスの声にゲラルトはわれに返った。「この案に賛成か」

「ああ。行こう」

だが、結局おれはほかの仲間にイスギス越えの計画を話さないことにした――ゲラルトは思い返した。レジスにも口止めした。なぜかはわからない。今日、すべてが完全に、どうしようもなくだめになった今なら、ミルヴァの様子に気づいていたからと言えたかもしれない。ミルヴァが抱えていた問題のせいだと。彼女のあきらかな症状のせいだと。だが、そうじゃなかった。おれは何も気づかなかったし、気づいたことは無視した。まぬけもいいところだ。そうしておれたちは沼地を避けるように東に向かって進みつづけた。

逆に考えれば、ぐずぐずしたのは正解だった――ゲラルトは剣を抜き、カミソリのような刃先に親指を這わせながら思った。あのときまっすぐイスギスに向かっていたら、今日、この剣は手もとになかっただろう。

夜明け以降、兵士の姿はなく、音も聞こえなかった。先頭のミルヴァは一団から離れてかなり先を行き、レジス、ダンディリオン、カヒルが話していた。

「あのドルイドたちがシリ捜しに手を貸してくれるのを祈るばかりだ」ダンディリオンが心配そうに言った。「正直、これまでに会ったドルイドはみな非協力的で、口が堅く、愛想のない奇妙な世捨て人ばかりだった。魔法で助けるどころか話すらしてくれないかもしれない」

「カエド・ドゥにはレジスの知り合いのドルイドがいる」とゲラルト。

「まさか三、四世紀前の知り合いじゃないだろうな」

「もっと最近だ」レジスは謎めいた笑みを浮かべて請け負った。「いずれにせよドルイドは長生きだ。つねにひらけた、原始的で、汚染されていない自然の懐《ふところ》に抱かれ、それが健康にすばらしい効果をもたらしている。深く息を吸い、森の空気で肺を満たすがいい、ダンディリオン、そうすればきみも健康になる」

「こんなだだっ広いところにいたらいまに毛皮が生えそうだ」ダンディリオンがあざけるように言った。「眠りにつくと宿屋や酒や浴場の夢を見る。原始的自然はもうたくさんだ。〝健康をもたらすすばらしい効果〟とやらははなはだ疑問だな――とくに精神衛生に関しては。まさにドルイドがいい例だ。彼らは相当いかれてる。自然とその保護のこととなると狂信的だ。彼らが権力者に請願する場面をさんざん見てきた。狩りをするな、木を切るな、汚物を川に流すな、とかなんとか。なかでもあきれたのは、ヤドリギの冠《かんむり》をかぶったドルイド代表団がシダリスのエサイン国王を訪問したときだ。ぼくはたまたまその場に居合わせ……」

「彼らは何を要求した？」ゲラルトが興味を示した。

「知ってのとおりシダリスは国民の大半が漁業で生計を立てている。ドルイドたちは、漁民は網目がある程度の大きさの網だけを使うべきで、それより細かい網目のものを使った者には厳罰をあたえるよう国王に求めた。ぽかんと口を開けたエサイン王に、ヤドリギ代表団は〝網目の大きさを制限することが魚種資源の枯渇を防ぐ唯一の方法だ〟と説明した。国王は彼らをバルコニーに案内し、海を指さして言った――かつてシダリス国でもっとも勇敢な船乗りが西に向かって海に乗り出し、二カ月後に戻ってきた。船内の真水が尽きたからだ。それでも水平線には陸地の影ひとつなかった。これほど広大な海の魚が枯渇するというのか？〝いかにも〟――ヤドリギ団は答えた――〝自然から直接食糧を得る手段として漁業はこれから長く続く。いずれ魚が枯渇し、飢えに直面するときがやってくる。ゆえに網目の大きな網で成長した魚だけをつかまえ、小さな幼魚を守ることがどうしても必要だ〟。エサイン王はたずねた――〝おまえたちの考えによれば、その恐るべき魚の枯渇はいつ起こるのか〟。すると彼らは答えた――〝われわれの予測ではおよそ二千年のうちに〟。国王はドルイド代表団に、千年後ぐらいにまた来たら、そのときに考えようと言って慇懃に別れの挨拶をした。ヤドリギ団は冗談がわからずに抗議し、放り出された」

「ドルイドとはそういうものだ」カヒルがうなずいた。「祖国ニルフガードでは……」

「ほら出た！」ダンディリオンが勝ち誇ったように叫んだ。「祖国ニルフガード！ つい昨日、きみをニルフガード人と呼んだら、スズメバチに刺されたみたいに跳びあがったくせに！ ようやく認める気になったか、カヒル」

「あんたにはそう言うしかない」カヒルは肩をすくめた。「いくらそうじゃないと言ってもあんたは聞く耳を持たない。だが、念のために言えば、帝国で〝ニルフガード人〟を名乗れるのは首都とアルバ低地帯のそばに広がる周辺地域に昔から居住する者だけだ。おれの一族はヴィコヴァロの出身だから――」

「静かに！」ふいに先頭を行くミルヴァの鋭い声がした。

一行はさっと口を閉じて手綱を引いた。いまではこれがどういう意味かみな知っていた。弓の名手が何かを見つけたか聞きつけた、もしくはこっそり近づいてしとめられそうな何か食べられるものを本能的に感じ取ったかのどれかだ。現にミルヴァは弓を構えていたが、馬から降りてはいなかった。つまり食べ物ではないということだ。ゲラルトがそろそろと近づいた。

「煙だ」ミルヴァがぼそりと言った。

「見えない」

「じゃあ嗅いで」

においはかすかだが、ミルヴァの鼻は正しかった。背後の大火からの煙とは思えない。この煙はいいにおいがする——ゲラルトは思った。焚火で何かをあぶっているような。

「避ける？」ミルヴァがささやいた。

「見てからにしよう」ゲラルトは馬から降り、手綱をダンディリオンに渡した。「何を避けるのかを知るのも悪くない。そして背後に誰がいるかも。一緒に来てくれ、マリア。ほかは鞍の上でじっとしていろ。油断するな」

森の端の茂みからのぞくと、広大な空き地が広がっていた。きちんと四角に積みあげられた丸太が散在し、そのあいだから細い煙が立ちのぼっている。ゲラルトは少しほっとした。視界で動くものはなく、丸太の山と山のあいだに大人数が隠れられそうな空間もない。ミルヴァも同じように判断してささやいた。

「馬がいない。だから兵士じゃない。たぶん木こりだ」

「おそらく。だが、確かめよう。援護してくれ」

丸太の山をまわっておそるおそる近づくにつれて声が聞こえてきた。ゲラルトはさらに近づき、しんから驚いた。それもうれしい驚きだ。

「ダイヤでハーフ・コントラクト！」

「ダイヤでリトルスラムだ！」

「バレル！」

「パス。おまえの番だ！　手を見せろ！　テーブルにカードを出せ。なんだこりゃ……？」

「ハハハ！　ジャックとそれより小さいカードだ。どうだ、まいったか！　そう簡単にリトルスラムさせてたまるか！」

「まあ見てろ。おれはジャックだ。なんだと？　取られた？　おい、ヤーゾン、おまえ、まんまとひっかかったな！」

「なんでクィーンを出さなかった、このぼけなす。ひゅう、いよいよこいつで一発なぐって……」

それでもゲラルトは慎重だった。どこの誰がバレルをしていても不思議はないし、ヤーゾンという名前の男は一人じゃない。だが、そのとき聞き覚えのあるしゃがれ声がカードに興じる男たちの声をさえぎった。

「クソッ……タレー！」

「やあ、おまえたち」ゲラルトは丸太の後ろから出て声をかけた。「会えてうれしい。オウムともども、あいかわらず元気そうだ」

「こりゃなんと！」ゾルタン・シヴェイが驚いてカードを取り落とし、ぴょんと立ちあがった。あまりに急だったので、肩に止まっていた陸軍元帥ウィンドバッグがバタバタと羽ばたき、驚いて金切り声をあげた。「ウィッチャーか、こりゃたまげた！　それとも蜃気楼か？　パーシヴァル、おまえにも見えるか」

パーシヴァル・シャタンバック、マンロ・ブルイス、ヤーゾン・ヴァルダ、フィギス・マーラッゾがまわりに集まり、鉄のような握手でゲラルトの右手を次々に遠慮なく引っ張った。やがて丸太の裏からほかの面々が現れると、いよいよ喜びの声が沸き起こった。

「ミルヴァ！　レジス！」ゾルタンが二人を抱擁した。「ダンディリオン、頭には包帯でも生きてたか！　この通俗的場面はどうだ、大道芸人？　人生は詩じゃない！　なぜだかわかるか？　それは批評なんぞにびくともせんからだ！」

「キャレブ・ストラットンはどうした？」ダンディリオンがあたりを見まわした。

とたんにゾルタンと仲間たちは黙りこみ、顔をくもらせた。

「キャレブは愛する山脈とカーボン山から遠く離れたカバノキの下に眠ってる」ようやくゾルタンが鼻をすすりながら言った。「イナ川ぞいでニルフガードの〈黒歩兵隊〉に襲われた。キャレブは脚が遅くて森に逃げこめなかった……。頭を剣で斬られ、倒れたところを熊槍でやられた。だが、そうしんみりするな。やつのことはもう悼んだ、それでいい。元気を出さんでどうする。なにしろあんたらみんな、野営地の狂乱から無事に逃げ出したんだからな。しかも仲間まで増えているようだ」

カヒルはゾルタンの鋭い視線に黙って小さく頭をさげた。

「さあ、座れ」ゾルタンが手招いた。「子羊を焼いてるところだ。二、三日前、一匹で寂しそうにしていたのを見つけた。そしてこいつを哀れな餓死や、狼にむごたらしく食い殺される運命から救い、食い物にしてやった。さあ、座れ。それからあんたにちょっと話がある、レジス。それからゲラルトにも」

丸太の山の後ろに二人の女が座っていた。幼児に乳を飲ませていたほうは一行が近づくのを見て恥ずかしそうに背を向けた。そのすぐそばの砂の上で、片腕に汚いぼろきれを巻いた若い娘が二人の子どもと遊んでいた。娘が黒くうつろな目で見あげたとたん、ゲラルトには誰だかわかった。

「燃える馬車から縄をほどいてやった」ゾルタンが言った。「あやうくあの司祭の思うつぼになるところだった。ほれ、娘の血をほしがっていた男だ。だが娘は炎の洗礼を耐え抜いた。炎は娘をなめ、真皮まで焦がしたがな。包帯だけは巻いてやった。火傷にはラードを塗ったが、ひどい状態だ。理髪外科医よ、できれば……」

「いますぐに」

レジスが包帯をはがそうとすると、娘は泣き出し、いいほうの手で顔をおおって身を引いた。動かないように押さえようと近づくゲラルトをレジスは身ぶりでとどめ、娘のうつろな目をじっとのぞきこんだ。すると娘はすぐにおとなしくなって脱力し、やがて頭が胸もとまで沈みこんだ。レジスがそっと汚れた布をはぎ、腕の火傷に強い妙なにおいのする軟膏を塗ってもぴくりともしない。

ゲラルトは二人の女と子どものほうを向いてあごをしゃくり、ゾルタンを穴が開くほど見つめた。ドワーフは咳払いし、押し殺した声で言った。

「あの二人の子どもと女たちとはアングレンで出会った。逃げる途中で道に迷い、身よりもなく、おびえ、腹をすかしていた。だから仲間に入れ、世話している。よくある話だ」

「よくある話か」ゲラルトは笑みを浮かべて繰り返した。「どうしようもない利他主義者だな、ゾルタン・シヴェイ」

「誰にだって欠点はある。それで、あんたはまだ例の娘を助けに行くつもりか」

「ああ。事情はますます込みいってきたが……」

「あんたを追いかけ、ついに仲間になったあのニルフガード人のせいか」

「それもある。ゾルタン、あの避難民はどこから来た？　誰から逃げている？　ニルフガードか、それともスコイア＝テルか」

「わからん。子どもたちは何も知らんし、女たちはほとんどしゃべらず、わけもなく腹を立てる。女たちのそばでののしったり、屁をこいたりするとビーツみたいに真っ赤になって……。まあそれはいい。ほかに出会った避難民は――木こりたちだが――ニルフガード軍があたりをうろついていると言っていた。おそらくイナ川を渡り、西のほうからやってきた、われらが古き友人部隊だろう。だが、ここには南から来たとおぼしき部隊もいる。ヤルーガ川を越えて」

「その連中は誰と戦っている？」

「そこが謎だ。木こりたちは〈白の女王〉の軍勢とかなんとか言ってたな。その女王が〈黒歩兵隊〉と戦ってる。女王軍はヤルーガ川の対岸にまで進み、帝国の領土に炎と剣で挑んでいるらしい」

「どこの軍だ？」

「わからん」ゾルタンは耳をぼりぼりと掻いた。「なにしろ毎日どこかの部隊が蹄で道を踏み荒らしながら通りすぎる。どこの軍かをたずねるまもない、なにしろ茂みに隠れるのに必死で……」

そこで、火傷の手当てをしていたレジスが口をはさんだ。

「包帯は毎日、取り替えてくれ、ゾルタン。軟膏と、火傷に張りつかないガーゼを渡しておく」

「ありがたい、外科医よ」

「腕の火傷はじきに治る」レジスはゲラルトを見てつぶやいた。「まだ若いから時間とともに傷跡も消える。だが、頭のほうは深刻だ。これぱかりはわたしの軟膏でも治せない」

ゲラルトは無言だ。レジスは布切れで手をぬぐい、声を落とした。

「血液のなかに病《やまい》を——その本質を——感じ取ることはできても、それを治せないのはなんともいまいましい……」

「まったくだ」ゾルタンがため息をついた。「皮膚を継ぎ合わせることはできても、頭がいかれちまったらどうしようもない。せいぜい気にかけてやって面倒を見るくらいだ……。助かった、外科医よ。あんたもウィッチャーの仲間になったようだな」

「よくある話だ」

「ふうむ」ゾルタンはあごひげをなでた。「それで、シリを捜しにどっちに向かうつもりだ?」

「東に向かっている——ドルイドのいるカエド・ドゥに。彼らが助けてくれるんじゃないかと……」

「助けは得られない」とつぜん、腕に包帯を巻いた娘が鳴りひびくような金属質の声で言った。「助けはない。あるのは血だけだ。そして炎の洗礼。炎は浄化するが殺しもする」

ゾルタンがぎょっとした。レジスはゾルタンの腕をきつくつかみ、〝静かに〟と身ぶりした。催眠トランスに気づいたゲラルトは無言のまま身じろぎもしない。

「血をまき散らし、血を飲んだ者は血の報いを受ける」娘はうなだれたまま言った。「三日以内に一人が別の誰かのなかで死に、何かが誰かのなかで死ぬ。彼らは少しずつ、ひとかけらずつ死ぬ……。そしてついに木靴がすりきれ、涙が乾くとき、最後の断片が消える。

決して死なない者も死ぬだろう」

「続けて」レジスがやさしくささやいた。「何が見える?」

「霧。霧のなかの塔。〈ツバメの塔〉……氷におおわれた湖の上の」

「ほかに何が見える?」

「霧」

「何を感じる?」

「痛み……」

レジスが次の質問をするまもなく娘は頭をびくっと動かし、激しく叫んで泣き出した。娘が目をあげたとき、その瞳にあるのはまさしく霧だけだった。

あの一件以来——ゲラルトはルーン文字におおわれた刃に指を這わせながら思い返した——ゾルタンはますますレジスを尊敬するようになり、以前のような親しげな口調はまったく使わなくなった。

レジスはゲラルトとゾルタンに、娘の奇妙なうわごとのことを誰にも話さないよう頼んだ。ゲラルトはさほど気にしていなかった。過去にも似たようなトランス状態を見たことがある。催眠術をかけられた人間のうわごとは予言ではなく、たいていはどこかで聞いた考えの再現や催眠術師の暗示であることが多い。もちろん今回のは催眠術ではなく、吸血鬼の魔法だ。トランスがもう少し長く続いていたら、娘はレジスの心から何を読み取っただろう？

ドワーフたちと一緒に半日ほど進んだころ、ゾルタンは行進を止め、ゲラルトを脇へ引っ張ってきっぱり言った。

「そろそろ別れどきだ。わしらは決めた、ゲラルト。マハカムは北にそびえ、この渓谷はまっすぐ山脈に続いている。冒険はもう充分だ。故郷に帰ろうと思う。カーボン山に」

「わかった」

「わかってくれてうれしい。あんたと仲間たちの幸運を祈る。なんとも奇妙な仲間だがな」

「おれの力になりたいそうだ」ゲラルトは静かに答えた。「そんなことを言われたのは初めてだ。だから動機は探らないことにした」

「賢明だ」そう言ってゾルタンは背中から漆塗りの鞘を猫皮でくるんだドワーフの剣――シヒル――をはずした。「さあ、これを持ってゆけ。別々の道へ進む前に」

「ゾルタン……」

「何も言わず取っておけ。わしらはこれから山のなかで戦見物《いくさけんぶつ》だ。武器は必要ない。だが、マハカムで造られたこのシヒルが確かな人物の手で、正当な理由でうなっているとたまに想像するのは楽しい。これでシヒルも恥をかかずにすむというもんだ。あんたがこいつでシリの迫害者を殺すとき、そのうちの一人はキャレブ・ストラットンのために殺してくれ。そしてゾルタン・シヴェイとドワーフの鍛冶場を忘れないでくれ」

「安心しろ」ゲラルトはシヒルを受け取り、背中にくくりつけた。「決して忘れない。この腐れきった世界で、ゾルタン・シヴェイ、善意と誠実と高潔さは記憶に深く刻まれる」

「そのとおり」ゾルタンは目を細めた。「だからわしはあんたと森の空き地の略奪団のことを忘れないし、レジスと熾《おき》のなかの蹄鉄も忘れない。助け合いの話はそれとして……」

そこでゾルタンは言葉を切り、咳払いして唾を吐いた。

「ゲラルト、わしらはディリンゲン近くで商人を襲った。ホーカー稼業でしこたま儲けた金持ちだ。そいつが馬車に金銀宝石を積みこみ、街から逃げたところを待ち伏せした。やつは獅子のように財産を守り、助けを求めた。それで斧の柄で頭を二、三発なぐってやったら羊みたいにおとなしくなった。憶えてるか、わしらが肩にかつぎ、馬車で運び、最後にはオー川ぞいの地面に埋めた箱を？　あの箱の中身はそいつの金銀だ。わしらは盗んだ略奪品を将来の元手にしようとしていた」

「なぜおれにそんな話を、ゾルタン？」

「あんたがついさっきも見せかけにだまされたからだ。あんたが善意と高潔さと思ったものは、きれいな仮面の下に隠れた悪だ。あんたはだまされやすい、ウィッチャー、なぜなら動機を探ろうとしないからだ。だが、わしはあんたをだましたくない。だから、あの女と子どもらを見るな……目の前に立つドワーフを誠実で高潔だと思うな。あんたの目の前にいるのは盗っ人で、強盗で、ひょっとしたら殺し屋かもしれない。なぜなら、わしらがぶちのめしたホーカーがディリンゲン街道の溝で死ななかったという確証はない」

二人は長いあいだ無言で雲に包まれた北の遠い山並みを見つめていた。

「さらばだ、ゾルタン」ようやくゲラルトが言った。「きっとなんらかの力が——最近ようやくその存在を信じられるようになってきた何かが——いつかまたおれたちを会わせてくれるだろう。たがいの道がまた交差することを祈る。おまえにシリを紹介し、会わせたい。だが、たとえそうならなくても、おまえのことは忘れない。達者でな、ドワーフ」

「握手してくれるか？　盗っ人でごろつきのわしと？」

「もちろんだ。おれは昔のようにだまされやすくはない。人の動機は詮索しなくても、仮面の下を見る術《すべ》はゆっくりと学んでいる」

ゲラルトはシヒルを振り、かたわらを飛ぶ蛾をまっぷたつに切断した。

ゾルタンたちと別れたあと——ゲラルトは思い返した——森のなかでさまよう農民の一団に出会った。おれたちを見たとたん何人かは逃げたが、ミルヴァが弓で脅して数人を呼び止めた。彼らは少し前までニルフガードの捕虜だったと言った。スギの伐採をさせられていたが、数日前にどこかの兵団が見張り兵を襲って殺し、逃がしてくれた。それで故郷に戻る途中だという。解放してくれたのはどんな兵団かとダンディリオンがしつこく迫り、質問攻めにした。

「〈白の女王〉の兵だ」農民は繰り返した。「〈黒歩兵隊〉をやっつけている！　敵の後方にヒヒ攻撃をかけると言ってた」

「なんだと？」

「だから言ってるだろう。ヒヒ攻撃だ」

「なんだ、その〝ヒヒ〟ってのは」ダンディリオンは顔をしかめ、片手を振った。「いいか、きみたち……。ぼくは軍勢がどんな軍旗をかかげているかときいたんだ」

「いろいろだ。大半は騎兵隊で、歩兵隊は赤いものをつけていた」

そう言って農民は棒を拾い、砂に菱形を描いた。

「菱形紋」紋章学にくわしいダンディリオンが驚きの声をあげた。「テメリアのユリじゃなくて菱形紋。リヴィアの紋章だ。妙だな。ここからリヴィアは三百キロ以上も離れている。ライリアとリヴィア軍がドル・アングラとアルダースバーグの戦いで壊滅し、それ以来ニルフガードに支配されているのは言うまでもない。いったいどういうことだ？」

「わからないのはいつものことだ」ゲラルトがさえぎった。「話はもういい。出発だ」

「そうか！」農民から聞いた情報をずっと考え、分析していたダンディリオンが叫んだ。「わかった！　ヒヒじゃない――不正規兵《ゲリラ》だ！　遊撃兵だ！　だろう？」

「なるほど」カヒルがうなずいた。「つまり、北方諸国の遊撃隊がこのあたりで動いているということか。おそらく七月なかごろ、アルダースバーグで敗れたライリア＆リヴィア軍の残党兵からなる部隊だ。その戦いのことは〈リス団〉と一緒にいたときに聞いた」

「いい知らせだ」ヒヒの謎を解いたダンディリオンが得意げに、「農民が紋章を混同したとしても、あたりにいるのはテメリア軍ではなさそうだ。最近、ヴィセゲルド元帥の絞首台からまんまと逃げ出した二人の密偵の話がリヴィアのゲリラ兵に届いているとも思えない。まんいちその遊撃隊に出くわしても、でまかせで切り抜けられるかもしれない」

「そうかもしれんが……」ゲラルトは跳ねまわるローチをなだめながら、「正直、運だめしはしたくない」

「きみの同胞じゃないのか、〝ウィッチャー〟」とレジス。「つまり、きみは〝リヴィアのゲラルト〟だ」

「ちょっと違う」ゲラルトはそっけなく応じた。「そう名乗っているのは、そのほうが格好がつくからだ。顧客も信用する」

「なるほど」レジスは笑みを浮かべた。「それにしても、なぜリヴィア？」

「いくつかりっぱな響きの名前を書いたくじを引いた。ウィッチャーの師匠から勧められた方法だ。だが、最初からではない。おれが〝ゲラルト・ロゲル・エリック・ドゥ・ホーテ＝ベルガルド〟にしたいと言ったあとだ。師匠のヴェセミルはあきれた——あまりに仰々しくてばかげていると。いま思えばそのとおりだ」

ダンディリオンは鼻で笑い、吸血鬼とニルフガード人を探るように見た。

「わたしの名前は本物だ」レジスはダンディリオンの視線に少し気分を害した。「吸血鬼の伝統にものっとっている」

「おれのもだ」カヒルもあわてて言った。「マーは母の名で、ディフリンは曾祖父の名。何ひとつばかげてはいない。そういうあんたは？　もちろん〝ダンディリオン〟は芸名だろう」

「本名は使えないし、明かせない」ダンディリオンは気取ってはぐらかした。「あまりに有名すぎて」

「あたしがひどく頭にくるのは」それまでむっつり黙りこくっていたミルヴァがいきなり会話に加わった。「マヤとかマンヤとかマリルカみたいな愛称で呼ばれることだ。そんな名前を聞くと、みんな尻軽女だと思いこむ」

あたりが暗くなった。ツルの群れが飛び去り、鳴き声が遠くに消えた。丘陵から吹く風がやみ、ゲラルトはシヒルを鞘に納めた。

それはつい今朝のことだった。ほんの今朝。そして午後にはすべてがどうしようもない状況になった。

もっと早く気づくべきだった——ゲラルトは思った。だがレジス以外の誰がそんなことを知っていただろう。ミルヴァが明けがたによく吐いていたことは、みな気づいていた。だが、胃が変になるものを食べたのはミルヴァだけじゃない。ダンディリオンも一、二回もどし、一度はカヒルも下痢がひどくて赤痢を心配した。そしておれはミルヴァがなんども馬から降りて茂みに行くのを見て、膀胱炎かなんかだろうと……。

おれとしたことがバカもいいとこだ。

レジスは気づいていたようだが、黙っていた。いよいよ黙っていられなくなるまで。うち捨てられた木こり小屋で一夜を明かそうと足を止めたとき、ミルヴァはレジスを森の奥に引っ張り、長々と、ときに大声で話をした。森からひとりで戻ってきたレジスは、何かを煎じて薬草を混ぜ、それからいきなり全員を小屋に呼び集めた。そしてなんともあいまいな、恩着せがましい口調で話し出した。

「みんなに話がある。いずれにせよわれわれは共同体で、連帯責任を負っている。究極の責任を負う者が……つまり直接的責任を持つ者がここにいないからといって……事態は何も変わらない」

「はっきり言ってくれ」ダンディリオンがいらだたしげに言った。「共同体とか、責任とか……。ミルヴァはどうした？　なんの病気だ？」

「病気じゃない」カヒルがぼそりとつぶやいた。

「厳密に言えば病気ではない」とレジス。「ミルヴァは妊娠している」

カヒルは〝やはり〟と言うようにうなずいたが、ダンディリオンは唖然とし、ゲラルトは唇をかんだ。

「どれくらいだ？」

「最終月経日を含め、思い当たる日についてはきわめて無礼に話すのを拒否した。だが、わたしの目はごまかせない。十週目くらいだ」

「ならば直接的責任を問うような、持ってまわった言いかたはよせ」ゲラルトが真顔で言った。「おれたちの誰かではない。この点にわずかでも疑いがあれば、ここで晴らしておく。だが、連帯責任を持ち出したのはきわめて正しい。ミルヴァはいまおれたちと一緒にいる。おれたちはいきなり夫と父親の役割をになうことになった。だから外科医の言うことをちゃんと聞こう」

「まずは健康的なふつうの食事だ」レジスが必要事項を挙げはじめた。「緊張をあたえないこと。充分な睡眠。そしていますぐ馬に乗るのをやめること」

長い沈黙がおりた。

「言いたいことはわかった、レジス」ダンディリオンが沈黙を破った。「夫と父親の同輩たちよ、これは問題だ」

「思ったより大きい問題か、それとも小さいか——すべては見かたしだいだ」とレジス。

「どういうことだ」

「わかるだろう」カヒルがつぶやいた。

「ミルヴァに頼まれた」しばらくしてレジスは言った。「強い効力のある……薬を調合して投与してくれと。本人はそれで問題は解決すると思っている。彼女の気持ちは決まっている」

「それでおまえの気持ちは？」

レジスは笑みを浮かべた。

「ほかの父親たちに相談もなしにか？」

「ミルヴァがほしがってるのは魔法の特効薬なんかじゃない」カヒルが小声で言った。「おれには女きょうだいが三人いるからよく知っている。ミルヴァは夜に薬を飲めば翌朝はいつもどおり馬に乗れると思っているようだが、とんでもない。十日は鞍に座ることすらできない。薬を渡す前に、レジス、そのことを本人に話すべきだ。そして薬を渡すのなら寝台を見つけてからだ。それも清潔な寝台を」

「わかった」レジスはうなずいた。「賛成に一人。きみは、ゲラルト？」

「おれがなんだ」

「紳士諸君」レジスが黒い瞳で男たちを眺めわたした。「わからないふりをするな」

「ニルフガードでは女が決める」そう言ってカヒルは顔を赤らめ、うつむいた。「本人の決断に文句を言う権利は誰にもない。ミルヴァはたしかにその……薬をほしがっていると
レジスは言った。その理由だけで、完全にその理由だけで、おれは――つい――それをもう決定した事実だと考えた。その結果についても考えた。でも、おれは異国人だからよくわからない……。おれはかかわるべきじゃない。すまない」

「何を謝る？」ダンディリオンが驚きの声をあげた。「ぼくたちを野蛮人だと言いたいのか、ニルフガード人？　まじないめいた禁忌《タブー》にしたがう原始的な種族だと？　そのような決断ができるのは当の女性だけだってことは明白だ。その権利は決して奪えない。ミルヴァがそう決めたのなら――」

「黙れ、ダンディリオン」ゲラルトがぴしゃりと制した。「頼むから黙れ」

「反対なのか？」ダンディリオンはかっとなった。「きみはミルヴァに〝よせ〟と――」

「その口を閉じろ、さもないとおれは自分の行動に責任を持てなくなる！　レジス、おまえはおれたちに投票をさせたいのか。なぜだ？　おまえは外科医だ。ミルヴァがほしがっている薬物は……ああ、薬物だ。薬という言葉はしっくりこない……。この薬物を作り、投与できるのはおまえだけだ。そしてミルヴァにもういちど頼まれたら、おまえは投与す

る。断わらない」

「すでに薬物は用意した」レジスは濃い色のガラスの小瓶を見せた。「もういちど頼まれたら断わらない。もういちど頼まれたら」力をこめて繰り返した。

「じゃあこれはどういうことだ？　満場一致か？　完全なる同意がほしいのか？　おまえはそれを期待してるのか」

「どういうことかはわかっているはずだ」レジスが言った。「何をなすべきかきみはよくわかっている。だが、きかれたからには順に答えよう。イエス、ゲラルト、まさしくそういうことだ。イエス、それがまさしくなされるべきことだ。そして最後の答えはノー、それを期待しているのはわたしではない」

「もっとはっきり言ってくれ」

「いや、ダンディリオン、これ以上はっきりとは言えない。とりわけその必要がないときは。そうだろう、ゲラルト？」

「そうだ」ゲラルトは組み合わせた両手に額をのせた。「ああ、まさにそのとおりだ。だが、なぜおれを見る？　おれにやれと言うのか？　おれにはどうすればいいかわからない。無理だ。こんな役には向いていない……。どう考えても、そうだろう？」

「いや、ぼくにはまったくわからない」とダンディリオン。「カヒル、きみはわかるか」

カヒルはレジスを見てからゲラルトに視線を移し、ゆっくり答えた。

「わかる。わかる気がする」

「ああ、なるほど」ダンディリオンはうなずいた。「ゲラルトはすぐに理解し、カヒルはわかった気がする。となれば当然、わからないぼくは教えてもらいたいが、最初は〝黙れ〟と言われ、次は〝わかる必要はない〟と言われた。ありがとう。詩にたずさわって二十年――世のなかには言葉もなくすぐに理解できるものと永遠に理解できないものがあることがようやくわかった」

レジスが笑みを浮かべた。

「きみほど優雅に表現できる人物をわたしは知らない」

すっかり暗くなった。ゲラルトは立ちあがった。 やるしかない――ゲラルトは思った。これから逃げることはできない。先延ばししても意味がない。やらなければならない。そしてこんなことはこれで最後だ。

ミルヴァはみんなが眠る木こり小屋から離れた森のなか、倒木でできたくぼみに熾した小さな焚火のそばにひとりで座っていた。ゲラルトの足音が聞こえても動かない。彼が来るのを待っていたかのように。ただ少しだけ身体をずらし、倒木の幹にゲラルトが座る場所を空けた。

「で？」ミルヴァはゲラルトが何も言わないうちに、つっけんどんにきいた。「まずいことになった、でしょ？」

ゲラルトは無言だ。

「出発したときはこんなことになるなんて思わなかった、でしょ？　あたしを仲間にしたときは。あんたは思った――〝この娘が農民で愚かな田舎娘だったらどうする？〟あんたはあたしを仲間に入れた。〝道中この娘に難しい話はできそうもないが〟――あんたは思った――〝役には立つかもしれない。健康そうで、たくましい。矢をまっすぐ放てるし、鞍に座るのにも慣れていて、危険な場面でもびびらない。きっと役に立つ〟って。それが役に立つどころかとんだ足手まといになった。お荷物に。どこにでもいる厄介女に！」

「なぜおれのあとを追った？」ゲラルトが小声でたずねた。「なぜブロキロンにじっとしていなかった？　こうなるとわかっていたのに……」

「わかってた」ミルヴァがさえぎった。「ていうか、あたしは木の精たちと一緒にいた。娘の体のことはなんでも知ってる。彼らには何も隠せない。あたしより先に気づいたくらいだ……。でも、まさかこんなにすぐ具合が悪くなるとは思わなかった。麦角《ばっかく》だかなんだかの煎じ薬を飲めば誰にも気づかれず、あやしまれずに……」

「そんなに簡単な話じゃない」

「わかってる。レジスに言われた。ずっとぐずぐずしてた、考えて、迷って。そうしたら簡単じゃなくなって……」

「そういう意味で言ったんじゃない」

「ちくしょう」しばらくしてミルヴァは言った。「聞いて。あたしにだって考えはあった……。ダンディリオンは強がってるけど、実際はひよわで、軟弱で、過酷な旅には慣れてないと思った。だからダンディリオンが音をあげるのを待ってた——帰すしかないって状況になるのを。つらくなったら詩人と一緒に帰ろうと思ってた……。でも、いまやダンディリオンは英雄で、あたしは……」

ミルヴァの声がいきなりかすれ、ゲラルトはミルヴァを抱き寄せた。抱き寄せたとたん、ミルヴァがこれを待っていたことに、何よりもほしがっていたことに気づいた。ブロキロンの射手の荒っぽさとたくましさはたちまち消え、残ったのは震え、おびえる娘のやわらかさだけだ。だが、長い沈黙を破ったのはミルヴァだった。

「これが、あんたがあたしに言ったこと……ブロキロンの森で。〝いつか……寄りかかる肩が必要なときがくる。そのときは闇のなかで叫べ……〟。あんたはここにいる、あんたの腕を感じる……。だけど、あたしはいまも叫びたい……。ああ、ちくしょう……。なんで震えてるの？」

「なんでもない。思い出しただけだ」

「あたしはどうなるの？」

ゲラルトは答えなかった。彼に向けられた質問ではなかった。

「昔、父さんが見せてくれた……。あたしが育った場所では生きた毛虫に卵を産みつける黒いスズメバチが川ぞいに棲んでる。卵からかえったハチの幼虫は生きた毛虫を食べる……内側から……。それと同じことがいまあたしのなかで起こってる。あたしのなかで、このお腹のなかで。育ってる、あたしを生きたまま食べて、育ちつづける……」

「ミルヴァ――」

「マリア。あたしはマリア、ミルヴァじゃない。〈赤トビ〉が聞いてあきれる。トビどころか卵を抱えたメンドリだ……。ミルヴァは木の精たちと笑いながら、戦場の血まみれの死体から矢を引き抜いた。死体に残しておくのは上等の矢柄と矢じりの無駄だ！　まだ息をしているやつがいたらナイフで喉を掻き切れ！　ミルヴァは人をだまし、死にみちびき、声を立てて笑った……。そしていま、だまされたやつらの血が呼んでる。スズメバチの毒みたいな血がマリアを内側から食い尽くそうとしてる。マリアがミルヴァの報いを受けてるんだ」

ゲラルトは黙っていた。言うべき言葉がなかった。ミルヴァはゲラルトの肩にすり寄り、つぶやくように話しはじめた。

「奇襲団をブロキロンまで案内してるときだった。場所は〈焦げ株〉あたりで、六月の夏至前の日曜日だった。あたしたちは追われてた。戦闘があって、七人が馬で逃げた。エルフが五人、女エルフが一人とあたし。リボン川まで一キロもなかったけど、前にも後ろにも騎兵隊がいて、あたりは闇とぬかるみと沼だらけで……。夜になって、ヤナギの下で身体と馬を休めた。すると女エルフが無言で服を脱いで横たわり……ひとりめのエルフが隣に横になって……。あたしは凍りついた、どうしていいかわからなくて……。その場を離れる？　それとも見えないふりをする？　こめかみで血がどくどく言ってたけど、女エルフの言葉は聞こえた――〝明日はどうなるかわからない。誰がリボン川を渡り、誰が死ぬかわからない。エン＝カ、ミンネ。エン＝カ、ミンネ――小さな愛。これが死を乗り越える唯一のやりかた〟――女エルフはそう言った。死か恐怖か。彼らは恐れ、女エルフは恐れ、あたしも恐れていた……。だからあたしも服を脱いでそばに横になった。毛布を下に敷いて……。ひとりめが腕をまわしたとき、あたしは歯を嚙みしめた。まだそんな状態じゃなかった。怖くて、乾いて……。でも男はよくわかってた――なんたってエルフだ――若く見えたけど……巧みで……やさしくて……苔と草と露のにおいがした……。あたしは両腕を伸ばして自分から次のエルフを……求めた……小さな愛？　そこにどれだけの愛があったのか、どれだけの恐怖があったのかはわからない。でも、恐怖のほうが多かったのはたしかだ……。だって、にせものの愛だから。うまく作られた愛――だけど、たとえにせものでも、ただの身ぶり手ぶりでも、うまい役者が演じれば何が演技で何が本物かなんてすぐにどうでもよくなる。だけど恐怖だけはそこにあった。本物の恐怖が」

ゲラルトは黙ったままだ。

「死を克服できたわけじゃなかった。夜明けに、リボン川の岸に着く前に二人が殺された。生き延びた三人にはそれ以来いちども会ってない。母さんはいつもあたしにこう言った――女は誰の果実をはらんでいるかわかるものだって……。でもあたしはわからない。エルフたちの名前すら知らないのに、どうしてわかる？　どうやって？」

ゲラルトは無言のまま、ミルヴァにまわした腕に語らせた。

「でも、いまとなっては知る必要もない。レジスがもうすぐ薬を準備してくれる……。もうすぐあたしはどこかの村に置き去りにされる……。ううん、何も言わないで、黙ってて。あんたの性格は知ってる。あんたはあの臆病な雌馬すら見捨てないし、置き去りにしない。いつも〝ほかの馬と取り替えてやる〟と言いながら替えようとしない。あんたは誰かを置き去りにするような人じゃない。でも、こんどばかりはどうしようもない。薬を飲んだらあたしは鞍には座れない。でもこれだけは覚えといて――身体がもとに戻ったらあんたを追いかける。あんたに大事なシリを見つけてほしいから、ウィッチャー。シリを見つけて取り戻すのに手を貸したいから」

「だからおれを馬で追ってきたのか」ゲラルトは額をぬぐった。「それが理由か」

ミルヴァはうなだれた。

「だから追ってきたのか」ゲラルトは再度たずねた。「別の子を救うためについてきたのか。きみはつぐないたかった、借りを返したかった、旅立ったときからその罪を背負うつもりだった……。自分の子どもの代わりに誰かの子どもを救おうと、命には命でつぐなおうとして。たしかにおれは、困ったときは手を貸すと約束した。だが、ミルヴァ、おれは手を貸せない。どんなに頼まれてもおれにはできない」

こんどはミルヴァが黙りこんだ。だが、ゲラルトは黙ってはいられなかった。話さなければならない気がした。

「ブロキロンの森でおれはきみに借りを作り、その借りは必ず返すと誓った。ろくに考えもせず。愚かにも。おれがもっとも助けを必要としていたとき、きみはすぐに手を貸してくれた。あのような借りには返すすべがない。値のつかない行為に報いることはできない。この世界にあるものにはすべて——ひとつの例外もなく——値段があると言う者がいるが、それは違う。値段のないもの、値段がつけられないほど貴重なものがある。でも、気づいたときはたいていが手遅れだ。失って初めて、永遠に失って初めて戻ってこないことに気づく。おれはこれまで多くのものを失った。だから今日きみに手を貸すことはできない」

「でも、あんたはあたしを助けてくれた」ミルヴァはやけに淡々と答えた。「あんたはどうやったのかもわかってないだろうけど。行って。ひとりにして。行ってよ、ウィッチャー。あんたがあたしの世界を壊す前に」

夜明けに先頭で出発したミルヴァは静かに笑みを浮かべていた。後ろからダンディリオンがリュートを鳴らしはじめると、ミルヴァは口笛で曲を吹いた。

ゲラルトとレジスが最後尾についた。途中、吸血鬼はウィッチャーを見やり、ほほえみ、謝意と賞賛の表情でうなずいた。無言で。それから医者かばんから濃い色のガラス瓶を取り出し、ゲラルトに見せてからふたたび笑みを浮かべ、茂みに投げ捨てた。

ゲラルトは無言だった。

馬に水を飲ませるために休止したところで、ゲラルトはレジスを離れた場所に引っ張り、端的に告げた。

「計画変更だ。イスギスは通らない」

レジスはしばし無言のまま、黒い目でじっと見返した。

「ウィッチャーとして本物の危険を恐れているだけだと知らなければ、気のふれた少女の予言めいたたわごとが心配になったのかと思ったかもしれない」

「だが、おまえは知っている。そしておまえは論理にしたがうはずだ」

「いかにも。だが言っておきたいことがふたつある。まずミルヴァの体調だ。病気でもなければ身体が不自由なわけでもない。もちろん大事にはしなければならないが、まったく健康で調子もいい。よすぎるくらいだ。ホルモンの影響で――」

「その恩着せがましい、見くだすような口調はやめろ」ゲラルトがさえぎった。「癇にさわる」

「それが言いたかったことのひとつ」レジスは続けた。「ふたつ、きみがかまいすぎたり、何かというと騒いで甘やかしたりするとミルヴァは怒る。それが心労になる。それは断じて避けるべきだ。いいか、ゲラルト、わたしは恩を着せたいのではない。理性的でありたいだけだ」

ゲラルトは無言だ。

「ついでにもうひとつ」レジスはなおもゲラルトを探るように見て言った。「われわれはその場の勢いや冒険心からイスギスを通ろうと言うのではない。やむなくだ。兵団が丘陵地をうろつきまわるなか、ドルイドのいるカエド・ドゥへ行かなければならない。急を要するのではなかったのか。情報を手に入れ、一刻も早く大事なシリを助けに行くのがきみにとって重要ではなかったのか」

「ああ。それはいまも変わらない」ゲラルトは目をそらした。「シリを救い出し、連れ戻す。つい最近までどんな犠牲を払ってでもやり遂げると思っていた。だが、いまは違う。そんな犠牲を払うつもりはないし、そんな危険を冒すつもりもない。イスギスは通らない」

「代案があるのか」

「ヤルーガの対岸だ。川をさかのぼり、沼地のずっと奥まで行く。そしてカエド・ドゥ近くでふたたびヤルーガを渡る。厳しいようなら、おれたち二人だけでドルイドに会えばいい。おれは泳いで渡り、おまえはコウモリのように空を飛べ。なんだ、その目は？　吸血鬼が川を渡れないというのはもうひとつの神話で、迷信のはずだ。それともおれの勘違いか」

「いや、勘違いではない。だが、空を飛べるのは満月のときだけで、いつもではない」

「満月まで二週間しかない。予定の場所に着くころにはほぼ満月だ」

「ゲラルト」レジスはウィッチャーから目を離さずに言った。「きみは不思議な男だ。言いたいことをはっきりさせるためにあえて反対しなかったが、いいだろう。イスギスはあきらめる。身重の女には危険だ。ヤルーガ川を渡って向こう岸に行く――きみがより安全だと思う方法で」

「おれには危険度がわかる」

「だろうな」

「ミルヴァたちには言うな。まんいちきかれても、それも計画の一部だ」

「わかった。川船を探そう」

さほど探すまもなく期待以上のものが見つかった。ただの川船ではなく、渡し船だ。ヤナギの枝とガマの群生にまぎれるように隠してあったが、左岸につないだもやい綱でそれとわかった。

船頭も見つかった。一行が近づくのに気づいてさっと茂みに隠れたが、ミルヴァが襟首をつかんで下草から引きずり出した。その助手もつかまえた。人喰い鬼のような肩のたくましい男で、完全なまぬけづらだ。船頭はおびえ、空の穀物倉にひそむネズミのように目をあちこちに動かした。

「向こう岸に？」話を聞いた船頭は泣きそうな声で言った。「とんでもねえ！　向こうはニルフガードの領土で、戦のまっただなかだ！　つかまって磔《はりつけ》にされる！　行かない！　殺されても行かねえぞ！」

「あんたを殺すくらいお安いごようだ」ミルヴァが歯をきしらせた。「その前にぶちのめすことだってできる。もういちどその口を開いたらとくとわからせてやる」

「戦のただなかでも密輸に影響はなかろう、船頭よ」レジスが相手の目をじっとのぞきこんだ。「そもそもおまえの船はそのためのものだ――王国とニルフガードの通行料徴収人から離れた場所にこっそりつないでいるところを見れば。だろう？　さあ、船を出せ」

「それが賢明だ」カヒルが剣の柄をなでた。「それでもしぶるのなら、おまえなしでおれたちだけで川を渡る。船は対岸に置き去りにする。取り戻したければ平泳ぎで川を渡らなければならない。おれたちを乗せて渡れば船で戻ってこられる。一時間、恐怖に耐えればすべて忘れられる」

「それでも嫌と言うんなら、いいか、この脳たりん」ミルヴァが嚙みついた。「次の冬まで忘れられないほどぶちのめしてやる！」

激しい、有無を言わさぬ口調に船頭は降参し、ほどなく全員が船に乗りこんだ。何頭かの馬――とくにローチ――が抵抗したが、船頭とうすのろ助手が棒と縄でできた鼻ねじ具でうまくなだめた。盗んだ馬を乗せてヤルーガ川を渡るのが初めてではない証拠だ。頭の弱い大男が舵輪をまわすと船は動きだし、川越えが始まった。

おだやかな流れに乗り、そよ風が吹きはじめると、船上の雰囲気もよくなった。ヤルーガ川横断は新たな展開で、旅が進んでいるという手ごたえがあった。目の前はニルフガードの土手で、国境で、境界線だ。そう思うといきなり気持ちが高揚してきた。うすのろ助手までが影響され、いかれた曲を口笛で吹きはじめた。ゲラルトさえいまにもシリが対岸のハンノキの茂みから現れ、自分の姿を見てうれしそうに叫ぶのではないかという奇妙な幸福感を覚えた。

だが、現実に叫んだのは船頭で、少しもうれしそうではなかった。

「まずい！　もうおしまいだ！」

船頭が指さすほうを見てゲラルトは毒づいた。高い土手のハンノキ林のすきまから鎧がちらっと見え、蹄の音が聞こえたかと思うと、見るまに左岸の突堤が騎馬兵で埋め尽くされた。

「黒騎士だ！」船頭は叫び、青ざめ、舵輪から手を離した。「ニルフガード兵だ！　殺される！　神様、お助けを！」

「馬を押さえて、ダンディリオン！」ミルヴァが鞍から片手で弓をはずしながら叫んだ。「馬を！」

「あれは帝国軍じゃない。あれは……」

カヒルの声は突堤の騎兵の怒号と船頭の悲鳴にかき消された。その悲鳴にせかされたように、うすのろ男が斧を振りあげ、縄めがけて力いっぱい振りおろした。船頭も斧をつかんで駆け寄り、助手に手を貸した。突堤の騎馬隊がこれに気づいて叫び、何人かが縄をつかもうと馬で川に入りはじめた。渡し船に向かって泳ぎ出す者もいる。

「縄はほっとけ！」ダンディリオンがどなった。「あれはニルフガードじゃない！　縄を切るな――」

だが遅かった。切断された縄の端がどぼんと水中に沈み、船はわずかに向きを変えると、下流に向かってただよい出した。川岸の騎馬隊が叫びはじめた。

「ダンディリオンの言うとおりだ」カヒルがぼそりと言った。「あれは帝国軍じゃない……。ニルフガード側の土手にいるが、ニルフガード軍じゃない」

「だから違うと言っただろう！」ダンディリオンが叫んだ。「軍服を見ればわかる！　ワシと菱形紋！　ライリア国の紋章だ！　ライリアのゲリラ兵だ！　おい、きみたち……」

「伏せろ、このバカ！」

　いつものようにダンディリオンは警告に耳を貸すより、これがどういうことかを知りたがった。そのとき矢の一群が空を切った。何本かが船の側面にどすっと刺さり、何本かが甲板を越え、しぶきをあげて水中に沈んだ。二本がダンディリオンにまっすぐ飛んできたが、すでに剣を手にしていたゲラルトが飛び出し、すばやい剣さばきで二本ともかわした。

「すごい」カヒルがつぶやいた。「矢を二本かわした！　なんて剣さばきだ！　こんなものはいままで見たこともない……」

「もう二度とない！　二本続けてかわしたのはおれも初めてだ！　いいから伏せろ！」

　だが、堤の兵団は水流が船をまっすぐ自分たちのいる岸のほうに押しやるのを見て、射るのをやめていた。川に追い立てられた馬のまわりで水が泡立ち、渡し場にはさらに騎兵が押しかけている。少なくとも二百人はいそうだ。

「助けてくれ！」船頭が叫んだ。「棹《さお》を、だんながた！　岸に流される！」

　船上の一団はすぐに理解した。さいわい棹はたくさんある。レジスとダンディリオンが馬をつかまえ、ミルヴァとカヒルとゲラルトが船頭とうすのろ助手に手を貸した。五本の棹に押されて渡し船は向きを変え、加速しながら流れの中央に戻りはじめた。川岸の兵団がふたたび叫び、弓を構えた。またもや数本の矢がうなりをあげ、一頭の馬が大きくいなないた。さいわい船は強い流れに運ばれてすいすい進み、岸から離れて矢の射程から逃れた。

気がつくと川のなかほどの穏流に浮かんでいた。船は氷穴のなかの糞のように回転し、馬は手綱を引いて足踏みし、いななき、その手綱をダンディリオンとレジスがつかんだ。土手の騎馬兵団はわめき、船に向かってこぶしを振りまわしている。ふとゲラルトは白い馬の騎手が剣を振り、命令を出しているのに気づいた。たちまち騎馬隊は森のなかに引きあげ、高い土手の端を猛然と駆け出した。騎兵の鎧が川岸の下草のあいだできらめいた。

「やつらは決して逃さない」船頭がうめいた。「川の蛇行部で急流が渦巻き、船を岸に押し戻すのを知っている……。棹の準備を、だんながた！　右岸に向かいはじめたら流れに逆らってこのおんぼろ船を乗りあげないと……。さもないと一巻の終わりだ……」

船は浮かび、回転し、わずかに右岸——ねじれたマツが生い茂る、勾配の急な高い断崖——に向かってただよっていた。遠ざかりつつある左岸は平坦で、砂洲が川のなかに半円状に突き出ている。騎兵団が砂洲に駆けこみ、勢いのまま川に突入した。砂洲のそばには砂が堆積した運河と浅瀬があるらしく、騎馬兵は川水が馬の腹に届く前にかなり川の奥まで入りこんでいた。

「射程内だ」ミルヴァが顔をゆがめた。「伏せて」

またもや矢のうなりが聞こえ、数本が厚板にどすっと突き刺さった。だが、流れは船を運河から押しやり、みるみる右側の鋭い湾曲部に運んでゆく。

「棹を！」船頭が震える声で叫んだ。「がんばれ。早瀬に流される前に砂洲にあがるんだ！」

それは楽ではなかった。流れは速く、水は深く、船は大きく重く、動きは鈍い。最初は彼らの努力にまったく反応しなかったが、ようやく棹が川床に手がかりを見つけた。うまくいきそうに思えたとき、いきなりミルヴァが棹を落とし、無言で右岸を指さした。

「こんどこそ……」カヒルが額から汗をぬぐった。「こんどこそ間違いなくニルフガードだ」

ゲラルトも見た。とつぜん右岸に現れた騎馬兵は黒と緑のマントを身につけ、馬はニルフガードふうの革の目隠しをつけている。少なくとも百人はいるだろう。

「もうだめだ……」船頭が泣きそうな声で言った。「ああ、母ちゃん、黒騎士だ！」

「棹をつかめ！」ゲラルトがどなった。「棹をつかんで流れに乗れ！　岸から離れるんだ！」

これもまた簡単ではなかった。右岸の水流は強く、船は高い断崖の下へとまっすぐ押し流され、上のほうからニルフガード兵の大声が聞こえた。棹に寄りかかりながら見あげると、頭上にマツの枝が見えた。と同時に断崖のてっぺんから一本の矢が飛び出し、ゲラルトから二歩ほど離れた船の床をほとんど垂直につらぬいた。ゲラルトはカヒルに向かって飛んできた次の矢を剣ではじき返した。

ミルヴァとカヒル、船頭と助手は棹を使い、川床からではなく、断崖のある岸から離れた。ゲラルトが剣を落とし、棹をつかんで手を貸すと、ふたたび船はおだやかな流れに向かってただよいはじめた。だが、右岸とその縁《へり》を猛然と駆ける追っ手からはまだかなり近い。船が追っ手を振り切る前に断崖は途切れ、ニルフガード兵はアシの茂る平らな土手になだれこんだ。矢羽が空中でうなりをあげた。

「伏せろ！」

船頭の助手がいきなり妙な咳をし、水中に棹を落とした。見ると、背中から血のついた矢じりと矢柄が十センチほど突き出ていた。カヒルの栗毛馬が後ろ脚で立ちあがって痛みにいななき、矢の刺さった首を激しく動かしてダンディリオンを突き飛ばし、川に飛びこんだ。残った馬もいななき、暴れ、船は蹄の衝撃でぐらぐら揺れた。

「馬を押さえろ！」レジスが叫んだ。「三頭の――」

そこで言葉が途切れ、レジスは後ろ向きに倒れて厚板にぶつかり、頭をだらりと垂らして座りこんだ。胸から黒い矢羽が突き出ている。

それを見たミルヴァは怒りの声をあげ、弓を拾って膝をつき、矢筒の中身を甲板にひっくり返して矢を放ちはじめた。すばやく。次から次に。一本もはずさずに。

川岸は混乱し、ニルフガード軍は死傷兵をアシ原に残して森に退却した。下草に隠れて矢を放つ兵もいるが、急流で川の中央に運ばれつつある船にはほとんど届かない。ニルフガードの弓兵が正確に射るには距離がありすぎた。だが、ミルヴァにとってはたいした距離ではない。

ニルフガード兵のなかにとつぜん、黒い肩マントとカラスの羽根がはためく兜をつけた士官が現れた。叫び、槌矛を振りまわしながら下流のほうを指さしている。ミルヴァが脚を大きく広げ、弦を耳まで引きしぼってねらいをさだめた。矢がしゅっとうなって空を切ったかと思うと、カラス羽根の士官が鞍の上でのけぞり、後ろでささえる兵士の腕に沈みこんだ。ミルヴァはふたたび弓を引き、弦から手を放した。士官をささえていた兵の一人がつんざくような悲鳴をあげて馬から転げ落ち、ほかの兵士は森のなかに消えた。

「おみごと」ゲラルトの背後からレジスの落ち着きはらった声がした。「だが、棹を握っていたほうがよかったようだ。川岸はまだ近く、船は浅瀬に運ばれている」

ミルヴァとゲラルトが振り向いた。

「死んでなかった？」二人は声をそろえた。

「こんな木っ端でわたしが死ぬとでも思うか」そう言ってレジスは黒い矢羽の柄を見せた。

驚いているまはなかった。船はふたたび渦のなかで回転し、穏流に乗って動いていたが、川の蛇行部には新たな砂地——砂堆《さたい》と浅い水路——が出現し、川岸はまたもや黒鎧のニルフガード兵であふれかえっていた。馬のまま川に入り、弓を構える兵もいる。ダンディリオンを含む全員があわてて棹をつかんだ。棹はすぐに川底に届かなくなったが、全員が力を合わせたおかげでようやく船は速い流れのほうに運ばれ出した。

「助かった」ミルヴァが息を切らして棹を手放した。「これで連中も手を出せな……」

「一人が砂地に到達した！」ダンディリオンが叫んだ。「矢が来る！　隠れろ！」

「どうせはずす」ミルヴァが冷たく言った。

その言葉どおり、矢は舳先《へさき》から二メートルほど離れた水面にびしゃっと当たった。

「また構えた！」ダンディリオンが最上甲板から顔を出してどなった。「気をつけろ！」

「当たらないって」そう言ってミルヴァは左腕の締めひもをまっすぐに直した。「いい弓だけど、腕はうちの祖母《ばあ》さんなみだ。かなりびびってる。矢を放ったあと、ナメクジに尻を這いあがられた女みたいにぶるぶる震えてる。馬を押さえてて、あたしが蹴飛ばされないように」

ニルフガード弓兵の二本目のねらいは高すぎ、矢は船の上空を飛んでいった。ミルヴァはゆるぎない姿勢で弓を構えると、すばやく頬まで弦を引き、微動だにせず、そっと矢を放った。ニルフガード兵は雷に打たれたかのように川に転げ落ち、黒い肩マントを風船のようにふくらませて流されはじめた。

「こうやるんだ」ミルヴァは弓をおろした。「でも、学ぶのが遅すぎたね」

「仲間の兵が全速力で追ってくる」カヒルが右岸を指さした。「やつらは決してあきらめない。ミルヴァに士官をやられたとなってはなおさらだ。川は蛇行し、次の湾曲部で船はまた右岸に押しやられる。連中はそれを知ってて、おれたちを待ち伏せしようと……」

「いまはそれだけじゃない」膝をついていた船頭が立ちあがり、死んだ助手を川に投げ捨てながらうめいた。「船はまっすぐ左岸に流されてる……。ああ、このままじゃ両側からねらい撃ちに……。それもこれもみんなあんたらのせいだ！　頭に血が降りかかっても……」

「ぐだぐだ言わずに棹をつかめ！」

みるみる近づいてくる平坦な左岸には、ダンディリオンがライリアの遊撃兵と判断した騎馬兵が群がり、叫びながら武器を振りまわしていた。ゲラルトは白馬にまたがる人物に気づいた。女性のようだ。金髪で鎧をまとっているが、兜はかぶっていない。

「何を叫んでる？」ダンディリオンが耳を澄ました。「女王がどうだとか？」

左岸の叫び声は激しさを増し、いまや武器がぶつかる音まではっきりと聞こえてきた。

「戦闘だ」カヒルがそっけなく言った。「見ろ。森から帝国軍が駆け出てくる。帝国軍から逃げていた北方軍が罠にはまったんだ」

「その罠から脱する方法が渡し船だった」そう言ってゲラルトは川に唾を吐いた。「せめて女王と士官だけでも対岸に渡らせて命を救おうとしていた。それをおれたちがぶんどった。おれたちを歓迎するとは思えん。これはまずい……」

「でも、歓迎するしかないだろう！」とダンディリオン。「たとえ船があっても救えはしなかった。右岸で待ち受けるニルフガード軍のどまんなかに運ばれただけだ。やっぱり右岸は避けよう。ライリア兵ならなんとかなっても、黒騎士団は問答無用でぼくらをなぐり殺す……」

「流れが速くなってる」ミルヴァも川面に唾を吐き、唾が流されてゆくのを見て言った。「そして船は流れのどまんなかを進んでる。どっちの軍勢もざまあみろだ。蛇行はゆるやかで、土手は平坦で、ヤナギが茂ってる。このまま川をくだれば連中は追いつけない。じきにあきらめる」

「とんでもねえ」船頭がうめいた。「この先は〈赤い港〉だ……。あそこには橋がある！しかも浅瀬だ！　船が川床にはまって……。もし追い越されでもしたら、おれたちを待ちかまえて……」

「北方軍は追い越せない」レジスが船尾から左岸を指さした。「向こうには向こうの問題があるようだ」

たしかに左岸では戦闘が激しさを増していた。大半は森のなかで行なわれ、鬨《とき》の声でそれとわかるだけだが、土手に近い水中のあちこちで黒と色あざやかな軍服の騎兵が剣を交えていた。死体が次々にヤルーガ川にしぶきをあげた。やがて喧噪と金属音が静まり、船はゆうゆうと、しかしみるみる下流に流されていった。

ついに草の生い茂る両岸から兵士の姿が消え、追っ手の音も聞こえなくなった。なんとかなりそうだ――ゲラルトがそう思いはじめたとき、両岸をつなぐ木の橋が見えた。川は橋の下を流れ、砂洲と島々を過ぎ、橋脚の土台となる大きな島を過ぎてゆく。右岸に材木港があり、何千本もの丸太が積みあげられているのが見えた。

「このあたりはどこも浅瀬だ」船頭がぜいぜいとあえぎながら、「川のまんなかを通って島の右側に向かうしかない。いまは流れがあるが、棹を持ってくれ、砂床にはまったらそれで……」

「橋の上に兵がいる」カヒルが額に片手をかざした。「橋の上と港のなかに……」

誰の目にも兵士が見えた。そして港の背後の森から黒と緑のマントの騎兵団がどっとあふれ出すのが見えた。戦闘の音が聞こえるほど近い。

「ニルフガードだ」カヒルがぼそりと言った。「おれたちを追っていた連中だ。つまり、港のなかにいるのは北方軍で……」

「棹を！」船頭がどなった。「連中が戦ってるあいだにこっそり通り抜けられるかもしれん！」

だが、そうはいかなかった。船が橋に近づいたとき、走る兵士のブーツでいきなり橋が揺れはじめた。鎖かたびらの上に白地に赤い菱形紋の丈長上着《チュニック》を着た歩兵団で、その大半が手にした石弓を橋の手すりに載せ、近づいてくる渡し船にねらいをさだめている。

「射るな！」ダンディリオンが声をかぎりに叫んだ。「やめろ！　ぼくらは味方だ！」

歩兵たちには聞こえなかった。あるいは聞こうとしなかった。

いっせいに放たれた矢は悲惨な結果をもたらした。人間で犠牲になったのは最後まで棹で船をあやつろうとしていた船頭だけで、太矢がまっすぐ貫通していた。カヒルとミルヴァとレジスは船べりの後ろに隠れて無事だった。ゲラルトは剣をつかんで太矢を一本かわしたが、数が多すぎた。なおも叫び、両腕を振りまわしていたダンディリオンは説明しがたい奇跡によって無傷だったが、馬たちは無残にも降りそそぐ太矢の雨にさらされた。灰色の馬が三本の矢を受けてがくりと膝を折り、ミルヴァの黒馬が脚を蹴り出して倒れた。レジスの鹿毛もやられ、鬐甲《きこう》に矢を受けたローチが後ろ脚で立ちあがり、川に飛びこんだ。

「射るな！」ダンディリオンが大声で叫んだ。「味方だ！」

こんどは通じたようだ。

流れに運ばれた船はガリガリとすりつぶすような音を立てて砂堆を切りすすみ、停止した。苦しみ暴れる馬の蹄に蹴られまいと、みな砂洲に飛び降りたり、川に飛びこんだりした。ミルヴァが最後だった。動きが急に、恐ろしいほど遅くなっていた。矢が当たったか？　ゲラルトはミルヴァが大儀そうに船べりに這いあがり、どさりと砂に落ちるのを見て駆け寄ったが、レジスのほうが早かった。

「お腹のなかで何かが壊れた」ミルヴァがひどくゆっくりと、ひどく異様な口調で言い、両手で下腹を押さえた。毛織りズボンのすそが血で黒く染まっている。

「これをわたしの手に垂らせ」レジスがかばんから小瓶を取り出し、ゲラルトに渡した。

「中身を両手にこぼしてくれ、急げ」

「どうした？」

「流産しかけている。ナイフを。服を切り裂く。離れろ」

「嫌だ。そばにいて」ミルヴァの頬を涙が伝った。

頭上の橋に兵団のブーツが響いた。

「ゲラルト！」とダンディリオンの声。

ゲラルトはレジスがミルヴァにしていることを見て決まり悪そうに顔をそむけた。白チュニックの兵たちが猛スピードで橋を渡るのが見え、右岸と材木港からはなおも怒号が聞こえる。

「兵たちが逃げている！」ダンディリオンが息を切らして駆け寄り、ゲラルトの袖を引っ張った。「ニルフガード兵が右の橋頭堡《きょうとうほ》に到達した！　戦闘は続いてるが、北方軍の大半が左岸に逃げている！　聞こえたか？　ぼくたちも逃げなければ！」

「無理だ」ゲラルトは歯のすきまから声を絞り出した。「ミルヴァが流産した。歩けない」

ダンディリオンが毒づいた。

「だったら運ぶしかない。この機を逃したら二度と……」

「まだチャンスはある」カヒルが言った。「ゲラルト、橋にあがってくれ」

「どういう意味だ」

「逃げる兵士たちを食いとめる。北方軍がしばらく右の橋頭堡で持ちこたえたら、左の橋頭堡の横を通って逃げられるかもしれない」

「どうするつもりだ？」

「これでもおれは士官だ、忘れたか。さあ、橋脚をのぼって橋の上へ！」

その言葉どおり、橋にあがったカヒルはあわてふためく兵士を統率するのに慣れていた。「どこへ行く、このカスども？　どこへ行く気だ、おまえたち？」カヒルはどなるたびにこぶしを繰り出し、逃げようとする兵を橋の上になぐり倒した。「止まれ！　止まれ、このブタ野郎！」

逃げようとしていた数人が――全員にはほど遠いが――カヒルのどなり声と大げさに振りまわす剣におびえ、立ちどまった。カヒルの背後をこっそり通り抜けようとする者もいたが、すでにゲラルトが剣を抜いて見世物に加わっていた。

「どこへ行く？」カヒルは逃げかけた兵をぐいとつかんでどなった。「どこだ？　ちゃんと立て！　持ち場に戻れ！」

「ニルフガードです、サー！」兵士が大声で答えた。「皆殺しです！　放してください！」

「臆病者！」ダンディリオンが橋の上に現れ、ゲラルトがいままで聞いたこともないような声でどなった。「見下げはてた臆病者！　腰抜けめ！　自分だけ助かろうという気か？　不名誉の日々を生き延びてどうする、従者たちよ」

「多勢に無勢です、騎士どの！　勝ち目はありません！」

「百人隊長は倒れ……十人隊長は逃げた！　このままでは死ぬだけです！」別の兵が嘆いた。

「逃げなければ！」

「おまえたちの仲間はいまも橋頭堡と港で戦っている！」カヒルが剣を振りまわした。

「いまも戦っているんだ！　不名誉は逃げる者のためにある！　おれについてこい！」

「ダンディリオン」ゲラルトがささやいた。「島におりろ。おまえとレジスでなんとかミルヴァを左岸に運べ。どうした、何をぐずぐずしてる？」

「ついてこい、おまえたち！」カヒルが剣を振りながら繰り返した。「神々を信じるならばついてこい！　材木港へ！　犬どもに死を！」

十数人の兵が武器を振り、雄たけびをあげたが、その声に表れた確信の度合いはまちまちだ。逃げかけていた十数人が恥ずかしそうに戻ってきて、橋上の寄せ集め軍団に加わった。ウィッチャーとニルフガード人が突如としてひきいることになった、にわか軍団に。

何もなければ、軍団は本気で材木港に向かっていたかもしれない。だが、橋頭堡はいきなり騎馬兵のマントで黒くなり、身動きがとれなくなった。ニルフガード軍が防衛線を突破し、橋まで攻めこんでいた。厚い床板に蹄が響いた。行く手を封じられた兵のなかには逃げ出す者もいれば、迷い、立ちつくす者もいる。カヒルが毒づいた。ニルフガード語で。だが、ゲラルトのほかに気づいた者はいなかった。

「始めたことは終わらせなければならない」ゲラルトは剣をつかみ、言い捨てた。「やつらを斬る！　兵たちを駆り立てろ」

「ゲラルト」カヒルが立ちどまり、不安そうに見返した。「あなたはおれに……同胞を殺せと言うのか？　おれにはとても……」

「戦いなんかどうでもいい」ゲラルトは歯がみした。「これはミルヴァのためだ。おまえは仲間に加わった、だから自分で決めろ。おれについてくるか、黒マントに加わるか。だがやるなら急げ」

「ついてゆく」

こうして一人のウィッチャーと一人のニルフガード人は――戦友にして仲間にして同志の二人は――すさまじい雄たけびをあげて剣を振りあげ、なんのためらいもなく、共通の敵に、勝ち目のない戦いのなかに突っこんでいった。それが二人の炎の洗礼だった。同じ戦いの、怒りの、狂気の、死の洗礼。二人は死に向かっていた。少なくともそう思っていた。その日、ヤルーガ川にかかる橋の上で死なないと二人は知るよしもなかった。二人とも別のときに別の場所で死ぬ運命にあることを知らなかった。

ニルフガード兵の袖に銀サソリの刺繍が見えた。カヒルが長剣ですばやく二人を斬り、ゲラルトがシヒルでさらに二人を斬った。そして橋の手すりに飛び乗り、手すりを走ってさらなる敵に向かっていった。ウィッチャーの彼にはバランスを取るくらい朝飯前だが、その曲芸技に侵略者たちは驚いた。そしてドワーフの武器に驚いているまに死んだ。シヒルの刃は鎖かたびらを毛織物のようにやすやすと切断し、磨かれた橋の木材に血しぶきが散った。

司令官の武勇を見て、いつのまにか数が増えた橋上の軍団は歓声をあげ、どよめきには士気が戻り、闘魂が満ちた。こうしてさっきまで恐怖にかられていた逃亡兵たちは獰猛な狼さながら敵兵に襲いかかり、剣と戦斧を振るい、槍と矛槍で突き、棍棒と槌矛で反撃した。手すりが壊れ、馬が黒マントの騎士を乗せたまま次々に川に落ちてゆく。吠える軍団はゲラルトとカヒルの思惑をよそに、にわか司令官二人を先頭に押し出して橋頭堡に突進した。もともと二人はどさくさにまぎれてこっそり退却し、ミルヴァを助けに戻って左岸に逃げる計画だったにもかかわらず。

材木港では激しい戦闘が続いていた。ニルフガード軍は港を包囲し、逃げ遅れた兵を橋の手前でさえぎった。北方軍はスギとマツの木で作った防柵の後ろで必死に守っている。

援軍の姿を見て何人かが歓声をあげたが、喜ぶのは早すぎた。援軍の楔形隊列は橋からニルフガード兵をなぎはらったが、橋頭堡では騎兵隊の側面反撃が始まっていた。防柵と材木港の丸太の山は脱出と騎兵隊の両方のさまたげになったが、これがなかったら歩兵隊は一瞬で蹴散らされていただろう。材木の山を背に歩兵隊は激しく抵抗した。

それはゲラルトの知らない、まったく新しい戦いだった。剣の腕前などなんの関係もない、あらゆる方向から振りおろされる剣をえんえんとかわしつづけるだけの混沌とした乱闘。だが、ゲラルトは司令官という身にあまる特権を利用しつづけた。まわりの兵たちはゲラルトの脇を固め、背後を守り、正面の場所をあけて、司令官が剣を振るい、敵に致命傷をあたえるための空間を作った。それでも空間はだんだんせばまり、気がつくとウィッチャーとその軍勢は、防柵を死守する血まみれで疲れきった一握りの兵――大半がドワーフの傭兵――と肩を突き合わせて戦っていた。周囲を敵にぐるりと囲まれて。

やがて火が燃え出した。

材木港と橋のあいだに築《きず》かれた防柵の片側にはマツの枝が山と積まれ、ハリネズミのようにとげだらけで、馬と歩兵がどうしても突破できない障害となっていた。その枝の山が燃えていた。誰かが燃えさしを投げこんだらしい。防衛隊は炎と煙に耐えられず、退却した。押し合いへし合い、前も見えず、邪魔し合ううちにニルフガード兵に襲われ、次々に倒れてゆく。

窮地を救ったのはカヒルだ。軍人の経験を活かし、包囲されないよう、防柵の上では司令官たる自分のまわりに兵を集まらせなかった。ゲラルトひきいる一団とは引き離されていたが、いまや戻ってきつつあった。カヒルは黒い飾りをつけた馬まで手に入れ、剣で周囲を斬りつけながら敵の側面に向かってゆく。そのあとから赤い菱形紋のチュニックの矛槍兵と槍兵が荒々しく叫びながら間隙に突き進んだ。

ゲラルトは指先を突き合わせ、燃える薪の山にアードの印《いん》を放った。たいした効果は期待していなかった。この数週間、ウィッチャーの霊薬を飲めずにいたからだ。それでも枝の山は爆発し、あたりに火花をまき散らしてばらばらと崩れ落ちた。

「ついてこい！」ゲラルトは防柵によじのぼろうとしていたニルフガード兵のこめかみを斬りつけながらどなった。「ついてこい！　炎のなかを！」

こうして兵団は燃える枝を槍で蹴散らし、素手で拾った燃えさしをニルフガード兵の馬に投げながら走り出した。

炎の洗礼——怒りにまかせて剣を振りまわし、敵の剣をかわしながらゲラルトは思った。おれはシリのために炎をくぐりぬけるはずだった。それがいま、自分とはなんの関係もない戦いで炎をくぐりぬけている。まったく理解できない戦いのなかで。おれを浄化するはずの炎は、この髪と顔を焦がすだけだ。

降りかかる血がしゅっと音を立て、湯気を吐いた。

「進め、同志よ！　カヒル！　こっちだ！」

「ゲラルト！」カヒルがまたひとりニルフガード兵を鞍から払い落として叫んだ。「橋へ！　ここを抜けて橋へ向かえ！　こっちは間隔を詰めて……」

言い終わるまもなく、黒い胸当てに兜のない騎兵が血まみれの髪をなびかせ、猛然と駆けてきた。カヒルは騎兵の長い剣をかわした拍子に馬から振り落とされ、尻もちをついた。ニルフガード騎兵は身を乗り出し、剣でカヒルを地面に突き刺そうとしてとどまった。剣の動きが止まり、胸当ての銀サソリがきらめいた。

「カヒル！」騎兵が驚きの声をあげた。「カヒル・エプ・シラク！」

「モータイセン……」地面に大の字になったカヒルの声にも驚きの響きがあった。

だが、ゲラルトと並んで走る、黒こげの赤い菱形紋を着たドワーフの傭兵は何ものにも驚かず、時間を無駄にもしなかった。熊槍をニルフガード兵の腹に力まかせに叩きこみ、鞍から引きずり落とすと、そこへ別の傭兵が飛びかかり、地面に落ちた騎兵の黒い胸当てを重いブーツで踏みつけ、喉もとにまっすぐ槍を突き刺した。モータイセンはあえぎ、血を噴きながら拍車で地面の砂を掻いた。

その瞬間、ゲラルトは背中の腰骨あたりを何かとてつもない、ものすごく重くて固いものでなぐられ、がくりと膝からくずおれた。倒れながらゲラルトは勝ち誇った大きなどよめきを聞いた。黒マントの騎馬兵が森のなかに逃げてゆくのが見えた。左岸から到着した騎兵隊の蹄が橋に響いた。赤い菱形紋がワシを囲む図柄の軍旗をかかげている。

こうしてゲラルトのヤルーガ川橋をめぐる合戦は終わった。もちろん、この戦いがのちの年代記編者によって語られることはなかった。


「心配いりません」軍医はゲラルトの背を軽く叩き、触れながら言った。「橋は落ちました。対岸から襲われる危険はありません。お仲間とご婦人も無事です。奥様ですか」

「いや」

「おや、てっきり……。いつだって哀れなものです、戦に巻きこまれた妊婦というものは……」

「しっ。そのことは黙っていてくれ。あの軍旗はなんだ？」

「誰のために戦っていたのかご存じないんですか？　よくもまあそんなことが……。ライリア国軍です。ほら、ライリアの黒いワシとリヴィアの赤い菱形紋。さあ、これでいい。ただの打撲です。腰は少し痛むでしょうが、たいしたことありません。じき治ります」

「どうも」

「礼を言うのはこちらです。あなたが橋を保持してくださらなかったら、われわれは川に押し戻され、対岸でニルフガードに殺されていたでしょう。とうてい逃げられなかった……。あなたは女王を救ったのです！　ではこれで。行かなければなりません。ケガ人が待っています」

「どうも」

ゲラルトは疲れ、痛む身体でぼうっと港の丸太に座っていた。ひとりきりで。カヒルの姿はどこにもない。ヤルーガ川が西に沈みかける太陽の光を受けて金緑色にきらめきながら壊れた橋げたのあいだを流れている。

足音と蹄の音、鎧がぶつかる音がしてゲラルトは顔をあげた。

「彼です、陛下。馬を降りるのに手をお貸し……」

「ひゃ、い、がれ」

見あげると、目の前に鎧に身を包んだ女が立っていた。髪はゲラルトと同じくらい淡い色だ。金髪というより灰色に見えるが、さほど老いた顔ではない。熟年ではあるが、老齢ではない。

女は縁にレースのついたバチスト織りのハンカチを唇に当てていた。ハンカチは血で赤く染まっている。

「立て」女の脇に立つ騎士の一人がゲラルトにささやいた。「敬意を表すように。こちらは女王だ」

ゲラルトは立ちあがり、腰の痛みをこらえて頭をさげた。

「ひょ、い、い、なたがはひを守ったのか」

「は？」女王は口からハンカチをはずして血を吐いた。赤い滴が女王の豪華な胸当てに落ちた。

「ライリア＆リヴィアのメーヴ女王陛下は、ヤルーガ川の橋で勇敢な防衛隊をひきいたのはそなたかとたずねておられる」女王の隣に立つ、金の刺繍のある紫色のマントの騎士が言った。

「どうやらそのようだ」

「ほのようだ？」女王は笑おうとしたが、うまくゆかず、顔をしかめて悪態をついた。それもはっきりとは発音できず、またしても唾を吐いた。女王が口をおおう前にひどい傷が見えた。歯が数本なくなっている。

「いかにも」その視線に気づいた女王はゲラルトの目をじっと見つめ、ハンカチの奥から言った。「どこかのろくでなひに顔をなぐられた。たいひたことはない」

「メーヴ女王はニルフガードの圧倒的な力に立ち向かい、最前線で男のごとく、騎士のごとく戦われた！」紫色のマントの騎士が声を張りあげた。「傷は痛んでも、女王の名誉は傷つきはしない！　そなたは女王とその部隊を救った。どこかの裏切り者が渡し船を奪い、乗っ取ったあと、あの橋はわれわれの唯一の希望となった。それをそなたは勇敢にも守り

……」

「もうよい、オドー。ひょなたの名は、英雄よ？」

「わたしの？」

「そうだ」紫マントの騎士がゲラルトをにらんだ。「どうした？　どこか傷があるのか。ケガか。頭でも打ったか？」

「いいえ」

「ならば女王の問いに答えよ！　陛下が口を負傷し、しゃべるのに苦労なさっているのがわからぬか！」

「やめよ、オドー」

紫の騎士は頭をさげ、ゲラルトをちらっと見やった。

「名は？」

いいだろう――ゲラルトは思った。もう充分だ。嘘をついてもしかたない。

「ゲラルト」

「どこの？」

「どこでもありません」

「これまでひょなたに爵位をひゃずけた者は？」メーヴ女王はまたしても血の混じった赤い唾を足もとの砂に吐いた。

「なんです？　いえ。爵位はありません、陛下」

メーヴが剣を抜いた。

「膝をつけ」

ゲラルトは起こっていることが信じられないままひざまずいた。頭のなかではミルヴァと、イスギスの沼地を恐れて彼女のために選んだ経路のことを考えていた。

女王が紫の騎士のほうを向いた。

「おまえが文句を述べよ。わたくしは歯がない」

紫の騎士が朗々と始めた。「正義の戦いにおけるめざましき武勲に対し、国王に武勇、敬意、忠誠の証を示したことに対し、神々の恩寵を受けしわたくしライリア&リヴィアの女王メーヴはわが権力と権利と特権により爵位を授ける。われらに忠実に仕えよ。この苦難に耐え、痛みから逃げるなかれ」

ゲラルトは肩に剣先を感じ、女王の淡い緑色の目をのぞきこんだ。メーヴ女王はどろりとした血の塊を吐いてハンカチで顔を押さえ、レースごしに片目をつぶってみせた。

紫マントの騎士が女王に歩み寄り、何かささやいた。ゲラルトには〝属性〟、〝リヴィアの菱形紋〟、〝軍旗〟、〝武勲〟といった言葉が聞こえた。

「これでよい」メーヴがうなずいた。痛みをこらえ、抜けた歯のすきまから舌を突き出すことでしだいに言葉がはっきりしてきた。「そなたはリヴィア兵とともに橋を守った、どこのものでもないゲラルトよ。〝そのようだ〟か、ははは、おもひろい。この功績によりそなたに属性をあたえる。リヴィアのゲラルト。ははは」

「お辞儀を、騎士よ」紫の騎士が鋭くささやいた。

爵位を授けられたばかりの騎士——リヴィアのゲラルト——はこみあげる苦笑いを宗主たるメーヴ女王に見られぬよう、深々とお辞儀した。

訳者あとがき

〝火は浄化する。強くする。乗り越えなければならない試練だ。炎の洗礼だ〟
〝炎は浄化するが殺しもする〟
〝それが二人の炎の洗礼だった。同じ戦いの、怒りの、狂気の、死の洗礼〟

アンドレイ・サプコフスキのファンタジィ《魔法剣士《ウィッチャー》》サーガ第三部『ウィッチャーⅢ　炎の洗礼』（原題 *Chrzest ognia*）はタイトルが示すとおり、さまざまな試練の物語であると同時に、ゲラルトがシリを捜して旅をするロードムービー的色合いの強い作品です。

前作『ウィッチャーⅡ　屈辱の刻《とき》』でサネッド島の〈魔法集会〉に参加したゲラルトと女魔法使いイェネファーは血なまぐさい謀反劇に巻きこまれ、再会の喜びもつかのま、またもやシントラの王女シリと離れ離れに。魔法使いヴィルゲフォルツとの激闘で瀕死の重傷を負ったゲラルトはブロキロンの木の精のおかげで一命をとりとめ、そこで美しき弓の達人と出会います。いっぽう、過酷な砂漠から生還したシリはふとしたことから盗賊団〈ネズミ〉の一員となってファルカと名乗り、思いもかけなかった運命に身をゆだねはじめました。ゲラルトはニルフガード帝国の皇帝がシリを妃にしようとしているという噂を聞き、親友ダンディリオンとともに帝国のある南をめざしますが……。

この旅に新たに加わるのが、ブロキロンの弓の名人ミルヴァことマリア・バリング。ゾルタン・シヴェイひきいる陽気でにぎやかなドワーフ団。頼もしくも謎めいた理髪外科医エミール・レジス。そしてサネッド島でゲラルトに殺されかけながらもなぜかあとをついてくる若きニルフガード人のカヒル……。

物語は、さまざまな事件を解決しながらニルフガードとの境界ヤルーガ川をめざす彼らの旅を軸に、しだいに〈ネズミ〉団になじんで手を汚してゆくシリと、サネッド島の反乱で危機におちいった魔法界を憂う女魔法使いたちの新たな構想がそれぞれの視点から、ときに残酷に、ときにユーモアたっぷりに語られます。重層的な語りは本シリーズの一貫したスタイルですが、最終章の冒頭ではさらにもうひとつの視点が加わり、物語の世界はさらなる時間的、空間的広がりを見せています。

今回のゲラルトの旅がどこか陽気で明るいのは、個性豊かなドワーフ団（とオウム）による部分が大きいと言えるでしょう。サプコフスキの描くドワーフは実に魅力的で、訳していても楽しく、本来、孤高のウィッチャーが〝仲間〟にとまどいつつも、しだいに彼らのペースに巻きこまれてゆく様子にはほほえましささえ覚えます。

対してシリのパートはどこか暗く、不穏な空気を秘めています。ひとりになりたくないばかりに盗賊団とつるみ、破滅的な日々を送るシリ。後半ではそんな彼女を冷酷な殺し屋が追いはじめ、不吉な予感はますます募ります。作中、ミルヴァもこうつぶやいています――「でもなんとなく……あんたのシリとかかわった人はみんな断頭台に頭をのせてる気がする……。あの娘は不幸をもたらす……。不幸と死を」

かたや新たな組織を立ちあげた各国の女魔法使いは着々と壮大なる計画を進め、彼女たちの集会ではシリにいたるまでの複雑な血筋が話題になりました。あとがきの最後に作中で言及された家系図をまとめましたので、ご参照ください。

《ウィッチャー》サーガ全五作のなかでは中休み的な印象もある『炎の洗礼』ですが、この巻には今後の展開を左右する種がいくつもまかれています。

続く第四部『ツバメの塔（仮題）』（原題 *Wieża Jaskółki*）では、今回出番の少なかったシリをふたたび主役に、凄惨なる怒涛の運命が描かれます。本作の雰囲気からは一転、恐るべきボンハートの魔の手が迫り、手に汗にぎる危機また危機のなか、痛みと悲しみと死の影がシリを追い詰めます。

本作の最後で名実ともに〝リヴィアのゲラルト〟となったゲラルトはシリを救えるのか。そして女魔法使いの集会からひとり抜け出したイェネファーの行方は……？

息詰まる展開にどうぞご期待ください。

二〇一八年四月

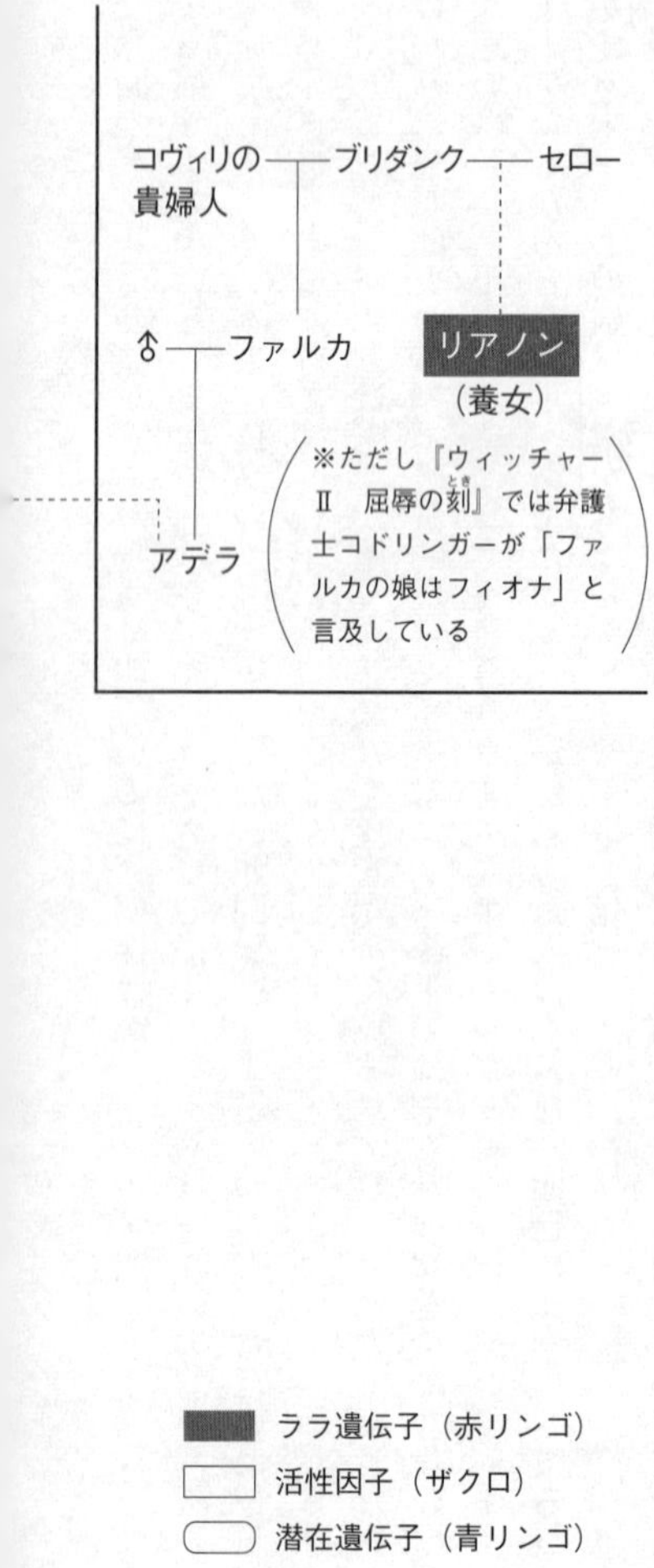

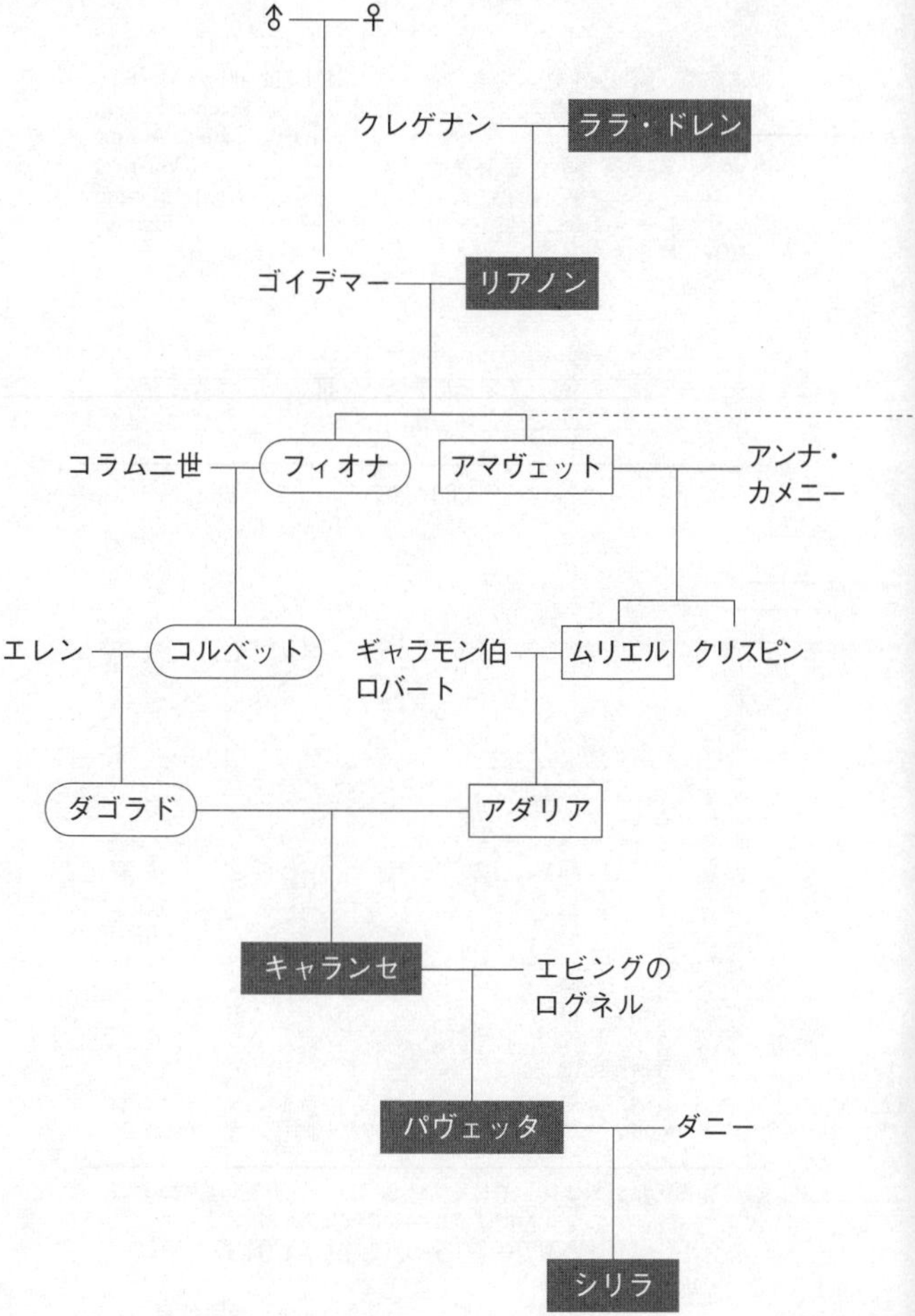
♂
♀
クレゲナン
ララ・ドレン
ゴイデマー
リアノン
コラム二世
フィオナ
アマヴェット
アンナ・
カメニー
エレン
コルベット
ギャラモン伯
ロバート
ムリエル
クリスピン
ダゴラド
アダリア
キャランセ
エビングの
ログネル
パヴェッタ
ダニー
シリラ

訳者略歴　熊本大学文学部卒，英米文学翻訳家　訳書『王たちの道』サンダースン，『プルーデンス女史、印度茶会事件を解決する』『ソフロニア嬢、倫敦で恋に陥落する』キャリガー（以上早川書房刊）他多数

HM=Hayakawa Mystery
SF=Science Fiction
JA=Japanese Author
NV=Novel
NF=Nonfiction
FT=Fantasy

ウィッチャーⅢ
炎の洗礼

〈FT599〉

二〇一八年五月二十五日　発行
二〇二〇年十一月十五日　二刷
（定価はカバーに表示してあります）

著者　アンドレイ・サプコフスキ
訳者　川《かわ》野《の》靖《やす》子《こ》
発行者　早川浩
発行所　株式会社　早川書房
郵便番号　一〇一 - 〇〇四六
東京都千代田区神田多町二ノ二
電話　〇三 - 三二五二 - 三一一一
振替　〇〇一六〇 - 三 - 四七七九九
https://www.hayakawa-online.co.jp

乱丁・落丁本は小社制作部宛お送り下さい。
送料小社負担にてお取りかえいたします。

印刷・星野精版印刷株式会社　製本・株式会社川島製本所
Printed and bound in Japan
ISBN978-4-15-020599-7 C0197

本書は活字が大きく読みやすい〈トールサイズ〉です。